AF140392

Andreas Heßelmann
Schlammschlacht
Ein Padua-Krimi

Bibliografische Information der
Deutschen Nationalbibliothek:
Die Deutsche Nationalbibliothek verzeichnet diese
Publikation in der Deutschen Nationalbibliografie;
detaillierte bibliografische Daten sind im Internet über
http://dnb.dnb.de abrufbar.

TWENTYSIX – Der Self-Publishing-Verlag
Eine Kooperation zwischen der
Verlagsgruppe Random House
und BoD – Books on Demand
Alle Rechte vorbehalten.

© 2010/2017 Andreas Heßelmann

Herstellung und Verlag:
BoD – Books on Demand, Norderstedt

ISBN: 978-3-7407-3027-7

Cover-Illustration: San Daniele
Autorenbild: **Rainer Simon**

piccoli regali cementano l'amicizia.
Kleine Geschenke erhalten die Freundschaft.

15. März

Das Gute hat Vorrang vor dem Rechten.

Prolog

Sie waren zu dritt. In einem alten, piekfeinen und chromblitzenden Daimler Sovereign. Was für eine angeberische Karre. Unbezahlbar für ihn. Aber trotzdem ein Traum. Nur deshalb hatte er sie schon am Kreisverkehr beim Abano Ritz bemerkt. Sofort war ihm klar, dass sie ihn die ganze Zeit gesucht und nun gefunden hatten. Und das mit drei Mann. Was für ein Aufgebot. Er trat in die knackenden, wackeligen Pedale und versuchte mit dem verflucht alten Drahtesel schneller zu werden. Gestern wollte er noch die Reifen aufgepumpt haben. Aber er hatte es wieder vergessen. Jetzt waren sie luftleer und breit. Jeder Tritt war wie ein Tritt in Pudding. Ein Tritt ins weiche Wasser auf dem man gehen wollte. Die Pedale widersetzten sich. Die Kraft quoll förmlich aus den Schuhen und ging verloren. Der Daimler war inzwischen mit grellen Scheinwerfern schnell und fast lautlos näher herangekommen. Schnurrend, wie eine riesige, dunkle Katze. Nur wenige Laternen erhellten den noch stockdunklen Morgen. Ihr Licht ließ alle dreißig Meter lediglich die Konturen der Körper auf den beiden Vordersitzen hinter der Frontscheibe für eine kurze Sekunde in ein eigentümliches Orange getaucht sichtbar werden. Auf dem Radweg zwischen den hohen Bordsteinen quälte er sich weiter vorwärts. Hier konnte er nirgendwo abzweigen. Er würde entweder vom Rad stürzen oder sich an den scharfen Kanten der Begrenzung die Reifen vollends kaputtfahren. Trotz der Kühle spürte er den Schweiß den Rücken hinunterrinnen. Jetzt waren sie neben ihm. Er schaute zum Wagen hinüber, suchte ihre Gesichter. Aber es war in dem diffusen Licht der Laternen einfach nichts zu erkennen. Schlagartig kam Panik in ihm hoch. Mit einem Mal war sein Kopf leer und alle Gedanken gelöscht. Seine Bronchien rasselten und er rang nach Luft wie ein gejagtes Stück Wild, das jetzt nur noch seine Instinkte hatte. Sein eigener Atem klang für ihn wie das Getöse eines Sturmes und die Tränen, die aus den Augenwinkeln geblasen wurden, sorgten für einen grausam trüben und widerwärtigen, angstmachenden Schleier. Noch einhundertfünfzig Meter, dann könnte er einfach nach rechts abbiegen und versuchen, sie über den Hof des Hotel Atlantic, an den Fangobecken vorbei und durch die Gärten dahinter abzuhängen. Rechts vor ihm sah er schon die kleine Mauer mit dem Schriftzug und den hohen Bauzaun auf der anderen Straßenseite, dem Hotel fast gegenüber. Jetzt gaben sie Gas. Das Auto wurde schneller und fuhr vorbei, hielt geradewegs vor der Einfahrt des Hotels. Hatte er es sich doch nur eingebildet, dass sie ihn verfolgten? Drei Mann wären auch für den Mist etwas zu viel gewesen. Er wurde langsamer, versuchte sich zu beruhigen. Tief Luft holend wischte er sich mit einer Hand über die Augen. Der Beifahrer, der Typ mit dem Parka, stieg aus und ging ohne große Eile hinten um den Wagen herum. Seine Kapuze hatte er vom Kopf geschoben, darunter kamen lange Haare zum Vorschein, die von einem breiten, grellen und wild gemusterten Band über der Stirn aus dem Gesicht gehalten wurden. Der Kerl schien ihn zu missachten. Auf der Fahrerseite angekommen beugte der Typ sich in den Wagen hinein, während er nun unschlüssig und langsamer geworden heranrollte. Eine gewisse Neugier trieb ihn nun an, eine die ihm alles erklären würde. Noch war es für ihn nicht auszumachen, ob der Langhaarige mit dem Fahrer sprach, um sich zu verabschieden oder etwas aus dem Wagen herausholte. Er rollte weiterhin reglos, wie ein Tier, das hoffte von einem möglichen Jäger noch nicht bemerkt worden zu sein. Bei der Tabaccheria Barison fuhr er durch eine Absenkung des Bordsteins auf die gegenüberliegende Seite der Straße, um vielleicht weiter vorne, links durch die Via Monte Vendevolo abzubiegen. Ernesto, sein ehemaliger Kollege würde ihm helfen. Er wohnte gleich hinter der dann folgenden Rechtskurve. Dann sah er die Bewegung. Gerade wollte er auf Grund einer leisen Ahnung sein Fahrrad wenden, als die Gestalt sich umgedreht hatte, mit einer Hand leise auf das Wagendach klopfte und auf ihn zulief. Wie eine Wildkatze war sie in zwei drei Sprüngen an seinem Hinterrad. Jetzt erst sah er den Knüppel, den Baseballschläger an der Seite. Er starrte ohnmächtig und hypnotisiert in das ausdruckslose Gesicht des jungen Kerls. Unter dem halb geöffneten Parka war selbst in dieser Dunkelheit eine schrecklich glänzende blaue Trainingsjacke zu sehen. Das Fahrrad hob sich am hinteren Gepäckhalter in die Höhe und wurde zum Gehweg hin umgerissen. Er konnte sich nicht halten und fiel vor den Bordstein, rappelte sich wieder auf und begann zu laufen. Jetzt hatte ihn der Horror gepackt. An der Ecke zur Baustelle war eine schmale Lücke zwischen zwei Gittern des Zauns, er schlüpfte durch und hörte das Stakkato der Schritte auf dem Asphalt der Straße, die ihn verfolgten. Warum hatte er sich bloß auf dieses dämliche Geschäft eingelassen? Gleich zu Beginn hatte er ein schlechtes Gefühl gehabt. Er rannte über den Schotter eines neu angelegten Weges und sah vor sich auf dem Hügel das kleine Kloster San Daniele. In einem Fenster brannte Licht. Er dachte daran, zu schreien, um Hilfe zu rufen, die Leute in ihren Häusern aus dem Schlaf zu reißen. San Daniele um Hilfe zu bitten. *Che ti chiedono aiuto.* Er setzte an, wollte Luft holen und spürte einen harten Schlag in seinen Kniekehlen, der ihn der Länge nach hinfallen ließ. *Sostieni chi non accetta il dolore.* Wie ein gefällter Baum.

11

Gerade. Ohne die Möglichkeit sich abzufangen. Kein Schrei. Nur ein *Pffff*, wie aus einer laschen, etwas aufgeplusterten Papiertüte. Ein Reflex bewahrte ihn davor, mit dem Gesicht aufzuschlagen. Sabrina. Wie viel Uhr war es? Wann begann heute ihre Schicht? Vielleicht würde sie gleich hier vorbeifahren. Würde sehen, was da geschieht und alles beenden. Er lief auf Knien und Händen, raffte sich auf, strauchelte, wollte aufstehen und auf seine Armbanduhr schauen, als die Gestalt über ihm nach seinem rechten Arm griff und ihn mit samt seinen Körper brutal auf den Rücken drehte. Einige seiner Gelenke krachten dabei, während der Kerl sich auf sein linkes Handgelenk gestellt hatte. Jetzt endlich entfuhr ihm ein Schrei, der mit einem Faustschlag in sein Gesicht zu Ende gebracht wurde. Als er die Augen öffnete, war plötzlich alles, was nun an Schlägen, Pein und Schmerz noch folgen sollte, für ihn mit einem Mal klar. Er fühlte wie Tränen in ihm hochstiegen und ließ sie, jetzt schon halb gestorben, zu. Zwanzig Meter hinter seinem Peiniger sah er die zweite Gestalt mit ihrem Hut und langem schwarzen Mantel durch die Lücke des Bauzauns kommen. Gelangweilt. Fehlte nur noch, dass er sich die Hände sauber klopfte. Während der Dritte, der vom Rücksitz, das Fahrrad aufhob. Im Korb am Lenker lag immer noch die kleine Tasche mit dem Hausschlüssel und seiner Geldbörse. Der Kerl sah irgendwie sonderbar aus. Ein steifer Lackel. Der warf das Rad, nachdem er auf dem Weg den dampfenden und ewig nach Unrat und Fango stinkenden Bach enervierend langsam entlang gegangen war, nach wenigen Dutzend Metern an dessen Ufer. Er bückte sich und durchsuchte den Inhalt der Geldbörse. Irgendetwas steckte er in seine Taschen. Dann flog das Rad auf die gegenüberliegende Böschung. Jetzt kam der Mann mit dem Mantel langsam auf ihn und diesen Typ mit dem Parka zu. Warum war kein Mensch außer ihnen hier? Musste tatsächlich noch keiner zur Arbeit fahren? In den Stockwerken über dem Schuhladen der Fratelli Castaldello waren doch Wohnungen. In den Gebäuden dahinter auch. War das Atlantic so weit entfernt? Hörte keiner das Gescheppere und ihr Getrappel? Keiner seinen Schrei? Hatte er so leise geschrien? Hatte er überhaupt geschrien? Er spürte jetzt keinen Schmerz mehr, obwohl der linke Arm unter seinem Rücken wie aus der Schulter gerissen auf der scharfen Kante eines Steins lag und er ihn nicht bewegen konnte. *Chi soffre nell'anima e nel corpo.* Der Mantelmann war nun fast bei ihm und kam ihm plötzlich bekannt vor, sehr bekannt sogar, doch sein Kopf war zu sehr damit beschäftigt, noch einen letzten Ausweg zu suchen, als dass er ihn unter den vielen bekannten Menschen, denen er bisher begegnet war, hätte einsortieren können. Er muss sie ablenken, muss Stärke beweisen, muss etwas sagen. Irgendwas. Versuchen, sie hinzuhalten. Die einzige Möglichkeit. Er muss versuchen, mit ihnen zu verhandeln. „Ich kann…" Der Mantel hatte sich blitzschnell gebückt und ihm etwas in den Mund geschoben. Stoff. Er würgte. Sabrina müsste jetzt unterwegs sein. Sie war sicher noch nicht vorbeigefahren. Sie muss noch kommen. Es war sicher noch keine halb sechs. Er sah sie plötzlich vor seinen Augen, auf ihn zukommend und wollte sich schon freuen, als er merkte, dass ihm seine Fantasie einen Streich gespielt hatte. Der nächste Faustschlag betäubte ihn. Eine Hand fuhr unter seinen Kopf und hielt seinen Kragen fest, noch benebelt von dem Schlag fühlte er, wie er über den Boden geschleift wurde. Der Kerl hatte keine Mühe. Er war nur ein Sack Altpapier, der zum Container gezerrt wurde. Weiter weg von der Straße. Steinplatten. Bordstein. Erde und

Gras. Bordstein. Steinplatten. Wieder ein Bordstein und Erde. Als er mit seinen Füßen um sich treten wollte, warf man ihn auf den Boden und er schlug mit seinem Hinterkopf auf etwas Hartes auf. Ihm wurde speiübel. Er sehnte sich nach Sabrinas Körper. Überlegte, wie er ihr alles erklären würde. Sie hatten doch so viele Pläne geschmiedet. Zu Hause lag in der Schublade unter dem Tisch in der Küche der Umschlag mit der letzten Rate für ihre Schulden. Geld, das er dafür bekommen hatte. Sabrina war so stolz auf ihn, als er ihr das Geld gezeigt hatte, er hatte ihr allerdings nicht erzählt, woher er es hatte, sondern ihr nur gesagt, er hätte eine neue Stelle. Die Stunden danach waren die schönsten, die er je in ihren Armen verbracht hatte. Seine Hand fühlte einen Stein und er griff nach ihm. Hielt ihn fest. Beide Arme waren nun frei, er fasste über sich und suchte einen ihrer Körper. Er fühlte Stoff in seiner Hand, den er versuchte, mit dem darin steckenden Körper zu sich herunter zu ziehen. Jedoch wurde sie durch einen Fuß von dem teuren Kaschmir-Mantel weggetreten. Mit dem Arm und dem Stein zwischen seinen Fingern versuchte er, Schwung zu holen. Als er sich aufrichten wollte, war der Fuß auf seiner Kehle und drückte ihn wieder auf den Boden. Sein Kopf knallte dabei wieder auf die harte Stelle und der Stein kullerte aus der Hand heraus. Die plötzliche Atemnot und sein eigenes Röcheln potenzierten die Panik und er fühlte sich selbst einnässen. Irgendwo in seinem Kopf entstand ein Ton, ein wirrer Akkord, ein orgelndes Getöse. Neben dem dampfenden Bach stand immer noch der Sonderling wie erstarrt. Ein Heiliger vorm Altar. Dann hörte er ein Zischen in der Luft und der Fuß war vom Hals verschwunden. Für einen winzigen Bruchteil einer Sekunde war er entspannt, dann sah er den Schläger auf sich herabsausen. Er kippte den Kopf und wollte zur Seite rollen. Der

14

Schläger sauste an ihm vorbei und krachte rechts zwischen Hals und Schulter auf seine Brust. Als wenn ihm ein Pfahl durch den Körper getrieben wurde, durchraste ihn ein Tosen und unfassbarer Schmerz und sein Körper bog sich durch wie ein vibrierendes Brett. Er bekam keine Luft und fühlte, wie er fast das Bewusstsein verlor. *...e forza per camminare...* Wieder sah er Sabrina, nun aber nicht mehr neben sich im Bett liegen, sondern von der letzten Stufe einer dünnen Leiter, die in einem schwarzen Nichts endete. Sie war so schön. Sie war nackt. Ihre Haut hatte die Farbe glänzenden Honigs und war zart wie ein Pfirsich aus ihrem eigenen kleinen Garten. Sie winkte mit ihrer rechten Hand und ging eine weitere Sprosse nach oben. Er hob schwerfällig seinen Kopf. Doch Tränen trübten immer mehr das Bild. *...sulla strada della vita...* Wieder das Zischen, das nun aus einer unbestimmbaren Richtung zu kommen schien. Als er glaubte, zu wissen, wie er sich rettend bewegen müsste, traf ihn der Schläger wieder neben dem Hals, nun auf der linken Seite. Alles um ihn herum war nun hell erleuchtet. Das Getöse in seinem Kopf klang nach Applaus, nach einer tobenden Menge. Es war wohl Sonntag, sie waren im Stadion und er war gefoult worden. Rüde und unfair. Von drei Mann gleichzeitig. Lag nun auf dem Rücken am Strafraum des Fußballfeldes und das Flutlicht blendete ihn. Der Scheinwerfer und Greifer eines Räumfahrzeuges hatten ihn erfasst und zog ihn, begleitet von diesem ohrenbetäubenden Gebrüll in seinem Kopf, unter einer stechenden Sonne an den Rand eines eher zäh plätschernden Gewässers. Ein Wasserfall? Das Meer? Er versank kopfüber und der Länge nach darin. Obwohl das Wasser sehr warm war und eigenartig nach Schweiß und Abort roch, fühlte er sich im ersten Moment erfrischt und er atmete deshalb, so tief der Schmerz in seiner Brust es zuließ, durch. Ein

15

Schwall Wasser flutete seine Lungen und das Gefühl, husten zu müssen, übermannte ihn. Mit einem Mal war er wieder zu sich gekommen. Die Arme wollten ihn noch einmal aufrichten und versagten kraftlos. Begleitet von brüllendem Schmerz. Das dröhnende Instrument zwischen den Ohren schien zu explodieren. Überall in seinem Körper war ein Inferno entfacht worden und hinten an seinem Kopf spürte er auf dem Bauch im Wasser liegend einen harten Gegenstand, der ihn vollends bewegungslos machte. Seine Augen wurden blind und machten ihn orientierungslos. Der Husten pumpte währenddessen unentwegt weiteres Wasser in seine Brust. Von einem Augenblick zum andern spürte er keine Schmerzen mehr. Das Glucksen des Baches wurde zu einem süßen, wohlbekannten Kichern. ...*incontro a Christo...* Er wollte sich noch einmal umdrehen und sehen, ob Sabrina noch dort lag und ihr zuwinken. Dann verlor er endgültig sein Bewusstsein. *Amen.*

15. März, 7 Uhr 25

Verhandlungen sind zwecklos. Der Tod ist ein schlechter Partner in solchen Fällen. Betritt er den Raum, erzeugt er kein Leuchten in Augen. Im Gegenteil. Der matte Schimmer der Reißnägelköpfe, in eine Landkarte der Umgebung gesteckt, reicht für den Beweis seiner Heimsuchungen. Jeder eine weitere Marke, eine weitere Erfolgsmeldung. In diesem speziellen Fall gekennzeichnet von erstarrter Angst, von den Lidern wächsern, glänzend umfasst. Das aufgedunsene und verschmutzt wirkende Gesicht war dadurch zu einer unbeweglichen und steifen Maske geworden, die Commissario Berlingui schielend anstarrte. Auf groteske Art schien sie den inzwischen erkalteten und fest gewordenen, matt grauen Schlamm in seinem Mund noch ausspucken zu wollen, denn der Kopf war eigentümlich schräg hinter das Kissen gekippt, so, als wenn er für dieses Vorhaben Schwung hatte holen wollen. Eine Hand des Toten lag nach einem verzweifelten und erfolglosen Versuch sich des Angreifers zu erwehren, verrenkt auf seinem nun zum Teil entblößten Körper, dem man ansah, dass er in den vielen Jahren zuvor keinen Hunger hatte aushalten müssen. Die ganze Haltung wirkte eigentümlich lebendig. Doch der herbeigerufene Arzt hatte bereits vor nahezu anderthalb Stunden den unumkehrbaren Tod von Monsignore Tossatello festgestellt.

Piero Berlingui stand ein wenig in die Knie gegangen. Gebückt und vornübergebeugt. Wie ein leicht auseinandergezogenes Leporello neben der Liege. Nur so war es ihm möglich, trotz seiner Einszweiundneunzig alles aus der Nähe zu betrachten. Die linke Hand hatte er dabei in seiner Hosentasche vergraben und mit der rechten balancierte er eine Tasse Espresso, von deren

17

Inhalt er eigentlich erhofft hatte, wach zu werden. Doch die Plörre war lediglich gefärbtes Wasser. Filippo sollte in seiner Bar Kurse für stümperhaft arbeitende Baristas anbieten. Selbst in einem Hotel mit vorwiegend alten Leuten als Gäste sollte wenigstens der Espresso Lebensgeister wecken können. Die Güte der angeblich gesunden Tees und Säfte wäre ihm egal.

Mit schief gelegtem Kopf musterte er die Leiche, fuhr er mit seinen Augen wie ein Scanner an ihr entlang, als suche er in dem, was er sah, eine verborgene Nachricht, ein Zeichen, das ihm den Täter nennen oder zumindest den Hergang schildern könnte. Blitzlichter erhellten zuckend wie in einer Disco die Szenerie. Was mochte der Ermordete in der Sekunde des Todes noch gesehen, an was gedacht haben? Konnte er an dem Blick, den nun fahlen Augen erkennen, ob er den Mörder gekannt hatte? Nein! Wirkte er angewidert oder überrascht? Weder noch. Warum hinterließ die Haltung der Leiche den Eindruck einer nur eher schwachen Gegenwehr? War der Schock größer als die Angst? Oder hatte dieser Monsignore im Moment des Überfalls geschlafen? Als er sah, dass er nichts von alledem in den Gesichtszügen erkennen konnte, war ihm klar, dies würde ein ganz und gar vertrackter Fall werden.

Enttäuscht blickte er auf. Denn in den vergangenen Jahren hatte er schon öfter aus den Gesichtern der Opfer manchen kleinen Hinweis auf diese Art herausgelesen, der ihn den einen, wenn auch kleinen, aber entscheidend schnellen Schritt vorwärtsgebracht hatte. So verkürzte sich häufig und viel zu flott der vermeintliche Vorsprung des Täters. Der Commissario schüttelte den Kopf, trank angewidert den letzten Schluck aus der kleinen Tasse und stellte sie weg. Fast hätte er sie dabei zu Boden fallen lassen. Er nahm die Hand aus der Hosentasche und massierte sich Achseln zuckend die Stirn.

Diesmal hatte er nicht die Verwunderung gesehen, keine nahezu taxierend schmalen Augen, wie vor sechs Wochen im erstaunten Gesicht des toten Severin Aldò. Der in der Szene bekannt war wie ein bunter Hund. Der hatte genug Neider und Feinde. Der hätte sich mit den Errungenschaften aus seinen kriminellen Machenschaften vorher schon längst absetzen müssen. Doch war er so arrogant, dass es für ihn noch Erfolg versprechender war, das Schicksal ein weiteres, ein letztes Mal herauszufordern. Deshalb wäre es für Berlingui allzu verständlich gewesen den Ärger in dessen Blick zu erkennen, den richtigen Zeitpunkt für die Flucht auf eine ferne tropische Insel nun doch verpasst zu haben. So aber sah Berlingui vor Wochen eine offensichtliche Überraschung in den Zügen des Toten, als er das stumme Gesicht der Leiche an der Böschung des *Canale Piovego* in der Nähe der Autostrada betrachtet hatte. Ein leichtes Runzeln auf der Stirn. Augenbrauen die sich verwundert über der Nase fast berührten. Tage später nahm der Commissario den Sohn Aldòs fest, von dem es immer geheißen hatte, dass er seinen Vater abgöttisch geliebt hätte. Doch brauchte es nur einen Tag in den Händen von Collasso und seinen Kollegen, bis seine Aussage nur noch aus Widersprüchen bestand.

So in Gedanken blickte er noch einmal forschend auf Tossatello und drehte sich anschließend um. Vielleicht würde ihm später ein übersehenes Detail einfallen und weiterhelfen. Auch wenn ihm jetzt nichts verdächtig genug erscheinen wollte. Vielleicht lag es an der Müdigkeit, die von der Häufung wunderlicher Todesfälle in den letzten Wochen herrührte und die nun ihren Tribut zollte. Kaum einen Abend war er zu Hause gewesen. Kaum ein Wochenende hatte für etwas Ruhe gesorgt. Das Tagesgeschehen hatte ihn zum Dezimieren privater Ansprüche verpflichtet.

Währenddessen wartete auf ihn nur wenige Schritte entfernt Umberto Garatta, der im Hotel Colli Euganei für die Fangopackungen zuständig war. Mit starrem Blick und vollkommen bewegungslos saß er in einem Stuhl links neben der Tür zu dem Raum, in dem er vor nicht einmal drei Stunden den Monsignore morgens um halb fünf in Fango und Tücher eingepackt hatte.

„Es waren maximal sechs oder acht Minuten, bis ich wieder bei ihm drin war. Höchstens acht Minuten", murmelte er immer wieder kopfschüttelnd vor sich hin. „Wirklich nicht mehr."

Die letzten drei Worte, die er ständig wiederholte, klangen von Mal zu Mal beschwörender und flehender. Doch der Tote zeigte trotzdem keine Anstalten, seinen Zustand zu überdenken.

Berlingui warf noch einmal einen Blick durch die offenstehende Tür, auf den etwas verrenkten Leib der Leiche, beugte den Kopf und schloss abwechselnd das linke und rechte Auge. Dann stellte er die nächste Espressotasse auf den Sockelrand einer der ockergelben Säulen, die dem Raum eine antike, aber absolut künstliche Atmosphäre gaben. Es war der Moment, in dem die Routine begann. Er atmete tief durch und es klang wie ein Seufzer, in dem ein Fluchen versteckt war. Mit beiden Handflächen rubbelte er sich über das Gesicht, als wenn er die Folgen der Routine damit abwaschen könnte. Ab jetzt wurden Hunderte von Fragen gestellt, wurden diese weiß Gott wie oft wiederholt, Widersprüche zur Kenntnis genommen und wieder gefragt, nachgefragt, Erkundigungen eingeholt und nochmals Befragungen durchgeführt. Währenddessen versuchten die

Kollegen, eventuelle Spuren zu sichern und auszuwerten. Jedes Fitzelchen wurde aufgehoben, jede verdächtige Unterlage beschlagnahmt. Von nun an glichen sich alle Fälle. Mord, schwerer Raub, Entführung, Vergewaltigung, es war egal. Es glich einer Formel, die es aufzudröseln galt. Ein solcher Automatismus könnte wirklich Abwechslung vertragen. Es gab genug krumme Typen, die man verhaften könnte. Irgendwann würde sich die Bagage untereinander ausschalten. Berlingui seufzte ein weiteres Mal. Weniger Hektik wäre ja auch schon ein Anfang. Denn von nun an lief die Zeit gegen die Ermittlungen, um vor allem frische, einwandfreie Fakten herzubekommen. Handwerkliche Praxis war ohnehin nicht Berlinguis Metier. Lupe und Pinzette verabscheute er. Genauso wie den Verdächtigen, der ihm gegenübersaß. Er war eher der Theoretiker und einer, der sich auf seine Intuition verlassen wollte. Und es meist auch konnte.

Berlingui kannte diese Situation in allen Variationen. Plötzlich hatte jemand aus Versehen den einzigen tauglichen Fingerabdruck mit einem Ärmel verwischt, war der Zeuge, der angeblich alles von Anfang an gesehen hatte, wie vom Erdboden verschwunden oder von einer starken Amnesie befallen, die Tatwaffe nicht auffindbar, der Erschossene erwürgt oder das vorher so bekannte Opfer nicht identifizierbar. Und wenn alles schön einfach erschien, widersprachen sich alle vorhandenen Details.

Er überlegte. Die Gästeliste des Hotels zu bekommen war für ihn kein Problem. Zeugen, die zum entscheidenden Zeitpunkt wenigstens in der Nähe waren, gab es, so hoffte er, genug und trotzdem beschlich ihn das Gefühl, diesmal einen stinkenden Fisch vorgesetzt bekommen zu haben. Er hatte still dem Getuschel gelauscht und wusste, hier waren ihm zu viele Wissende,

Kommentierende und vor allem ganz Schlaue. Doppelt so viele Stammtische wie Personen. Fragend blickte er Dottore Alfonso Pantatti an. Er war einer der Wenigen, dem er nach dem Fund einer Leiche vertraute. Sofern es möglich war, war er mit ihm als Erstes am Tatort, damit dieser als Arzt eine Einschätzung geben konnte. Pantatti zuckte mit der Schulter und seinen Augenbrauen, schaute ebenso zur Leiche, inspizierte sie mit den gleichen Kopfbewegungen und entgegnete dabei in seinem typischen hackenden und kauenden Venezianisch:

„*Sa vàrdito ti?* Was guckst du so? Da reichen schon weniger als fünf Minuten. Der Monsignore ist – *scusa!* – war nicht mehr der Jüngste. Atemnot tritt in einer solchen Situation ...", nun schaute er Berlingui in die Augen und ahmte den Sterbenden mit Gesten und Lauten nach, „... bereits nach einer halben Minute ein. Denk an die Panik, die ihn sofort erfasst, Piero. Der ganze Körper reagiert angespannt, die Atmung wird flach, der Kreislauf reagiert, der Schock tritt ein und – *wupps* – sinkt die Pulsfrequenz."

„Aber wie kommt der Schlamm *in* seinen Mund? Ich hätte gedacht, dass man in so einem Moment alles versucht ihn zu schließen oder das Zeug versucht auszuspucken."

„Der Täter hat ihm wahrscheinlich erst die Nase zugehalten und dann, als er Luft holen wollte, das heiße Zeug auf's Gesicht und in den Mund gekippt. So dass er, als er schreien wollte, quasi als Reflex einen Teil des Schlammes geschluckt hatte. Er brauchte ihm nur noch die Hand auf den Mund pressen und ein wenig warten, bevor er ihm dann noch den Eimer mit dieser noch heißen und verflucht schweren Fango auf das Gesicht gestürzt hatte ..."

„Was? Einen Eimer? Mit diesem Zeug?"

„*Invesse sì*, ja doch, den hatte Garatta vorhin ... natürlich ... er wollte ja helfen, als er wieder reinkam, mit der ganzen Fango weggenommen. Aber da war's natürlich schon zu spät. In dem sind sicher fast zwanzig Kilo von dem Zeug drin gewesen."

Pantatti blickte wieder durch die Tür, hob abermals seine Schultern und wedelte mit seinen ausgestreckten Armen wie eine gestutzte Gans. Aber der Spuk war nicht zu vertreiben.

„Der Täter musste den Eimer dann höchstens noch zwei Minuten gut festhalten, damit er nicht durch die letzten, wie soll ich sagen - Zuckungen heruntergeworfen wird. Dabei hat er sich womöglich noch auf Tossatellos Bauch gelegt und schon hatte der keine Chance mehr. Du musst bedenken, dass er ja auch noch in diesen Tüchern eingewickelt war. Er hatte also keinen Arm frei und war damit vollends unbeweglich. Da kannst du dich wirklich nicht mehr rühren. Glaub mir, dann geht alles ganz schnell. – Und hören tut dich mit einer solchen Gesichtspackung auch keiner."

Berlingui griff sich unbewusst an seinen Hemdkragen und öffnete einen weiteren Knopf. Der weiße Kragen seines Hemdes war jetzt schon durch die Hitze, die aus den immer noch warmen Räumen strahlte, durchgeschwitzt und wurde von weiteren Tropfen seines rinnenden Schweißes noch nasser. Mit einem auseinandergefalteten Taschentuch trocknete er sich das Gesicht, dann zog er endlich die für diese Umgebung viel zu warme Jacke seines nicht ganz billigen Anzugs aus und warf sie achtlos zu seiner Lederjacke, die bereits über einem Stuhl neben ihm lag. Sein Hemd war unter den Achseln ebenso sichtbar schweißgetränkt. Noch ein Grund, solche Arbeiten zu hassen. Er missachtete die potenziellen Zeugen und ging Maße abschätzend durch den Raum. Der Täter hatte in der Tat sauber recherchiert. Die Wege waren so kurz, dass er, auch durch die Anordnung der Räume, nur kurz zu sehen gewesen wäre, bevor er zu Tossatello gelangte. Dann blickte er kurz in den Vorraum. Ein römischer Tempel mit Säulen und durch das Licht der Neonröhren doch nur ein Wartezimmer eines OPs im Krankenhaus.

Die Vorstellung, dieses Jahr im Sommer einige Tage mit Carla, seiner Frau fast zu Hause im Nachbarort Montegrotto verbringen zu wollen und dabei in einer Fangopackung zu liegen und leise vor sich hin zu garen, während der heiße Schlamm ihm im flimmernden Licht des Leuchtgases den Atem nahm, ließ ihn nun seine Pläne überdenken. Er drehte sich um, nun mit der nötigen Laune ausgerüstet. Sauer, verärgert und geladen. Zeugen dürfen nur sachlich relevante Fragen gestellt werden, Die gesamte Aussage ist zu protokollieren, dem Zeugen vorzulesen und von ihm zu genehmigen. Ihr könnt mich mal!

„*Mannaggia la Madonna!* Verdammt noch mal! Garatta! Haben Sie wirklich nichts mitbekommen? Geräusche? Schritte? Ein Ächzen? Irgendetwas, das Sie hätte wundern müssen? Nein? Das gibt's doch nicht. Sie sind ja nicht alleine hier und die Räume sind keine Ballsäle. Nirgendwo steht eine Kapelle, die ablenkt. Da können Sie sich sogar mal unterhalten. Wie viele seid ihr hier unten?"

„Heute nur zwei. Nein, Signor Commissario, es hat doch höchstens sechs oder sieben Minuten gedauert. Wirklich nicht mehr. Wirklich."
Auch ihm lief der Schweiß über sein erschrecktes, blasses Gesicht. Wieder folgte die inzwischen bekannte Litanei:

„Wir wickeln die Herrschaften ein, schauen in die Gesichter, nicht dass ihnen schon währenddessen

24

schlecht geworden ist oder der Kreislauf einen Streich spielt, dann gehen wir in den nächsten Raum. Wir zwei haben jeder gerade nur vier Gäste. Das Haus ist noch nicht so voll wie später in der Saison. Dann sind wir oft zu dritt und haben jeder sechs, der Ein oder Andere sogar sieben."

„Selbst sechs Minuten kommen mir lang vor. Da kann doch in der Zwischenzeit jede Menge passieren. Kontrollieren sie nicht, was mit ihren Patienten sein könnte?"

„Natürlich, aber … Die Leute heute … Das sind alles Gäste, die wir kennen … Da erzählt man in der nächsten Kabine etwas länger … Bisher ist noch nie …", er zuckte resignierend mit den Achseln.

„Sie packen die Leute also in den Fango ein, schlagen Wolltücher um sie herum und zurren sie …", Berlingui schaute ungläubig wieder zu dem leblosen Körper Tossatellos, der an den Beinen immer noch wie eine Mumie eingewickelt war, „… fest?"

„Nein, ich habe es doch schon dem Herrn Ispettore dort gesagt, das Tuch wird nicht allzu fest über den Körper geschlagen und nur an einer Seite etwas unter ihn geschoben, damit die Wärme nicht entweicht. Darüber legen wir lose eine weitere Decke und mancher von uns zusätzlich ein Handtuch mit dem wir dann ab und zu Schweiß vom Gesicht der Gäste abtupfen."

Berlingui spürte eine Hand auf seiner Schulter und wandte seinen Kopf. Ispettore Benito Collasso stand neben ihm. Seine Uniform war nach wie vor hoch geschlossen. Lediglich die Mütze hatte er sich unter seine Achsel geklemmt. Berlingui fragte sich, bei welchen Temperaturen und Gelegenheiten sich der viel zu dürre und immer kränklich wirkende Collasso wohl jemals die Knöpfe seiner Jacke öffnen würde. Selbst im letzten, an manchen Tagen viel zu heißen Sommer hatte er entweder seine Uniform oder einen korrekten Anzug an.

Für den bisher noch nicht erlebten Zeitpunkt gab es in der Questura einige herbe Gerüchte. Irgendwann hatten ein paar Kollegen nämlich passende und pikante Lebensdetails herausgefunden und dem Ispettore deswegen den Spitznamen *Nuttolini* verpasst. Sein Vorname passte einfach zu gut auf das, was man sich untereinander erzählte. Als Collasso von diesen Neckereien erfuhr und gleichzeitig seine Karriere ins Stocken geriet, wollte er seinem Chef alles erklären, denn obwohl er seit bald acht Jahren in dessen Abteilung arbeitete, hatte der Commissario keine Ahnung von seinem Leben. Um Berlingui einen Einblick zu geben, wählte Collasso die direkte Form und lud ihn ein. Berlingui dankte und ging mit ihm ins „Chez Silvia", dem Benito allwöchentlich einen Besuch abstattete, um – *Glauben Sie mir! Ich schwöre es!* – höchstens etwas zu trinken und jemanden zu treffen, den es nun galt vorzustellen. Das Glas, mit dem sie anstoßen wollten, hielt dem Commissario dabei eine praktisch nackte Schönheit hin, die dafür prädestiniert war, jede weitere, kaum auszusprechende Hitze zu erzeugen. Berlingui hatte so etwas schon vor dem Eintritt geahnt, kein Wunder, nachdem er den ersten Meter des Ganges sah, in dem er dann stand. Aber statt umzukehren, machte er das *Spiel* mit. Allerdings hatte er den wahren Grund an diesem Abend dann doch nicht kennengelernt. Sie war mit einem Anderen beschäftigt. Am Ende waren sie beide auch zu angesäuselt, als dass eine Erklärung noch alles hätte zurechtrücken können.

Der Blick des Ispettore verriet von da an nichts von dessen Gefühlen. Nicht einmal Berlingui. Die Aktion war danebengegangen. Danach war Collasso klar, dass er zwar einen Mitwisser, aber keinen Verbündeten gefunden hatte. Um dies auszugleichen hatte er seine Persönlichkeit seitdem durch unentbehrliche Dienstlichkeit ersetzt. Auch jetzt setzte er, wie immer seit dieser Zeit und in solchen Situationen, nichts anderes als eine übertrieben wichtig gemachte Miene auf, von der er glaubte, dass sie ihn genug von üblen Behauptungen und Fehleinschätzungen distanzieren würde. Mit diesem Gesichtsausdruck also deutete er nun hinter sich. Dort standen fünf Personen der Größe nach aufgereiht vor einer der Terracotta-Nymphen, die den Commissario am Morgen noch an eine der Najaden in Caserta erinnerte.

„Was soll das, Collasso?", zischte Berlingui ungehalten, „sind wir jetzt schon bei der Gegenüberstellung angelangt?"

„Signor Frantelli, der Eigentümer ...", der Inspektor blieb auch jetzt unerschüttert und zog den Commissario wie ein kleines Kind am Arm, den Berlingui ihm mit einer ebenso kindlichen, unwilligen Bewegung entriss. „... Ludovico Spazzatto der zweite Fanghino hier, Paolo Ruffo ein Masseur, Anna Scarpa ein Zimmermädchen...", Berlingui guckte auf die sowohl sehr kleine und als auch sehr untersetzte Frau hinunter und fragte sich, ob Collasso noch alle Tassen im Schrank hatte, Zimmer*mädchen*, doch dieser hatte sich schon einem noch kleineren und noch dickeren Mann zugewandt, „... Luigiano Zabborra vom Empfang. Ich habe gedacht, dass es vielleicht wichtig ist, sie alle hier zu haben, bevor ...", Collasso drehte den Fünfen seinen Rücken zu und näherte sich mit schützenden Händen und flüsternd dem rechten Ohr des Commissarios, „... die ganzen Straßen hier Bescheid wissen."
Der Commissario hob beide Hände vor die Brust und wippte mit den Fingerspitzen nach oben vor seinen

vornübergebeugten Körper, als wenn er tropfende Oliven in seinen Mund schieben wollte. Die typischste aller italienischen Handbewegungen. Manchmal trieb ihn die Art des Ispettores einfach zur Weißglut.

„Collasso! Ich bitte Sie! Inständig! Sie müssen heute ihren Namen nicht unbedingt an mir verwirklichen", stieß er aus einem Mundwinkel in das Ohr des Inspektors, der still in sich hineinlächelte, weil er diese Attacken nur zu gut kannte und Berlingui sie am nächsten Tag durch sein Verhalten erkennbar bereute.

Berlingui riss sich zusammen und reichte Frantelli mit einem eingeübten, aber eindeutig kalten Lächeln seine rechte Hand. Ohne eine Frage gestellt zu haben, kannte der Commissario bereits sämtliche Antworten, alle Variationen von Ausflüchten. Denn sicher folgte nun die Erklärung, dass es doch eigentlich keinen Ermordeten gab. Sondern eher ein Unglück. Der Ruf, die Geschäfte, die ganze Reputation des Hauses waren nun von einer Person abhängig, die – nun – ja gut – vielleicht nicht ganz freiwillig – aber lediglich – gestorben war. Egal wie wichtig sie zuvor gewesen war, nun konnte sie nichts mehr bewegen, verändern und beeinflussen. Alles würde sich eh als Unfall oder ähnliches herausstellen, schlimmstenfalls als unvorhersehbares Malheur.

Frantelli antwortete mit einem laschen Händedruck und musterte den Commissario mit blassen Gesichtszügen.

„Ich weiß", setzte Frantelli mit leise fiepender Stimme an, „es ist vielleicht nicht der richtige Augenblick, aber im Hotel ist bereits eine ...", Frantelli hüstelte, „... Unruhe entstanden. Natürlich ist das ein ungeheuerlicher und unglaublich schrecklicher Vorfall, man denke allein an den Rang der Person, seiner Funktion und die Hinterbliebenen. Ich werde selbstverständlich alles tun, um die Aufklärung so schnell wie möglich zum Erfolg kommen zu lassen, aber können wir den Gästen gegenüber... nun... ja gut... ich meine... was ich sagen will... nicht behaupten, dass es ein unglücklicher Todesfall gewesen ist, sozusagen ein Infarkt, und die Anwendungen noch heute fortsetzen? Es soll ja nicht Ihre Arbeit einschränken, aber wissen Sie, der Ruf des Hauses..."

Berlingui winkte unwirsch mit einem fliegenden Handrücken ab. Die Worte Frantellis waren nichts anderes als lästige Fliegen, die seine Ohren umschwirrten. Waren der erwartete ständige Blödsinn. Passten zu diesem unsäglichen Tag. Seine Ahnung hatte ihn wieder mal nicht im Stich gelassen. Frantelli durfte deshalb ruhig die volle Breitseite seiner Autorität abbekommen. Diese emotionslosen Weisen der Wirtschaft, die in allen Lebenslagen glaubten, den Staatsapparat mit ihren nicht gezahlten Steuergeldern bestechen und abhängig machen zu können, waren ihm seit jeher zuwider. Reine Geschichtenerzähler. Der Eine so schlimm wie der Andere. Die Wut ihn ihm war jetzt schon kaum bezähmbar. Darum hatte er auch keine Lust, sich zu beherrschen und entgegnete mit fast bebendem und drohendem Ton, dem sofort jeglicher höfliche Klang abhandengekommen war:

„Geht es Ihnen gut? Oder wollen Sie mich auf den Arm nehmen, Frantelli? Erstens wird von Ihnen heute kaum jemand so schnell das Haus verlassen, zweitens wird hier so lange und so viel Material wie möglich gesammelt, und wenn ich jeden Zwischenraum der Fliesen auskratzen lasse – und drittens handelt es sich hier *offensichtlich* um einen Mord, der sowieso morgen von jedem Gast in der lokalen Presse bis ins letzte Detail nachgelesen werden kann."

Damit war dieses Gespräch für Berlingui beendet. Wenn je noch eines folgen sollte, würde Frantelli keine Chance mehr haben, Konditionen aushandeln zu können. Der Commissario wendete sich abrupt und ostentativ dem kleinen Mann von der Rezeption zu, verbarg hinter einer Hand einen Gähner und fragte sich, wie dieser Winzling seine Arbeit hinter der Theke verrichten konnte ohne dort übersehen zu werden. Er konnte sich gerade noch zurückhalten ihm über den Kopf zu streicheln, als er ihn zur Seite nahm und mit einer Hand auf dessen Rücken von den Übrigen wegschob.

„Signor Zabborra, trägt nicht eine Villa in der Nähe ihren Namen?"

Zabborra senkte seinen Blick sichtlich geschmeichelt zu Boden und wackelte dabei mit seinem Kopf. Dann schaute er an dem deutlich größeren und auch wesentlich schlankeren Commissario empor.

„Nein, die Villa Zaborra schreibt sich nur mit einem *B*. Unser Name leitet sich vermutlich leider von einer Verballhornung ab: Zappare, was ja so viel heißt wie *im Garten rumhacken*. Meine Vorfahren waren in ihrem eigentlichen Beruf wohl sehr schlecht", Zabborra lachte glucksend, „und deshalb habe ich auch einen ganz anderen gewählt – Beruf meine ich."

Berlingui nahm fast regungslos und etwas unaufmerksam den kleinen Sprachunterricht entgegen. Stattdessen sehnte er sich nach einer endlich guten Tasse Espresso, die seine Sinne schärfte. Er lächelte Zabborra steif an:

„Sie können sich vielleicht denken, was ich Sie fragen möchte. Ist *Ihnen* vielleicht heute Morgen oder in den letzten Tagen im Vorfeld irgendetwas Ungewöhnliches aufgefallen?"

„Heute Morgen? Nein. Bisher nicht. Mein Dienst beginnt immer erst um sieben und da war der Monsignore ja bereits – äh – verschieden."

Berlingui stutzte. Das *Bisher nicht* hielt er ja noch für einen misslungenen Scherz und schaute daher Zabborra wenig amüsiert an. Aber hatte er recht gehört? *Bereits verschieden?* Brauchte man heute am Empfang eines Hotels Witzbolde und Lyriker in Personalunion?

„Gibt es keine Übergabe? Der Nachtportier müsste Sie doch eigentlich schon längst verständigt oder ihnen wenigstens etwas erzählt haben?"

„In der Vor- und Nachsaison beschäftigen wir noch keinen Nachtportier. Signor Frantelli wohnt hier im Haus und hatte aus verständlichen Gründen nicht die Zeit gehabt... Auf jeden Fall steht er bei Bedarf zur Verfügung, damit er auf irgendeine Art eingreifen kann. Doch das ist eher selten der Fall. Nur in den Wochen über Ostern und im Mai bis Ende August arbeiten Studenten als Nachtwache bei uns, dann sind so viele Gäste da, dass fast jede Nacht ein Problem auftaucht, für das dann auch eine Lösung gefunden wird. Irgendjemand hat dann plötzlich Durst, verspürt Hunger oder möchte..."

Der Commissario beendete die Aufzählung mit einer Handbewegung.

„Das bedeutet, das Hotel ist über Nacht nicht bewacht und abgeschlossen? Bis um wie viel Uhr?"

„Gegen sechs Uhr morgens schließt einer der Masseure, Fanghinos oder jemand vom Frühstücksservice auf. Es gibt tatsächlich einige Gäste, die vor dem Frühstück noch einen kleinen Spaziergang machen, wenn es das Wetter erlaubt."

„Nun, sei's drum, Monsignore Tossatello, was können Sie mir über ihn erzählen? War er ein Stammgast ihres Hauses, kannten Sie..."

„Monsignore Tossatello", Frantelli schaltete sich mit einem hörbar beleidigten Ton ein, womöglich hatte ihn die andauernde verbale Übereignung des Hotels an Zabborra durch den Commissario gestört, „...kam seit nun fast fünfzehn Jahren hierher, um sich von seinen schweren Aufgaben in Rom zu erholen. Ein sehr angenehmer, gut gekleideter und ruhiger, aber auch eloquenter Herr von ausgesprochen honoriger Höflichkeit. Hin und wieder setzte er sich mit Gästen in der Bar an einen Tisch und diskutierte auf höchstem Niveau mit ihnen über das Weltgeschehen."

Der prosaische Ton schien Bestandteil des Hauses zu sein.

„Konnte er sich den hier frei genug bewegen ohne gleich Aufsehen zu erregen? Immerhin war er doch eine Person des, man würde sagen, öffentlichen Lebens in entsprechender Kleidung."

„Natürlich, auch wenn er in Rom höhere Aufgaben zu erfüllen hatte, gaben ihm die Tage in unserem Haus, auf Grund unserer Organisation und baulichen Gegebenheiten, die Möglichkeiten sich hier unbedrängt zu entspannen und auch nach Belieben anders zu kleiden."

„Tragen diese Herren nicht immer ihre Soutane mit einem – äh – violetten Zingulum?"

Der Commissario bemerkte widerwillig, dass er bereits den geschwollenen Ton des Hauses nachahmte.

„Selbstverständlich, wenn er zu den Mahlzeiten kam, aber auch diese war immer sehr gepflegt."

Berlingui betrachtete den graugewordenen Bademantel, den er von seinem Standpunkt hinter der Tür des kleinen Raumes immer noch hängen sah und zog seine Augenbrauen hoch. Vielleicht hatte er durch seine schlechte Laune heute verlernt, Fragen zu stellen. Kein Wunder, jede Leiche ist hässlich und der Espresso glich einem Attentat. Vielleicht war das hier aber auch eine verlogene Bande, von der die richtigen Antworten schlichtweg verheimlicht wurden. Normalerweise hatte jeder bei so viel Beteiligten immer eine komplette Anekdotensammlung parat. Aber jetzt gab es irgendwie keine brauchbare Ernte. In genau diesem Moment kam die Scarpa auf ihn zu:

„Ich möchte nicht unhöflich sein", sie nickte, sich entschuldigend, Signor Frantelli zu, „aber der Monsignore trug abends häufig auch einen Anzug, wenn er nach dem Essen von seinem Zimmer zurückkehrte und noch einen kleinen Spaziergang machte. Ich habe ihn ab und zu auf dem Flur getroffen, weil ich während der Tischzeit die Betten für die Nacht vorbereite und auf ihnen die Nachtgewänder der Gäste lege. Er war wirklich immer sehr nett und grüßte mich jedes Mal mit einem Handschlag."

„Haben Sie dabei erfahren, was er dann an diesen Abenden vorhatte?"

„Nein, wo denken Sie hin", die Scarpa entrüstete sich unnötig, „so was frage ich die Gäste doch nicht. Ich habe ihm höchstens einen guten Abend, einen schönen Spaziergang oder eine angenehme Nacht gewünscht." Sie unterbrach sich. Plötzlich wurde ihr Mund spitz und der Kopf wackelte wie das Pendel eines Metronoms hin und her. Es sollte eine bedeutende Äußerung folgen:

„Vor ein paar Tagen hat er allerdings mal erwähnt, dass er bei Antonio Olivero vorbeischauen wollte, das ist der Inhaber eines Antiquitätengeschäftes in der Fußgängerzone der Viale delle Terme, der hat an manchen Abenden, vor allem an den Wochenenden, wenn es warm ist, fast bis Mitternacht auf. Das hat er immer wieder ausgenützt. Dort wollte er vorbeischauen, denn er sammelte alte chinesische Knöpfe, Nephen..."

Berlingui kannte den Laden gut. An Abenden und Sonntagen, an denen er seine viel zu selten freie Zeit etwas genießen konnte, fuhren er und Carla häufiger die im Grunde genommen kurze Strecke von Padua nach Abano hinüber, um bei schönem Wetter durch den Ort zu bummeln. Dabei trieb es ihn immer wieder in diese Schatzkammer angeblich alter und originaler Dinge, während sich Carla von den bunten Eistürmen beim *Caffè Fontana* verführen ließ und sich eine Waffel voller bunter Bälle zusammenstellte. Immer wieder versuchte er dabei, hinter das System Oliveros zu kommen, mit dem er seine Bilder, Teppiche, Gläser, Pokale und andere antiken Stücke auspreiste. Glaubte er den an römische Zahlen erinnernden Code geknackt zu haben, musste er feststellen, dass der Preis ein vollkommen anderer war, wenn er die Summe hörte, die Olivero dann von einem Interessenten verlangte. Wahrscheinlich gab es irgendwo zwischen den Zeichen versteckt noch einen Code für die Anwendung einer Formel für Wochenende, Touristen und Kuraufschläge. Auch war ihm nicht immer klar, ob all die Bilder und Exponate, die auf der Vorderseite häufig bedeutende Künstlernamen trugen, auch von diesen stammten. Er lächelte die kleine Frau fast schon zu sanft an und meinte:

„Netsuken! Und die kommen schon immer aus Japan."

„… sag ich doch, von denen hat er mir einmal zwei gezeigt. Komische Dinger, der eine sah aus wie ein dicker Mönch mit einem Tier im Arm und die andere war eine kleine, genauso dicke, splitterfasernackte Frau. Mein Gott, war die nackt! Das hätte ich ihm gar nicht zugetraut. Diese Teile waren auch viel zu groß für einen Knopf. Sie können sie sich anschauen. Er hat sie alle schön eingepackt in einem Kelch auf seinem Zimmer gesammelt. Dinge gibt's."

Berlingui schaute sie belustigt an. Er überlegte ob auch die Scarpa zum Ausgleich als Netsuke zu gebrauchen wäre und versprühte sein Kunstwissen:

„Das sind auch keine üblichen Hemd- oder Hosenknöpfe, wie wir sie verwenden würden, sondern Gürtelknöpfe mit denen man zum Beispiel Geldbörsen an diesem befestigte", Berlingui schaute nach rechts, „Spazzatto, wo waren Sie in dem Moment?"

„Als der Monsignore bei Olivero war?"

„Nein, mein Lieber, als man neben Ihren Augen ihn mit Fango zum Schweigen brachte", entgegnete Berlingui gereizt. Inzwischen war er von dem ganzen wichtigtuerischen Geschwätz wach geworden.

„Sie glauben doch nicht ..."

„Noch glaube ich gar nichts, wo waren Sie also?"

„In Kammer Drei. Bei Signora Mistretti. – Sie braucht zwei Stöcke, um sich auf den Beinen zu halten und laufen zu können. Ich muss ihr helfen, damit sie sich hinlegen kann. Sie braucht dafür eine kleine Trittleiter. Die Liegen sind höher als ein Bett."

„Wie ist es mit Ihnen, haben Sie etwas wahrgenommen, Geräusche, ein Auto, Schritte, die Sie nicht kannten, oder ein Licht, das grundlos an- oder ausging? – Verdammt nochmal, es braucht sich hier keiner zu schämen, wenn er etwas mitbekommen und es falsch gedeutet hat."

Berlingui erhielt ein süffisantes Kopfschütteln und eine deutlich missbilligende Antwort.

„Wenn wir in die Kammern gehen, schließen wir die Tür, sonst kann ja jeder zusehen wie die Herrschaften sich entkleiden. Dann drehe ich das Wasser für das anschließende Sitzbad auf. Es läuft auch Musik die ganze Zeit und ...", Spazzattos Ton wurde noch spitzer, „... es kommt durchaus vor, dass ich mit Gästen *spreche*. Da höre ich nicht, was draußen passiert, außer jemand drückt den Notknopf oder zieht an der Schnur der Alarmglocke. Und ich brauche bei Signora Mistretti gute fünf Minuten bis ich wieder herauskomme. Sie braucht bei allem Hilfe ...", Spazzatto lehnte sich etwas nach vorne, sah dabei mit schielenden Augen schnell nach links und rechts und flüsterte: „... sie ist nicht gerade schlank."

„Und anschließend gehen Sie zum nächsten Patienten?"

„Gast! Die Leute hier sind Gäste. Wir sind keine Klinik, sondern ein Hotel. Nein, nach Signora Mistretti war ich heute mit dem Einpacken fertig. Danach schaue ich immer noch einmal kurz durch die Türen zu den anderen Gästen. Falls etwas gemacht werden müsste. Wissen Sie, einige Leute haben Schwierigkeiten, wenn der Fango etwas zu warm ist, richtig Luft zu bekommen und dann lockere ich die Tücher ein wenig und tupfe ihnen den Schweiß mit einem kühlen feuchten Handtuch ab."

„Können Sie sich vorstellen, woher der Täter den Fango hatte?"
Spazzatto lachte provozierend frech und sein Blick verriet unverblümt, dass er diese Frage des Commissarios erst recht für vollkommen albern und dilettantisch hielt. Hatte man bei der italienischen Polizei keine anständigen Kommissare mehr? Oder tarnte man dort untere Ränge einfach mit höheren Dienstgraden? Auf jeden Fall schienen sich die Detektive in den Romanen, die er bisweilen in seinen Mittagspausen las, beim Befragen ihrer Zeugen um Einiges intelligenter anzustellen, nachdem sie zuvor am Tatort wenigstens gründlich recherchiert hatten.

„Davon haben wir doch wirklich genug hier. Draußen im Hof in den Reifebecken liegen Tonnen davon.

Da braucht man sich nur einen Eimer voll zu nehmen und ..."

„Spazzatto", Berlingui wedelte mit einem unsichtbaren, großen Wasserball zwischen seinen Händen, „Sie werden es kaum glauben, aber das habe ich auch schon gesehen", dann verschränkte er mit zurückgelegtem Kopf die Arme vor seinem Körper und imitierte Spazzattos Tonfall, „doch wenn der Täter in diesem Fall nur wenige Minuten Zeit hat, dann muss er sich wirklich sputen, um nicht entdeckt zu werden. Je länger er nämlich dort draußen um die Becken rennt und in ihnen rumgräbt, steigt die Gefahr, dabei beobachtet zu werden! Deshalb bin ich davon überzeugt, dass der Fango *nicht* aus diesen Reifebecken stammt."
Mit diesen Worten schenkte er Spazzatto einen letzten stechenden Blick und ging auf Paolo Ruffo zu. Die ganze Zeit hatte sich dieser lässig an eine Säule gelehnt, seine Fingernägel mit einem Zahnstocher gesäubert und den Eindruck hinterlassen, dies alles hier ginge ihn nichts an. Spazzatto schaute dem Commissario beleidigt hinterher und machte eine wegwerfende Handbewegung. Zur Scarpa gewendet flüsterte er: „Was der von dem jetzt wohl noch wissen will?"
Die machte einen Schritt zur Seite und zuckte gleichgültig mit den Schultern.

„Was hatten Sie eigentlich um diese Zeit hier unten zu tun, Ruffo?"

„Ich war gerade eine Minute, bevor Umberto um Hilfe geschrien hatte, zum Arbeiten gekommen und war genau deswegen hier."

„Die Massageräume sind doch in einem ganz anderen Gang weiter oben im Gebäude, haben Sie dann nicht auch schon Dienst gehabt?"

Ruffo schaute Berlingui lächelnd an. Sein drahtiger Körper, auf dessen Unterarmen die Adern weit herausstanden und in sehnige Hände führten, passte nicht so recht zu den anderen Figuren, die sich hier unten aufhielten. Er legte seine gespreizten Hände an den Fingerspitzen zusammen und formte mit ihnen eine Art Kugel, dann schaute er sie an, wiegte seinen Kopf, blickte wieder auf, und Berlingui wusste, dass er wieder nichts Wichtiges erfahren würde. Nach einem weiteren Lehrgang in Sachen Körperbau, Muskelproblemen und deren Therapien durch Massagen, denen er nur unkonzentriert folgte, klopfte er mit seinen Fingerknöcheln auf die Platte des massiven Schreibtisches, auf dem irgendein großformatiges Blatt Papier lag, gefüllt mit von Hand gezeichneten Kreisen, blauen Kreuzen und verschiedenen Buchstaben in senkrechten und waagrechten Kästchen.

„Die roten Kreise?" Berlingui nickte Ruffo bestätigend zu und tippte mit einem unecht dankenden Lächeln auf eine entsprechende Stelle der Eintragungen.

„Monsignore Tossatello erhielt demnach eine Spezialmassage. Ich danke Ihnen für die außergewöhnlich genauen und in diesem Fall wahrscheinlich sogar essenziellen Ausführungen."
Berlingui hörte der Antwort Ruffos nur noch mit einem halben Ohr zu und fragte sich, ob das Publikum in diesem Haus ähnlich schulmeisterlich behandelt wurde. Bisher war er davon ausgegangen, dass dieser Ton nur in entsprechenden Einrichtungen verwendet wurde. Doch hoffte er auch jetzt, dass es eher die landestypische Abneigung gegenüber der Polizei war, die man nicht unbedingt für ernst nahm. Außer sie klopfte zum Beispiel nach einem, für den Betroffenen, kaum zu erkennenden Verkehrsdelikt an die Seitenscheibe des eigenen, soeben angehaltenen Autos. In diesen Fällen

nützte dann allerdings selbst der unschuldigste Blick und die einfallsreichsten Beteuerungen und langwierigsten Erklärungen nichts. Meistens.

Der Commissario ging auf Collasso zu und trat mit ihm zur Seite. Auch wenn dieser die Laune Berlinguis mit seiner immer wieder gewichtigen und großspurigen Art nicht gerade förderte, so hatte Collasso doch ein untrügliches Gespür für vertrackte Situationen, die im ersten Moment unlösbar schienen. Schnell konnte er in einer Liste Namen von Personen kennzeichnen, die es wert waren, genauer unter die Lupe genommen zu werden oder die man getrost als Verdächtige ausschließen konnte. Er war der Praktiker. Er hatte Nerven wie Drahtseile. Schade, dass er bei den vielen Optionen für Freizeitbeschäftigungen eine so unglückliche Wahl getroffen hatte. Berlingui schaute ihn etwas forschend an, rieb sich über die Nasenspitze und stocherte kaum hörbar mit Worten herum.

„Haben Sie nicht auch das Gefühl ... Ich komme mir vor wie früher im Unterricht. Da habe ich diesen Ton auch schon gehasst. Ich hoffe, unsere Leute von der *scientifica* kriegen mehr heraus. Das hier bringt uns kein Stück weiter. Alles oberflächlicher Mist und ich habe das unbestimmte Gefühl, dass keiner von denen ehrlich ist. Die sind doch überhaupt nicht an Aufklärung interessiert. Salbadern nur herum. Sonst glaubt doch jeder, den Fall durch irgendwelchen Quatsch schon halb gelöst zu haben. Aber die wirken ja nicht mal schockiert."
Collasso nickte und trat, etwas bedächtig in seinen Bewegungen, dichter an Berlingui heran. Mit der gleichen Behäbigkeit sagte er: „Das wundert mich nicht, vielleicht ist heute Morgen *noch* etwas danebengegangen. Das ist freilich nur so ein Gefühl. Aber – Ruffo und die Scarpa können Sie vergessen. Er ist eingebildet hoch drei und sie eine ziemlich einfach gestrickte Frau. Das

mit Olivero ist allerdings interessant. Wir sollten uns den Kelch mal ein bisschen genauer angucken. Wer weiß. Vielleicht sammelte er die falschen Dinge. Sie haben auf jeden Fall recht, ich habe auch den Eindruck, dass ein paar von denen etwas mit ihrem Gequatsche vertuschen. Aber wir haben ja noch die anderen Gäste, die heute Morgen hier unten ihre Anwendungen hatten. Fragen wir die erst mal. Ich wette, da kommen noch ein paar feine Sachen heraus."

Berlingui schaute seinen Ispettore verwundert an.

„An was denken Sie dabei? Das klingt ja fast, als wenn Sie Komplizen unter den Angestellten vermuten."

„Warten wir es ab, Commissario, ich glaube, wenn die alle nachher ins Foyer müssen, um den Badeschluss für heute zu verkünden, wird der ein oder andere erst richtig die Situation begreifen. Die glauben wahrscheinlich, in ein paar Stunden normal weitermachen zu können, als wenn nichts passiert wäre. Stellen Sie sich das Gewitter an Fragen vor, das über die früher oder später hereinbrechen wird. Allein von den übrigen Gästen. Vielleicht verheddern sie sich bei den Antworten. Vor allem, wenn wir hier alles auf den Kopf stellen. Irgendwann fangen die auch untereinander an zu reden. Und soweit stehen wir ja nun mit unseren Ohren nicht weg. Ansonsten ...?"

Berlingui rieb sich gedankenverloren sein Kinn.

„Nicht schlecht, wirklich, finden tut man ja immer was und wenn Sie recht haben, könnte es sein..."

„Ich denke, wir nehmen uns jetzt erst einmal die restlichen Gäste vor und schauen, was dabei herauskommt. Und Sie drehen währenddessen einfach mal ein Blatt Papier zu häufig um. Vielleicht werden sie nervös. Irgendwas erfährt man immer."

Auch das schätzte Berlingui an seinem Stellvertreter, in entscheidenden Momenten verstand er nicht nur die

Leute, sondern auch die Situation zu analysieren. Auch wenn er ein trockener, oft umständlicher und in seinen Augen manchmal gewöhnungsbedürftiger Kerl war und gleichzeitig alles wie ein dozierender Großvater formulierte. Dazu kam die Sache mit den Besuchen in diesem Etablissement. Das war in der Tat schon eigenartig genug. Trotzdem. Berlingui wusste ja selber, dass er dem Drumherum nicht ausreichend Zeit gab und dadurch manches aus den Augen verlor. Der Commissario nickte deshalb bestätigend und klopfte Collasso auf die Schulter.

„Gehen Sie schon mal vor. Vielleicht können Sie dem einen oder anderen Gast schon etwas entlocken. Ich komme gleich nach, ich möchte nur noch einmal kurz mit Garatta und Zabborra sprechen."
Bei den letzten Worten schaute er Garatta bereits mit zur Seite deutenden Augen an und machte auch dem Portier ein Zeichen, damit er wartete. Er schickte die Zwei jeweils in einen der leeren Behandlungsräume und ging anschließend zu Zaborra in den Raum Nummer Fünf. Der hatte sich auf einen Plastikstuhl gesetzt, den Berlingui eher von Campingplätzen und billigen Cafés kannte und der so gar nicht in diese Umgebung passen wollte. Er trat vor ihn und ging in die Hocke, nun war er das erste Mal fast auf Augenhöhe mit ihm, doch sah er mit zusammengekniffenen Augen, wie etwas hinter ihm an der Wand suchend, an ihm vorbei, um Zabborra im nächsten Augenblick komplizenhaft ins Gesicht zu schauen.

„Es wäre nicht richtig, wenn ich jetzt behaupten würde, dass ich Sie nicht lange aufhalten möchte, denn ich glaube tatsächlich, dass dieser Tag für uns alle lang werden wird. Aber ich bin wirklich daran interessiert, heute möglichst viele Fakten zusammenzubekommen", sagte er milde lächelnd. „Daher möchte ich Sie bitten, mir bis heute Nachmittag eine Kopie der Gästeliste zu machen. Jagen sie das Original, wenn möglich, durch einen Kopierer. Es wäre gut, wenn...", Berlingui konnte nicht anders und tätschelte dem eigentlich gar nicht mehr jugendlichen, aber auffallend kleinen Mann, brüderlich, ja, fast verschwörerisch den linken Oberschenkel, „...möglichst niemand davon etwas bemerken würde. Machen Sie es bitte tatsächlich heimlich. Und bitte fertigen Sie mir eine handschriftliche Liste mit allen Namen und Adressen der Gäste an, die heute abreisen. Lassen Sie sich ruhig Zeit, denn in diesem Fall wäre es dienlich, wenn dies möglichst viele mitbekommen würden."

Berlingui nickte ihm freundschaftlich zu, klopfte noch einmal mit seiner Hand auf den Oberschenkel des etwas verblüfft wirkenden Portiers und deutete mit einem Finger vor dem Mund und in die Stirn gezogenen Augenbrauen die Wichtigkeit dieser für diesen Augenblick einzig möglichen Variante seines Vorgehens an. Dann stand er auf, ohne Zabborra die Möglichkeit einer Antwort gegeben zu haben, öffnete die Tür und sagte in den Vorraum gerichtet auffallend laut:

„Ich danke Ihnen sehr, Zabborra. Das war schon sehr aufschlussreich. Es könnte allerdings sein, dass ich Sie heute noch einmal brauche. Es wäre nett, wenn Sie sich zur Verfügung halten könnten."

Bei diesen Worten schaute er den wirklich sehr kleinen Mann aufmunternd an und ging mit ihm zusammen in den Vorraum. Der Brunnen mit einer weiteren wohlgeformten nackten Nymphe in der Mitte, aus deren Krug in ihren Armen vorher noch das Wasser geflossen war, war nun abgeschaltet. Das Bild, das so vorher einem fast reellen Schauspiel glich, wirkte nun durch den Stillstand auffallend künstlich und kitschig. Auch weil die

Lampe über ihr, die für einen herrlichen Hautton gesorgt hatte, erloschen war. Fast hätte dies der Commissario bedauert. Seinen Blick vom nackten und bei solchen Figuren immer prächtig geformten Busen des tönernen Mädchens abwendend, betrat er den gegenüberliegenden Raum Nummer Sechs.

„Es tut mir leid, dass ich Sie so lange habe warten lassen müssen, Signor Garatta, aber, setzen Sie sich doch hin, jetzt wird es bestimmt nicht lange dauern." Berlingui schob seine Hände in die Hosentaschen und ging mit langsamen Schritten an dem nun Sitzenden, der Liege und dem inzwischen wasserlosen Sitzbecken vorbei zu einem Fenster an der Stirnseite, das fast nutzlos erschien, da dahinter kaum ein freier Raum auszumachen war. Berlingui öffnete es, betrachtete kurz die beinahe unmittelbar dahinterstehende Wand eines Nachbargebäudes und drehte sich zu Garatta um, der ihn inzwischen neugierig musterte. Denn Berlingui entsprach gar nicht seinen Vorstellungen eines Commissarios. Für ihn war dieser Teil der Staatsmacht auf Grund eigener Erfahrungen aufbrausend und häufig genug aggressiv. Doch das Gesicht Berlinguis erschien ihm im Gegensatz zu feinnervig und ihn mit seiner langen und leicht gebogenen Nase eher an einen bekannten Künstler zu erinnern, über den er kürzlich in einer Zeitung beim Frühstück wieder einen langen Artikel gelesen hatte, doch fiel ihm dessen Name gerade nicht ein.

„Was treibt einen Mann wie Sie hierher? Obwohl Sie gerade logischerweise sehr nervös wirken, sehe ich, wenn ich mir Ihre Hände anschaue und höre wie Sie sprechen, dass Sie doch mal etwas anderes im Sinn gehabt hatten."

Garatta wand sich ein wenig auf seinem Stuhl und war wirklich mehr nervös als verstört. Jetzt fühlte er sich auch noch ertappt. Er schien lang zu überlegen.

„Wissen Sie", seine Stimme klang jetzt überraschend überlegend und dunkel, „ich hatte mein Leben vor bald zehn Jahren nach einem langen Anlauf in ein Chaos gestürzt. Als wenn ich einen Auftrag gehabt hätte."
Er beugte sich nach vorne und schaute auf die Fliesen am Boden, wich so dem Blick Berlinguis aus und fuhr fort, „es begann langsam, aber dann hatte ich innerhalb eines halben Jahres nichts mehr unter Kontrolle. Erst war es ein gelegentliches Trinken. Harte Sachen natürlich. Kurz darauf habe ich sie gesoffen. Im Unverstand. Ich wollte mein Hirn, mein Selbstmitleid wie Ungeziefer abtöten. Tja, und dann habe ich mich im Suff in Kneipen, auf Parkplätzen oder sogar beim Einkaufen immer wieder geschlagen, bis ich den Anderen oder der mich ins Krankenhaus geprügelt hatte. Es hat nicht lange gedauert und meine Frau hat mich verlassen. Ein paar Tage später hatte ich mein Zuhause genauso verloren wie meine Arbeit. Ich stand auf der Straße. Auf der musste ich eine Entscheidung treffen. Wohin? Supermarkt? Schnapsladen? Rechts? Links? Oder besser in die Gosse? Und in einem lichten Moment beschloss ich, mit allem Schluss zu machen. Ich ging in so ein Zentrum und begann eine Therapie zu machen. Das ist die Kurzversion, aber sie hat insgesamt über ein Jahr gedauert und ich war froh, danach wieder Arbeit gefunden zu haben, auch wenn diese, wie Sie vielleicht meinen, nicht allzu anspruchsvoll ist. Aber die Menschen hier sind in vielerlei Hinsicht eine gute Aufgabe für mich. Und ich möchte und darf sie nicht verlieren."
Berlingui war über so viel plötzliche Offenheit verwundert, doch nickte er langsam und verständnisvoll mit dem Kopf und klopfte Garatta leicht auf die Schulter.

„Sie sind, denke ich, eine ehrliche Haut, Hochachtung, und ich weiß, dass der Fango mit dem der Monsignore umgebracht wurde, weder aus ihren Behandlungsräumen noch von den Resten aus den Eimern stammt, die auf dem Wagen dort drüben stehen. Sie kennen Ihr Material. Deshalb die Frage: Können Sie mir sagen, aus welchen Reifebecken dieser Fango sein könnte?"

Garatta guckte verdutzt zu Berlingui hinauf. Sollte er sich getäuscht haben? Glaubte dieser tatsächlich, dass sich das Zeug von Haus zu Haus unterschied? Es war überall grünlich grau, sandig, an weichen Beton erinnernd und widerlich schwer.

„Entschuldigen Sie, Commissario, meinen Sie das ernst?"

„Schauen Sie mal her. Ich möchte Ihnen was zeigen. Der Mörder hat so viel Fango benutzt, dass davon jede Menge auf den Boden und neben das Gesicht des Monsignore gefallen ist. Nehmen Sie eine Handvoll davon in Ihre Hände und kneten Sie es mit ihnen durch."

Während er dies zu Garatta sagte, war er hinausgegangen, an dem bleichen Terracotta-Mädchen vorbei, schaute nun von der anderen Seite ihren nackten Po bewundernd an, der wie alle in Ton geformte Pos üppig und deswegen auch vollkommen frei von Cellulitis war. Er zog die Augenbrauen hoch und hätte fast anerkennend gepfiffen. Im Geiste sah er Carla im Bad auf der Waage stehen und den Kopf schüttelnd ihre Oberschenkel und die Anzeige des Gerätes mustern. Kein Wort konnte sie in diesem Moment besänftigen, jeder wahre Satz über ihre fabelhafte Figur war dann immer und sowieso, also prinzipiell eine Lüge oder ein unehrliches beschwichtigendes Lob, um den Frieden in der Familie zu erhalten. Selbst wenn er es mit einem Kuss krönte.

Mittlerweile war er mit Fango in beiden Händen, die er wie eine kleine Schüssel vor dem Körper hielt, zurückgekommen und hielt sie über eine lederne Matte, die auf der Liege lag.

„Greifen Sie hinein! Fühlen Sie die kleinen Steinchen, Erdklumpen und die Holzstückchen darin? Noch mal, das ist doch nicht Ihre Fangomasse? Kommen Sie mit!"

Berlingui hieß ihn aufzustehen und winkte ihn zu sich, da er schon wieder einige Meter zurückgelaufen war, um in einem anderen Raum, in dem noch warmer Fango auf einer anderen Liege war, diesen wieder in beide Hände zu nehmen und es durchzuwirken.

„Spüren Sie, was ich meine?"

Berlingui musterte Garatta ohne Triumph. Dieser schaute ihn erstaunt an.

„Ich bin nun schon seit neun Jahren hier im Haus, aber das ist mir nicht mehr aufgefallen. Wissen Sie, vor Jahren haben wir eine neue Maschine bekommen, mit der wir den Schlamm in die Eimer pumpen können. Eine große Erleichterung. Das bedeutet, dass die Maschine auch grobe Stücke zurückhält und die Konsistenz gleichmäßiger macht. Damit der Fango genauso, wie dieser da...", er deutete auf die verschmutzten Hände des Commissarios, „.... nicht ist. Das Zeug ist tatsächlich anders."

„Nur können Sie mir wohl leider nicht sagen, woher er stammt."

„Nun, es gibt in Abano schon noch einige Hotels, die solche Maschinen nicht haben. Ein paar Namen kann ich Ihnen nennen. Im Großen und Ganzen sind es die kleinen, etwas einfacheren Häuser. Aber das Hotel, aus dem dieser Fango stammt ...?"

Garatta schüttelte enttäuscht den Kopf, da er seine Hilfe gescheitert sah.

„Wissen Sie, ob der Monsignore immer hier zu Gast war? Oder auch schon mal in anderen Häusern verkehrte?"

„Ich glaube er war nur einmal, bevor er jährlich für zehn Tage hierherkam, in einem anderen Hotel in der Nähe der Piazza Colombo. Ich glaube, er wechselte, weil das Hotel dort andere Besitzer bekam."

„Sie wissen auch nicht, ob er im laufenden Jahr nochmals für eine Kur oder einen Aufenthalt nach Abano kam?"

Garatta schüttelte den Kopf.

„Es klingt vielleicht seltsam, aber wir sprechen oft nur über Belanglosigkeiten, wenn die Gäste in den Fango eingepackt werden. Fußball ist in den letzten Monaten meist das Thema, dank der Affären und Skandale zurzeit ist das schon selbstverständlich. Selbst der Monsignore wusste über Tausend Sachen Bescheid und ist trotz der vielen Zwischenfälle ein Fan der *Giallorossi*. Nicht mein Verein, der AS Rom. Überhaupt nicht. Aber zu mehr persönlichem bleibt auch kaum Zeit. Von manchen unserer Gäste mag ich es ehrlich gesagt gar nicht wissen. Vielleicht können Sie das etwas verstehen."

„Und wenn Sie nach Dienstschluss durch die Stadt gehen oder in einer Bar sitzen, treffen sie schon mal Gäste? Es könnte ja sein, dass Sie dann jemanden sehen, den Sie als Gast im Hotel eigentlich vermissen. Oder Sie sehen einen Gast mit jemandem zusammensitzen oder etwas einkaufen?"

Berlinguis Gegenüber legte seinen Kopf auf die Seite, zog die Stirn in Falten und machte einen schiefen Mund. Was er sagte, klang, als ob man ihn mit einem lang vorhandenen schlechten Gewissen ertappt hätte.

„Unsere Arbeit beginnt so früh am Morgen, dass wir uns danach selten noch im Ort aufhalten, sondern nach Hause fahren und uns erst einmal schlafen legen. Auch, wenn Signor Frantelli es gerne sieht, wenn wir uns als Angestellte des Hauses im Ort hin und wieder zeigen. Ich wohne zudem am anderen Ende von Monteortone, hab kein Auto und komme höchstens für spezielle Einkäufe nach Abano. So sehe ich, außer hier unten, kaum Leute aus unserem Hotel."

„Nun ich glaube, das wäre fürs Erste, aber es kann gut sein, wie Sie sich denken können, dass ich auch Sie noch mal brauche. Allein schon wegen des Fangos."

15. März, 9 Uhr 45

Als Berlingui mit Garatta im Schlepptau ins Foyer zurückkehrte, war Collasso in ein Gespräch mit Frantelli und mit, wie konnte es auch anders sein, Giuseppe Mandroni, dem bald allgegenwärtigen Berichterstatter der *Il Padova*, vertieft. Berlingui schüttelte mit verdrehten Augen den Kopf. Woher wusste Giuseppe nur wieder so schnell, dass es hier für ihn etwas zu berichten gab? Er deutete mit einem ausgestreckten Arm und Zeigefinger auf dessen Gesicht und schaute ihn dabei etwas von unten an.

„Ciao, Giuseppe, eines Tages finde ich noch heraus, dass du für solche Vorfälle verantwortlich bist, um wieder einen Bericht für die Titelseite zu haben, so schnell wie du immer da bist ..." Dann lächelte der Commissario und war entgegen der Einschätzung der meisten Personen, die in seiner Nähe standen und ihn gehört hatten, sogar sichtlich erfreut, „... wer hat's dir denn diesmal ins Ohr geflüstert?"

Mandroni kannte Berlingui zu lang und zu gut, als dass er dessen Sticheleien allzu ernst nahm und streckte dem Commissario, der einer seiner besten Freunde war, sichtlich gut gelaunt die Hand entgegen.

Sie hatten sich vor fast sechsundzwanzig Jahren während des Studiums kennen gelernt und der Zufall wollte es, dass sie sich wiederum viele Jahre später, ohne voneinander zu wissen, bei einem der ersten Fälle Berlinguis in Padua wieder trafen. Ihre Wege hatten sich noch an der Universität getrennt, denn Berlingui gab seinen Studiengang auf und wechselte an eine andere Universität, während Monate später Mandroni ein Volontariat bei einer der Zeitungen in Mailand antrat. Fünf Jahre später bekam er darauf das Angebot der *Il Padova*, das ihm vielversprechende Freiheiten gab. Also standen sie plötzlich an dem damaligen Tatort wie in alten Zeiten nebeneinander und nach kaum einer Viertelstunde hatten sie das Wichtigste der letzten Jahre miteinander ausgetauscht. Daraufhin nutzten sie gezielt ihre alten Verbindungen, um ein intrigantes und von Neid erfülltes Netz zu entwirren.

Ein beleidigter kommunistischer Bürgermeister einer kleinen venetischen Gemeinde wollte gegen die Umwandlung seiner Partei in eine für ihn viel zu gemäßigten Linkspartei ankämpfen. Was als Bolognina in der politischen Geschichte Italiens Bedeutung erlangte, wurde zu einer Provokation seiner kommunistischen Überzeugung. Für ihn war der damalige Parteisekretär Achille Occhetto kein Realist, der zu Beginn der neunziger Jahre das Scheitern des Kommunismus erkannt hatte, sondern ein Verräter, der 1989 in Bologna begonnen hatte, das Erbe seiner Partei zu verhökern. Zumal dieser darüber hinaus, als eigentlich in Turin geborener, auch noch ständig von Sizilien aus wirkte. Das war selbst für einen kommunistischen *sindaco* zu viel. In einer solchen Situation erinnerte man sich selbstverständlich seiner norditalienischen Herkunft, die durch keine Politik zu relativieren war. Der Süden war immer schon unbrauchbar.

Damit aber seine Parteifreunde wieder zur Besinnung kämen, streute dieser Bürgermeister Gerüchte hinter die gegnerischen Fronten, die dazu führten, dass ein zwar konservativer, aber überaus beliebter Kollege aus der Region sich dann resigniert und am Ende seiner Kräfte in seinem Keller erhängte, weil er sich gegen die Beschuldigungen sogar aus den eigenen Reihen, die inzwischen durch die Diffamierungen entstanden waren, nicht mehr länger wehren konnte. Seine Frau und die beiden gemeinsamen Töchter hatte er ohne erklärende Worte oder einen Abschiedsbrief zurückgelassen.

Mandroni schrieb noch einen Tag vor diesem Selbstmord einen aufrüttelnden Artikel, weil ihm einige Ungereimtheiten aufgefallen waren. Mit dem richtigen Gefühl im Bauch wollte er auf die zum Teil verrückten Vorwürfe und Anschuldigungen, die auch in Zeitungen des Umlandes abgedruckt worden waren und mit zweifelhaften Dokumenten untermauert wurden, aufmerksam machen. Doch die Stimmung zwischen den beiden Lagern war bereits zu sehr aufgeputscht und daher nicht mehr zu schlichten. Die Mitglieder der Rechten wollten mögliche Richtigstellungen nicht akzeptieren und die Linken hatten natürlich zuvor nie etwas mit den Machenschaften ihres Genossen zu tun gehabt.

Berlinguis Vater, der nie einen Hehl aus seiner konservativen Haltung gemacht hatte, sorgte durch seine Verbindungen jedoch unmittelbar danach dafür, dass der Vorfall nicht unter den Tisch fiel und durch die Kriminalpolizei aufgearbeitet werden konnte. Dass dann sein eigener Sohn in die Untersuchungen eingeschaltet wurde, war reiner Zufall, denn der eigentlich zuständige Kommissar, war wenige Tage zuvor mit einem aufgeplatzten Darmgeschwür ins Krankenhaus gekommen.

Mandronis und Piero Berlinguis Karrieren wurde durch diesen Fall damals beschleunigt. Einerseits verhalfen ihre Talente und Einschätzungen, andererseits ihre Kenntnisse und Offenlegungen verschiedener Zusammenhänge, die verworrene Situation alsbald zu entflechten. Der Initiator und weitere Mitwirkende wurden entlarvt und zur Verantwortung gezogen. Die Folge war ein desaströses politisches Vakuum in der Region, das Monate später noch seine Auswirkungen hatte. Aber seitdem wurde die Titelseite der Tageszeitung häufiger mit dem Namen Giuseppe Mandroni über den Artikeln gespickt und seitdem trafen sich Berlingui und Mandroni nicht nur regelmäßig an den Schauplätzen übler Handlungen.

Mandroni verzog seinen Mund zu einem freundlichen Grinsen.

„Ihr solltet eure Einsätze besser tarnen, Piero, und nicht mit so vielen verräterisch blauen Fahrzeugen unterwegs sein. Ich war gerade auf dem Weg zu dem einführenden Vortrag über fernöstliche Heilungsmethoden im Pietro d'Abano unterwegs, morgen Abend beginnt doch die *Higan*, eine Messe für diesen ganzen asiatischen Kram. Aber dann sah ich euer Aufgebot an blinkenden Autos hier. Das zieht mich immer wieder magisch an und dann kann ich nicht anders und muss reinschauen."

Mandroni zuckte bedauernd mit den Schultern und Berlingui schob ihn einige Schritte zur Seite.

„Könntest du in deinem Bericht morgen noch einige Details über Fundort und Todesursache weglassen? Ich würde mich wirklich freuen, wenn du das ganze sogar nur als Randnotiz erwähnen würdest. Wenigstens morgen. Ehrlich gesagt möchte ich nämlich nicht, dass sich die Staatsanwaltschaft in diesem Fall ungebremst einschaltet, was sie nämlich gerne tut, wenn die Presse ihnen zu viel Wirbel bereitet."

Mandroni schaute seinen Freund verblüfft an. In den letzten Jahren hatten sie oft direkt nach einem Überfall oder Mord am Tatort über die Hintergründe und Zusammenhänge gerätselt, hatten sie sich über die Menschheit und ihre Brutalität gewundert und später bis tief in die Nacht bei einer Flasche Wein diskutiert, wie man diese Welt vielleicht doch noch verbessern könnte, während ihre Frauen die neuesten Nachrichten aus *Gioia*, *Chi* und anderen Illustrierten bei einem Glas Prosecco besprachen. Oder sich lachend überlegten, was sie gerne, von der Zeitschrift *Donna moderna* gesponsert, als *Modella per un giorno* tragen würden. Aber noch nie hatte Piero Berlingui, sein Freund, ihn darum gebeten, einen Artikel anders zu schreiben, als er es vorhatte. Im Gegenteil, seine Artikel konnten nicht lang und detailliert genug sein.

„Schau mich nicht so an. Was da passiert ist, ist total verrückt, aber das hast du ja sicher schon mitbekommen, zudem empfinde ich das Ganze als ausgesprochen unappetitlich", Berlingui schob ihn weiter und ging mit ihm durch eine Tür in einen diffus beleuchteten Gang hinein, er wartete, bis die Türe hinter ihnen zugefallen war, „vor allem habe ich ein ganz komisches Gefühl. Wie bei unserem Bürgermeister damals, dass ich dir nicht erklären kann. Wenn ich jemanden loswerden will, gehe ich doch nicht so viele Risiken ein, dabei erwischt zu werden. Ich erschieße – *va bene* – das macht zu viel Lärm, oder aber vergifte mein Opfer, werfe es bei einer anderen Gelegenheit vor einen Zug oder von einem Hochhaus runter, was weiß ich...", Berlingui zögerte, dann setzte er fort, „... Mord war doch bisher in diesem Land meistens entweder ein öffentliches

Schlachtfest, ein Spektakel, mit Leichen in Blut vor Paprika und Tomatenauslagen auf dem Bürgersteig, in durchsiebten Autos oder schön dekorierten Zimmern. Oder wurde irgendwo im Verborgenen möglichst ohne Blutvergießen begangen, im Glauben, man hinterließe keine Spuren. Alles andere sind meist schnell aufgeklärte Verzweiflungstaten im Affekt. Das kennen wir doch zur Genüge, darüber haben wir schön nächtelang diskutiert. Aber jemanden auf diese Art mit Fango zu ersticken oder zu Tode zu schocken, das ist doch..."
Berlingui hielt inne, schüttelte angewidert den Kopf und suchte nach Worten.

„Gegen die Regeln der traditionellen kriminalistischen Erfahrung und grundlegenden Prinzipien einer dadurch vereinfachten Mordaufklärung?"

„Ach, Giuseppe, mach dich nicht über meine Gesinnung lustig! Sag mir lieber, dass du diesen Monsignore Tossatello gut kennst und dir ein Motiv denken kannst. Dann wäre der Fall morgen aufgeklärt und wir könnten am Wochenende mit unseren Mädels nach Valsanzibio fahren. Wahrscheinlich hast du nämlich schon einen ganzen Haufen von Artikeln über ihn unter einem Pseudonym für den *Messaggero*[1] verfasst...", dabei klopfte er dem Journalisten lächelnd auf den Rücken und führte ihn in einen der Räume, in dem noch ein mit Fango gefüllter Eimer stand. Er verschränkte die Arme und lehnte sich mit zur Seite geneigtem Kopf an eine Wand

„Heb den mal hoch!"
Mandroni guckte hoch und setzte widerwillig an. Nach wenigen Zentimetern Höhengewinn hatte er einen roten Kopf.

---

[1] „Sendbote des hl. Antonius": Offizielle Zeitschrift der Franziskaner Minoriten in Padua.

„Uuups. Ist das schwer", staunte er.

„Das habe ich auch gedacht, als ich ihn in der Hand hatte. – Das sind je nach Füllung um die achtzehn Kilo. Ich würde sagen, das ist bald doppelt so schwer wie der gleiche Eimer voll Wasser. Und nun stell dir vor, dass du diesen noch einen Meter höher bringen musst, um ihn umgedreht und gezielt über den Kopf eines Menschen zu stürzen, der auf einem solchen Bett liegt, der in diesem Moment ja noch lebt. Ich sag dir, unsereins ist dafür nicht unbedingt geeignet, vor allem, wenn es so schnell gehen musste wie in diesem Fall hier", und nach einem kurzen Moment, „der hier am Werk war, hat Erfahrung darin. Das ist nicht sein erster Mord. Der war schnell. Der war vom Fach. Alles hier strotzt vor eingeübter Kaltblütigkeit. So tötet eigentlich die Mafia. Und natürlich hat keiner etwas gehört oder gesehen."

Mandroni setzte den Eimer wieder ab, ging in die Hocke und versuchte mit einer Hand in die Masse zu greifen, was nur mühsam gelang. Beim Aufstehen putzte er sich die Hände oberflächlich an einem herumliegenden Tuch ab.

„Das Zeug ist ja ganz schön fest."

„Es ist abgekühlt. Da glaubt man, Beton in seinen Händen zu haben."

Er schaute seinem Gegenüber in die Augen und wartete bis dieser seinen Blick erwiderte.

„Glaubst du, du könntest etwas über Tossatello herausfinden, ohne dass andere gleich Wind davon bekommen?"

Mandroni zog die Augenbrauen hoch.

„Und natürlich sollte auch über diese Details nichts im Artikel zu finden sein", entgegnete er. Als Bestätigung erhielt er ein bedächtiges Nicken und:

„Leider kann ich dir nicht einmal sagen, was du dabei am besten herausfinden solltest."

15. März, 9 Uhr 50

Er drehte sich auf seinem riesigen ledernen Bürostuhl vom ebenso riesigen Schreibtisch weg und nahm den Telefonhörer in die andere Hand, während er seinen Blick durch das vergitterte, übergroße Fenster aus dem ersten Stock auf die steinernen und scheinbar brüllenden Löwen auf den hohen Torsäulen vorne an der Straße fallen ließ. Der Weg durch das Tor wurde von Zierkirschen gesäumt, die in diesen ungewöhnlich warmen letzten Wintertagen bereits schon wieder zu verblühen begannen. Ein Bediensteter befreite fegend den Weg von den ersten Blütenblättern. Den Mann betrachtend, der seine Arbeit in einem äußerst gleichmäßigen, fast meditativen Rhythmus absolvierte, nickte er immer wieder still mit dem Kopf, als ob die Stimme am anderen Ende der Leitung dies als Bestätigung für das von ihm Gesagte mitbekommen müsste. Dabei schien allmählich aus seinem Blick die, für den Anrufenden nicht sichtbare, aber vorher vorhandene Anspannung zu weichen. Nicht einmal veränderte er in diesen wenigen Minuten seine Haltung auf dem Stuhl. Plötzlich, ohne dass er in dieser Zeit auch nur ein Wort sprach, streckte er seinen linken Arm aus. So hielt er den Hörer in der Hand, für wenige Sekunden erstarrt, und ließ ihn darauf aus geringer Höhe auf die Station fallen. Dann schaute er über den Apparat hinweg auf die dahinter sichtbare Tür und drehte sich wieder zu seinem Schreibtisch zurück. Der Stuhl quietschte kurz bevor er seine ursprüngliche Position erreicht hatte. Der Sitzende beugte sich vor und rückte sein Brustkreuz zurecht. Als nächstes legte er seine Hände nahezu inszeniert auf die Schreibunterlage und sah dabei über den Schreibtisch in die Augen eines geduldig Wartenden, der mit einer gewissen Entfernung zum Tisch ihm gegenüberstand. Für einen kurzen Moment glaubte man, eine schlechte Schwingung im Raum spüren zu können, die aber durch sein anschließendes Lächeln zunichtegemacht wurde.

Der Mann vor dem Schreibtisch schaute an die weit entfernte mit Stuck überhäufte Decke und atmete laut hörbar durch die schmalen Lippen seines vorher aufgeblasenen Mundes aus. Darauf wedelte er mit den Fingerrücken der rechten Hand nach oben vor seinem Oberkörper hin und her. Das jedermann bekannte Zeichen für *Das war knapp*. Ohne einen Ton drehte er sich um. Er schloss die Jacke seines eleganten Anzugs, schlüpfte in den teuren Kaschmirmantel, strich sich sein schütteres Haar nach hinten und ging zur Tür. Unmittelbar bevor er sie öffnete, schaute er noch einmal zurück. Auch seine Gesichtszüge waren nun deutlich entspannter. Der Mann am Schreibtisch hob eine Hand wie zum Gruß und sagte:

„Fatto bene!"

15. März, 10 Uhr 10

Berlingui trat zusammen mit Mandroni aus dem dunklen Gang in ein durch die frühe und schräg stehende Sonne erleuchtetes Foyer. Für einen kurzen Moment sah er sich mit ihm wie vor vielen Jahren die Bibliothek der Universität betreten, deren Fenster ihn damals genauso plötzlich lichtdurchflutet geblendet hatten, bevor er im Lesesaal ein auffallend hübsches und junges Mädchen in der Nähe des Eingangs an einem der Tische sitzen sah. Sitzen? Nein, sie hockte auf ihren Knien wie ein Jäger, der seine Beute aufbrach, über irgendwelche Papiere gebeugt und kommentierte deren Inhalte laut und unfein. Ihr fast ungebändigtes langes dunkles Haar floss wildgelockt aus einem bunten dicken Haargummi hoch am Kopf in rauschenden Wellen auf den Rücken hinunter und faszinierte den damals ebenso jungen Piero. Ausnahmsweise war er nicht zurückhaltend. Er trat an den Tisch und suchte nach einem Satz:

„Welche Formel ärgert dich denn?", war ihm eingefallen.

„Formel? Wie kommst du denn darauf? Ich werde den Teufel tun und Mathe studieren." Sie schaute in funkelnd an, „Ich quäle mich durch die Theorien der Kommunitaristen, die mit den Essenzialisten annehmen, dass Gemeinschaften nicht ohne eine allgemein anerkannte Definition von substanziellen Werten und kulturellen Gütern auskommen. Und das ist der simplere Teil ihrer Ideen."

Berlingui hob und senkte mehrmals langsam seinen Kopf. Da sie ihn in diesem Moment nicht anschaute, sondern schon wieder die Blätter vor sich fixierte und ihm deren Inhalt zitierte, sah sie nicht seinen unverständigen dümmlichen Blick.

„Ach so, die", war seine Antwort, während er von oben ihre Nase entlang auf ihren Mund schaute, ihr wütendes Gesicht in sich aufsog und nach einem weiteren Satz suchte, um das kleine Gespräch auf für ihn verständlichere Themen zu lenken und sie zu einem Kaffee einzuladen.

„Das Ganze gipfelt dann in der These: das Gute hat Vorrang vor dem Rechten", unterbrach sie seine Überlegungen.

Auch dieser Satz erschien einfach, doch wusste Berlingui, dass er von Politikwissenschaft absolut keine Ahnung hatte und sah seine Felle davonschwimmen. Schon war er im Begriff, sich mit platten Worten doch zu verabschieden, als sie ihn mit schiefgehaltenem Kopf aufreizend und lächelnd ansah und sagte:

„Kannst du mir vielleicht dabei helfen? Ich spendier dir auch einen Espresso. Ich heiße übrigens Carla", und schon war sie aufgestanden und hatte ihm die Hand hingestreckt. Er nahm die Hand, schaute zur Seite und suchte zu einem schmelzenden Stück Butter werdend Mandroni. Die zarte Haut ihrer Hand machte ihn schwindelig.

„Giuseppe", er sah zu ihr, „Quatsch. Piero. – Ich habe gerade... ich meine... mein Freund. Der ist... also ich heiße Piero."

Carla grinste und seine Hand hielt ihre immer noch umschlossen.

Der Espresso in ihrer hellen und gar nicht studentisch eingerichteten Wohnung, war dann gut und stark und hielt ihre schwitzenden Körper in der folgenden Nacht für einander genügend wach. Sie hätten ohnehin nichts Besserem Vorrang geben können.

Vier Jahre später hatten sie Carlas Espressomaschine beim Umzug in das Haus in Brentelle di Sotto in die Küche gestellt und die These *„Das Gute hat Vorrang vor dem Rechten"* in ihre Ringe gravieren lassen. Das war in dem Jahr, als sie ihr Studium der Politologie mit Bestnoten beendete und er, nach wenigen dümpelnden Semestern Philosophie, Geschichte, Kunstwissenschaften und Romanistik, schon längst begonnen hatte, Jura zu studieren, um nach dem Grundstudium die Offizierslaufbahn einzuschlagen. Carla übernahm eine vakant gewordene Stelle in der Fakultät und sorgte dadurch für den Lebensunterhalt.

Nachdem sich Berlingui dann 1984 bei der Polizia di Stato beworben hatte, um in der gerade frisch entstandenen Organisation der italienischen Kriminalpolizei eine Laufbahn zu beginnen und sogar im nahen

Vicenza eine Stelle erhielt, kam Alessandro auf die Welt. Zwar wurde Berlingui in dieser Zeit noch einmal nach Novara versetzt, aber schon nach weiteren zwei Jahren trat er seinen Dienst in Padua an. Das war vor achtzehn Jahren und allein schon deswegen ungewöhnlich, weil er normalerweise, bevor er diesen Dienstgrad erreicht hätte, halb Italien und auch ein Stück der übrigen Welt hätte sehen müssen. Doch Berlinguis Vater, der einer reichen und auch einflussreichen Familie aus Castelfranco Veneto entstammte, ließ behutsam seine Beziehungen spielen. Er hatte es in einer Zeit zu Ansehen und Ehre gebracht, als es im Land mehr als nötig war, ein Kontinuum aufzubauen. Denn innerhalb von über dreißig Jahren, in denen er nach dem Krieg als einer der führenden Richter des Landes tätig war, wechselte fast vierzig Mal die Regierung.

So hatte er jedes Mal bei seinen fünf Kindern dafür gesorgt, dass sie mit ihren Familien in seiner Nähe wohnen konnten. Für Giampaolo Berlingui und seine Frau Cristina, eine erfolgreiche Ärztin, war dies besser demonstrierte Macht, als sich diese mit dem tatsächlich vorhandenen Familienvermögen auf zweifelhafte Weise zu erkaufen. Das war dann auch die einzige Hilfe, die der Vater seinem Sohn erwies, denn er hatte es nicht nötig, Bitten vorzubringen, die mit einem aus dem Jackett hervorgezauberten und prallgefüllten Umschlag erfüllbarer wurden.

Piero Berlingui winkte Collasso zu sich. Sich wieder ein wenig von den Anderen im Raum abwendend fasste er eine Schulter des Ispettores und sagte mit leiser Stimme:

„Gehen Sie denen hier noch ein wenig auf den Wecker. Das können Sie doch gut. Insistieren Sie, wenn nötig und nerven Sie ruhig mit ihren Fragen, Sie haben sicher noch welche auf Lager. Ich gehe jetzt aufs Comando zurück und versuche noch ein paar Sachen herauszubringen. Hier kann ich mir im Moment nicht genug Ruhe für einen klaren Gedanken verschaffen. Ich bin einfach zu müde. Vielleicht fallen mir unterwegs zwei oder drei gute Möglichkeiten oder Motive ein. Lassen Sie sich ruhig Zeit. Wir treffen uns dann dort. Mal sehen, was mir bis dahin eingefallen ist."

Seine Hand löste sich von der Schulter und fiel anschließend einige Mal klopfend auf sie herunter. Beide nickten sich zu und jeder beobachtende Dritte hätte in den Blicken der Beiden ein nicht kleines Quantum an Respekt entdeckt.

Der Commissario zog sich seine Anzugsjacke wieder an, die er in den letzten Minuten wie ein ausgewrungenes Tuch in einer Hand gehalten hatte, und hängte sich die mit Fell gefütterte Lederjacke über die Schulter. Er gab dem Ispettore die Hand und sagte mit nun unüberhörbar lauter Stimme fast ziellos in den Raum:

„Also, Collasso, ich gehe schon mal vor. Ich habe die ersten Unterlagen dabei. Wir haben ja schon ganz gute Aussagen. Handeln Sie ruhig nach Ihrer Einschätzung." Er hob eine Hand zum Gruß, bevor er fortfuhr. „Pantatti wird sicherlich auch noch heute Vormittag anrufen und einen ersten Bericht durchgeben. Auch auf der Questura werde ich uns für heute abmelden. Ich rufe Sfarzi an. Bis später." Dann wendete er sich ab und ging auf die Straße. Er blieb etwas unschlüssig stehen, schüttelte verwundert den Kopf über die inzwischen ungewohnt hohen Temperaturen und wendete sich nach rechts.

Im Winter lag über Abano, Montegrotto und den Collis häufig zäher Nebel. Je nach Wind transportierte er einen eigenartig morbiden Geruch durch die östlich gelegenen Orte. An den warmen Tagen im Sommer schien sich dieser zwischen den Häusern zu stauen, mitsamt der Feuchtigkeit. Wieder würde viel Farbe notwendig sein, die nassen Flecken an den Wänden zu übertünchen. Das Frühjahr hingegen hatte eine ganz eigene Kraft. In den Gärten und auf den Grünflächen vor den Hotels blühten die Magnolien, Forsythien und andere Sträucher um die Wette. Die braunen Flecken in den Wiesen wurden von kleinen Blumenstängeln durchbrochen und die Kastanien zündeten regelrechte Blütenraketen.

Er erreichte die *Via Marzia* und ging später nochmals nach rechts Richtung *Piazza Caduti* in dessen unmittelbarer Nähe sich das Comando und die örtliche Zentrale der Carabinieri befand, die mit ihrem villenähnlichen Bau groß und wachend hinter dem unscheinbaren Gebäude der Polizei stand. Dadurch, dass sich die Fußgängerzone seit nun einiger Zeit durch die gesamte Innenstadt zog, gelangte man zu Fuß genauso schnell wie mit einem Auto ans andere Ende der *Vialle della Terme*.

Die meisten Boutiquen und Geschäfte hatten noch nicht geöffnet. Der *Jung*brunnen mit den beiden nackten und einander fast schmachtend anblickenden und auf ewig genesenden Bronze-Figuren war zu Zeit abgeschaltet. Die metallene Frau streckte ihm knapp angehoben ihren blank polierten, linken Oberschenkel und einige Zentimeter ihres glänzenden und wohlgeformten Hinterns entgegen. Leider konnte der Rest ihres Körpers damit nicht mithalten, denn ihr Rücken schien umso mehr nach einem kräftigenden Training zu verlangen. Er erinnerte eher an einen chinesischen Faltenhund als an eine für alle Ewigkeiten gegossene Verführung. Und die weiße, schöne Venus – im Schatten der Hoteleinfahrt vor dem *Trieste & Victoria* – war sicher noch die nächsten Jahre damit beschäftigt, sich abzutrocknen, ehe sie von ihrem Sockel zu ihm herunterklettern konnte.

Ohne das Ensemble groß wahrgenommen zu haben schaute er die Straße vor sich entlang. Seine Landsleute verarmten sichtbar. Das Schaulaufen riesiger Sonnenbrillen, Lederjacken und kurzer Röcke, die falsche Versprechungen machten, fand wohl nur am Wochenende statt. Für die normalen Tage konnte sich kaum noch jemand eine gute Hose leisten. Inzwischen lief man völlig selbstverständlich mit einer abgewetzten Jogginghose oder verschlissenen Jeans herum. Durch seinen Sohn wusste er, dass dies nun die neue Mode war. Aber Berlingui wollte sich nicht daran gewöhnen. Es brauchten ja nicht gleich mehrere Kleiderschränke zu sein, die mit unzähligen anständigen Anzügen gefüllt waren. Aber jeder konnte sich im Laufe von Jahren wenigstens eine Handvoll guter Anzüge leisten, in deren Innenfutter nicht unbedingt Armani oder ähnliches stehen musste.

Zwischen ihm und den anderen Menschen liefen drei Kinder hin und her. Überfüttert und dick. Deren Mageninhalt glich nach jedem Essen sicher eher den Inhaltsstoffen, die auf einem medizinischen Beipackzettel zu finden waren, als denen, die für eine gesunde Ernährung notwendig gewesen wären. Die Futtertröge standen nicht mehr daheim, sondern neben diversen Tankstellen. Ein paar Schritte später stieß er fast mit einem Mann zusammen. Berlingui schaute auf und entschuldigte sich sogleich. Der Mann, nein, das war ein echter Herr, hatte noch Anstand. Er trug eine auffallend gute Kombination und gehörte zu dem geschäftigen Teil der Bevölkerung, der, als Berlingui die Straße entlang blickte, deutlich in seiner Anzahl zunahm, denn eine beträchtliche Menge davon trug wie dieser Herr entweder eine Mappe, lederne Kladden, lose Blätter oder einen großen Umschlag unter dem Arm. So plötzlich wirkte das dann doch ziemlich aufgesetzt und Berlingui fragte sich, ob es nicht eher nur wichtigtuerisches Gehabe war. Einige Meter später war er sogar versucht seine Plakette aus der Tasche zu graben, als er eine herausgeputzte und dennoch ältlich wirkende Frau in einem sündhaft teuren Pelzmantel dabei erwischte, wie sie ihrer vierbeinigen Nackenrolle erlaubte mitten in die Fußgängerzone zu kacken. Diese verdammten Haufen hatten an Wochenenden schon häufig zu seltsamen Ballettdarbietungen und Fluchtiraden während der Spaziergänge geführt, mit denen die herumhüpfenden Betroffenen versuchten, ihre Schuhe an Beeteinfassungen, Bordsteinkanten und Blumentrögen von der stinkenden Masse zu säubern. Aber es half nichts, Italiens Innenstädte versanken bisweilen trotz zahlreicher Appelle im Hundekot. Gerade in diesem Moment hatte die Frau seinen verächtlichen Blick gesehen und ihre von einem Plastikhandschuh bewehrte Hand bewegte sich zu dem leicht dampfenden Haufen hinab. Berlingui schüttelte trotzdem mit unverändertem Gesichtsausdruck den Kopf.

Kaum lag dieser geriatrisch verursachte Zwischenfall hinter ihm, sah er den nächsten aus den Augenwinkeln. Ein wahrlich anekdotischer Tag mit Leiche schien sich heute zu entwickeln. Der alte Mann saß auf der steinernen Bank neben der modern misslungenen Statue *A la tutte delle mamme* und begutachtete penibelst die Models in einem großformatigen Prospekt. Knappe Bademode und durch Retusche nicht durchscheinende, dafür noch sparsamer bekleidende Dessous, für Berlingui selbst aus größerem Abstand erkennbar. Mehr als sechzig Jahre Altersunterschied verhinderten jegliche Gefahr, die von diesem alten Mann gegenüber ein paar miniberockten und palavernden Gören direkt vor ihm hätte ausgehen können.

Berlingui lächelte und schaute zur anderen Straßenseite. Ghiraldo, der schnieke Spezialitätenladen hundert Meter weiter, lockte schon mit seiner bunten Gemüse- und Obstpracht vor der Türe die zahlungskräftige Kundschaft an. Neben den ständig wie poliert wirkenden Fruchtbällen lagen die sogenannten *authentischen* Gewürzmischungen der Region, ohne die jeder Fremde, aus einem Urlaub heimgekehrt, kein italienisches Gericht zubereiten könnte. Ohne seinen Blick zu heben, ging Berlingui weiter und diesmal auch an dem noch geschlossenen Geschäft Oliveros vorbei. Er beschloss aber gleichzeitig, dem Besitzer noch heute Nachmittag einen Besuch abzustatten. Diesmal hatte er sogar einen Grund, um endlich hinter das Geheimnis der rätselhaften Hieroglyphen der Preisauszeichnung zu kommen.

Am Ende der Fußgängerzone angelangt, neben ein paar schwatzenden Frauen, die zuvor immer wieder stehengeblieben waren, weil sie nicht gleichzeitig gehen und Neuigkeiten austauschen konnten, schienen ihn plötzlich die Geistlichen wieder eingeholt zu haben. Er wurde an sie erinnert, als er kurz am Zeitungsstand am Piazza Republica vorbeikam. *Il mattino* verkündete mit der fetten Zeile:

Kein Pardon für den Diebstahl der Reliquie

die Geschehnisse des gestrigen Tages, an dem er nachmittags mit Sfarzi, seinem Chef, der Presse erklärte, warum nun in einem weiteren Prozess der am Ende erfolglose Raub einer Reliquie aus der Basilika San Antonio nun doch noch einmal aufgerollt wurde.

64

Eine Bande von mehr als dreißig Leuten hatte Anfang der neunziger Jahre eine Truppe gebildet, die vor nichts zurückgeschrocken war, sich nach Robin Hood Manier zu bereichern. Die Mittel, derer sie sich bedienten, waren im Endeffekt die der Mafia. Doch die Bevölkerung belächelte die freche und unverschämte Vorgehensweise. Meist waren die Taten unblutig beendet worden, doch im Hintergrund scheute sich der Anführer der Bande nicht, durch Mord den ein oder anderen Widersacher auszuschalten. Sie bestachen, beraubten und entführten Menschen, jagten dabei fast einen Zug in die Luft und die ganzen Taten gipfelten in dem Diebstahl der wichtigsten Reliquie in Padua, das Kinn des Heiligen Antonio.

Zu zweit waren bewaffnete Mitglieder der Bande abends kurz nach sechs in die Kirche eingedrungen, hielten einen älteren Pater in Schach, der damals noch alleine für Ruhe und Ordnung in der Reliquienkapelle sorgte und befahlen einer Pilgergruppe, sich angesichts der Waffe ruhig zu verhalten. Darauf zerstörten sie mit einem Hammer das Glas der Vitrine und waren auf ihrer anschließenden Flucht unverfolgt und - natürlich, obwohl sie jeder gesehen hatte - unerkannt verschwunden. Siebzig Tage später kam die Reliquie, unter bislang ungeklärten und höchst abenteuerlichen Umständen, zurück.

Die Pater der Basilika hatten in Aussicht gestellt, den Beteiligten zu verzeihen, wenn sie alles bereuen und sich ehrlich dazu bekennen würden, doch diese waren höchstens bereit, ein geringfügig schlechtes Gewissen zuzugeben. So hatten die Geistlichen es sich dann anders überlegt und auf Grund der Beschädigungen und der damaligen Bedrohung ihre Anklage nicht zurückgezogen.

Berlingui kannte diese Kunstgegenstände gut, nicht weil er ein treuer Kirchgänger war, sondern weil ihn einstmals die Ornamentik, Pracht und Handwerklichkeit faszinierte. Diese drei Dinge waren es auch, die ihn nach dem Abitur an der weltbekannten Hochschule in Padua, nach einem Intermezzo in Philosophie und Geschichte, dann Kunstwissenschaften studieren ließen. Hatte er sich jedoch zuvor vorgestellt, in ein Meer von Farben und Formen, Figuren und Ornamenten, gröbsten und feinsten Materialien einzutauchen, um später die eigene Begeisterung für Kunst an Schüler oder Studenten weiterzugeben, so waren ihm schon bald die Datensammlungen, Statistiken und formellen Vergleiche zuwider. Kunst hatte für ihn eigentlich eine andere Bedeutung gehabt als sie zwischen Datenblätter einzuzwängen. Dabei hätte er allein in Padua ein breites Betätigungsfeld gehabt, das seit jeher jeden Kunstwissenschaftler mit Stolz erfüllte. Reiseführer in unzähligen Sprachen waren voll davon. Rom hatte zwar das Durcheinander der größten Künstler in der Sixtinischen Kapelle vereinigt, aber Padua hatte das blaue harmonische Inferno Giottos in der Scrovegni zu bieten, Donatello war der Erste, der nach den Römern wieder Statuen aus Bronze goss, in Padua stand eines seiner bedeutendsten Reiterstandbilder, Venedig hatte die riesige Piazza San Marco, Napoleons Wohnzimmer, Padua aber mit den beiden Plätzen delle Erbe und dei Frutti eine weitaus größere Fläche zu bieten. Vom *Prato della Valle* ganz zu schweigen. Darüber hinaus hatte Padua eine der ältesten Universitäten der Welt, älter als die in Florenz. Und Fresken von Giusto de' Menabuoi, Mantegna und Tizian. Doch alle Welt fuhr lieber nach Rom, Venedig und Florenz. Wenn er also schon mit Methoden der Wissenschaft umgehen musste, mit Listen und Statistiken wollte er sie, wie sein Vater, der durch diese einer der obersten und erfolgreichsten Richter Norditaliens geworden war, zur Überführung von Straftätern anwenden. Als eigenbrötlerischen Puffer schob er noch zwei Semester romanische Sprachen ein, um festzustellen, dass auch dies nichts brachte. Es war brotlose Kunst. Die aktuelle Verwandtschaft der einzelnen Sprachen war nicht weit her. Sie sich auf diese Weise anzueignen, war genauso zäh und höchstens langsam erfolgversprechend wie das Erlernen des Gitarrenspiels, das er als Dreizehnjähriger versucht hatte.

Was vorher als trotzige und oppositionelle Entscheidung gegen die Familie gedacht war, führte also wieder in die Tradition der Familie zurück. Piero Berlingui wurde wie seine drei Brüder zu einer weiteren Art eines Hüters der Gesetze in der Familie. Vorher waren die anderen drei schon von Anfang an den Weg gegangen, als Juristen in der Staatsanwaltschaft oder in einer Kanzlei tätig zu sein.

Er las kurz die dicken Lettern und schüttelte den Kopf über die Naivität, die seiner Ansicht nach in diesem ganzen Vorhaben gesteckt hatte. Diese Reliquien waren durch die Besucherströme, die sich bis heute tagtäglich durch die Kirche wälzten, so bekannt und berühmt geworden, dass es als unwahrscheinlich galt, sie auf dem Markt unterbringen zu können, außer ein Sammler stellte sie sich in einen dunklen unzugänglichen Raum, um sich im Licht eines grellen Scheinwerfers daran zu ergötzen. Viele gestohlene Bilder waren auf diese Art schon in meist unterirdischen Räumen verschwunden, deren Bedeutung selbst dem Architekten, der sie konstruiert hatte, unbekannt war.

Und jetzt auch noch ein toter Priester, ein Monsignore, der auf mysteriöse Weise ums Leben gebracht worden war. Wem hatte dieser nicht verziehen? Wen

hatte er verdammt und vielleicht für die Hölle vorgesehen? Der Mord war nicht raffiniert, er war kein Ver-
kehrsunfall, er war nicht als Überfall kaschiert, er war
keine Erschießung. Er war, wenn auch eine unblutige,
so doch eine martialische Hinrichtung, deren Symbolik
Berlingui noch nicht erkennen konnte. Zumal sie per-
fekter abgelaufen war, als vielleicht alle hätten annehh-
men wollen. In welchem Morast sollte Tossatello in
Wahrheit umkommen? An welchem Schlamm ersticken?

Er querte die Fußgängerzone und überquerte die Via
Mazzini an der Piazza Republica. Innerhalb weniger
Dutzend Meter lief er dabei an mehreren Hotels vorbei,
deren Gäste, wenn die Häuser alle wieder geöffnet waren, die Straßen von Abano bevölkern würden. An der
Ecke zur Via Peghin blieb er kurz vor den Auslagen eines Dessous-Geschäftes stehen. Ein dünnes, rosafarbe-
nes Geschenkband, das unerklärlich nichts verhüllend
um den unteren Teil eines schwarzen, weiblichen Sty-
roporkorpus gewickelt war, forderte seine Aufmerksamkeit. Er fragte sich, welchen Spaß diese knappe Ver-
kleidung in Wirklichkeit auslösen sollte. Er wackelte
mit sich selbst sprechend mit dem Kopf und ging wieder auf die andere Straßenseite. Auf der Höhe des Hotel
Patria fiel ihm der auffällig gepflegte Garten auf. Einer
inneren Stimme gehorchend betrat er das Haus durch
den Eingang an der Straße, dessen elektrischen Türen
sich automatisch öffneten. Fast wäre er über die kleine
Stufe gestolpert, die unten den Abschluss der im Halb-
rund auseinandergleitenden Flügel bildete.

Er stand in einem eleganten, aber leicht in die Jahre
gekommenen Empfangsraum, der ihm aber einladender
erschien, als die nüchternen, ledergefüllten und durch-
designten Foyers, die er bisher in verschiedenen Hotels
gesehen hatte. Wie üblich in diesen Hotels waren auch

hier die Wände hinter der Theke und im dem durch eine Glasscheibe dahinter sichtbaren Büro mit den verschiedensten Urkunden und Diplomen geschmückt, um die Kompetenz des Hauses zu unterstreichen. Er wartete noch auf den Tag, an dem er in solchen Gebäuden auf Grund der Vorschriften, die der staatliche Amtsschimmel alljährlich vermehrt hinterließ, einen dicken Ordner überreicht bekam, um vor der Äußerung eines Anliegens die Zertifikate möglichst freiwillig zu studieren. Genauso freiwillig wie er einen Eintritt für Konzerte mit einer *Entrada ad offerta libera* als freiwillige Spende zu entrichten hatte, um mit dabei zu sein.

An der Theke stand ein älteres Paar, das einige Prospekte durchschaute, in denen Ausflüge in die Region angeboten wurden, und dahinter ein großer, wieder schwergewichtiger Mann mit lichtem Haar, dessen Bauch die Qualität der hiesigen Dolce widerspiegelte. Sein Revers war dekoriert und er wohl der Empfangschef. Berlingui legte seine Lederjacke über den Arm und ging auf ihn zu.

„Buongiorno. Entschuldigen Sie bitte. Ich habe eine vielleicht etwas verwunderliche Frage", dann etwas leiser werdend und sich dabei über die Theke beugend, „wie funktioniert Fango?" Die Alten hatten seine Frage gehört und musterten ihn auffallend abfällig. Wie einen Irren, der aus einer Anstalt ausgebüxt war und sich nun daranmachte, den Leuten auf den Wecker zu gehen.

„Möchten Sie eine Kur oder Anwendungen in unserem Haus machen?" entgegnete freundlich der Angesprochene, stützte sich mit seinen Armen auf der Schreibfläche ab und schaute ihn leicht vornüber gebeugt über eine Brille blickend an. Berlingui griff sich wie fast drei Stunden zuvor an den Hemdkragen und antwortete:

„Wenn Ihre Antwort weniger beängstigend ist, als ich im Moment durch bestimmte Umstände befürchten muss, könnte das tatsächlich sein."

Der Mann richtete sich auf, nahm seine Brille ab, die daraufhin an seinen Fingern baumelte und schaute den Commissario nun tatsächlich erstaunt an. Im gleichen Moment ertönte ein krächzender Ruf hinter dem Rücken Berlinguis „Ciao Marco!". Er drehte sich um, konnte aber niemanden sehen.

„Hatte Sie jemand gerufen?"

„Nein, nein", der Mann schüttelte lachend seinen Kopf, „... das ist unser Haus-Papagei. Ein Beo. Dort drüben. Irgendein Gast hat ihm vor Jahren in mehreren zähen Sitzungen, während einiger verregneter Tage, mehrere kurze Sätze beigebracht. Dieser Gruß ist davon übriggeblieben. Mein Name ist Gianni Canetta." Immer noch lachend reichte er seine Hand über die Theke, die Berlingui übertrieben schüttelnd ergriff.

„Sehr angenehm, Piero Berlingui", und mit einem Blick auf die zwei Leute, „Können wir uns irgendwo kurz ungestört unterhalten?"

„Nun, ich habe nichts Gefährliches zu berichten, aber wir können uns gerne hier etwas an die Seite stellen. Wo drückt Sie denn der Schuh?"

„Ich hätte tatsächlich nur gerne gewusst, wie das Ganze funktioniert. Ich hatte mir bisher immer vorgestellt, dass ich als Gast, zum Beispiel Ihres Hauses, im Laufe des Tages, wie die Bilder der vielen Prospekte es vorgaukeln, von netten Menschen in schöne Räume mit schöner Musik begleitet werde und mich in ein Bett voller Fango lege und diesen wohlig genieße, während ich aus dem Fenster in einen Garten oder auf die Collis schaue und ein Glas feinen Bianco trinke."

Canettas Mund sah nun fast so aus wie die lachenden Linien der Smileys, die, irgendwo aufgeklebt, die hinter ihrer Klebefläche liegende, oft triste Welt fröhlicher machten.

„Ich glaube, dann könnten wir hier unsere Häuser rund ums Jahr geöffnet lassen. Leider spielt sich das etwas, wie soll ich sagen", seine Hände wogten auf unsichtbaren Wellen auf und ab, „... gewöhnlicher ab. Ich erkläre es Ihnen an Hand unseres Hotels. Die Anwendungen beginnen am frühen Morgen. Wenn Saison ist, kann das schon um drei Uhr sein."

Berlingui stöhnte kurz auf bei der Vorstellung, seine zurzeit und auch sonst stets knapp bemessene Nachtruhe so brachial unterbrechen zu müssen. Canetta sah seine Enttäuschung und erklärte:

„Die meisten Gäste wollen über Tag lieber Ausflüge machen, nach Padua fahren oder hier in der Stadt flanieren gehen. Aber natürlich können wir einen Ihnen passenderen Termin gerne vorher besprechen. Sie sollen sich ja wohlfühlen bei uns."

„Das wäre meine Hoffnung."

„All unsere Räume haben wir renoviert und vor zwei Jahren neu eröffnet. So sind zumindest bei uns dunkle Kammern passé. Sie werden in ihnen von einem Fanghino empfangen. Auf Ihrer Liege hat er zuvor zwei Eimer Fango verteilt. Das heißt, wenn der behandelnde Arzt Ihnen normale Packungen erlaubt hatte. Und in diesen Fango legen Sie sich hinein, es werden noch Ihre Gelenke eingepackt ..." Canetta beugte sich nach rechts und reichte einem älteren Herrn den Zimmerschlüssel, „Buongiorno, Signori Stadler."

Auch Berlingui nickte wie zum Personal des Hauses gehörend dem Herrn höflich zu, dann fuhr Canetta weiter fort: „... das Leintuch, auf dem Sie im Fango liegen, über Sie gelegt und auch noch ein Wolltuch, das dabei ein wenig unter Ihren Körper geschoben wird. Für eine

gute Viertelstunde schwitzen Sie nun richtig gut eingepackt wie in einem Kokon. Aber keine Sorge, nach kurzen Minuten schaut immer wieder einer unserer Fanghinos oder der Arzt bei Ihnen vorbei, tupft Ihnen den
Schweiß aus dem Gesicht und schaut, ob es Ihnen auch
gut geht. Aber leider ohne ein Glas Bianco. – Buongiorno, Signori." Canetta reichte einen weiteren Schlüssel
an ein noch älteres Ehepaar hinüber.

„Falls mir schlecht wird oder ich die Hitze nicht vertragen kann, komme ich aus dieser Verpackung selber
heraus?"
Seine Frage wurde mit einem verdutzten Blick quittiert.

„Man scheint Ihnen tatsächlich böse Geschichten erzählt zu haben. Wir hatten in all den vielen Jahren noch
keinen ernsthaften Fall zu beklagen. Aber es gibt hin
und wieder Gäste, deren Kreislauf etwas schlappmacht,
aber das liegt in den meisten Fällen daran, dass sie nicht
nüchtern waren, obwohl wir immer wieder darauf hinweisen. Essen und Fango sind einfach zu viel für den
Körper. Da kann er schon mal schwächeln. Doch bisher
ist immer alles gut gegangen und es dauert wirklich
höchstens eine Minute bevor wieder jemand nach
Ihnen schaut. Machen Sie sich also keine Gedanken!"
Bei diesen Worten nahm Canetta einen Prospekt des
Hotels und reichte ihn Berlingui, dieser blätterte ihn
oberflächlich durch.

„Ich danke Ihnen sehr." Er schaute Canetta an, „Ich
hatte mir in Montegrotto verschiedene Häuser angeschaut. Das klingt vielleicht komisch, aber Sie haben es
mir am ehrlichsten erklärt. Jetzt bin ich beruhigt. Ich
glaube wir sehen uns im Sommer wieder." Berlingui
war mit einem Mal so in Gedanken, dass er sich dabei
ertappte, wie er, wie auf der Offiziersschule gelernt, fast
korrekt salutierte. Er lächelte den Empfangschef an und

meinte: „Entschuldigung, ich glaube ich war zu lange beim Militär. Salve und besten Dank."

Die zwei Alten, die an der Theke stehen geblieben waren und ihn die ganze Zeit beobachtet hatten, schauten sich an und wedelten synchron mit den Händen vor ihren Gesichtern hin und her. Dann ging der Commissario durch die Tür hinaus und kam an der kleinen Stufe ins Stolpern, so dass die Lederjacke von seinem Arm rutschte und zu Boden fiel.

15. März, 10 Uhr 55

Berlingui lehnte sich an den halb hohen Schrank, der wie ein Raumteiler gegenüber vom Eingang des Comando stand und jetzt als Tresen diente. Alle hatten sie eine Tasse oder einen Becher mit Kaffee oder Wasser auf ihm abgestellt. Auch der zweite Espresso war ein cremaloses Unglück, jeder mittelmäßige Anwalt hätte ihn sogar ein Verbrechen genannt und ein vernichtendes Urteil erkämpft. Der Commissario stellte den winzig kleinen Plastikbecher angewidert ab und schaute durch die geöffneten Jalousien auf die gegenüberliegende Straßenseite. Dort stand vor der wie ein kleines Schloss wirkenden Villa Regina eine der vielen kleinen Plakatwände, die wie Zäune viele Straßen vor und in Orten säumten und die nun seinen Blick fesselte. Die linke Hälfte gehörte einer Frau, deren Blick – nach vermutlich vielen stressigen Werbe-Shootings – kaum noch verführerisch war, dabei wäre genau das für eine solche Aufnahme nötig gewesen. Sie trug ein schwarzes Kleid, das an ihrem linken, wohlgeformten Bein einen sehr, ja, wirklich sehr langen Schlitz hatte und ihm daher einen Blick bis in ihre Beinbeuge erlaubte. Die werbende Marke stand gut lesbar zu ihren Füßen, war aber

73

angesichts der gewagten Pose unwichtig geworden. Unwillkürlich legte Berlingui seinen Kopf auf die Seite und schaute auf die Stelle am Ende des Schlitzes, als wenn er unter den Stoff schauen könnte. Die rechte Seite war, auf den ersten Blick zu erkennen, von der selben Frau für eine weitere Mission in Anspruch genommen worden. Nun war ihr Kleid aber zu Boden gerutscht und sie trug nur noch eine verwirrend knappe, mit Strasssteinchen besetzte schwarze Unterwäsche, die zumindest für die derzeitigen Nächte nur notdürftig für Wärme sorgen würde. Berlingui glaubte daher an der betreffenden Stelle zu sehen, dass sie ziemlich deutlich fror. Vielleicht hätte sie, bevor sie in diese eher sommerliche Wäsche schlüpfen musste, doch in dem von ihr beworbenen Outlet eine Jeans und andere Kleidungsstücke einer der angepriesenen Marken kaufen sollen. Berlingui überlegte, ob er sie dabei gerne begleitet hätte. Ohne Collasso oder einen prüfenden Blick einer *Silvia.* Doch für dieses Vorhaben hätte es schon zu viele Anwärterinnen gegeben, denn der heutige Tag wurde zunehmend inflazionär von nackter Haut geprägt. Bevor er ein drittes Plakat suchen konnte, von dem er sich weitere Verlockungen versprach, spürte er einen tippenden Finger an seiner Schulter. Als er zur Seite schaute, stand der Comandante de Stazione di Abano neben ihm. Berlingui deutete auf den Plastikbecher und verzog das Gesicht. Der Comandante zuckte verständnisvoll mit den Schultern.

Messedaglia war groß, schlank und wirkte gleichzeitig aristokratisch und zäh. Er war vielleicht vierzig Jahre alt. Berlingui kannte ihn als überaus korrekten und ernsten Mann, der es verstand, mit nur knappen Kopfbewegungen unmissverständliche Kommandos zu verteilen. Im letzten Jahr hatten sich beide bei einem

Mordfall an der Piazza Mercato hier in Abano kennen und schätzen gelernt.

In kurzer Zeit hatte der Comandante seinerzeit dafür gesorgt, dass sie den Tatort damals in Ruhe und ohne störende Kameras der Presse untersuchen konnten. Nur der Reporter Mandroni, der aber wusste, wie er sich verhalten sollte, hatte es wieder einmal geschafft, rechtzeitig einzutreffen, um alles ablichten zu können. Opfer und Mörder waren damals zwei Albaner. Schwiegersohn und Schwiegervater. Der Erste hatte sich mit einem Klappmesser bewaffnet und nach einer wohl kurzen, aber heftigen Auseinandersetzung mit einem schnellen Stich ins Herz seines Schwiegervaters dafür gerächt, dass dieser es zugelassen hatte, dass seine Tochter den Schwiegersohn verlassen hatte und in ihre Familie zurückkehren konnte.

Während zwei Polizisten den mutmaßlichen Mörder festhielten, hatte der Comandante nur mit den Bewegungen seines Kopfes und wenigen Blicken seine Leute an der Bar al Piazza verteilt. Als dann die üblichen Routinen im Gang waren, drehte er sich zu Berlingui um und stellte lapidar und genauso knapp fest: „Fast schon bezeichnend und bald typisch." Berlingui musste gestutzt haben, denn Messedaglia sagte auffordernd: „Schauen Sie sich hier doch mal um. Sie sehen kaum noch Italiener. Die Bar gehört Asiaten und die Kunden kommen aus dem gesamten Osten Europas oder sind Kurgäste. Hier treffen sich die niedrigsten Tätigkeiten der Branche, die diesen Ort in Gang halten." Er hatte daraufhin eine kurze Pause gemacht und sprach dann mit einem kaum hörbaren Seufzer weiter: „In ein bis zwei Jahren werden wir in unserer Gegend dann tote Russen auflesen können, weil sie mit ihren blondierten Waffen in den falschen Gebieten wildern. Früher haben *wir* in den Nächten unsere Frauen gequält, heute müssen die häufig unfreiwilligen Importgüter die Torturen unserer sexuellen Fantasien aushalten. Leider kenne ich nämlich jetzt schon zu viele Landsleute, die die vielfältigen Angebote dieser angeblich oft heiratswilligen Mädchen in Anspruch nehmen. Zu Preisen wie ein Zehnerpack Kondome. Und wenn dann dieser Acker bestellt ist, dauert es auch nicht mehr lange bis die *onda nera*, die schwarze Welle, aus Rom und Neapel mit ihren afrikanischen Gazellen über uns schwappt. – So bereitet das organisierte Verbrechen seine Vorherrschaft vor."

Berlingui musste dabei kurz an Ispettore Collasso denken, dessen Geschichte, wenn sie denn stimmte, einen anderen Ausgangspunkt hatte. Und von der er hoffte, dass sie dann erledigt wäre. Während der Comandante ihm gegenüberstand und abermals nur wenige Worte benötigte:

„Das alles stinkt, wie der Fango, gewaltig zum Himmel."

Er sagte es ohne Ausrufezeichen, ohne Regung. Erst jetzt setzte er seine Kopfbedeckung ab und sein sehr kurzes, an den Schläfen graumeliertes Haar ließ ihn plötzlich blass ausschauen, was durch die markant gerade Nase unterstrichen wurde. Wieder brauchte Berlingui auf eine Erklärung nicht lange zu warten.

„Sie hatten recht. Der Fango im Eimer und auf dem Gesicht des Toten ist nicht der Fango, der in diesem Hotel benutzt wird. Gerade kam die Bestätigung per Fax."

„So schnell?"

Der Commissario nahm das Blatt in die Hand, das ihm der Comandante reichte und überflog schnell den handgeschriebenen Inhalt. Sichtlich verwundert antwortete er nach der Lektüre:

„Das war bei Tageslicht wohl noch offensichtlicher, wenn ich das hier richtig lese. *Konsistenz und Farbe sind bereits nach Sichtung eindeutig nicht dem Fango des Hotels zuzuordnen. Spuren von Mulch, Erde und weiteren Sedimenten enthalten. Keine außergewöhnliche pflanzliche oder tierische Putrefaktion nachweisbar.* Können Sie mir mal verraten, was das soll? Warum diese Mühe? Wer schleppt einen Eimer mit fremden Fango an, um einen Menschen umzubringen? Ich hätte jetzt tatsächlich eher vermutet, dass der Täter, weil er draußen keinen vollen Eimer gefunden hatte, Steine, Sand und Kies vom Fahrweg oder Erde aus Blumenkübel hineingeworfen hatte." Berlingui gab ihm das Blatt zurück. „Aber wie und warum bringt man achtzehn, vielleicht zwanzig Kilo Fango durch die Stadt? Unter Umständen sogar ohne Fahrzeug, ohne dass das jemandem auffällt. Warum hat er nicht den Fango aus diesen Reifebecken genommen? Und vor allem, warum hat er nicht einfach einen Schalldämpfer verwendet?"

Messedaglia wischte sich über die Stirn und dachte laut nach.

„Ich nehme an, entsprechend gekleidet, war er für die wenigen Passanten auf der Straße nicht verdächtig. Er kommt also unerkannt und ungehindert herein. Im Notfall ist er einer, der sich verlaufen hat und der vielleicht auch noch freundlich Guten Tag sagt. Wäre er in diesem Moment überrascht worden, hätte er Spielraum gehabt."

Berlingui war nicht ganz überzeugt und schaute wieder durch das Fenster. Auf der anderen Straßenseite sah er Collasso mit zwei Polizisten neben einem Streifenwagen diskutieren. Ihre Hände schienen verschiedene Orchester zu dirigieren. Vielleicht erörterten sie die besten Strategien, die bei den allwöchentlichen Lotterien nützlich sein könnten. Vielleicht befanden sie auch nur über die Qualitäten der Mädchen im „Chez Silvia". Die zweifelsohne außerordentlich waren. Natürlich nur vom äußeren Eindruck her. Mit schüttelndem Kopf verjagte Berlingui den kurzen, beinahe eheerschütternd gewordenen Gedanken wie eine lästige Fliege. Aber wenn Collasso es schon geschafft hatte, ihn mitzunehmen, war es sicher nicht schwer auch andere dorthin abzuschleppen.

Plötzlich wendeten sich die beiden Polizisten zur Straße und rissen sich ihre Schildmützen vom Kopf, während Collasso ihren Blicken folgte, seine Mütze unter die Achsel klemmte und den Kopf auf die Brust sinken ließ. Ebenso wie ein Mann, der am Zaun gegenüberstehend sich bekreuzigte. Dieser hielt seinen Schieber vor die Brust und auch sein Kopf kippte nach vorne. Drei Sekunden später wurde ein silberner hochglanzpolierter Rolls Royce durch die Scheiben sichtbar. Es war der Leichenwagen des Beerdigungsinstitutes Pavanello. Berlingui sah fragend zu Messedaglia hinüber.

„Ohne Gefolgschaft?"

„Tja, Signora Boni, eine sehr alte Frau. – Lag drei Wochen neben ihrem Haus in der Via San Pellico von dichtem Gebüsch verborgen, bis ein streunender Hund ihre sterblichen Überreste vorgestern entdeckte und durch sein Gebell die Nachbarschaft zu einer Reaktion bewegte."

„Ich habe immer gedacht, so ein anonymes Sterben gibt es nur bei uns in Padua oder in anderen Städten. Aber hier in einem Kurort?"

„Hier leben inzwischen viele alte Menschen alleine. Deren Kinder und Verwandte arbeiten nicht mehr hier. Einige Hotels sind schon lange geschlossen. Und ein paar Große haben erst in den letzten paar Jahren zugemacht. Wie das *Centrale* oder *Italia* zum Beispiel. Alle haben sie keine Arbeit mehr. Wer Glück hatte, hat Arbeit in Padua oder woanders gefunden. Selbst *das* Traditionshaus, das Luxushotel *Orologio* hat schon vor fast zwanzig Jahren schließen müssen und die tollen Fresken da drin, die sogar Eurer Scrovegni-Kapelle in Padua zu Ehren gereichen würden, verfallen seitdem. Allerdings hat man da auch noch andere Fehler gemacht. Trotzdem, ich befürchte, dass das nicht das Ende war. Viele ausländische Gäste erhalten für ihre Kuren keine Zuschüsse mehr. Nach einer langjährigen goldenen Phase gleichen wir uns dem Geschehen und den Situationen vieler Gebiete in Europa an."

Der Comandante schaute zum Fenster hinaus und fragte nach einer kleinen Pause: „Wann hat Ihr Sohn das letzte Mal zu Hause angerufen?"

Berlingui musste überlegen und wog dabei seinen Kopf hin und her.

„Vorige Woche würde ich sagen. Dienstag oder Mittwoch."

„Sehen Sie, das ist auch schon über eine Woche her. Die Tochter der Signora Boni wohnt leider nicht mal mehr in Italien. Sie ist vor zehn Jahren nach Argentinien ausgewandert. Das war im letzten Boomjahr dieses Landes. Dann kam dort die Wirtschaftskrise. Die Tochter, Sophia, wurde arbeitslos, und die rasant wachsende Inflation fraß ihr Geld auf. Sie konnte seitdem nur noch einmal hierherkommen. Das ist allerdings bald fünf Jahre her. So konnte sie bestenfalls einmal im Monat anrufen. Erst im letzten Jahr hat sie wieder Arbeit gefunden und wollte eigentlich Ende des Jahres, wenn ihre Mutter neunzig geworden wäre, sie besuchen kommen. Man kann das ruhig naiv und blauäugig nennen, wenn sie davon ausgegangen ist, dass sie ihre Mutter dann noch lebend antrifft. Aber noch schlimmer ist, dass ihr jetziger Arbeitgeber keine Erlaubnis für eine Reise zur Beerdigung der eigenen Mutter gegeben hat, weil sie dadurch zu viele Tage fehlen würde. Als sie uns das am Telefon erzählte, habe ich es fast nicht glauben wollen", Messedaglia schüttelte verständnislos den Kopf. „So hat sie das ganze Geld in eine aufwendige Beerdigung gesteckt, die leider wahrscheinlich kaum jemand mitkriegt." Mit einer Hand zeigte er in Richtung des Leichenwagens, „sehen sie, hinter dem Wagen fährt tatsächlich, wie sonst gang und gäbe, kein weiteres Auto mit Hinterbliebenen. Die Tochter ist die einzige lebende Verwandte."

Während er sprach, war der Leichenwagen mit echtem Schritttempo am Comando vorbeigefahren und ein paar hundert Meter später rechts in die Via San Pio X abgebogen, um neben dem Duomo stehen zu bleiben, damit der Sarg für die kleine Andacht aufgebahrt werden konnte. Es war eine unübliche Uhrzeit, aber der Pfarrer hatte an diesem Tag, an dem normalerweise keine Beerdigungen stattfanden, in seinem gefüllten Terminkalender zwischen Kindergarten und *C.A.V.*, dem *Centro di aiuto della vita*, nur noch eine kleine Lücke von einer Viertelstunde um halb Zwölf gehabt. Die Ämter hatten angeordnet, nachdem festgestellt worden war, dass es kein unnatürlicher Tod gewesen war, die Beerdigung so schnell wie möglich *abzuwickeln,* zumal schnell klar war, dass eben diese Tochter, nicht kommen würde. Somit hielten sich in der Kirche während der kurzen Zeremonie nur ein knappes Dutzend Menschen auf, von denen man ohne Zweifel behaupten konnte, dass sie nicht zur Trauergemeinde gehörten. Rucksäcke auf dem Rücken sind kein Utensil, um einen Kranz oder ein Gebetbuch darin mitzubringen.

„Was wissen wir eigentlich über Tossatello? Haben Sie schon Informationen über den Toten?"

Messedaglia griff nach einem Blatt, das zuoberst in einem Ablagekorb neben ihm lag. Es war kaum beschrieben.

„Wenige. Viel zu wenige für diesen Moment. Monsignore Francesco Tossatello, neunundsechzig, in Vignola südlich von Modena als sechstes Kind eines Schreiners geboren, ging direkt nach einem überaus erfolgreichen Schulabschluss an die Theologische Universität in Rom und ist jetzt in der Verwaltung im Rang eines Monsignore für die verschiedenen Immediate in Italien tätig, die somit direkt der Kurie in Rom unterstellt sind. Über seine genaueren Tätigkeiten in Rom haben wir bislang nichts erfahren können. Allerdings hat uns der Kardinal dort um äußerste Diskretion gebeten."

„Kein Wunder, wann ist es für die gut, irgendetwas über einen ermordeten Geistlichen in einer Zeitung zu lesen? Das ist unter diesen Umständen wahrlich eine schlechte Werbung für den Heiligen Stuhl", entgegnete Berlingui.

In diesem Moment betrat Collasso den Raum und ging direkt auf die Beiden zu. Wieder setzte er seine Wichtigkeitsmine auf, die den Commissario seit Jahren auf die Palme bringen konnte und von der sich immer wieder zu Kommentaren hinreißen ließ.

„Collasso, legen Sie einen Eisbeutel in Ihren Nacken, das entspannt die Gesichtsmuskulatur", unkte Berlingui, der seinen eigenen Puls beschleunigen spürte.

Auch der Ispettore kannte Berlingui zu gut, als dass er auf diese Äußerungen noch reagierte, sondern sagte lediglich zum Trotz mehr in Richtung des Comandante:

„Das Telefon hatte geklingelt!"

Messedaglia und Berlingui schauten ihn an. Collasso begann zu grinsen und walkte ein wenig seine Lippen, bevor er meinte:

„Wussten Sie, dass während der Aluminiumherstellung die Aluminatlauge vom Rotschlamm abgetrennt wird und sich dann beim Abkühlen reines Aluminiumhydroxid abscheidet. Dieses wird anschließend durch Kalzinieren in Aluminiumoxid überführt. – Fragen sie mich bitte aber nicht was Kalzinieren ist."

„Bitte? Sind Sie jetzt völlig übergeschnappt? Mein Gott, Collasso!"

„Ich musste diese Erklärungen ertragen, ehe ich erfuhr, dass Garatta im entscheidenden Moment gar nicht in Tossatellos Nähe war, denn Spazzatto hatte ihn zum Telefon gerufen. Das steht in einem Raum am Ende des Ganges, an dem die Fangozimmer liegen."

„Sagen Sie das noch mal!"
Berlingui war fassungslos und Collasso schaute mit der Süffisanz eines sonst oft gescholtenen Schülers, der aber gerade die Klassenarbeit mit der besten Note zurückbekam.

„Ein ehemaliger Kollege hatte angerufen und mitgeteilt, dass er nun endlich wieder Arbeit gefunden hat. Er war nach der letzten Saison nicht wieder eingestellt worden, da die Buchungszahlen wie die Jahre zuvor zurückgegangen waren."

„Und das hat er Ihnen erzählt? Davon hat er mir kein Sterbenswörtchen gesagt!" Berlingui schüttelte immer noch ungläubig den Kopf und sagte mehr zu sich selbst: „Er hatte einen so ehrlichen Eindruck auf mich gemacht."

„Er hat mir davon auch gar nichts gesagt. Es war ein Signor Rabemann, ein Gast aus der Schweiz, ein alter Herr. Hat früher bei Alu-Swiss gearbeitet. Der hat mich darauf aufmerksam gemacht."

„Woher weiß der denn von dem Anruf?"
„Er lag im letzten Raum und hat das Klingeln gehört und anschließend das Lachen der beiden Fanghinos.

Nach fast zehn Minuten täuschte er einen Hustenanfall vor, damit man ihn endlich aus der Fango befreien würde. Das ist dann auch geschehen. Ohne Entschuldigung. Ohne Erklärung. Er wollte auch nicht nachfragen, weil er dachte, dass es gute Nachrichten gewesen sind, die da übermittelt worden sind. Denn die beiden Männer lachten und machten Witze. Die Nummer habe ich anschließend aus der Telefonanlage rausgeholt, weil ich mir dachte, dass sie vielleicht eine Rufnummer-Erkennung haben könnte."

Collasso reichte den Beiden einen Zettel herüber. Berlingui wurde ungeduldig, während Messedaglia die ganze Zeit ruhig danebenstand und mit einer kurzen Kopf und Handbewegung einem jungen Brigadiere befahl ein tragbares Telefon zu beschaffen.

„Wenn es da nicht einen Zusammenhang gibt. Schauen wir doch mal, was das für eine Nummer ist. 049 ... Das ist Padua und Umgebung. Wollen wir doch mal sehen, wer da abnimmt."

„Wollen Sie da wirklich anrufen? Was sagen Sie, wenn einer abnimmt?"

„Ho spagliato."

Der Comandante übergab wenig überzeugt Berlingui das Telefon, der ohne zu zögern die Nummer eintippte und die Taste mit dem grünen Hörer drückte. Er schaute von einem zum anderen und zuckte nach nahezu fünfzehn Sekunden mit den Schultern. Er schaute zu seinem Stellvertreter und hoffte auf eine erklärende Antwort. Wieder schaute Collasso wie der frischgekürte Klassenbeste.

„Es hätte mich ehrlich gesagt auch gewundert, denn es ist ein öffentlicher Fernsprecher bei der Post. Zwischen Fremdenverkehrsamt und dem Hotel Due Torri." Der Blick, den ihm der Commissario schenkte, war Vorwurf, Tadel und ein weiterer Orden zugleich.

„*Forte!* Klasse! Collasso, auch wenn Sie mich mal wieder genüsslich in eine Falle gelockt haben. Ich glaube, den Ort schauen wir uns mal näher an."

„Gerne Chef. Ich habe ihn auf dem Weg hierher kurz inspiziert. Wenn Sie mich fragen, haben Sie recht damit, dass es da einen Zusammenhang gibt. Sie werden sehen, das ist ein optimaler Punkt, um anschließend in Abano zu verschwinden."

„Kommen Sie mit?"

Berlingui schaute Messedaglia an. Wieder nur eine kurze Kopfbewegung und der Brigadiere öffnete die Türe. Der Comandante setzte sich seine Kopfbedeckung akkurat auf und kontrollierte dies beim Hinausgehen mit einem kurzen Blick in die spiegelnde Glastüre. Ein Drucker, der rechts davor stand begann zu rappeln, ließ den kleinen Tisch beben und spuckte fünf, sechs Seiten Endlospapier heraus, die sich wie üblich bei solch altertümlichen Geräten nicht an der vorgesehenen Stelle falteten. Dann traten die Vier auf den Gehsteig, überquerten die Via della Terme und stiegen in einen blauen Alfa, der auf dem kleinen Parkplatz vor der Villa Regina stand.

15. März, 12 Uhr 20

Das Treffen fand kurz vor dem Mittagsmahl in einem Vorzimmer des Anbaus statt. Als er das wie frischgetüncht wirkende Zimmer betrat, drehte sich eine hagere Gestalt am Fenster erst mit dem markanten Profil des Kopfes, dann ganz zu ihm. Der Anzug, den die Person, trug war aus offensichtlich erstklassigem Stoff, maßgeschneidert und das feine, schwarzweiße, zwar etwas altertümlich wirkende Glencheckmuster passte zum schütteren, streng nach hinten gekämmten Haar. Sein

Gesicht wirkte auf eine unerklärliche Art nicht italienisch, sondern erinnerte an die durch Visagistinnen gepflegten Züge eines reichen arabischen Mannes.

„Ich dachte, wir wären uns einig gewesen? Keine weiteren Scherereien. Wie viele Zeugen gibt es denn noch?", keifte der Hereinkommende.

Sein Gegenüber stülpte die Lippen und blickte dabei stumm und erkennbar herablassend den polternden Mann an. Doch dann sagte er in einem unerwartet elegant klingendem Italienisch:

„Es hat nie Zeugen gegeben, die Sie stören könnten." Dann mit einem spöttischen Unterton: „Nur drei Namen, die aus den Listen lebender Einwohner italienischer Städte verschwinden werden." Er ging langsam am Fenster entlang und glitt dabei mit seinen Fingerspitzen auf dem marmornen Sims entlang. „Machen Sie nicht uns die Vorwürfe. Sie hatten in den letzten Jahren Zeit genug, Ihren Teppich sauber zu bekommen. Falls dieser es immer noch nicht ist, wird, das verspreche ich Ihnen, wenn alles vorbei ist, Dreck nur noch hier, hier in diesen, ach so ehrenwerten Räumen zu finden sein. Ohne die geringste Spur zu uns." Sein Gesicht erhielt plötzlich ein aufgesetztes Lächeln, „ich denke aber, dass Ihnen das klar ist. Regen Sie sich also nicht auf. Es fehlen ja nun nur noch Zwei. Und in den nächsten Tagen wird es dann nur noch ein Name sein, der übrigbleibt. Vielleicht erledigt sich dann der Rest sogar von alleine, wenn die betreffende Person die Zeitung lesen sollte. Es gibt auch bei dieser Gattung von Menschen allzu oft schwache Herzen."

Der Mann ließ die Fingerspitzen auf dem Marmor etwas springen, wendete sich vom Fenster ab und ging bei den letzten Worten langsam auf seinen Gesprächspartner zu. Er nahm einen Umschlag, der ihm nun etwas unschlüssig entgegengehalten wurde, in Empfang und ging, ohne stehen geblieben zu sein, an ihm vorbei. Als er die Tür schon halb aufgemacht hatte, sagte er in einem ungleich schärferen Ton:

„... und hören Sie auf, uns zu drohen. Allein mein Blatt Papier, auf dem diese Namen stehen und andere längst erloschene standen, hat nach unten noch viel, verdammt viel Platz, um wieder weitere und neue darauf festzuhalten. Sei es mit eindeutigen Zeichen oder mit ebenso hübschen wie klaren Kommentaren, die andere, viel wichtigere Herrschaften als Sie, sofort verstehen werden."

Der Angesprochene begann seine Hände, die sich zu Fäusten verwandelt hatten, zu kneten und presste die Lippen mit knirschenden Zähnen aufeinander. Dann zischte er wütend:

„Drohen? Wir? Ich glaube Sie unterschätzen unsere Macht. Wir haben es überhaupt nicht nötig zu drohen."

Der Hagere drehte sich noch einmal um und schaute ihn provozierend ruhig an.

„Macht? Ich gebe Ihnen sofort diesen Umschlag zurück und in weniger als zwanzig Minuten bin ich unauffindbar verschwunden. Sie haben nicht die geringsten Möglichkeiten, mich aufzuhalten, denn Sie wissen genau, dass Sie von meinem Stillschweigen als Lebender abhängig sind, weil in irgendwelchen Postfächern oder Banksafes, die wir natürlich für nur kurze Zeiträume gemietet haben, aussagekräftiges Material über Sie liegen könnte. Es freut mich, Ihnen mitteilen zu können, dass alleine ich über fünf dieser Fächer verfüge. Und keines davon befindet sich hier in Padua."

Bei diesen Worten legte er den Umschlag auf eine Kommode neben der Tür und griff anschließend eine Pantomime nachahmend in eine Tasche seines Anzuges.

„Oh. Es tut mir wirklich leid. Ich habe gar nicht mal die passenden Schlüssel dabei."

Er nahm den Umschlag wieder an sich und schloss mit einer ballettartigen Bewegung die Tür. Der Zurückgelassene stand eine Sekunde zu lange mitten im Raum, denn als er die Tür wieder aufriss und in den Gang des Anbaus schaute, war niemand mehr zu sehen. Er fluchte in sich hinein und ging mit schnellen Schritten zu einem der Fenster, dann zum nächsten und zum dritten. Aber entweder war auf dem Weg, den er einsehen konnte und der erst gestern mit neuem Sand versehen worden war, in den letzten Sekunden niemand gelaufen oder der Mann hatte sich tatsächlich in Luft aufgelöst. Er schlug mit einer Faust auf das Fensterbrett, so dass die Scheiben in ihren Rahmen klirrten. Dann schrak er im selben Moment wie von einem Blitz getroffen zusammen. Die Tür hinter ihm schwang wieder auf und krachte am Ende ihrer Pirouette an die Wand. Als er sich umdrehte, sah er den Hageren in ihr wie in einem Rahmen eines Bildes stehen, das von hinten seltsam beleuchtet wurde.

„Sagte ich nicht, es gibt auch bei dieser Gattung von Mensch schwache Herzen?"
Der Umschlag landete segelnd wie ein Herbstblatt auf der Kommode, und der Mann war verschwunden. Der Andere am Fenster brauchte mehrere Augenblicke, um wieder zu sich zu kommen und japste, als wenn er einen langen Lauf hinter sich hätte. Mit der linken Hand drückte er sich vom Fenster ab und ging etwas wankend in kleinen Schritten zur Kommode. Bei ihr angekommen, schloss er die Tür neben der Kommode und beachtete den tiefen Abdruck nicht, den die Klinke in der Wand hinterlassen hatte. Der Umschlag war offen. Er griff durch die Öffnung hinein und hoffte, nichts in ihm zu finden. Doch als er seine Hand aus ihm herauszog, hielt sie einen Zettel in der Hand, den er sich nicht getraute anzusehen. Er schaute auf die Bilder an der

Wand, dann zu den Fenstern, durch die er auf den botanischen Garten und die abgrenzende Mauer sehen konnte, irgendwo weiter hinten schlug eine Glocke zur halben Stunde. Er betrachtete das Loch, das die Klinke in die Wand gebohrt hatte. Sobald es die Zeit zuließ, musste er der dem Spuk ein Ende bereiten. Er wusste nur noch nicht wie, so seufzte er auf und schaute auf den Zettel. Es stand nicht sein Name darauf. Es stand kein Name darauf. Nur drei Wörter:
Nur noch Einer!

15. März, 12 Uhr 35

Sie schauten sich den Fernsprecher an wie einst die italienische Flagge nach der gewonnenen Fußball-Weltmeisterschaft. Berlingui drehte sich in alle Richtungen um und massierte sich dabei das Kinn.

„Der steht wirklich gut und morgens um halb Fünf sieht einen hier niemand. Egal wie viele hier rumlaufen, oder auch nicht. Wie sagten Sie war der Name?"

„Abedin Gashi."

„Das klingt nicht sehr italienisch."

„Er ist Albaner."

„Der Apparat hier ist aber nur die halbe Miete. – Messedaglia, begleiten Sie mich! Wir werden dem Hotel noch mal einen Besuch abstatten. Collasso, Sie und der Brigadiere ...", er schaute den Comandante an, „... wenn ich über ihn so einfach verfügen darf?"
Messedaglia hatte als Antwort wieder nur eine zackige Bewegung mit der Hand, die der junge Mann sofort verstand. Berlingui legte mit einer dankbaren Geste eine Hand auf seinen Unterarm.

„Collasso, gehen Sie aufs Comando und versuchen Mandroni zu erreichen. Wenn Sie sagen, dass Sie im

Auftrag von mir anrufen, weiß er Bescheid. Und Sie gucken sich die Einträge im Register an, die es über diesen Gashi gibt; wann er nach Italien gekommen ist, Berufsausbildung, Familienstand, Arbeitsverhältnisse und die anderen üblichen Daten", und zum Comandante gewandt, „... wir schauen mal, welche Listen mir Zabborra zusammengestellt hat."

„Listen?"

„Ich habe ihn darum gebeten, unauffällig eine Liste der Gäste des Hotels zu erstellen."

„Unauffällig? Ich verstehe nicht. Die hätten Sie doch gleich mitnehmen können."

„Habe ich auch. Gleich zu Beginn machte ich in deren Büro eine Kopie. Auch von der Liste der abreisenden Gäste. Es würde mich nicht wundern, wenn auf einer der Listen, die mir Zabborra hoffentlich geben wird, dann ein Name fehlt."

Messedaglias Augen verengten sich zu Schlitzen. Er, der sonst schnell handelte, schnell kombinierte und schnell Konsequenzen aus allem zog, wunderte sich nun.

„Warum glauben Sie, dass ein Name fehlen sollte? Warum sollten sich die im Hotel die Mühe machen, einen Namen zu entfernen?"

„Es muss ja nicht unbedingt jemand vom Hotel gewesen sein."

Berlingui griff in eine Innentasche seiner Jacke und zog ein zusammengefaltetes Blatt Papier heraus.

„Sehen Sie, das ist die Liste der Hotelgäste. Die der abreisenden Gäste ist ein einfaches Papier auf dem lediglich mit Hand geschriebene Zimmernummern stehen, also keine Namen. Die sind den Putzfrauen egal. Die wollen nur wissen, wo sie komplett reinigen, saugen und Betten abziehen müssen."

Mittlerweile hatte er das Blatt ganz auseinandergefaltet und auf dem schwarzen Deckel eines Abfalleimers an einem der Laternenpfähle notdürftig glattgestrichen.

„Links stehen untereinander die Nummern, oben das Datum, darunter sind Bleistiftstriche, die die Dauer der Belegung darstellen. Über diesen Strichen wiederum stehen kleingeschrieben die Namen der Gäste. Es fällt überhaupt nicht auf, wenn nun über diesen dicken Linien ein Name gelöscht wurde, man könnte und sollte es vielleicht übersehen. Also besteht die Chance, dass nicht danach gefragt wird und wenn, dann war halt gleich am Anfang vergessen worden, ihn einzutragen."

„Aber es gibt doch die Meldezettel im Hotel."

„Glauben Sie wirklich? Die werden doch eh nur für statistische Zwecke benutzt. Wir beide wissen, dass unsere Landsleute trotz aller Vorschriften noch den ein oder anderen Trick auf Lager haben, um Steuern und Beiträge in einem für sie erträglichen Rahmen zu halten."

„Trotzdem würde früher oder später der Name herausgebracht werden."

„Ja, *später* und *wenn* danach gesucht werden würde." Berlingui faltete den Zettel wieder zusammen und steckte ihn in die Jacke zurück. „Vielleicht hofft derjenige, möglichst viel Zeit zu gewinnen, um unterzutauchen."

Als sie einige Meter gegangen waren, fragte er den Comandante:

„Kann man hier in der Nähe einen anständigen Espresso trinken."

„Sie laufen doch geradewegs auf eine Bar zu."

„Die kenn ich. Ich meinte einen wirklich anständigen - etwas abseits."

„*E va bene!*"

Messedaglia verbarg seine Verwunderung diesmal nicht und legte seine Stirn in Falten. In manchen Augenblicken, wie vorhin, erschien ihm der Commissario ein blitzgescheiter, dynamischer Mann zu sein. In den Überlegungen drei oder vier Schritte voraus, um aber im nächsten Moment ein scheuer und introvertierter Einzelgänger zu sein. Er erinnerte sich an das letzte Jahr und lächelte unbewusst. So belustigt forderte er ihn auf:

„Kommen Sie!"

Sie gingen wieder die Via Marzia entlang, nun aber in die entgegengesetzte Richtung wie der Commissario am Morgen. An der nächsten Ecke, fast umzingelt von verschiedenen Hotels, traten sie in ein Café ein, das eingerüstet war. Anscheinend sollte in den nächsten Tagen das Gerüst entfernt werden, denn es fehlten bereits die grünen Schutznetze und in den oberen Teilen die Handläufe am Gerüst. So war gut erkennbar, wie das Haus dann aussehen würde. Es erinnerte an ein in Rot und Beigetönen getauchte und wiedererrichtete römische Villa und war schon jetzt unübersehbar.

„Ciao, Tina." Messedaglia hob eine Hand und zog seine Kopfbedeckung verblüffend schnell herunter, die er sich in einem Zug unter den Arm klemmte, hatte er Collasso etwa zugeschaut? Er ging auf eine kleine zarte Frau zu. „Euer Tempel sieht ja schon ganz prächtig aus. Sei so lieb und mach uns zwei Caffè, bitte."

„... und haben Sie auch etwas Schnelles zu essen?", warf Berlingui ein. In diesem Moment war aus seinem Bauch ein Geräusch zu hören, das einem glucksenden Abflussrohr glich.

„Klar!", ertönte es aus dem Hintergrund, gleichzeitig kam durch eine Tür an der Seite des Gastraumes ein nahezu doppelt so großer Mann wie die Frau mit einer burgunderroten Anzugsjacke heraus, dem die Stimme gehörte, „ich mache Ihnen schnell ein paar Piadine. Hallo Valerio. Käse, Schinken und Tomate?"

„Vollkommen egal, ich habe seit heute Morgen vier nichts mehr gegessen."

„Na, na! Wir haben zwar Fastenzeit, aber hungern müssen Sie nicht."

„Alberto, und mir bitte einen mit dem gekochten Schinken da", Messedaglia deutete auf einen riesigen Schinken in der kleinen Kühltheke, „und brauchst nicht geizig zu sein."

Berlingui war in diesem Moment an dem Comandante vorbeigegangen und schaute aus dem Fenster auf die Straße, es war bereits überraschend warm, aber es saßen noch nicht viele Gäste an den Tischen vor dem Haus. Das Gerüst hatte vielleicht eine noch zu abschreckende Wirkung.

„Ganz schön mutig, das Haus so zu renovieren", kommentierte Berlingui. Dann zu Messedaglia: „Ich bin hier heute Morgen entlanggegangen und fragte mich, welchen Fluchtweg unser Mörder wohl genommen hat. Es würde zwar keine große Rolle spielen, es zu wissen, aber es gibt hier nicht viele Möglichkeiten, um schnell zu verschwinden. Ich kenne das von den Wochenenden. Wenn man einen Parkplatz gefunden hat, fährt man anschließend häufig wie verirrt im Kreis, damit man wieder dahin kommt, wo man hinwollte oder herkam."

„Aber, wenn es keine Rolle spielt, warum beschäftigt es Sie dann?"

Messedaglia stellte seine Tasse, ohne weiter darauf zu achten, neben die Aufschnittmaschine, von der in diesem Moment eine Scheibe Schinken auf die soeben abgestellte Tasse fiel und trat neben den Commissario.

„Valerio, soll ich dir den Schinken in die Tasse füllen?", tadelte Alberto, dann beantwortete Berlingui Messedaglias Frage:

„Mein Gefühl sagt mir, dass wir es einerseits mit einem kaltblütigen Mörder zu tun haben, der diese Art von Geschäft nicht zum ersten Mal gemacht hat, andererseits, auch wenn so etwas schon vorgekommen sein soll, kann ich mir nur schwer vorstellen, dass er sich seinen Fluchtweg selbst suchen musste. Ein solcher Profi, mit solchen Ortskenntnissen, für all die Orte in denen er tätig ist? Wirklich kaum vorstellbar. Kurz, in meinen Augen gab es den Anrufer, einen Fahrer und ihn." Berlingui wendete seinen Kopf nach rechts und sah durch den Comandante fast hindurch, dann rieb er sich die Nase, schloss die Augen und fuhr fort: „Und damit wenigstens ein Quartett daraus wird, gab es noch einen Auftraggeber."

Er öffnete die Augen und fixierte Messedaglia.

„Das ist keine allzu gewagte These. Doch weiß ich immer noch nicht, worauf Sie hinauswollen."

„Wenn es so sein sollte, frage ich mich, welche Rolle Tossatello als Opfer gespielt hat. Bei so viel Beteiligten können wir gleich eine ganze Reihe von Motiven ausschalten", er lächelte, „und Eifersucht ist dabei noch das Schwächste!"

Messedaglia sah mit Berlingui zusammen auf die Straße, nickte langsam mit dem Kopf und schien zu verstehen.

„Sie glauben, da wurde jemand zum Schweigen gebracht. Das allein ist ja noch nicht ungewöhnlich, aber das Opfer war ein nicht unbedeutender Geistlicher aus Rom. Das und die Art und Weise macht die Sache kompliziert. Ich beginne zu verstehen. Da ist nicht nur ein Elefant umgebracht worden, sondern damit wartet auch ein dicker Fall auf uns."

Berlingui biss in sein *piadino* und wippte mit vollem Mund bestätigend mit dem Kopf, gleichzeitig deutete er mit ihm an, noch ein Sandwich haben zu wollen. Kauend und etwas undeutlich fuhr er fort:

„Deshalb könnte ich mir denken, dass eine solche Persönlichkeit einen Grund hatte, in Abano zu sein und, vor allem, dass sie nicht alleine war. Deshalb die Kopie. Deshalb die Liste."

„Bleibt wie immer die Frage: Warum?"

„*Esattamente!*"

15. März, 13 Uhr 15

Zabborra tänzelte auf dem erhöhten Boden hinter der Theke wie ein aufgescheuchtes Pferd zwischen dem Telefon, einem wartenden Gast und der Tastatur eines Computers hin und her.

„Bei uns ist jetzt Mittagessenszeit. Ich habe nur ganz, ganz wenig Zeit, ich kann mich nicht daran erinnern, dass Sie das Haus unter Quarantäne gestellt hatten", begrüßte er fast schnippisch, mit auseinandergebreiteten und wedelnden Armen den Commissario. Dieser antwortete dafür mit einem aufgesetzten und süßlichen Lächeln:

„Ich wusste nicht, dass hier schon wieder so schnell der Alltag einkehren würde. Immerhin hat das Hotel eine Leiche im Keller ..."

„... und wir Gäste, die meistens jenseits der Sechzig sind und selbst die schlimmsten, ekelhaftesten und blutrünstigsten Themen beim Essen diskutieren. Denn dann sprechen sie alle über ihre Körper, Gebrechen und Krankheiten. Über das, was sie morgens ausscheiden und welche Medikamente sie nehmen. Wenn morgen die verfluchte Taliban in Afghanistan den Reporter Mastrogiacomo freilassen sollten, ist Tossatello schon ein altes Thema. Nicht wir bestimmen hier den Alltag, sondern gerade unsere Gäste. Tot wie lebendig", polterte Zabborra mit einem maliziösen Lächeln zurück.

„Eins zu null für Sie. Ich werde Sie auch nicht lange von der Arbeit abhalten. Kann ich sie haben?" Berlingui schob eine Hand über die Theke und Zabborra legte ihm ohne einen weiteren Kommentar zwei zusammengefaltete Zettel hinein. Der Commissario tippte sich, dabei mit dem Finger winkend, dankend an die Stirn. Dabei fiel sein Blick auf die aufgeschlagene Zeitung, die Zabborra wohl gerade studierte und die über die brutale Entführung des bekannten Journalisten bis ins kleinste Detail berichtete. Ohne auf den Blick des Commissarios einzugehen, gab Zabborra zurück:

„Ich weiß ja nicht, was Sie sich davon versprechen. Aber ich kann ihnen versichern, hier im Haus hat niemand mit dem Fall etwas zu tun."

„Das weiß ich und doch hab ich meine Gründe." Berlingui steckte die beiden Zettel ein und wendete sich noch einmal an Zabborra, der nun wieder dabei war, einem älteren Ehepaar eine Busreise nach Venedig zu erklären. Berlingui deutete deshalb mit seinen Händen an, zu den Fangoräumen zu gehen und gleich wiederzukommen, was Zabborra mit einem neutralen Blick quittierte.

Tatsächlich wimmelte es dort noch von Polizisten und den Leuten von der Spurensicherung. Unter denen war auch Stefano Ravanelli, der, wenn es brenzlig wurde, als Chef der Abteilung persönlich kam. Berlingui ging auf ihn zu und begrüßte ihn kollegial.

„Ciao Stefano. Ihr seid ja noch mit einer ganz schönen Menge Leute hier. Kann ich das als gutes Zeichen werten?"

„Salve Piero. Wie man's nimmt", Ravanelli machte eine schwankende Bewegung mit seiner rechten Hand,

„Abdrücke von Schuhen, die im Haus bisher nicht zuzuordnen sind, ein Eimer mit vielen Fingerabdrücken, die sich zum Teil überlagern, Haare unterschiedlicher Länge und Farbe im Raum des Opfers, Staubflocken vermischt mit Stoffresten, zwei verschiedene Fangos, Dreck, der wahrscheinlich aus den Profilen der Schuhen stammt und schmale Reifenspuren vor der Tür, die von einem Fahrrad stammen könnten und nicht von einem der Transportwägelchen dort drüben und nirgendwo ein Tröpfchen Blut. Eigentlich nicht viel für fast vier Stunden Suche. Dafür sind die gefundenen Sachen gut zu verwerten. Sie sind frisch und liegen nicht allzu weit auseinander. Gib uns noch ein wenig Zeit. In ein bis anderthalb Stunden sollten wir hier fertig sein."

„Kein Problem, Stefano. Das mit dem Fango weiß ich bereits. Pantatti hat ihn mit in sein Labor genommen und ihn dort wohl wie ein Stück Exkrement analysiert. Bei den anderen Sachen lass ich mich überraschen. Ich weiß immer noch nicht, was ich mir wünsche, hier zu finden. Konntet ihr schon in Tossatellos Zimmer suchen."

„Da sind genauso viele Leute von uns wie hier unten. Es sieht dort nicht so aus, als wenn etwas fehlen würde, der Raum sah wie frisch geputzt aus."

Der Commissario kratzte sich am Kopf und antwortete: „Das gefällt mir irgendwie überhaupt nicht. Gab es irgendwas im Zimmertresor zu finden?"

„Das ist das einzige, das wirklich noch gesucht wird. Schlüssel. Passende Schlüssel. Wir haben alles gefunden. Zimmerschlüssel, Autoschlüssel, Schlüssel, die weiß Gott wo oder in irgendwelche Schlösser in Rom oder im Himmel passen und andere übliche Dinge Ausweis, Geld und Bücher. Nur keinen Tresorschlüssel. Zur Not knacken wir den Tresor logischerweise auch so.

Aber vorher möchte ich ihn nur etwas genauer untersuchen. Nicht, dass ein Verrückter etwas ..."

Ravanelli lachte und Berlingui wusste, dass nun eine als witzig gedachte Pointe folgte, „... Bombastisches eingebaut hat."

„Und dass etwas im Auto liegt?"

„Wenn du uns verrätst, wo er es abgestellt hat, können wir gerne dort weitersuchen. Wir wissen, dass es ein Lancia Thesis sein muss. So einer wie draußen auf dem Parkplatz gestanden hat. Doch erstens kam der aus Varese und zweitens gehört er einer Signora Mistretti."

Wie von einem Blitz getroffen, stöhnte Berlingui auf und schlug sich gegen die Stirn. Dann griff er in seine Tasche und holte die Zettel heraus, die ihm Zabborra gegeben hatte. Hektisch faltete er sie auseinander und suchte mit genauso hektischen Fingern und nervösem Blick auf ihnen herum. Plötzlich schlug er mit einer Faust auf den nächstbesten Gegenstand neben sich. Es war der Kopf der Brunnennymphe, die er am Morgen noch so bewundert hatte. Doch Bauch, Beine und Po nahm er nun nicht wahr.

„Verdammt. Ich hatte es geahnt. Die Zettel. Warte hier. Ausgerechnet die Mistretti. Oder habt ihr schon mal in den Wagen geguckt?"

„Nein. Warum? Hätten wir das sollen? Man hat uns nicht gesagt, dass sie zu den Verdächtigen zählt und die zwei zusammengehören. Das ist ja toll ...", Ravanelli lachte schallend, „Don Camillo und seine Peppina."

„Blödmann!", und schon war Berlingui auf dem Weg zurück in den Empfangsraum. Als er an der Empfangstheke vorbeilief, machte ihm Zabborra ein Zeichen, doch der Commissario gab ihm zu verstehen, *aspetta*, warte, später. Draußen angekommen, stand Messedaglia mit einem anderen Carabiniere zusammen und war sichtlich in Gedanken. Als er Berlingui sah, hob er wie ein Schüler seinen Finger in die Luft und beide sagten gleichzeitig:

„Signora Mistretti ...“

„... ist vor ungefähr einer Stunde abgereist“, ergänzte der Comandante.

Berlingui drehte sich wie ein Verrücktgewordener um sich selber, „suchen, fahnden, Straßensperren. Wie weit kann sie sein? Warum bin ich nicht gleich darauf gekommen. Sehen Sie“, er wedelte mit den beiden Zetteln, die er immer noch in der Hand gehalten hatte, „ich hatte recht mit den Linien. Es sind die beiden einzigen in diesem Monat, die fast parallel verlaufen und ihre ist zwar noch drauf, aber der Name ist ausradiert. Es fällt wirklich kaum auf“, wieder schlug Berlingui mit seiner Faust zu, hieb aber im ersten Moment nur Löcher in die Luft, bevor er die Zettel in seiner Hand fast zermalmte, „wie kann man sie einfach abreisen lassen? *Oddio!* Mein Gott, hier sind alle verrückt.“

Messedaglia blieb unterdessen ganz ruhig und musste wieder ein wenig schmunzeln.

„Ich habe Sie verkannt, ich wusste gar nicht, dass Sie so impulsiv sein können. Aber vielleicht beruhigt es Sie ein wenig, denn die Suche läuft seit ...“, der Comandante schaute auf seine Armbanduhr, „... über fünfzehn Minuten. Wir wissen inzwischen auch schon ein bisschen mehr. Signora Mistretti, neunundfünfzig Jahre alt, wohnhaft in Malnate bei Varese, leidet unter einer starken Arthrose und ist, wie alle hier sagen, schwer übergewichtig“, er schaute an der glatten Fassade des Hotels empor, „war hier, wie Sie ja bereits wissen, fast zeitgleich mit dem Monsignore, sie holte ihn freundlicherweise am Tag seiner Ankunft hier am Bahnhof ab. Sie hatten sich in den letzten Jahren schon einmal hier getroffen. Aber hier im Hotel Colli Euganei ist sie erst zum zweiten Mal. Weitere Details bekomme ich hoffentlich in der nächsten Stunde."

„Was sagten Sie heute Morgen? Das stinkt? – Das stinkt sogar gewaltig zum Himmel. Mehr als der Fango hier. Dagegen ist toter Fisch ein Parfüm. So viele Leute kann man gar nicht auf einmal befragen, wie wir es jetzt tun müssten. Mistretti, Olivero, Gashi und noch mal die ganze Mannschaft hier. Aber als erstes knöpfe ich mir Frantelli vor."

Und schon hatte er auf dem Absatz umgedreht und war an die dunkle geschwungene Theke getreten. Er war stocksauer und seine Miene war unmissverständlich und wurde mit einem ebenso genervten Blick Zabborras beantwortet, der säuerlich meinte: „Sie verstehen es wie die Gewerkschaften, für Unruhe zu sorgen, Herr Commissario!"

„Streiken ist bei denen auch nur eine andere Zustandsbeschreibung von Arbeit", Berlinguis Gesichtsausdruck hatte sich nicht verändert, um den folgenden Worten mehr Gewicht zu verleihen, knallte er seine Dienstmarke auf das Holz, „ich brauche Frantelli und Sie, auf der Stelle, sofort, im Büro und Sie können gleich dafür sorgen, dass Garatta zusammen mit Spazzatto hier ebenfalls in weniger als fünf Minuten erschienen sind. War das klar genug?"

Zabborras Gesicht war mit einem Mal fahl geworden. Er kam hinter der Theke vor, schaute ängstlich Berlingui an und ging auf der anderen Seite des Foyers durch eine große Doppeltüre, die sofort das Geräusch von klapperndem Besteck und klirrenden Tellern und Gläsern nach draußen spülte. Die Türen waren noch nicht ganz zugeschwungen, als Frantelli und Zabborra wieder durch sie hindurchtraten. Bevor diese etwas sagen konnten, ging Berlingui in das Büro vor und winkte ihnen lediglich energisch zu. Kaum dass sie in den

Raum eingetreten waren, warf er die Tür mit Schwung ins Schloss. Schon hatte er die beiden Zettel in der Hand und auf einen Schreibtisch geworfen, auf ihnen landete klatschend und laut seine flache Hand.

„Ich dachte, Sie wollten alles tun, um die Aufklärung so schnell wie möglich zum Erfolg kommen zu lassen, Frantelli. Dass dies aber mit Urkundenfälschung funktionieren kann, ist mir absolut neu. Ich hätte gerne sofort und auf der Stelle eine absolut schlüssige Erklärung dafür, warum Signora Mistrettis Name auf dieser Liste ausradiert worden ist!"

„Wie ausradiert? Warum sollte ich ... Signora Mistrettis Aufenthalt war von Anfang an nur bis heute gebucht, erst als sie erfuhr, dass Monsignore Tossatello zu Gast war, bat sie um die Option, zu verlängern."

„Frantelli, Sie können mich alles nennen, aber für blöd sollten Sie mich nicht verkaufen."
Berlingui griff in seine Jackentasche und holte die Kopien heraus, die er schnell neben dem Belegungsplan ausbreitete. Ohne ein weiteres Wort zu sagen, deutete er mit dem linken Zeigefinger auf die betreffende Stelle des Originals und mit dem rechten Zeigefinger auf die gleiche Stelle der Kopie. Frantelli sah erst ihn ungläubig an, dann die beiden Zettel, dann wieder ihn.

„Diese Linie ist weder heute, noch gestern, noch vor Tagen verändert oder verkürzt worden. Diese Linie ist so von Anfang an in Ihren Plänen. Sie haben lediglich den Namen darüber gelöscht und das Pech, dass ich im Rahmen der Untersuchungen bereits heute Morgen eine Kopie davon gemacht habe. Signora Mistretti hat weder ihren Aufenthalt verkürzt noch verlängert. Sie ist heute zwei Tage zu früh abgereist. Zwei Tage bevor sie zusammen mit Monsignore Tossatello aufgebrochen wäre."

„Aber, das kann nicht ..."

„Und wissen Sie, was noch ungeheuerlicher ist?",
Berlingui holte einen weiteren Zettel aus der Jackentasche, „dass Sie auch noch glaubten, Sie müssten ihre gerade gemachte Behauptung durch diese Manipulation
erhärten, indem Sie einfach auf dem Zettel der Abreisenden ihre Zimmernummer wie selbstverständlich
dazu notierten." Berlingui hielt den Zettel vor Frantellis
Augen, auf dem als letzte Zahl *329* stand, während diese
Ziffern auf seiner Kopie fehlten.

„Selbstverständlich ist es natürlich reiner Zufall,
dass im Zimmer 328 gerade die Spurensicherung zu
Gange ist."

Frantellis Augen flimmerten und er griff mit zitternden
Händen an die Schreibtischkante, um einen Halt zu finden. Dann ließ er sich auf einen neben dem Tisch ste-
henden Stuhl fallen. Mit fiepender Stimme rang er nach
Luft und Worten.

„Ich ... Sie kennen ... Also ..."

„Jaaa?"

„Es hätte doch sein können, dass Sie dachten, dass
Tossatello eine ... In seiner Funktion ist das aber vollkommen ... Signora Mistretti ist nicht eine Freundin o-
der Haushälterin, wie Sie vielleicht ...", Berlingui musste
bei der Vorstellung lächeln und Frantelli erklärte mit
nervösen Handbewegungen: „... sie ist seine Schwester
und sie hatte mich gebeten ..."

Nun war es an Berlingui an die Kante des Tisches zu
greifen. Dabei nagelte er Frantelli mit seinem Blick auf
dessen Stuhl fest. In diesem Moment klopfte es an der
Tür und Garatta trat mit kreidebleichem Gesicht ein.

„Buongiorno, Signori. Commissario?", seine Stimme
war unsicher.

Berlingui wirbelte herum. Sein Blick durchbohrte Garatta.

„Ich bin maßlos ... Ah, Garatta", bellte er und konnte gerade noch den angefangenen Satz herunterschlucken. Denn auf einmal war ihm klar, dass *seine* Kenntnisse bestimmter Details Garatta in eine neue Krise stürzen könnten. Durch seine Einschätzung bezüglich Garatta am Morgen war er noch gewillt, dies zu verhindern, solange die Zusammenhänge ihn nicht andere Schlüsse ziehen ließen.

„Signor Garatta, bitte seien Sie so freundlich und warten Sie draußen im Foyer. Ich bin in ein paar Minuten bei Ihnen. Wo ist Spazzatto?" Seine Stimme war dennoch bebend und einschüchternd.

„Er ist unterwegs. Er wohnt in Teolo. Das dauert nur noch ein paar Minuten länger", erwiderte Zabborra ungefragt, während Garatta verängstigt nickte und sich kopfnickend umdrehte. Er schloss gebeugt wie ein Page die Türe hinter sich. Berlingui verfolgte seine Bewegungen mit Anspannung. Nachdem die Tür geschlossen war, fixierte er wieder die anderen beiden im Büro.

„Seine Schwester." Er atmete tief durch, „und Sie glaubten heute Morgen, mir dies nicht erzählen zu müssen? Nach dem Motto: Wird schon nicht so wichtig sein?"

Der Commissario war fassungslos und setzte sich umständlich in einen Sessel, der hinter ihm in einer Ecke des Büros stand.

„Wissen Sie, was viel schlimmer ist? Dass Sie es dann wohl selber waren, der diese Eintragungen gemacht hat. Und ich hatte bis vor wenigen Minuten gehofft, dass Sie selbst davon noch keine Ahnung hatten."

Frantelli schaute auf den Teppich am Boden und bewegte langsam seinen Kopf von links nach rechts. Er wollte etwas sagen, aber seine Stimme versagte. Nachdem er sich geräuspert hatte, klang seine Stimme noch fiepender. „Ich gab Zabborra die Anweisung, als Signora Mistretti zu mir kam und um die Rechnung bat."

„Und keiner von Ihnen dachte daran, die Signora darauf aufmerksam zu machen, dass wir sie noch befragen könnten, zumal ich ihnen heute Morgen gesagt hatte, dass von Ihnen hier kaum jemand so schnell das Haus verlassen würde?", Berlingui trommelte mit der Faust wütend auf die Armlehne des Sessels.

„Aber Signora Mistretti ist ...", seine Stimme war nun fragil und brüchig, doch Berlingui beachtete seinen Einwand nicht weiter und unterbrach ihn entrüstet,

„... gerade weil wir es ohnehin in Erfahrung gebracht hätten, dass sie seine Schwester ist." Berlingui hob den rechten Arm, langte nach hinten und klopfte laut gegen die Fensterscheibe neben seinem Kopf. Nochmals blies er seine Wangen auf. Als er weitersprach, klang er nicht mehr so wütend, „Was haben Sie damit eigentlich bezwecken wollen?"
Frantellis Blick zeigte seine Sprachlosigkeit. Gerade als er antworten wollte, öffnete sich die Tür und Collasso betrat das Büro. Berlingui stand auf und ging an ihm vorbei. Als er neben ihm stand, fasste er ihn wieder fast freundschaftlich an seiner Schulter und sagte mit einem Grollen:

„*Sono stufo!* Ich hab's satt. Nehmen Sie deren Aussagen zu Protokoll und ziehen Sie denen noch den letzten Rest aus der Nase, sobald Sie glauben, die hinterlassen Lücken in ihren Schilderungen. Und dann erschießen Sie beide. Ich versuche, was über die Mistretti herauszufinden."

„Dann gehen Sie mal zu Messedaglia, der telefoniert deswegen seit mindestens einer Viertelstunde mit dem Brigadiere."

Der Commissario drehte sich in der Tür stehend nochmals zu Frantelli und Zabborra, sah sie an und schüttelte mit sichtbarer Enttäuschung den Kopf. Garatta hatte derweil in einem kleinen Sofa vor der Theke gesessen und deren Holz hypnotisiert. Niedergeschlagen schaute er auf, als Berlingui auf ihn zutrat.

„Signor Commissario, es tut mir fürchterlich leid. Vico und ich kennen Abedin seit einigen Jahren ...", Berlingui war nun doch zu lustlos, Garattas Entschuldigungen entgegenzunehmen und fiel ihm mit einer eindeutigen Handbewegung ins Wort.

„Wissen Sie, Garatta, von mir aus können Sie morgen wieder an der Flasche hängen, egal wie lange Sie diesen Abedin schon kennen. Aber dass Sie sich selber belügen oder durch die Lüge gegenüber mir sich reinwaschen wollen, das will mir nicht in den Kopf. Sechs, maximal sieben Minuten", äffte Berlingui den weinerlichen Tonfall Garattas am Morgen nach. Nach einer kurzen Pause donnerte ein: „Zehn Minuten! Garatta! Zehn Minuten waren es! Mindestens!"
Berlingui machte eine unbestimmte Bewegung mit einer Hand, „ich komme Ihnen entgegen, weil Gäste gerne übertreiben, vielleicht waren es nur neun Minuten. Aber Sie waren in dieser Zeit nicht in der Nähe der Kammern. Sie nicht und Spazzatto nicht! Beide nicht. Das haben Sie mir als normal verkaufen wollen. Gut. Man muss dabei nicht gleich an Mord denken. Aber die Menschen da haben vielleicht nicht jeden Tag die gleiche Verfassung. Das sind keine Sportskanonen. Da kann der Kreislauf versagen. Halten Sie mich nicht für zu beschränkt. Ich habe mich erkundigt, nach ein bis zwei Minuten muss man kontrollieren, wie es den Menschen geht, muss man ihnen den Schweiß abtupfen, muss man nachsehen, ob alles in Ordnung ist und dass niemand eingeschlafen ist. Und Sie telefonieren in aller

Seelenruhe mit einem Ex-Kollegen. Sind Sie immer so leicht ablenkbar? Ich hatte heute Morgen das Gefühl, dass Sie eigentlich etwas kapiert hatten in Ihrem Leben."

Berlingui spie seine Worte heraus, ohne sich dabei zu kontrollieren. Das wurde ihm bewusst, als er Garatta ins Gesicht schaute, dem hemmungslos die Tränen über die Wangen liefen und die er immer wieder mit einem Handrücken wegwischte.

Doch dann stand Garatta mit einem Ruck auf, erregt, getroffen und gekränkt. Denn seinen Stolz wollte er sich nicht nehmen lassen, nicht durch einen für ihn wichtigen Telefonanruf, dessen Inhalt Berlingui nicht kennen konnte, seine Stimme war plötzlich trotz der Tränen klar. Er stand steif vor der größeren Gestalt des Commissarios, wie ein aufgerufener Schüler vor dem Lehrer an der Tafel und schaute an ihm empor.

„Abedin ist nicht nur mein Ex-Kollege. Meine Tochter Sabrina und er werden im nächsten Monat heiraten", eine Träne hatte sich vom Auge gelöst und lief die Wange herunter, er zitterte und musste sich setzen, „er hatte angerufen, weil er nun endlich wieder Geld verdienen würde, genug, um Sabrina und das Kind durchzufüttern", wieder machte er eine Pause und schnäuzte, selbst gerührt von dem Inhalt und von der Bedeutung der folgenden Worte, in ein Taschentuch, „sie ist im dritten Monat schwanger."

Berlingui war sofort klar, warum das, was er in diesem Moment vorhatte zu sagen, unsinnig sein würde. Garatta war jetzt nicht fähig, den anderen Zusammenhang zwischen dem Telefonanruf und dem Mord herzustellen. Berlingui kniff die Lippen zusammen, drehte sich zur Seite und war mit einem Mal ruhig.

„Wo kann ich ihn denn finden? Kennen Sie seinen neuen Arbeitsplatz?"

„Hotel Adige Terme."

Der Commissario nickte kurz und erwiderte: „Sie und Spazzatto halten sich heute *hier* zur Verfügung. Ohne eine Minute Ausnahme und wenn Sie bis Mitternacht warten müssen. Diesen Satz können Sie ruhig auch als Drohung verstehen."

Dann ging er zur Eingangstür. Er blieb stehen, atmete tief durch und wischte sich mit einer Hand über die Stirn. Dann drehte er sich um und lächelte Garatta mit einem mahnenden Finger nun doch milde an.

„Bleiben Sie anständig!"

15. März, 14 Uhr 00

Immerhin hatte sie ungestört mit ihrem Mobiltelefon zwei Telefonate führen können. Nun fuhr sie in der Ausfahrt zum Parkplatz der ungewöhnlich wenig frequentierten Raststätte bei *Roncobilaccio*. Gleichzeitig nahm sie im Rückspiegel die drei Polizeiautos wahr. Sie wusste von Anfang an, dass man sie suchen würde und ahnte, dass sie nach allem, was bisher geschehen war, die Erste Kandidatin für ein Verhör gewesen wäre. Doch diese Flucht war einen Versuch wert gewesen. Sie hätte gerne die verwunderten Blicke in Rom gesehen, aber nachdem sie schon bei *Casalecchio di Reno* das Gefühl hatte, nicht mehr unbeobachtet nach Süden zu fahren, gab sie jetzt ihre Fahrt auf, zumal sie diese ohnehin für einen Tankstopp hätte unterbrechen müssen und schob trotz dieses fehlgeschlagenen Versuchs die Abdeckung ihres Ericsons zufrieden über die Tastatur. Das vordere Fahrzeug ließ angesichts seiner hohen Geschwindigkeit auch keinen weiteren Zweifel daran, dass es unsinnig war, die Flucht fortzusetzen. Trotzdem fuhr sie um die Raststätte herum, unter der Autostrada durch und blieb erst auf fast unbebautem Gelände in einem Wäldchen zwischen Bäumen und Sträuchern am Straßenrand stehen. Dann schaltete sie die Zündung aus, nahm den Fuß vom Pedal und das Bremslicht erlosch. Gleichzeitig öffnete sie die Fahrertür und stieg leichtfüßiger aus, als ihr Gewicht und die angebliche Krankheit es eigentlich zulassen konnten. Sie würde denen was erzählen. Schon war der erste Wagen vorbeigefahren und stellte sich quer vor ihr Auto, während die zwei anderen links neben und hinter ihr anhielten. Gleichzeitig stiegen die Uniformierten filmreif und unendlich langsam aus den Fahrzeugen. Sie blieben jeweils neben diesen stehen und bildeten fast einen Halbkreis um die Fahrerseite ihres Lancias.

„Na, das ist ja kein schlechter Aufwand, um eine alte Frau wie mich aufzuhalten", rief sie ihnen mit gespielter Wut zu.

Kaum eine Sekunde später öffnete sich eine der hinteren Türen bei einem der Alfas und ein schmächtiger, ungelenker Mann mit unpassend weichen Gesichtszügen stieg mit einem kleinen Telefon am Ohr aus dem Wagen und kam nur wenige Schritte auf sie zu. Sein tiefschwarzer Anzug glänzte in der Sonne und der hohe steife Kragen seines geschlossenen Hemdes passte nicht so recht zu den ungewöhnlichen Temperaturen heute. Ohne ein Wort gesagt zu haben, steckte er das Telefon in eine Tasche seines Sakkos, winkte ihr zu und bedeutete ihr, zu ihm zu kommen. Sie schüttelte zweifelnd den Kopf und er winkte nun fast rudernd mit beiden Händen. Sie nahm die Handtasche auf, die sie immer vor sich in den Fußraum stellte und ging ganz ohne Stöcke und ohne dass irgendjemand diese, auf Grund ihrer Weise zu gehen, vermissen würde, auf ihn zu.

„Kardinal da Conte, was soll das hier? Reicht es nicht, dass mein Bruder umgebracht wurde? Und was soll das Riesenaufgebot an Polizei?"

„Ich habe beschlossen, dass es besser ist, Sie für die nächsten paar Tage vor sich selber zu schützen, Signora Mistretti. Wenn Sie die Güte hätten, mir zu folgen. Haben Sie noch etwas Wichtiges im Wagen?"

„Natürlich, glauben Sie, ich fahre mit diesen Sachen ...", sie hielt die Tasche in die Luft und zeigte mit der anderen Hand an ihrem üppigen Körper hinunter, „... fast vierzehn Tage in Urlaub?"

„Der Schlüssel steckt?"

Sie nickte.

„Gut."

„Ich hätte gern ..."

Da Conte wischte einen möglichen Einwand mit einer Handbewegung weg und hob die Hände.

„Glauben Sie mir", versuchte er sie zu beruhigen.

Als sie bei ihm angekommen war und er sich wieder dem Heck seines Fahrzeuges zugewandt hatte, drehte er sich noch einmal um, machte einem der Männer ein Zeichen und sagte gleichzeitig zu ihr:

„Sie steigen jetzt bitte ein und machen keinen Aufruhr. Wir müssen leider ein paar Vorkehrungen treffen. Alles hat seine Richtigkeit und Bedeutung."

Signora Mistretti stieg widerstrebend ein und sah zu ihrem Wagen zurück. Neben ihm stand einer der Polizisten. Doch das Gesicht kam ihr bekannt vor. Mit zusammengekniffenen Augen schaute sie genauer hin. Natürlich! Der junge Bernardino. Einer der Zuarbeiter des Kardinals. Kaum hatte sie ihn erkannt, fiel es ihr auf, alle Polizisten trugen statt blauer Hosen und schwarzer Schnürschuhe, schwarze Hosen aus festem Stoff und schwere Slipper. Die ganzen Männer waren keine Polizisten, sondern bestens getarnte Mitarbeiter des Kardinals. Sofort stieg sie wieder aus, beugte sich in den Wagen zurück und schrie in die Richtung da Contes, der gerade dabei war, neben ihr im Fond Platz zu nehmen:

„Ich glaube, ihr seid alle übergeschnappt."

Kaum, dass sie die Worte zu Ende gesagt hatte, hörte sie ein dumpfes Geräusch und Glas zersplittern. Sie ging wieder mit schnellen Schritten zu ihrem Auto zurück. Auf der Fahrerseite angekommen, stutzte sie. Bernardino hatte einen ihrer Koffer aus dem Wagen geholt, geöffnet und wahllos einen, zudem noch teuren, Pullover von ihr herausgenommen und wie zufällig auf den Fahrersitz gelegt. Ein Ärmel hing nun über der Rückenlehne, der andere aus dem Wagen heraus. Über dem drapierten Pullover, hingen auf halber Höhe mit einer Kordel an der Kopfstütze befestigt die Reste einer Colaflasche aus Plastik. Einer der anderen Uniformierten hatte in diesem Moment schon mit einer schallgedämpften Pistole durch die Seitenscheibe, Flasche und den Pullover in den Fahrersitz geschossen. Sofort war eine dunkle, aber nicht an Cola erinnernde Flüssigkeit herausgespritzt. Sie sah gerade noch, wie der Mann mit Handschuhen an den Händen sofort die Reste der Flasche mit samt der Kordel vom Sitz nahm und alles zusammen in eine Aliper-Tragetasche warf.

Signora Mistrettis Körperhaltung war grotesk, abwehrend und versteinert. Plötzlich stand der Kardinal wie vom Himmel gefallen neben ihr, hielt sie am Arm fest und zog sie nach hinten. Mit einem gebieterischen Ton sagte er:

„Ich glaube es werden mehr als nur ein paar Tage vergehen. Kommen Sie endlich. Ich erkläre Ihnen alles auf der Fahrt."

15. März, 14 Uhr 25

Berlingui stand unmittelbar vor der Eingangstür und klatschte in die Hände. Gerade setzte er an, laut und deutlich seinen Frust loszuwerden, als Messedaglia sein Telefongespräch beendete und den kleinen Apparat dem Brigadiere zurückgab. Sofort wehrte er auch einen etwaigen Einwand des Commissarios ab und kam ihm schnell entgegen.

„Man hat gerade, vor nicht einmal fünf Minuten, ihr Auto an der A1 bei Roncobilaccio gefunden", dann schnippte er nervös mit seinen Fingern in Richtung des Brigadiere, „holen Sie den Wagen!", und schaute wieder zu Berlingui. „Ich glaube jetzt bekommen wir die lang erwartete, aber leider auch unlenkbare Dynamik zu spüren." Er kramte in einer Hosentasche und zog aus ihr einen ziemlich zerknüllten Zettel heraus, den er im Vorbeigehen Collasso reichte. „Überprüfen Sie bitte die Angaben und geben Sie uns die Ergebnisse über Funk durch. – Und Sie kommen mit, die anderen kommen auch ohne uns klar, schnell!"
Er blickte unmissverständlich den auf einmal verdutzten Berlingui an, der mit seinen beiden Händen fragend auf sich selber zeigte und sich dabei langsam in Bewegung setzte.

„Meinten Sie etwa mich?"

„Wenn Sie kein Gespenst oder Geist des Commissarios sind, allerdings. Wäre ohnehin der Dienstweg. Oder? Kommen Sie. Schauen Sie mich nicht so an. Setzen Sie sich in den Wagen. Sie werden noch genug zu staunen haben auf der Fahrt."
Berlingui setzte sich ungläubig ins Auto und gab halblaut einen Protest von sich.

„Ich kann's nicht glauben. Ich werde kommandiert wie von meiner Schwiegermutter. Das müssen ja gewaltige Neuigkeiten sein."

Messedaglia nahm auf dem Beifahrersitz neben dem Brigadiere Platz und drehte sich um. Amüsiert blickte er in das Gesicht des Commissarios.

„Nun, so super sind die Neuigkeiten vielleicht nicht. Aber auf jeden Fall wissen wir nun eine ganze Menge mehr."

Der Einsatzwagen schnellte nach vorne und das laut ertönende jaulende Signal schaffte auf der Straße sofort freie Bahn. Neugierig gewordene Passanten und Touristen verfolgten mit ihren Blicken den Auftritt und standen am Bordstein Spalier.

„Kurz bevor die Autobahnpolizei den Wagen gefunden hatte, müssen drei andere Polizeiwagen mit hoher Geschwindigkeit vom Parkplatz gerast sein. Ein Reisender aus *Subiaco* hatte auf der kleinen Station der Carabinieri in *Baragazza* angerufen, nachdem ihm einiges nicht koscher erschien und Meldung gemacht."

„Was hat er gesehen?"

„Mehrere Polizisten haben mit mindestens drei Fahrzeugen den Lancia umstellt und eine dicke Frau mitgenommen, es seien sogar Schüsse gefallen."

„Was? Hat man auf die Mistretti geschossen?"

„Das konnte er nicht genau sehen. Dafür war er zu weit weg und zu viel Buschwerk dazwischen. Sie muss aber noch lebend und ohne fremde Hilfe in einen der Streifenwagen eingestiegen sein."

„Jetzt kapier ich gar nichts mehr. Polizisten? Streifenwagen? Dann haben doch die Kollegen sie festsetzen können. Wo ist sie denn im Augenblick?"

„Die Kollegen dort wissen nichts von dem Vorfall, sondern haben auf Grund der Aussagen und einiger

Hotelprospekte, die in dem Wagen von der Mistretti lagen, hier angerufen, um von *uns* zu erfahren, was da überhaupt passiert sein könnte."

„Ich glaube, ich spinne. Dann ist denen auch keiner hinterher ..."

Berlingui ließ seinen Oberkörper nach hinten fallen, denn im selben Augenblick war ihm klar: „Warum auch. Polizei braucht ja nicht Polizei zu verfolgen. Man fährt halt mal rüber und schaut nach. Prima!"

„Und da beginnt der zweite Teil dieser komischen Geschichte. Ich habe darum gebeten, bis zu unserem Eintreffen alles unberührt zu lassen, auch wenn das Ganze die Kollegen in Bologna betrifft. Denn man hat auf dem Fahrersitz Schuss- und Blutspuren gefunden. Wer dort gesessen hatte, muss sogar ziemlich viel Blut verloren haben. Deutliche Spuren wurden bis etwa zur Hinterachse gefunden, dann ist diese Spur aber zu Ende, obwohl derjenige, wohl die Mistretti, ja noch weitergelaufen sein muss, um in das andere Fahrzeug einzusteigen."

„Dann saß vielleicht noch jemand im Wagen!?"

„Das ist unwahrscheinlich. Dann wären beide links gesessen."

Berlingui schüttelte in einer Tour seinen Kopf und schaute dabei durch die Seitenscheibe auf die Landschaft, die neben dem rasenden Wagen vorbeiflog, inzwischen waren sie zwei Kilometer hinter der Anschlussstelle bei Rovigo angekommen.

„Es kann doch nicht so schwer sein, drei Streifenwagen und deren Aufenthaltsort über Funk zu finden. Wir sind doch nicht in Amerika", gab er ungehalten von sich und schlug mit einer flachen Hand neben sich auf das Sitzpolster. „Und wenn das so weitergeht, weiß bald jede Provinz Bescheid und will ein Stück von dem Fahndungskuchen haben. Dann ist Schluss mit der Ruhe und wir haben den ganzen Apparat der Staatsanwaltschaft im Nacken. Wenn das nicht Methode ist."

Er beugte sich zwischen die Vordersitze und schaute Messedaglia an.

„Welche Angaben sollte eigentlich Collasso über-prüfen?"

Der Comandante drehte sich um und sein Gesicht war dabei keine zehn Zentimeter von Berlinguis entfernt.

„Ravanelli hatte den Tresor untersucht und in ihm außer rein privaten Dingen lediglich ein Diktiergerät gefunden, das gerade abgehört wird, aber unter dem kleinen Tresor, der im Schrank festgeschraubt war, fand er diesen Zettel, den jemand darunter gequetscht hatte. Er muss nicht von Tossatello stammen, aber sie wissen ja ...", in diesem Moment klingelte das Autotelefon und Messedaglia nahm den Hörer ab. Nach kaum drei Se-kunden schlug er mit der flachen Hand dröhnend auf das Armaturenbrett vor ihm und fluchte. Mit einem nicht ehrlich klingendem „Si. Grazie!" legte er wieder auf.

„Die drei Einsatzwagen, die wir vermutlich suchen, stehen einträchtig auf einem Parkplatz bei *Trevere*, süd-lich von *Orvieto*. Es sind Fahrzeuge aus Rom, die dort seit vorgestern fehlen."

Der Comandante und Berlingui starrten nach vorne durch die Scheibe auf das graue Band der A1 und schwiegen lange, bevor Messedaglia nachdenklich fragte:

„Könnte es auch sein, dass das einen terroristischen Hintergrund hat?"

Wieder schwiegen beide für Sekunden, dann meinte Berlingui:

„Ich glaub nicht. Das Schema passt nicht. Unifor-mierte Terroristen wären neu. Die schlagen meist mit voller Wucht aus heiterem Himmel zu, mal angekündigt, mal nicht. Die zünden eher eine Bombe vor dem Hotel, bumms, und vorbei. Oder hätten Tossatello aus einem fahrenden Auto über den Haufen geschossen. Das klingt eher nach einem mafiösen Schlachtzug. Was mich dabei nur stört, sind die vielen Schauplätze."

„Vielleicht wissen wir im Moment nur nicht, welche unaufgeklärten Fälle zusammengehören und dem Ganzen vorausgegangen sind. Verworren genug scheint mir die Sache schon heute zu sein. Nach nicht mal einem Tag", erwiderte Messedaglia. Berlingui schüttelte den Kopf.

„Ich weiß nicht. Mein Bauch sagt mir, dass da Spuren vernichtet werden sollten. Da gibt es so komische Dinge um Tossatello herum ... Von ihm wissen wir bisher eh verflucht wenig ... Da finde ich irgendwie keinen rechten Einstieg. Allein die Mistretti, seine angeblich schwerstkranke Schwester, für die man mindestens fünf Minuten braucht, um sie in den Fango zu bringen. Jetzt kann die plötzlich wieder normal gehen. Und was soll das mit Olivero, der häufig besuchte Kunsthändler, Gashi, der wieder Arbeit gefunden haben soll und genau *das* bei einem Anruf erzählt, zufällig gleichzeitig als Tossatello umgebracht wird. Und die Anderen spielen auch noch auf ganz komische Weise mit. Was treibt Frantelli und Zabborra dazu, so mit Beweismaterial umzugehen?"

Der Comandante schmunzelte.

„Das ist fast noch am leichtesten zu erklären, denn, wenn man zwei Hunderteuroscheine vor sich liegen hat, kann man gut mit einem Radierer umgehen."

Berlingui verzog sein Gesicht und gab grollend zur Antwort:

„Wenn das stimmen sollte, sorge ich dafür, dass man denen den Laden zumacht."

114

„Dann können Sie bald loslegen. Der Zettel war nämlich eine handschriftliche Expertise Oliveros zu einem goldenen Kelch. Auf die Rückseite hat jemand *150,- € noch an Luigi für Tüte!* geschrieben. Heißt Zabborra nicht Luigiano mit Vornamen?" Messedaglia gab einen Zettel nach hinten, „... auch ich kann Kopien machen. Finden Sie nicht auch, dass das keine männliche Schrift ist?"

„Das darf doch alles nicht wahr sein. Und wo ist dieser Kelch? Und was soll das für eine Tüte sein? Und was machen wir, wenn der Zettel von einem anderen Gast, der ..." Berlingui betrachtete den Zettel genauer und fluchte, „das Datum da drauf ist ja gerade mal vier Tage alt."

„Ravanelli hat in dem Staub auf dem Nachttisch Spuren eines runden Gegenstands gefunden, zu groß für eine Wasserflasche oder ein Glas."

„Sie meinen, das war der Kelch. Klingt alles etwas abenteuerlich"

„Nun, Collasso stattet Olivero ja gerade einen Besuch ab."

15.März, 15 Uhr 35

So viel Zeit musste sein. Olivero kann warten. Der kleine Streit gestern Abend belastete ihn immer noch. Solche Zwistigkeiten waren ihm einfach zuwider. So etwas musste aus der Welt geräumt sein, bevor es die Zukunft vergiften konnte. Erst in eineinhalb Stunden würde sie anfangen, genug, um bei ihr zu Hause vorbeizugehen und sich zu entschuldigen. Auch wenn sie alle wussten, was er von Beruf war, hatte er keine Lust, später in Uniform an ihrem Arbeitsplatz aufzukreuzen. Was ihm nämlich äußerst kompliziert erschien, störte die anderen Mädchen dort nicht. Da kamen genug andere, die eine angeblich viel wichtigere Rolle irgendwo in der Provinz spielten und die natürlich unbedingt verschwiegen werden musste. Aber in der Beziehung – was für ein bescheuertes Wort – zwischen ihm und Elena, die eigentlich Chiara hieß, verhielt sich inzwischen sowieso alles andersrum. Einmal, nur einmal, hatte er versucht, jemanden einzuweihen und demjenigen damit eine Erklärung zu geben, einen Einblick in sein Leben zu gewähren. Doch an diesem Abend waren er und Berlingui schon zu angesäuselt, zu sehr in einer anderen Feierlaune. Die Freude, einen brutalen Kriminellen endlich eingebuchtet zu haben, war eine ziemlich schlechte Ausgangsbasis für ein Gespräch, das ganz anders hätte verlaufen sollen.

Die Türglocke erschreckte ihn. Immer noch. Ein altes klirrendes Geräusch. Sicher so alt wie das Haus in dem sie wohnte. Hundert Jahre alt. Wenn es reichte. Die Verwunderung und Freude in ihrem Blick beruhigte ihn sofort. Und ihr Aussehen schon seit Langem. Frauen, die so einen Job machten, hatten, konnten, durften nicht gut aussehen, und schon gar nicht so gut wie sie. Solche Frauen wirkten in den Augen der angeblich anständigen Männer nicht, als könnten sie Kundinnen des *Rinascente* an der *Piazza Garibaldi* sein. Aber Elena, er hatte sich nach nun fast sieben Jahren auch an ihren zweiten Namen gewöhnt, liebte dieses Geschäft. Dort fühlte sie sich wohltuend gleichzeitig Frau und anonym genug.

„Du siehst wieder einmal so verdammt gut aus, dass meine Entschuldigung für gestern Abend viel zu billig sein wird."

Collasso schwang die Hand mit einer kleinen Zellophantüte hinter seinem Rücken hervor und reichte sie ihr. Bevor Elena sie in die Hand nahm, schaute sie wie ein kleines Mädchen in diese hinein.

„Oh, ist das fein. *Baci di dama*[2]. Heißt das, du bist morgen Abend zum Essen bei mir, Benito?"

„Wenn du meine Entschuldigung annimmst und nichts dagegen hast?"

„Du bist und bleibst ein blöder, süßer Kerl. Und du kriegst nicht eines davon ab."

Schon hatte sie die Tüte nahezu an sich gerissen und auf das Sideboard in den Flur gestellt.

„Musst du eigentlich nicht arbeiten heute?"

Collasso schaute auf den Boden.

„*Ma Certo!* Doch. Sicher. Aber ich wollte ..."

„Ist gut. Wir bekommen das schon hin. Aber ich muss jetzt los. Also ab jetzt, wieder ran an die Arbeit."

Und Chiara drückte ihm einen sanften Kuss auf die Lippen. In solchen Sekunden war der andere, der zweite Name einfach fehl am Platz und ungerecht. In diesen Sekunden gehörte sie ausschließlich ihm.

15. März, 17 Uhr 15

„Der Schuss muss ungefähr von hier abgefeuert worden sein", sagte der Zuständige aus Bologna und stellte sich zwei Meter schräg vor den Lancia und die geöffnete Tür. Mit dem ausgestreckten rechten Arm imitierte er die Schießhaltung, dann ließ er den Arm sinken und griff in eine Tasche, die neben ihm auf dem Asphalt stand, „aber schauen Sie mal, was wir noch gefunden haben. In dem Einschussloch steckte dieses Stück Kunststoff. Noch keine Ahnung, was das ist. Wir kriegen es sicher raus. Aber was hat das da verloren?"

---

[2] kleines, mit Schokolade gefülltes Biskuitgebäck

Der Mann hielt den drei skeptisch blickenden Berlingui, Messedaglia und dem Carabiniere, der gefahren war, ein Plastiktütchen vor die Gesichter, in dem ein fleckiges durchsichtiges Stück Kunststoff war. Ungefähr so groß und rund wie ein Daumennagel. Nahezu scharfkantig, wie ausgestanzt, aber an einem Ende zerfetzt.

„Was kann das sein?" fragte Berlingui.

Die Antwort war ein Schulterzucken. „Es ist zu dick für eine Folie, zu dünn für ein Stück Tupper oder so was Ähnliches. Auch eine Ausweishülle ist etwas dünner. Wenn es tatsächlich im Moment des Schusses zwischen dem Körper und dem Sitz gewesen war und dort eine Frau gesessen hat, war es vielleicht ein Stück eines Korsetts. Hieß es nicht, dass sie sehr übergewichtig war?"

„Schon, aber ein Korsett besteht doch nicht nur aus Kunststoff, da müssten dann auch Stoffreste dran kleben."

„Wir sind ja auch noch nicht fertig mit unseren Analysen", entgegnete der Andere unwirsch, „was hat die Dame denn überhaupt verbrochen, dass die halbe Staatspolizei hinter ihr her ist? Sie glauben gar nicht, wer hier schon alles angerufen hat."

Nun antworteten die drei auch nur mit einem Schulterzucken und Berlingui sagte:

„Allein wenn wir schon wüssten, dass sie etwas verbrochen hätte, würden wir ab jetzt nur noch mehr Probleme haben."

Mehr sagte Berlingui nicht. Dass er in diesem Moment hoffte, der Fall würde sich als Entführung herausstellen, musste sein Gegenüber ja nicht wissen. Währenddessen hatte sich Messedaglia neben die Blutspur am Hinterreifen gehockt und ihr entlang geschaut.

„Commissario. Schauen Sie mal, wenn sie in ihrem Auto sitzend so von einer Kugel getroffen werden, tritt sie irgendwo hier in den Körper ein und verlässt ihn hier am Rücken."

Er war wieder aufgestanden und kreiste mit einem Finger über eine Stelle auf den Rippen über der Leber und mit der anderen Hand nur etwas tiefer auf dem Rücken.

„Das müsste dann ein Lungendurchschuss gewesen sein", gab Berlingui zu Bedenken. „Der Kunststoff könnte also dann doch von einem Korsett sein, aber erstens verliert man dabei nicht so schnell so viel Blut und zweitens können Sie danach nicht mehr laufen und drittens ...", Berlingui hockte sich nun auch neben den Comandante hin, „... haben Sie trotz allem noch Kleider an. Das Blut kann dann unmöglich so aus Ihnen heraussprudeln, dass es dicht am Wagen auf den Boden tropft und auseinanderspritzt. Das sieht ja aus wie verschüttet. Denken Sie an die tiefe Messerwunde im letzten Jahr an der Piazza Mercato. Viel Blut. OK. Eine schöne Lache. Auch gut, aber solche Spritzer?"

Er deutete auf die Flecken am Boden und die Blutsterne auf dem Asphalt.

„Und wenn sie versucht hatte, sich zu ducken und man den Arm getroffen hatte? Ein offene Wunde am Arm könnte schon so heftig bluten und dadurch tropfen."

„Die Türe des Wagens muss ja offen gewesen sein, in diesem Moment würde ich also eher versuchen aus dem Auto herauszukommen. Das wiederum würde bedeuten, man träfe eher den rechten Arm und der wäre am weitesten vom Fahrzeug entfernt, wenn ich in Richtung der Blutspur flüchte."

Messedaglia schien noch nicht ganz überzeugt, die Mistretti war zu voluminös, um sich schnell zu bewegen. Vielleicht hatte sie sich abgestützt. Er wiegte den Kopf hin und her und dachte daran, dass sie dann in den Flecken Fußspuren erkennen müssten. Berlingui fuhr fort, bevor er unterbrochen werden konnte, „was mir hierbei auch komisch vorkommt, ist, dass die Spur so abrupt aufhört. Sie können hinter das Auto laufen. Einmal rum, zweimal rum, nah dran, weit weg. Keine weiteren Spuren. Das finde ich, nach dem, was der Mann gesehen haben will, ziemlich seltsam. Denn wenn das stimmt, stand der andere Wagen, in den sie eingestiegen ist, dort drüben und das sind sicher über zehn Meter. Wenn die Wunde wirklich so stark blutete, müsste doch eigentlich zwischen hier und dort noch etwas zu finden sein. Im Übrigen wäre jeder mit so einer Wunde längst zusammengebrochen."

„Um sie wirklich umzubringen fehlt also demnach ein zweiter Schuss, also könnte es sein, dass man sie absichtlich nur verletzen wollte", gab Messedaglia nachdenklich zur Antwort. „Daher könnte sie die Blutung mit einem Tuch gestoppt haben."
Der Commissario schüttelte den Kopf.

„Das macht irgendwie keinen Sinn und nach allem, was ich über die Mistretti gehört habe, kann ich mir schwer vorstellen, dass eine Frau, die angeblich auf Stöcke angewiesen ist, angeschossen wird und mit einer blutenden Wunde davonläuft, die sie sich sogar noch selber verbindet. Dann steigt sie auch noch freiwillig und ohne Begleitung in den Wagen ihrer Verfolger. Zudem wissen wir nicht einmal, ob es überhaupt ihr Blut ist. Dieser ganze Quatsch legt tausend falsche Spuren und bremst uns aus." Berlinguis Blick verfinsterte sich, „ich glaube in diesem Fall kennen sich einige Beteiligte zu viel untereinander."

„Vittoria, Sie wussten durch ihren Bruder zu viel von diesen – nun ja, Machenschaften. Sie waren seit zwei Jahren seine Schalt- und Sammelstelle. Stellen Sie sich vor, die Behörden vor Ort hätten Sie so kurz nach seinem Tod verhören können und es wäre nur ein kleines, ein winzig kleines Detail herausgekommen. Man hätte uns wenig später mit Genuss auseinandergenommen. Ich vertraue Ihnen, aber in einem solchen Moment wären auch Sie mitteilsam geworden."

Da Conte schob seinen Teller mit einem Rest *Luccio brodettato* zur Seite, der sogleich von einer fast unsichtbaren Hand von hinten zeitgleich mit dem der Signora Mistretti fortgenommen wurde. Von der anderen Seite stellten flinke, hilfreiche Hände jeweils ein neues gefülltes Tablett vor sie. Eine leise Stimme teilte tuschelnd mit:

„*Budino di ricotta e un Caffè corretto di Anice.*"

Der Kardinal scheuchte den Bedienenden mit wedelnden Händen und einem ungeduldigen Kopfnicken davon. Als die Tür zum Zimmer wieder geschlossen war, erklärte er weiter:

„Ihr Bruder muss in dieser Situation, und so lange wie möglich, ein unerklärbares Opfer bleiben. Glauben Sie mir endlich. Wir wissen, dass er alles, was er wusste, Ihnen übergeben oder uns mitgeteilt hatte. Er pflegte keine Spuren zu hinterlassen und wusste worauf er sich einließ. Die Presse, und sei sie noch so kirchenfreundlich, würde sich wirklich das Maul zerreißen, wenn Zusammenhänge herauskämen. Da könnten wir unsere Unschuld noch so beteuern, ja beweisen. Da könnte Ihr Bruder herausgefunden haben, was er wollte. Ein unvorstellbarer und unkalkulierbarer Makel würde dann der Kurie trotz allem anhaften. Wahrscheinlich wäre ganz Italien augenblicklich in Aufruhr und ich bezweifle, dass das Außenministerium sich selbst durch die diplomatischen Hintertürchen dann noch besänftigen ließe. Nicht auszudenken, was vom Heiligen Vater verlangt werden könnte, bei den dann herbeigeredeten politischen Dimensionen."

Seine Stimme war anfangs noch ruhig, aber am Schluss klang sie exaltiert und überschlug sich fast. Signora Mistretti unterbrach ihn mit erhobener Hand.

„Das ist noch lange kein Grund, mich hier wie in einem Gefängnis einzusperren. Man hat meinen Bruder um-ge-bracht. Das scheinen Sie vergessen zu haben und tun nichts Besseres, als an Ihr eigenes Wohl und Wehe zu denken. Das ist wirklich der Gipfel. Womöglich stecken Ihre Hände noch tiefer in diesen Machenschaften, als ich es bisher wahrhaben wollte. Es kann ja wohl nicht angehen, dass Sie solche Trottel unnötig in Schutz nehmen, außer es würde noch etwas ganz anderes dahinterstecken. Wenn die Kurie nichts damit zu tun hat, haben Sie doch nichts zu befürchten. Dann sagen Sie's doch einfach. Der Presse, den Medien. Aber nach allem, was *wir* herausgefunden haben, wundere ich mich über nichts mehr. Da werden selbst fromme Vatikaner zu mordenden Verbrechern."

Ihre Nerven lagen nun durch Angst, die sich wie eine Katze mit funkelnden Augen geräuschlos anschlich, blank und ließ sie ebenso ungehalten werden.

Die Bewegung Da Contes ähnelte einer Szene aus einem Fantasy-Film: Der Zauberer wischte mit seinem wehenden Umhang über den Tisch und ließ damit die ganze Welt verstummen. Der weite Ärmel der Soutane des Kardinals fegte dabei das kleine Glas mit dem Weißwein klirrend vom Tisch. Er wusste, er war zu laut, um nicht auch auf der anderen Seite der Tür gehört zu werden, trotzdem ließ er seiner Stimme ungebremst freien Lauf.

„Wenn Sie eine mögliche erzwungene Demission des Heiligen Vaters lediglich als Wohl und Wehe ansehen, haben Sie recht. Aber *das* werde ich nicht zulassen. Ich *muss* sogar nun dafür sorgen, dass keine weiteren Details nach außen dringen können, bevor dieser Fall nicht nach unseren Vorstellungen aufgeklärt ist. Verstehen sie das – BITTE!"

Die letzten Worte hatte Da Conte fast gebrüllt und Signora Mistretti schaute ihn mit Tränen in den Augen an. Langsam wurde ihr bewusst, was an diesem Tag geschehen war und anstatt nun den nötigen Beistand zu erfahren, spürte sie, dass sie stattdessen zu einem Spielball in einem undurchschaubaren Durcheinander wurde.

Natürlich wusste sie, worauf sich ihr Bruder eingelassen hatte, aber sie hätte trotzdem nie geglaubt, dass sie sich dadurch solchen Gefahren aussetzten würden. Das Theater, das dem Ganzen vor Jahren vorausgegangen war, hatte sie bislang eher an eine kaum durchdachte Provinzposse erinnert, die in jeder billigen Anekdotensammlung Platz gefunden hätte. So etwas hatte sie schließlich schon selbst erlebt. Als ihr Bruder vorgestern mit den Schriftstücken aus Venedig zurückgekommen war, hatte er sogar wieder und wieder amüsiert lachen müssen. Seine glucksenden Sätze klangen ihr jetzt noch im Ohr:

„Der hat tatsächlich geglaubt, Rom würde ihm alles mit einer feinen Karriere danken. Was für ein Hochmut. Und jetzt will er sogar die große Politik reinreißen."

Da ahnte sie, dass sich die Positionen aller Beteiligten dramatisch verändert hatten und dass deshalb alle darauf bedacht sein würden, eine weiße Weste zu behalten. Auch wenn sie ihn immer wieder warnte, bestand ihr Bruder darauf, diese Unterlagen weiterzugeben. Nun traf sie die Konsequenz mit dem Tod ihres Bruders und ihr war mit einem Mal klar, dass es keine Beerdigung in ihrem Beisein geben würde. Da Conte bot ihr weder das kleinste Mitleid noch seine Hilfe an, sondern war lediglich darauf aus, selber ohne jegliche Blessuren davonzukommen.

Der Kardinal ließ sich wieder in seinem Sessel zurückfallen und schien seine Hände zu betrachten, die nun auf der Tischplatte links und rechts neben dem Tablett ruhten. Für eine lange Minute war es daraufhin in dem mit dunklem Holz getäfelten und einer schweren Stuckdecke versehenen Gästeesszimmer absolut still. Der Raum war ansonsten bis auf ein schmales Bücherregal an einer der Stirnseiten, neben dem ein Bild von Benedikt XVI hing, wenig eingerichtet und geschmückt. Er wirkte wie ein Provisorium. Lediglich über dem Tisch schwebte riesig und schwer ein leuchtender Kandelaber, der den Raum wohnlich machen sollte und nun alles mit seinen durch Dimmer gedämpften Glühbirnen, statt sanft, in ein nahezu gespenstisches und bedrohliches Licht tauchte. Sie schaute in seine Richtung wie auf eine Szene im Theater und hob dabei, um nicht als Bittsteller zu wirken, den Kopf.

„Haben Sie nun mit dem Ganzen zu tun oder nicht?" Die Szene kam nahezu ohne Bewegungen aus.

„Ich gebe Ihnen drei Möglichkeiten: Nein, ich habe erst durch Ihren Bruder von den Zusammenhängen erfahren und muss versuchen, dass ich die Situation ohne große öffentliche Wahrnehmung beseitigen kann. – Nicht direkt, doch der Verantwortliche hier in diesen Mauern hat einen viel zu guten Draht in die große Politik und ich muss dafür sorgen, dass ich die Situation ohne große öffentliche Wahrnehmung beseitigen kann. – Ja, weil ich die ursprüngliche Idee damals für einen neuen gangbaren Weg gehalten habe, um Europa nicht in kriegerische Kleinstaaterei zerfallen zu sehen. Aber nun muss ich ..."

Vittoria Mistretti hatte sich aus ihrem Sessel gewuchtet und brachte ihn mit einer Handbewegung zum Schweigen.

„Was für ein unsägliches Geschwätz! Ich würde Ihnen am liebsten ins Gesicht speien. Reden Sie sich doch nicht heraus. Das alles bedeutet doch nur, dass jetzt sogar Sie nicht vor weiteren Toten zurückschrecken würden?"

Auch Da Conte richtete sich in seinem Sessel auf und starrte seinen Gast hart und ausdruckslos an. Seine Worte klangen plötzlich unpassend weich:

„Wie recht Sie haben. – Das kann auch dies bedeuten."

15. März, 20 Uhr 25

Der Brigadiere hielt Collasso zum wiederholten Mal kauend einige Blätter hin, der sie mit seiner typischen Art, vollkommen ernst, entgegennahm und mit wichtiger Mine studierte, während der junge Polizist zwei Servietten betrachtete, die Collasso vollgeschrieben hatte. Sie saßen in einem kleinen Raum des Gebäudes der Carabinieri und hatten um sich herum die Verpackungen und Reste von unzähligen *Tramezzinis* aufgehäuft, die Collasso kurz vor Ladenschluss im Supermarkt an der *Piazza Michelangelo* gekauft hatte. Mitten in diesem Durcheinander standen leere San Benedetto Wasserflaschen und ein Turm kleiner, ineinandergestapelter Kaffeebecher.

Der junge Brigadiere hatte sich während ihrer Gespräche am frühen Nachmittag als argloser und unbedarfter Kerl entpuppt, der diesen Fall als erste schwere Prüfung der Menschheit ansah. Wurde doch durch den Tod eines so hohen Kirchenvertreters sein ganzes Weltbild ins Wanken gebracht, was für den Fortbestand der göttlichen Schöpfung nichts Gutes heißen konnte. Collasso war daher froh, als er ihn mit Messedaglias Aufgaben betraut im Büro zurücklassen und so seinen biblischen Erklärungen entfliehen konnte, als er gegen halb fünf Uhr zu Oliveros Antiquitätengeschäft ging.

Doch Olivero war den ganzen Nachmittag nicht in seinem Laden gewesen. Sein dienstbarer Geist, der von den Objekten um sich herum mit ziemlicher Sicherheit genau so viel Ahnung hatte, wie ein Apfelpflücker vom Fliegenfischen, zuckte während der paar vorsichtigen Fragen Collassos, andauernd mit den Schultern. Der Ispettore vermied, ihn direkt auf den Kelch anzusprechen und hatte sich daraufhin bis zum späten Abend verabschiedet, da wollte der Herr ganz bestimmt wieder da sein.

Er nutzte die Situation und setzte sich draußen unter einen der riesigen Sonnenschirme vor die Bar Americana, um sich die Aufnahmen des Diktiergerätes anzuhören. Er hatte entgegen seiner sonst eher ruhigen und bedachten Art, heftig und nervend auf die Kollegen eingeredet, um es mitnehmen zu können.

„Leute, bis ihr mit der Spurensicherung auf dem Ding fertig seid, vergehen doch Tage. Wir brauchen dringend den Inhalt. Jetzt!"

„Benito, stell dich nicht so an und nimm die Kassette mit Handschuhen heraus und hol dir ein anderes Abspielgerät."

„Die haben weder auf dem Comando noch bei den Carabinieri so einen Apparat. Stellt *ihr* euch nicht so an. Es ist doch vollkommen egal, welche Fingerabdrücke darauf sind. Der Typ der ihn umgebracht hat, hat sich ganz bestimmt nicht drauf verewigt. Der hätte das gleich mitgenommen oder weggeschmissen."

Doch jetzt nach dem zweiten Durchlauf verzog er verärgert das Gesicht und legte das Gerät leise schimpfend zur Seite. Davon hatte er sich wirklich mehr versprochen. Außer einigen sinnlosen Fragmenten, die nicht in die bisherigen Details passen wollten, weil sie vollkommen zusammenhanglos schienen, war der Kassette in seinen Augen nichts zu entnehmen. Etwas entmutigt schubste er das Gerät einige Zentimeter über den Tisch. Sollte Tossatello in Abano doch nur Urlaub gemacht haben? Hatte ihn am Ende eine nicht verarbeitete, uralte Vergangenheit eingeholt? Der Ispettore hatte das Gefühl, dass die Aufnahmen nur noch mehr verworrene Spuren ergaben, die alle abrupt in einem Nichts endeten. Ein meisterlich aufgezogenes Schauspiel, bravourös inszeniert und auf die Beine gestellt. Das alles stank nach Absicht und kalkulierter Täuschung.

Jetzt hätte er gerne mit Elena darüber gesprochen. Sie kannte sich doch aus, gerade bei solchen Männern. Die hatten doch Tricks, ihre Geheimnisse zu hüten. *Du glaubst gar nicht, wer schon alles bei uns war, allein das macht diesen Job schon interessant. Die Hälfte von denen würdest du am liebsten einbuchten. Wir sind ja nur an deren Oberfläche aktiv, aber ihr würdet ganz andere Sachen aus solchen Kerlen herausgekitzelt.* Alles Typen, die sich ihr näherten, ohne dabei die kleinste Emotion zu erzeugen. Er hatte lange gebraucht, dies zu akzeptieren. Anfangs war es eine vollkommen schizophrene Situation für ihn. Auf der einen Seite verdiente sie ihr Geld damit, Kerle in dem Etablissement an die Kolleginnen zu verteilen und auf der anderen Seite schwor sie, ihn zu lieben. *Glaubst du etwa ich lass von denen auch nur*

127

einen an mich ran. Den Scheiß hab ich mehr als genug hinter mir. Ich hab dir schon mal gesagt, wir sind kein Puff. Wären wir einer, wäre ich weg. In einem Puff begegnest du solchen Männern nicht. Selbst in einem Bordell nicht. Wir sind mehr für die, ein Paradies, der Himmel auf Erden. Und dafür kann man schon etwas mehr Geld springen lassen. Findest du nicht auch? Wenn er nach dem Dienst bei ihr in der Bar saß und ein Glas Wermut oder Weißwein trank, war sie immer Elena. Elena die Schöne. Unberührbare. Elena, die mit einem Hauch von Nichts bekleidet war, für genügend Appetit sorgte und diesen mit den verschiedensten Getränken vermehrte, vergrößerte und versilberte. *Ihn* aber nie der Umgebung entsprechend ansah. Wenn er sie nicht besser gekannt hätte, wäre er sich wie ein Fremdkörper, wie ein Unerwünschter vorgekommen. *Du glaubst ja wohl nicht, dass du hier den Aufpasser spielen kannst. Den brauch ich wirklich nicht. Da musst du mir schon vertrauen.* Dabei lächelte sie und sah so verboten gut aus, dass die lästige, unausgesprochene Eifersucht ihn in seinem plüschigen Sessel sitzen ließ, während sie ihm im Vorbeigehen einen Oberschenkel tätschelte und danach wieder links liegen ließ.

Erst früh morgens, wenn sie das ein oder andere Mal zusammen nach Hause fuhren und die letzten Meter vor der Tür wie ein vertrautes Ehepaar, das sie leider nicht waren, untergehakt gingen, wurde sie neben ihm langsam wieder zu Chiara. Ihre antrainierte raue Stimme veränderte sich in dem Maße zurück, wie sie ihr Make-Up, ihren farbigen Schutzpanzer von ihrem Gesicht abrieb. Allerdings dauerte diese Verwandlung häufig genug bis sie im Flur seiner Wohnung angekommen waren oder auf der Couch in ihrem Wohnzimmer sitzend nach einem weiteren Glas Bianco griff.

Collassos Finger der linken Hand galoppierten nervös auf der Tischplatte, während er mit der Rechten eine Zigarette ausdrückte. In diesem Ganzen musste doch irgendwo eine Nachricht enthalten sein, die es galt zu entschlüsseln und von der man wollte, dass sie unlesbar blieb. Also doch kein Urlaub. Eher eine Schlammschlacht. Er betrachtete unterbewusst das kühle Ambiente der Inneneinrichtung der Bar und brütete über die wenigen Dinge, die sie bis jetzt wirklich wussten. Doch das war ihm zu mager und glich einem gefühlten 5000 Teile Puzzle, von dem er bisher höchstens ein Dutzend Teile in der Hand hielt. Nirgendwo sah er einen Anfang, einen vertrauten Anhaltspunkt. Eigentlich hatte er gehofft, seinem Chef gutes Material vorlegen zu können, ein Motiv, einen Namen oder wenigstens einen der angesprochenen, bisher ungelösten Fälle, der bekannt war und sich mit diesem verbinden ließ. Auf dem man hätte aufbauen können. Stattdessen kritzelte er mehr zur eigenen Beruhigung, als mit einem nahen Erfolg vor Augen ein paar Wörter auf eine Serviette und fingerte aus der gelben Packung die nächste, weiß-Gott-wievielte Zigarette. Es war wieder nichts mit dem Abgewöhnen. Das Ohr an das kleine Diktiergerät haltend, schob er die leere Tasse, das Weinglas und den Eisbecher von sich weg. Im Aschenbecher daneben häuften sich allmählich die Kippen. Nachdem er tief inhaliert hatte, nahm er sich eine weitere dünne Papierserviette aus dem kleinen Ständer auf dem Nachbartisch, legte seinen Kugelschreiber darauf und versuchte wieder, aus dem Hörbaren etwas Verwertbares herauszuholen. Vielleicht hatte er doch etwas überhört.

Aber auch beim fünften oder sechsten Mal konnte er mit dem Wenigen, was er verstanden hatte, nicht viel anfangen. Manches zwischen häufig hörbaren Klackgeräuschen war, so vermutete Collasso, durch Tossatello im Nachhinein gelöscht worden. Plötzlich kam ihm der Gedanke, dass er damit sicher eher Unwichtiges gelöscht hatte. Die wenigen Sätze und Dialoge auf dem Band waren also der wichtige und belastende Inhalt. Konzentriert versuchte er den Inhalt nun besser festzuhalten, korrigierte und strich bereits notiertes, dann schaltete er das Gerät aus und sah auf die Serviette, um noch einmal seinen Aufschrieb von den Aufnahmen auf der auseinandergefalteten Serviette durchzulesen.

Die Aufnahme beginnt mitten in einem laufenden Gespräch. Die Stimmen sind sehr schlecht zu verstehen, da sehr leise und durch Kommentare (vermutlich Tossatello, extra aufgeführt) unterbrochen. (Deutlich zu verstehende Einlassung einer männlichen Person: „In Laç war der doch gar nicht dabei!")Vielleicht eine Verhandlung oder eine Auseinandersetzung mit einem Anwalt, weil es nach vielen Fragen und ruppigen Antworten klingt. ~~Restaurant?~~ Auf jeden Fall in einem geschlossenen Raum, da keine Geräusche von Passanten oder Verkehr zu hören sind. Kein klapperndes Geschirr oder so, (nochmals eine deutliche Einlassung: „Der hat von Anfang an Bescheid gewusst!", gleiche Stimme wie zuvor, spricht mit venetischem Dialekt. Folgende Sätze sind noch gut zu verstehen: „Wir hatten von Anfang an den Auftrag, nur die kleinen Sachen zu Geld zu machen." [-] „Ich glaube, ein Teil ist verschwunden." [-] "Nein, ich selbst hatte keinen Kontakt zu ihm. Auch nicht zu irgendwelchen Auftraggebern. Mein Gott, ich hab nicht mal deren Namen gehört. Ich war sozusagen nur der Kurier." [-] Frage: "Das heißt, Sie sollten es dann zurückgeben?" Antwort darauf: "Den Auftrag, das Ding wieder zurückzubringen, hatte ich zunächst durch Gregorio

erhalten. Gefahren ist aber dann doch ein anderer
als ich." "Ein anderer?" "Ja, ich glaube es war sa
Zinzula." "Zinzula?" "Ja, Zinzula, die Mücke, der
stach jedes Mädchen. (lacht über seinen eigenen
Witz) Wie der wirklich hieß, weiß ich nicht. Der
war aus Sardinien." "Und das Ding, wie Sie sagen,
wurde dann einfach so zurückgebracht? Hat man
ihnen erklärt warum?" "Ich glaube, ich hätte es eh
nicht verstanden. So ein Schwachsinn, damit hätte
man viel Geld machen können. Sa Zinzula hat es
einfach in eine Tüte gesteckt und ist damit abge-
hauen." "Ich möchte nochmals auf die Geschehnisse
vom ... [-]) Hier bricht die Aufnahme zum ersten
Mal ab. Hat Tossatello die Gespräche heimlich mit-
geschnitten? Im Hintergrund waren nämlich kurz
zuvor erregte Männerstimmen zu hören: Was das
soll? Es seien keine Aufnahmen erlaubt. (Tossatellos
Antwort: "Scheren sie sich zum Teufel!") Klackge-
räusch. Danach nur noch dumpfer Klang. Vielleicht
Bandrauschen. Aufnahme sollte durch Techniker
aufbereitet werden.

In seinen Augen war das zu dürftig. Was war für Tossatello an den Aufzeichnungen, wenn seine Logik
stimmte, so wichtig, dass er sie mit nach Abano genommen und eingeschlossen hatte? Oder hatte er alles Nö-
tige bereits abnotiert und weitergegeben? Hatte er mittlerweile schon andere Informationen erhalten? Welche
Stimme verbirgt sich hinter den nicht zu verstehenden
Dingen in den eckigen Klammern? Kann das rekonstru-
iert werden? Hat er nach der Einwendung irgendwas
schriftlich festgehalten? Collasso überlegte. Da das Gerät nicht irgendwo herum, sondern im Tresor gelegen
hatte, konnte Tossatello es tatsächlich nicht lediglich

als Gedankenstütze oder elektronisches Notizbuch auf-
bewahrt haben. Der Monsignore hatte eine Art Beweis
eingeschlossen, den er nun wohl ständig überhörte. Er
kam einfach nicht dahinter. Resigniert schrieb er nun
auf die Rückseite eines dritten dünnen Papiers die
schlecht hörbaren Kommentare und geflüsterten Überlegungen Tossatellos.

*Was bedeutet das Kürzel HOTI auf dem Brief Gashis
an den Reiseleiter oben in der Ecke? (8. April 2004)
Welche Objekte wurden als gestohlen gemeldet?
(11. Oktober 1991)
Noch mal dringend Da Conte anrufen!
War der Bischof tatsächlich ab 12. Okt. im Urlaub?*

Er betrachtete die Worte auf seinem Zettel. Erst jetzt
fiel ihm auf, dass er kaum etwas über ein Datum der
Aufzeichnung hatte herausfinden können, außer den
Zweien, die Tossatello quasi in Klammern bei seinen
Kommentaren erwähnt hatte. Keines war neuer, als das
vom 8. April 2004. Seitdem waren jetzt ein paar Jahre
vergangen. Waren Teile der Aufnahme tatsächlich
schon so alt?

Collasso lehnte sich zurück, nippte an der nächsten
Tasse Kaffee und stellte die Untertasse auf die Servietten, die von dem leichten Wind drohten weggeblasen
zu werden. Es war kälter geworden. Zu kalt, um heute
noch länger draußen zu sitzen. Trotz des ansonsten
warmen Tages zeigte sich, dass es erst Mitte März war.
Neben ihm begann man deshalb, die Tische leerzuräu-
men. Aschenbecher, kleine Blumengestecke und die
Halter für die Eis- und Getränkekarten wurden von einem nicht mehr ganz jungen Kellner für den nächsten
Tag auf Tabletts geparkt. Nahezu gleichzeitig griff er jeweils in die Mitte der Tische und zupfte die Tischtücher

in die Höhe. Einen halben Meter daneben schüttelte er jede Decke wie ein ekliges Staubtuch aus. Plötzlich vernahm Collasso neben sich ein lautes Lachen.

„So fasst mein Mann zu Hause auch jedes Mal die Windeln an. Höchstens mit den Fingerspitzen."
Collasso musste schmunzeln, dann nahm er sein Mobiltelefon und versuchte, Berlingui zu erreichen. Nach einer halben Minute legte er auf. Eigentlich war ihm schon vorher klar gewesen, dass der Commissario nicht abnehmen würde. Dann wählte er die Nummer des Apparates im Büro des Brigadiers.

„Daran hatte ich auch schon gedacht, aber mir ist eingefallen, dass der Comandante mir sein Mobiltelefon gegeben hat, bevor sie losgefahren sind und im Wagen meldet sich bisher keiner."

„Die Aufnahmen erinnern mich an einen alten Rätselkrimi und sind sogar Jahre alt. Die neueste Aufnahme ist wohl von 2004", entgegnete Collasso.

„Komisch. Noch 'ne Parallele, bis 2004 war die Mistretti Professorin für Geschichte in Mailand. Mandroni hat ein altes Interview gefunden, das mit ihr mal geführt wurde und ihren Lebensweg der letzten Jahre kurz skizzierte. Sie wollte – warten Sie, ich lese eben mal im Aufschrieb nach – 1993 für den Senat kandidieren und hatte sich, wie Mandroni sagt, innerhalb ihrer Partei in harten Diskussionen schon fast durchgesetzt. Am Ende unterlag sie einem parteiinternen Machtkampf, wie sie behauptete, den sie und ihre Mitstreiter versucht haben in die Öffentlichkeit zu bringen. Der damalige Journalist war der Einzige, der mit einem Interview versuchte, ihr noch einmal Gehör zu verschaffen. Sie war dann die folgenden Jahre wieder als Dozentin tätig. Laut Mandroni hatte sie aufgehört, weil sie die Schmerzen ihrer Arthrose nicht mehr aushalten konnte. Sie war damals vorzeitig von einer weiteren

Reise aus dem Balkan zurückkehrt und hatte gleich anschließend ihre Professur abgegeben. Das Jahr drauf war sie das erste Mal in Abano."

Collasso winkte dem Kellner und machte ihm Zeichen für ein weiteres Glas Wein, bevor er antwortete. Der Kellner verzog sein Gesicht, er hätte jetzt eigentlich Feierabend machen wollen.

„1993? Ich glaub, ich hab schon mal davon gehört. Der Stolperstein war, glaube ich, ein Industrieller, der Senator werden wollte oder so. Stimmt's?"

„Ja. Irgend so was. Der soll ziemlich reich gewesen sein und hatte versucht, über sie Kontakt zur Partei zu bekommen, weil er seinen Einfluss auf die damalige Politik verbessern wollte, sagt Mandroni. Dem wurde von der Presse vorgehalten, mit der Mafia ziemlich lukrative Geschäfte gemacht zu haben. Er hat wohl zumindest seine Machtposition in der Region verbessert."

„Dann war damals die Mistretti *seine* Gegenspielerin, das habe ich so gar nicht gewusst. Mit so einem Bruder im Hintergrund kann so ein Typ auch nicht ihr Verbündeter werden. Da waren zwar noch ein paar andere Namen im Spiel, aber die habe ich jetzt nicht mehr parat. Sei's drum, die Liste interessanter Personen wird dadurch auf jeden Fall nicht kürzer und bitte verzeihen Sie ...", Collassos Ton bekam einen hörbar amüsierten Ton, „... Ihre biblischen Weissagungen scheinen nun Gott-sei-Dank auch nicht mehr reinzupassen. Ich trink hier schnell noch aus und kauf uns auf dem Rückweg noch etwas zu essen. Mögen Sie Tramezzini?"

15. März, 20 Uhr 45

Er stellte die Tüte neben die seit Langem klapprige Kommode im Flur. Als er nach rechts blickte, schauten seine Augen im Spiegel über dieser säuerlich zurück. Jetzt war es eh zu spät. Von nun an musste er einfach noch unauffälliger werden. Bloß keinen weiteren Fehler machen. Keinen Verdacht erregen. Oder am besten sich gleich aus den Staub machen. All die Jahre hat keiner an diese Blechbüchse gedacht. Kein Schwein hatte sich für die interessiert. Keiner! Und jetzt? Totale Hektik. Alles musste plötzlich ganz schnell gehen. Kein Wunder, dass es dann kleine Fehler gab. Diese bescheuerte Quittung liegen zu lassen, ging vielleicht gerade noch durch. Trotzdem würde dieser blöde Zettel, wenn er gefunden würde, unnötig zusätzliche Fragen aufwerfen. Mannomann. Er wurde nervös und versuchte sich gleichzeitig zu beruhigen. Auf ihn würden sie sowieso nicht kommen. Er war geschützt. Hatten sie zumindest behauptet. Sein Arbeitsplatz wäre Bestandteil eines intakten Immunsystems. Mit göttlichem Segen sozusagen. Da müssten ihn schon die Auftraggeber und Mitwisser aus den eigenen Reihen verraten. Wäre das nicht schon absurd genug? Was die wissen, weiß er ja auch. So einfach ist das, er kann es jederzeit ausplaudern, wenn's eng werden sollte. Da ist genug, um es für viele unangenehm werden zu lassen. Also entweder alle oder keiner. Darum, einfach Ruhe bewahren. Bis jetzt hatte er alles richtig gemacht. Gott sei Dank. Die geklaute Karre hatte er sicherheitshalber gleich danach in einer stockdusteren Straße in Mestre stehen lassen. Bis er aber dann endlich in den verfluchten Bus nach Padua eingestiegen war, ging im schon die Muffe, so lang war er ziellos durch die Stadt marschiert, dass er sich auch noch fast verlaufen hatte. Er goss sich den Rest des Fusels in ein großes Glas und überlegte. Jetzt musste er nur noch den blöden Kelch loswerden. Diesen kirchlichen Wanderpokal, den jetzt jeder haben wollte. Aber warte mal! Halt! Stopp! Der muss doch was wert sein. Von wegen Blechvase. Wenn der nämlich stattdessen aus Gold ist, sollte Tonio das Ding gleich morgen versuchen einzuschmelzen und zu Geld zu machen. Fifty-fifty. Und dann ab durch die Mitte, bevor sie ihn suchen würden. So schwer wie die Tüte ist, müsste das Teil mindestens fünfzehntausend wert sein. Vielleicht sogar zwanzig. Wow, zwanzigtausend. Damit könnte er sogar zu den schönen *ragazze* in den Osten fliegen. Au ja, sich so ein paar schlitzäugige Mädels überstreifen, (das) wäre nicht das Schlechteste. Solche hätte er gerne mal gestochen. Da würde seine Verflossene nicht mithalten können. Diese dreckige *battona*. Mit der würde er sowieso noch abrechnen. Mit ihr und der Schlampe, die gemeint hatte, sich einmischen zu müssen. Und jetzt ist die auch noch die große Gewinnerin und streicht sein Geld von der Ex ein. Wartet nur ab. Wenn ich die kleinen Philippinas durchhab, steh ich auf der Matte und dann Gnade euch Gott.

Er stellte das leere Glas ab. Rülpste und lachte gleichzeitig. Fünfzehntausend. Nein zwanzig. Vielleicht hatte dieser Pope das Gleiche vorgehabt und deshalb das Teil schätzen lassen. Der wollte nur das Geld selbst einstreichen. Pech gehabt. Denn, erstens tot und zweitens war jetzt nach den Regeln dieses Spiels endlich sein Glück an der Reihe. Die paar hundert Euro für die Taxifahrt und die Dresche heute Morgen war von vornherein zu wenig. Maximal 'ne kleine Anzahlung. Quasi für den Hinflug. Der Typ in diesem todschicken Mantel hatte sich doch nur wichtigmachen wollen. Genauso

wie der andere Hänfling. Fahrräder zur Seite schmei-
ßen, das hätte er auch noch können. Ganz nebenbei. O-
der die blöde Holzstange halten. Die richtige Scheißar-
beit vorher war am Ende doch an ihm hängen geblieben. Die hatten ja keinen Schimmer wie man das macht.
Vollidioten. Vielleicht klappt's und in drei Tagen ist er
weg. Da braucht keiner mehr Angst vor ihm haben. Er
ist ja nicht nachtragend. Wenn er erstmal zwischen den
Schenkeln der Girls abgetaucht ist oder die ihm einen
lutschen, könnte er sogar vergessen. Diesen ganzen
Mist und die schlechte Bezahlung. Er nahm das Sexblatt
aus der Tüte, klemmte es sich unter den Arm und zog
sich auf dem Weg zum Sofa die blaue Trainingshose
aus. Halb nackt kratzte er sich im Schritt. Klasse Gefühl
da unten. Er und sein kleiner Freund waren jetzt schon
in Stimmung.

15. März, 21 Uhr 15

„Comandante, lassen Sie uns Schluss machen. Der
Tag war anstrengend genug", Berlingui deutete auf ein
Stück Papier vor sich, „Collasso hat Olivero heute
Nachmittag nicht angetroffen. Morgen müssen wir da
mit richtigem Druck ran. Ich hoffe nur, er hat mit dem
Diktiergerät etwas mehr anfangen können, als auf dem
Zettel steht und lag währenddessen nicht schon neben
seiner Chiara."
Messedaglia schaute auf.
„Ist er immer noch mit ihr zusammen?"
„Daran wird sich auch so schnell nichts ändern."
„Bemerkenswert und ziemlich bizarr. Finden Sie
nicht auch?"

„Ist wohl eine ganz schön komplizierte Geschichte. – Mir fehlt da der Einblick. Er hatte mir das Ganze einmal versucht zu erklären. Ging natürlich vollkommen daneben. Ich habe ihn aber auch nie wieder darauf angesprochen. Vielleicht bin ich auch ein bisschen feige für so was. Das Wort Nutte ist in seiner Umgebung auf jeden Fall in allen Variationen verboten."

Der Commandante zog die Augenbrauen hoch, während Berlingui leicht mit beiden Handflächen auf die Blätter schlug und aufstand.

„Ich krieg jetzt wirklich nichts mehr auf die Reihe. Vielleicht ruft er mich später noch mal an."

Berlingui schaute sichtlich müde geworden nochmals auf eines der Blätter, auf dem er in der Mitte untereinander mit größeren Abständen Namen festgehalten und die Zwischenräume während der letzten Minuten mit Verbindungslinien und Zeichen zwischen den Namen gefüllt hatte. Sie ähnelten so mehr und mehr den Zeichen, die Ruffo für seine Massagen brauchte. Oder einem der unzähligen Schnittmuster, von denen seine Schwiegermutter immer eines in ihrer Handtasche dabeihatte. Allein schon deswegen legte er den angenagten Bleistift mit einem verächtlichen Blick zur Seite und schob das Blatt zu den anderen.

„Auch, wenn es nicht so aussieht, das Durcheinander ist wirklich ausreichend. Ich werde morgen früh mit Sfarzi sprechen. Vielleicht hat er eine Idee. Da stehen so viele Namen. Das sind ganz bestimmt nicht alle und ich habe noch keine Ahnung, wie wir an die richtigen rankommen."

Messedaglia schaute auf das Blatt und strich sich mit einer Hand über seinen Kopf, während er mit der anderen Hand seinen Hemdkragen schloss. Für ihn ungewöhnlich hatte er sich vor einer Stunde, als sie zurückgekehrt waren, sogar seine Uniformjacke ausgezogen und diese nicht besonders ordentlich über einen Stuhl gelegt. Er nickte und ließ seinen Kopf im Nacken kreisen. Einige Wirbel meldeten sich knackend, dann hob er seinen Blick, kniff die Augen zusammen und fixierte einen unbestimmten Punkt an der Decke über Berlingui.

„Das ist auch eigenartig. Da sieht man manche Menschen über Jahre nicht, hört nichts von ihnen und plötzlich trifft man sie unter solch verrückten Umständen wieder."

Berlingui wusste sofort, auf was er anspielte. Im Hauptquartier der Carabinieri in Bologna hatte sich der stellvertretende leitende Offizier am späten Nachmittag als ein ehemaliger Kollege Messedaglias herausgestellt. Ein massiger Mensch, dem man ohne zu überlegen die wertvollsten Dinge zur Bewachung überlassen würde, weil man sich sicher sein konnte, dass er diese Aufgabe ohne Kompromisse erledigen würde. Breit und schwer wie der Schrank voller Ordner, Gesetzessammlungen und fast verdorrter Grünpflanzen, der hinter ihm stand. Er hatte Berlingui allein durch seine Optik im ersten Moment fast eingeschüchtert,

Im Gegensatz zur ständig gepflegten Erscheinung des Comandante ähnelte der andere mehr einem grobschlächtigen, schwitzenden Bauarbeiter, der sich mit einer Hand ständig die glänzenden Perlen von der Stirn wischte und mit dem Daumen der anderen sein herausgerutschtes Hemd hinter den Hosenbund zurückzuschieben versuchte.

Auch wenn die aktuellen Umstände den beiden nicht viel Zeit ließen, so war nach etwas mehr als einer halben Stunde doch das Wichtigste an Fakten über die vergangenen Jahre im Telegrammstil ausgetauscht. Was anfangs wie ein Karrieresprung aussah, entpuppte sich am Ende als dramatischer Schlusspunkt eines miss-glückten Einsatzes. Vor nicht einmal anderthalb Jahren hatte dieser Flavio Avesi nach einer Schießerei in Nea-pel, bei der zwei Kollegen erschossen worden waren, um seine Versetzung gebeten. Die ihm daraufhin zuge-wiesene Stelle in Bologna nahm er ohne Einwände an.

Kennen gelernt hatten sich Avesi und Messedaglia aber vor Jahren in Palermo, zu einer Zeit als der derzei-tige stellvertretende Chef der italienischen Polizei An-tonio Manganelli dort noch Questore gewesen war und international beachtet erfolgreich gegen die fast alltäg-lichen Entführungen und anderen Verbrechen der Ma-fia kämpfte. Als Manganelli nach Neapel ging, war ihm Avesi durch seine eigene Offizierslaufbahn kurz darauf nur zufällig gefolgt. Dort wurde er Chef eines kleinen Teams, das die Aufgabe hatte, die seit Jahrzehnten wachsende Straßenkriminalität endlich einzudämmen, damit die Stadt ihren Ruf als touristische Perle nicht vollends verlieren würde. Sein Dienst wurde so von da an von den unaufhörlich, epidemisch nachwachsenden Kleinkriminellen bestimmt, die sich zudem oft unkon-trolliert vom organisierten Verbrechen durch Dealen, Trittbrettfahren und Postenstehen ihren Lebensunter-halt verdienten.

Dann kam dieser verfluchte Freitagmorgen, an dem er mit zwei Kollegen durch Zufall in eine scheinbare Auseinandersetzung zwischen zwei streitende Gangs kam. Sie waren eigentlich nur deshalb hineingeraten, weil der Lärm, den die vermeintlichen Streithähne da-bei verursachten, über mehrere Gassen und Straßen der Quartieri Spagnoli hinweg zu hören war und die sonst gar nicht furchtsamen *vasciaiole* so erschreckte, dass sie sich die Hände an den schmutzigen Schürzen abwi-schend in ihre *bassi* verkrochen und alle Türen und Fenster verschlossen hielten. So setzten sich die Drei im

Laufschritt in Gang, um vielleicht noch Frieden stiften zu können. Auf dem kleinen, mit Unrat vollgestopften Hinterhof angekommen, griff einer der Carabinieri im Reflex nach seiner Waffe. Minuten danach war es müßig geworden, dafür eine Erklärung zu finden. Vielleicht war er selbst noch zu jung und meinte damit den starken Mann markieren zu können, vielleicht hatte er gesehen, dass zwei von den sich Schlagenden, noch dazu Jugendliche, mit Messern aufeinander losgingen, vielleicht hatte er auch ganz einfach nur Angst. Kaum war seine Bewegung und sein Verhalten eindeutig genug, als ein Typ, der bis dahin lässig auf einer Vespa saß, von dieser herunterhüpfte, blitzschnell hinter den Roller griff und ein entsichertes, automatisches Gewehr hervorholte, mit dem er sofort auf die Drei zu schießen begann. Der junge Kollege war auf der Stelle tot. Der zweite trug so schwere Verletzungen davon, dass er bis zum heutigen Tag seine Arbeit hatte nicht wiederaufnehmen können. Avesi stand daneben, die Waffe Schulbuch gerecht in Anschlag, doch hatte er keinen einzigen Schuss abgegeben, weder um sich, noch die anderen Zwei zu verteidigen.

Als er sich dann über die beiden Verletzten beugte, traf ihn ein Schuss in den Oberschenkel und sein linker Oberarm wurde von zwei weiteren Kugeln verwundet. Seine Reaktionslosigkeit und das Unvermögen, alles schlüssig zu erklären, wurden ihm daraufhin zur Last gelegt. Später stellte sich heraus, dass sie in eine Falle getappt waren, die nicht für sie bestimmt war. Sie waren die falschen Leute, im falschen Moment, am falschen Ort.

Avesi versprach, sozusagen in alter Freundschaft, ihnen sofort eine Kopie der Untersuchungsergebnisse über die drei aus Rom stammenden Einsatzwagen zukommen zu lassen. Allerdings wunderte er sich darüber, dass sie wohl von niemandem vermisst wurden.

Anschließend fuhren sie wieder auf der A1 zurück und stellten sich nach eineinhalb Stunden zäher Fahrt beim Autobahndreieck *Bologna-Casalecchio* für eine weitere halbe Stunde in den allabendlichen Stau, bis sie endlich auch am zweiten Dreieck am Flughafen vorbei waren. Der junge Carabiniere war nach zehn Minuten versucht, Blaulicht und Signal einzuschalten, aber der Comandante verhinderte dies, indem er ihm beschwichtigend eine Hand auf die Schulter legte.

Zwar war ihnen die Strategie für die nächsten Tage noch unklar, aber sie hofften, durch diese Zeichnungen ein wenig Licht ins Dunkel zu bringen. Berlingui hatte am Rand noch ein Fragezeichen neben eine Verbindungslinie zwischen Tossatello und Gashi gekritzelt. Am Nachmittag hatten sie zuvor auch noch dessen wirklich sehr hübsche Frau Sabrina verrückt gemacht, nachdem man ihr einige Details des Morgens erzählt und sie immer wieder mit denselben Fragen in andere Wörter gekleidet traktiert hatte. Wie eine Hochschwangere griff sie sich, als stünde ihre Entbindung kurz bevor, an ihren kaum sichtbar dick gewordenen Bauch und atmete mit tiefen Schnaufern und Tränen in den Augen durch. Nein, er hatte leider keine weiteren Freunde. Nein, es gab keine *bacaro*, Kneipe, in der er sich des Öfteren herumtrieb. Nein, sie wusste von keinen weiteren Verpflichtungen. Ja, sie waren schon seit einigen, sogar seit fast sechs Jahren zusammen. Nein, sie hatte schon in der Kontaktgruppe angerufen, dort war er schon seit einer Woche nicht gewesen und auch der Vertrag mit dem Hotel Adige Terme, der tatsächlich unterschrieben in der Küchenschublade lag, galt erst ab dem ersten April. Nein, sie hatte wirklich mit den ganzen Dingen nichts zu tun. Nach etwas mehr als einer Stunde hatten sie nichts erfahren, was sie weitergebracht hätte. Sie dankten ihr und ließen sie tränenüberströmt zurück. Es war in der Tat kein Fortschritt. Es wäre auch viel zu leicht gewesen.

Allein neben Gashi wurde die Mistretti immer wichtiger. Ihr Name war daher von beiden mehrmals und mehrfarbig eingekreist worden. Diesen Beiden würde der morgige Tag gehören. Messedaglia stand auf und griff schon halb stehend noch einmal zum Bleistift, mit diesem strich er ohne weiteres Zögern die Namen von Frantelli, Zabborra, Ruffo, Scarpa und Spazzatto durch. Ohne es zu wissen, hatte er Collassos Aufgabe übernommen. Nur noch das Wort *Fahrer* stand jetzt noch ohne eine Linie oder einem Zeichen fast mitten auf dem Blatt. Obwohl ihnen beiden klar war, dass es, wenn überhaupt, nur eine Verbindung geben konnte. Dann zog sich der Comandante langsam seine Jacke an, ohne seinen Blick vom Blatt abzuwenden. Als er begann, die ersten Knöpfe zu schließen, schaute er hoch in Berlinguis Gesicht.

„Das sollte ja klar sein. Sieht auch gut aus und zeigt, dass wir gearbeitet haben und uns damit ziemlich viel Arbeit sparen werden. *Buona notte e a domani!*"

15. März, 23 Uhr 45

Mit einer enervierend langsamen Prozedur wusch er seine Hände. Bremste so die Schnelligkeit des Tages. Das Gefühl, das sich ganz dabei allmählich in ihm ausbreitete, bescherte ihm einen wohligen Schauer. Eine Wärme, wie damals, beim ersten Mal, als er mit seinen Kameraden in dieses Dorf eingedrungen war und im

143

Schutz der Nacht all die Verräter, all die Uneinsichtigen, all die im falschen Glauben, mit einem stillen Tod bekehrte. Ohne Pistolen, Gewehre und Granaten. Sie hatten nur lange, hauchdünne, zweischneidige Messer dabei. Langen Lanzetten ähnlich. Immer zu zweit drangen sie in die Häuser ein. Kannten die Möglichkeiten, katzengleich und unhörbar hineinzukommen. Mögliche Hunde hatten sie ausgekundschaftet und wenn nötig beseitigt. Dann suchten sie die Schlafzimmer und zogen ihre scharfen Waffen, nachdem sie zusammen im Dämmer der Nacht unhörbar auf Drei gezählt hatten, durch die Hälse der Schlafenden. Beim ersten Mal spürte er noch ein Zittern, ein leichtes Schaudern, ein Aber in seinem Körper, beim zweiten Mal schon diese leise aufkommende und kaum zu beschreibende Wallung. Bereits beim dritten Mal hätte er in einer anderen Situation von einem Höhepunkt gesprochen. Zumal, wenn ihn dabei ein warmer Strahl des Blutes aus den glatt geöffneten Adern traf, gepaart mit einem eigentümlichen Röcheln. In dieser einen Nacht entwickelte er mit jedem Opfer mehr ein ganz eigenes Verfahren für ein schnelles, viel zu humanes Sterben dieser ungläubigen Staatsfeinde. In dieser einen Nacht hörte er nach der magischen Zahl Zwölf auf zu zählen und berauschte sich an seinem eigenen Tun bis zum nächsten Morgen. In wenigen Wochen bräuchte man ihnen keine Moscheen mehr bauen, keine Türme für krakeelende Muezzins, keine Kindergärten, in denen die kleinen Kerle nur das Prügeln von Mädchen lernen würden. Sie alle wären ausgerottet oder in die Flucht geschlagen. Diese Konsequenz beruhigte ihn jedes Mal, nach jedem Einsatz in den folgenden Tagen. Dann fühlte er sich wie ein Ministrant, der durch sein Tun für die Vollkommenheit der Eucharistie sorgte, mit seinem Leib und deren Blut.

16. und 17. März

One-way

Sfarzi stand an einem der Schränke mit den Aktenordnern und öffnete eine der Türen. Mit einer Hand glitt er über deren Rücken entlang.

„Fakten, alles Fakten, sehen Sie?"

Er nahm wahllos einen Ordner heraus und ließ ihn sich zufällig öffnend neben sich auf den Tisch fallen. Das plötzliche Geräusch ließ Berlingui zusammenzucken, doch wendete er sich nicht um. Im Gegensatz dazu fielen die Seiten langsam wie Schmetterlingsflügel auseinander. Sfarzi legte eine flache Hand auf die Blätter und fixierte dabei den Kopf Berlinguis.

„Jeder noch so undurchsichtige Fall löst sich irgendwann in griffige Fakten auf. – Glauben Sie mir!"

Berlingui stand mit dem Rücken zu ihm und schaute auf die Straße. Dann auf den Neubau gegenüber. Durch die Mauerlücken und unverschlossenen Fensternischen sah er rechts vor sich, an der Ecke vor der kleinen Brücke, wie ein nervös gewordener Schwarzer gerade in aller Eile ein Leintuch zusammenpackte. Eines, das er sicher in einem Geschäft hatte mitgehen oder von irgendeinem Bett eines einfachen Hotels heruntergezogen hatte. Mit ihm verhüllte er jetzt ein gutes Dutzend gefälschter Markentaschen. Daraufhin schwang er das Bündel auf den Rücken, als sei das Ganze ein Wäschesack. Zwei Sekunden später war er vermutlich in die kleine Straße gegenüber abgebogen. Zwei Fenster weiter sah Berlingui für einen kurzen Moment, dass der Schwarze tatsächlich diese nicht mehr allzu eilig entlanglief. Sfarzi fuhr währenddessen fort.

„Ich bin aus Ihrem Geschäft raus, Piero, seit zwölf Jahren hocke ich in einem Büro und kenne nur noch Fakten, die Sie alle zusammentragen. Ich sehe was Sie tun, lese die Berichte und mein studierter Verstand und

146

Bauch entscheiden über die Freiheiten, die ich für Untersuchungen geben kann. Bisher haben Sie weder diese, noch mich ausgenutzt. Alles andere kenne ich nur noch vom Hörensagen, ich war das letzte Mal vor drei Jahren mit Ihnen an einem Tatort. Ich weiß, dass man mir das vorwerfen darf."

Sfarzi klappte den Ordner wieder zu und stellte ihn in den Schrank zurück.

„Ich habe nicht einmal eine schussbereite Waffe in meinem Schreibtisch und jetzt wollen ausgerechnet Sie einen Tipp von mir?"

Sfarzi schüttelte den Kopf, „Sie sind sechs Jahre länger hier als ich und bis jetzt haben Sie mir bei jedem verzwackten Fall eine Lösung gegeben und diese Fakten geliefert. – Verdammt nochmal, das hat mir Horden von Besserwissern und Klugscheißern vom Hals gehalten."

Wieder schüttelte er den Kopf, dann steckte er die Hände in die Hosentaschen und stellte sich in genau dem Moment neben Berlingui, als der Schwarze gerade plötzlich an der rechten Ecke des Neubaus auftauchte und nach rechts auf die *Riviera Tito Livio* zuging. Sfarzi sah den weißen Sack und wusste sofort Bescheid.

„Das sind auch nur Ratten. In der Natur wären sie eigentlich nützliche Viecher. Still, flink und im Grunde genommen sauber. Zudem unglaublich anpassungsfähig und leider inzwischen sehr verbreitet. Sie sind gesellig und haben ein ausgesprochen soziales Verhalten, das in der übrigen Natur unverstanden bleibt. Normalerweise räumen solche Tiere den Dreck, den wir zurücklassen, nachts ohne groß aufzufallen weg. Aber mit zwei Beinen und wenn sie zu viele werden, sind sie wie Läuse in einem Rosengarten und damit eine Plage. Und die da gehören einer ganz besonderen Spezies an. Sie hätten genügend Grips gehabt, all den Versprechungen, die man ihnen gemacht hat, nicht zu trauen. Doch das

Gegenteil war der Fall. Hab und Gut verkauft, das Letzte was sie besaßen – und mit dem ersten Schritt, den sie Richtung Europa machten, hatten sie bereits ihr gesamtes Leben verwirkt. Hier angekommen verscherbeln sie noch dazu ihre Seele und die Frauen verhökern ihren Körper, weil es nach all den Vergewaltigungen längst egal ist, was mit ihm und ihnen passiert. Dann produzieren auch sie nur noch Dreck und übertragen dabei die schlimmsten Infektionen ...", er blickte zur Seite und beobachtete Berlinguis Profil, „... Letzteres macht sie den Tieren ähnlich. Aber die da halten sich mit dem Zeug, diesem gefälschten Dreck, gut über Wasser. Auch wenn sie vielleicht hehlen, huren, stehlen oder weiß Gott was für Krankheiten haben. An denen dann viele Ärzte verdienen. Bisweilen zu viele Ärzte. Und genau die gehen jeden Sonntag brav in die Kirche, falten die Hände und kriegen feuchte Augen, wenn sie über den Altar auf das Kreuz gucken. Natürlich sind sie anschließend voller Reue, wenn sie im Beichtstuhl niederknien und sich einen weiteren Segen abholen. Der wiegt natürlich doppelt, wenn der Bischof ihn selber gibt."

Er tippte Berlingui auf den Arm und schaute ihn mit zusammengekniffenen Augen an, „Sie wissen ja, dass ein solcher dies sehr selten selber tut? – Würden Sie deshalb nicht gerade deswegen auch gerne so einen Segen haben wollen?"

Jetzt war es Berlingui, der Sfarzi zunächst verblüfft und dann forschend ansah.

„Heißt das, Sie würden mich nicht aufhalten, wenn ich versuche, mit der entsprechenden Stelle der Kurie Kontakt aufzunehmen?", wollte er deshalb nach kurzem Überlegen wissen.

„Ein Kardinal von denen hatte hier schneller angerufen als mancher von Ihnen am Tatort war. Ich hatte das Gefühl, dass man dort heftig rudert. Der Draht dorthin ist also schon warm, Sie müssen ja nicht gleich eine ungenießbare Suppe damit kochen. Und tun Sie es vor allem schneller als der Staatsanwalt seine Einwände machen kann, denn in solchen Fällen gönnt man uns sicher keine allzu indiskreten Kontakte. In diesen Hierarchien verfügt man immer über gut funktionierende Besen, mit denen man dann zu viele Details unter den Teppich kehren kann. Natürlich möchte ich auch nicht, dass man uns den Fall wegschnappt. Die Carabinieri wären eine denkbar schlechte Alternative – und solange wir als Polizei die politische Seite vertreten ..."

Er brach ab und lächelte, „... endlich haben wir mal eine interessante Leiche."

„*Capito, capo. Grazie!*"

16. März, 8 Uhr 50

Filippo. Via Rudena. Raus aus dem Bau und gleich nach rechts. Keine achtzig Meter entfernt. Und doch in einer anderen Welt. Wenige bunte Häuser und kleine Arkaden entfernt. Direkt an der Ecke. Seine Bar. Der einzige Ort hundertprozentiger Gerechtigkeit. Jeder bekommt den Espresso mit derselben Crema. In einer Tasse mit Sprung, irgendwo angestoßen oder unpassend zum Unterteller. Jeder den gleich dick oder dünn belegten Tramezzino. Je nachdem wie man es sehen wollte. Jeder ein Euro fünfzig. Mit einem Glas Wein drei. Seitdem er in Padua war, ging er für eine Pause dorthin. Wenn er Ruhe und Abstand brauchte. Wenn ihm die Welt auf die Nerven ging. Wenn es denn die Zeit erlaubte. Genau so lang gab es den immer noch dunkler werdenden Fleck in der Ecke. Alles war ursprünglich genug, damit Berlingui sich konzentrieren, vorbereiten oder abschalten konnte. Er musste sich nicht umstellen. Jedes Mal wurde er mit dem gleichen Grunzen und Brummen wie alle empfangen. Antworten brauchte man nicht. Kurz die Hand heben. Reicht. Man kannte sich. Er war hier gewesen, als der Rauch aufstieg. Brummen. Als Berlusconi das erste Mal gewählt wurde. Grunzen und eine donnernde Faust auf dem Tresen. Als Verstrickungen, Korruptionsskandale und Morde der Mafia im Frühjahr 93 eine Staatskrise zu Folge hatten, viele Tage eine wischende Hand vor und klopfende Finger an der Stirn und höchstens das Wort *Idioten*.

Und als Udinese, keine vierzehn Tage her, wieder einmal verloren hatte.

„Wissen diese euroverseuchten Hundlinge eigentlich, wie teuer uns das kommt? Immer mit einem gemieteten Bus dahin. Und Dauerkarte. Ich kann mir's ja noch leisten. Zahl sogar für Guido, den armen Schlucker und den tauben Fito den Eintritt. Ist kein Problem. Aber dann will ich ein anständiges Spiel sehen. Wenigstens zu Hause gewonnen. Mit ein paar Toren. Im Stadion habe ich doch keine Zeitlupe. Dann gibt's hier wenigstens was zu feiern. Ist ja mein Verdienst. Nicht zu knapp. Alle sind dann spendabel. Aber nein ... Nein, die Herren wissen nicht, wie ein Ball aussieht. Da hilft's auch nicht, wenn man Galeone rausschmeißt. Dem Malesani seine sind nämlich genauso rund. Sorgt endlich dafür, dass die Pfaffen heiraten dürfen und die Kicker nicht vor ihrem dreißigsten Geburtstag. Dann haben die vielleicht am Wochenende noch Kraft fürs Spiel und nicht nur ihre Weiber beglückt."

Das war es, was der Commissario an ihm so mochte: keine Flüche, kein Schreien, keine Gewalttätigkeiten. Diskutieren sinnlos. Feststellungen und Fakten entscheiden ohnehin das Leben.

„Verdammte Scheiße noch mal! Und dann auch noch gegen so eine Fahrstuhlmannschaft. Diese Arschlöcher! Weiß einer von diesen Vollidioten überhaupt wo Empoli liegt?"
Die nächste Tasse mit Sprung stand umgedreht auf der Espressomaschine.

16. März, 9 Uhr 25

Berlingui hatte keine Ahnung, woher sie es alle wussten. Es reichte wie immer die Ahnung, ein Hauch eines Gerüchtes und schon zerriss man sich in der Questura das Maul und trieb seine Späße. Seine Urlaubspläne hatten auf jeden Fall schneller die Runde gemacht, als er den Gedanken dazu abschließen konnte.
„Und? Schon gebucht?"
Seine Antwort war eine vage schwimmende Hand im Raum und ein leises Grunzen.
„Soweit ich weiß, macht das Brom im Thermalwasser lustlos, orgasmusunfähig und impotent."
Berlingui zog die Brauen hoch und erschoss mit seinem Blick den Kollegen Sartori. Doch der schien immun und stand mit verschränkten Armen in der Tür des Büros.
„Piero, das ist was für alte Leute."
„Klar! Du hast vollkommen recht. Deshalb sind auch die ganzen Römer ausgestorben. Die haben alle in den Collis Urlaub gemacht, statt anständig Krieg zu führen, und schon war's vorbei mit ihnen. Bauch ja, Kinder nein. – Schwätzer!"
„Du willst doch nicht das ganze Feld *Nuttolini* ..."
„Benito!"
„... und seiner *schönen Elena* ..."
„Chiara!"

„... überlassen. Was soll Carla von dir denken? Der gute Piero geht zum Abschlaffen in den Fango und vergisst seine heiße Frau. Wer soll dann deinen Part übernehmen?"

„Mein Gott, Luciano, jetzt mach halblang. Ich hab gar nicht gewusst, dass ihr bei der Sitte für diese Art von Bettkontrolle zuständig seid."

16. März, 10 Uhr 05

„Sie waren doch gestern im Hotel Patria?"

„Ja! Ich wollte aus – wie sagt man so schön – neutraler Hand erfahren, wie das mit dem Fango funktioniert."

„Nun, dann hab ich was für Sie."
Messedaglia drehte sich um und deutete mit einer seiner kleinen, für ihn typischen Kopfbewegung zur Tür hinter sich. In dem Raum dahinter saßen sich an einem Tisch zwei Leute gegenüber.

„Da drüben sitzt ein Kalifornier, der inzwischen auch ohne Fango ganz schön schwitzt. Er macht mit ein paar Freunden Urlaub im Patria. Angeblich ist er ihr Reiseleiter und organisiert für sie schon seit Tagen *aufsehenerregende* Ausflüge und Fahrten. Aber irgendwie haben sie es gestern in San Marino auf genauso aufsehenerregende und doch nicht geschickte Art und Weise geschafft, einige Dinge unbezahlt mitgehen zu lassen."
Der Comandante schaute wieder Berlingui an und meinte schmunzelnd: „Ich hoffe, dass wenigstens das Hotel sein Geld erhält. Auf jeden Fall haben die Kollegen aus San Marino uns um Amtshilfe gebeten."
Berlingui stutzte und Messedaglia fuhr mit ungewohnt despektierlichem Ton fort:

„Die sind alle Mitglieder in einem sogenannten Club der Reichen und in einem Verein für Erfahrungsaustausch, um unmögliche Lösungen für mögliche Katastrophen weiterzugeben, doch als ich einige Details mitgeteilt bekam, habe ich mich gewundert, denn ihr Reichtum kann nicht sonderlich groß sein", er hob eine Hand und zählte deren gespreizten Finger mit seiner anderen Hand ab, „sie übernachten in keinem Luxus Hotel, sie meiden Sterneküchen, sie sind – na sagen wir, zumindest bescheiden angezogen, schlecht vorbereitet und ihre Unternehmungen alles andere als spektakulär. Sie haben auf all ihren Ausflügen daran geglaubt, dass eine Visitenkarte ...", der Comandante hielt Berlingui nun ein kleines buntes Kärtchen entgegen, das dieser schmunzelnd musterte, denn die einfallslose Aufmachung glich den selbstgemachten Visitenkarten aus Computern, die aus einer Limo einen Ramazotti machen sollte, „... in Italien noch Türen öffnet. Doch leider ist Europa inzwischen weiter. Jetzt sitzt er da mit einem veralteten Laptop, ist etwas in Erklärungsnot geraten und versucht, uns zu Millionären zu machen. "

„So wie der schwitzt, versucht er das schon eine ganze Weile?!"

„Ich gebe ja zu, dass meine Leute ihn ein wenig triezen, er gab nämlich zudem an, dass er eigentlich aus der Nähe von Rovigo stammt und nun schon seit Jahren in Kalifornien wohnt."

„Ah, dann spricht er also fließend Italienisch?"

„So gut wie ich auf keinen Fall. Hören sie sich das Kauderwelsch mal an!"
Berlingui zuckte kopfschüttelnd mit den Schultern und amüsierte sich sichtlich über den schwitzenden und hektisch gestikulierenden Mann, der sich immer wieder nervös mit einem riesigen Taschentuch über seinen

kaum behaarten Kopf wischte. Dann schaute er Messedaglia mit ernsterem Gesicht an, „Sfarzi hat für ein Gespräch mit dem Kardinal grünes Licht gegeben. Ich
weiß nur nicht, ob ich es jetzt schon führen will. Was
soll ich ihm sagen? Ich habe nichts in der Hand, was die
Sache erklären könnte oder was ich schon als Fortschritt unserer Untersuchung, geschweige als Ergebnis
vorweisen könnte."

„Ich glaube nicht, dass dieser Kardinal an Ergebnisse
denken wird. Eher an göttliche Ratschläge für Ihre Untersuchung. Ein Kardinal ist auch nicht mehr wert als
irgendein Dienstgrad bei uns. – Seien Sie nicht so ka-
tholisch! Quetschen Sie ihn ruhig ein wenig aus!"

16. März, 11 Uhr 00

„Sie werden sicher verstehen, dass wir Ihnen bei
dem aktuellen Stand der Dinge noch nicht sehr viel sagen können. Unser hochgeschätzter und geachteter
Tossatello ist hier – entschuldigen Sie bitte – er hinterlässt eine nicht verschmerzbare Lücke in unserer Mitte.
Er war so voller Tatendrang und Lebensfreude. Er hatte
noch so viele Ideen und Vorhaben. Das Alles wird nun
brachliegen und durch keinen von uns verwirklicht
werden können."
Es waren die erwarteten pathetischen Phrasen. Und sie
klangen selbst bei diesem katholischen Würdenträger
schrecklich alltäglich. Auch wenn Berlingui das Austauschen diplomatischer Floskeln in solchen Situationen hasste, spürte er die Notwendigkeit, seinen Beitrag
leisten zu müssen, um die kleine Chance zu erhalten,
vielleicht die eine oder andere wichtige Information zu
ergattern.

„Bitte entschuldigen Sie, natürlich möchte ich die Gelegenheit nutzen und nicht vergessen, dem Heiligen Stuhl auf diesem Wege mein aufrichtiges Beileid auszusprechen. Auch möchte ich Ihnen versichern, dass wir alles in unserer Macht Stehende unternehmen werden, um diese zutiefst verwerfliche Tat aufzuklären. Und wir können jetzt schon sagen, dass wir der Lösung ein großes Stück nähergekommen sind. Aber vielleicht können Sie mir, damit wir uns ein vollkommen stimmiges Bild machen können, in wenigen Sätzen erklären, welche Aufgaben der Monsignore wahrgenommen hatte."

„Ich danke Ihnen für Ihre mitfühlenden Worte. Wir wissen die Arbeit Ihrer Institution zu schätzen. Arbeiten doch unsere entsprechenden Stellen mit der Polizia di Stato, allein schon durch den verfassungsrechtlichen Hintergrund, in vielerlei Hinsicht diskret und erfolgreich zusammen. Unsere sehr guten Erfahrungen auf diesem Gebiet reichen viele Jahre zurück. – Nun, seine Aufgaben waren, wie Sie an seinem Titel erkennen können, ihm durch die Kurie direkt erteilt worden. Ich kann Ihnen diese im Augenblick nicht einmal im Detail benennen, da sie mir nicht in Gänze bekannt sind."

„Das heißt aber, er war mit einem ganz speziellen Auftrag nach Abano gekommen?"

„Selbst das kann ich Ihnen nicht bestätigen. Vielleicht ist es ratsam, im Zusammenhang und Umfeld seiner früheren Tätigkeiten nachzuforschen. Sie wissen ja inzwischen, dass Monsignore Tossatello bis 1970 Mitglied der damals aufgelösten *Gendarmeria Pontifica* war."

Sie wissen ja inzwischen. Nichts wusste er inzwischen. Nichts hatte er inzwischen über Tassatello herausgefunden. Schon gar nicht in dieser Hinsicht. Fast wäre ihm der Hörer des Telefons aus der Hand gerutscht.

Berlingui musste sich räuspern. Wäre er jetzt mit Filippo vor einem Fernseher gesessen und würde die Übertragung eines weiteren miesen Fußballspiels Udineses sehen, hätte er sich während der Zeitlupe nun das Foul, den verkorksten Spielzug oder das soeben geschossene Eigentor in Ruhe anschauen können, um einen nahen Wutausbruch Filippos erklären zu können. So aber war er sich kurz unsicher, genau das gehört zu haben, was Kardinal da Conte Silvestri gerade gesagt hatte und wägte die Bedeutung dieser Mitteilung ab. Aber er war sich sicher. Ein Satz, der enthüllte, der vielleicht offenlegte, wonach sie die ganze Zeit suchten, der vielleicht sogar demaskierte. Silvestri hatte es ohne Not preisgegeben. Weil er vielleicht tatsächlich dachte, dass sie es bereits wüssten. Was zweifelsfrei der Fall wäre, wenn sie sich einen Hauch mehr Zeit genommen und nicht wieder im Kleinkram herumgestochert hätten. Er schaute über den Schreibtisch sein imaginäres Gegenüber an, von dem er vielleicht Hilfe erhofft hatte. Der Schweiß begann, ihm den Rücken herunterzulaufen und seine Hände wurden feucht. Er hatte das Gefühl, schon viel zu lange nichts gesagt zu haben. Aber seine Antwort sollte einerseits sein Unwissen nicht preisgeben und andererseits noch weitere Erklärungen provozieren. Dafür war diese Information zu neu und dieser Kardinal warf sie ihm wie zufällig zum Fressen hin. Irgendetwas in ihm sagte, dass Berechnung dahintersteckte, aber er konnte nicht begründen warum. Was hoffte der Kardinal jetzt noch von ihm zu erfahren? Oder ahnte dieser, dass sie noch gar nicht in Tossatellos Vergangenheit vorgedrungen waren und versuchte nun ein Spielchen zu inszenieren? Mit der rechten Hand wischte er sich nervös über sein Kinn. Gedanken rasten durch seinen Kopf, aber ihm fiel nicht das Geringste ein. Tossatello ein ehemaliger Vatikanischer Polizist?

Also aus dem inneren Kreis. Einer, der Machenschaften und Hintergründe kannte. Welche Verbindungen hatte er gehabt? Und was hat so einer in Abano zu suchen? Welche Fälle hatte er nachträglich aufzuklären? Auch wenn bestimmte Dinge erst Jahre später passiert waren. An welchen war er jetzt noch dran, dass er durch sie zu einer Persona non grata wurde und umgebracht worden war? Gab es in den Akten der Questura irgendeinen Fall, der unaufgeklärt in diesem Umfeld angesiedelt war und den es galt zu finden, um alles aufzuklären? Berlingui befiel der plötzliche Verdacht, Tossatello müsse an einer Vertuschung beteiligt gewesen sein. In irgendeinem Fall war er also womöglich schneller unterwegs als alle anderen offiziellen Stellen. Berlingui hoffte, die Fragen dazu würden durch das Konstrukt der Kirche und den Tod des Monsignore nicht dauerhaft unbeantwortet bleiben?

„Nun, das ist ehrlich gesagt das, was bei unseren ersten Untersuchungen für ein gewisses Maß an Verwirrung gesorgt hatte. Denn wir finden in den zurückgelassenen Unterlagen nichts, was darauf hinweisen könnte, damit in Zusammenhang zu stehen. Und die meisten Dinge wären verjährt. Deshalb fragte ich Sie nach seinen Aufgaben."

Nicht im Traum hätte er daran gedacht, dass die Worte in seiner ursprünglich gestellten Frage, bezüglich einer speziellen Aufgabe, eine polizeiliche Variante der Interpretation beinhalten könnten. Die Möglichkeit, Tossatello als Opfer einer verdeckten Ermittlung zu sehen, stand bisher noch nicht auf dem Blatt, das er und Messedaglia gestern Abend noch versucht hatten, in eine verständliche Ordnung zu bringen. Berlingui fuhr fort.

„Wir bedauern in diesem Zusammenhang die übereilte Abreise seiner Schwester ...", kamen diese drei Wagen nicht aus Rom?, fiel ihm ein, als er es sagte, „...

selbstverständlich können und werden wir keine Verbindung zwischen ihr und der Tat herstellen ...", früher war er also bei der Gendarmeria Pontifica gewesen. Na, das passt ja prima! „... zumal ihr körperliches Gebrechen jeglichen Verdacht in diese Richtung verbieten dürfte ...", natürlich hat sie keine Ahnung von seinen Tätigkeiten –, dass ich nicht lache, „... sie könnte uns allerdings sicher das eine oder andere Detail, für das wir bisher noch keine Erklärung haben, verständlich machen und somit einen Beitrag zur Aufklärung beisteuern ...", würde mich nicht wundern, wenn du mehr als eine leise Ahnung über ihren Verbleib hättest, „... wir hoffen, dass wir ihren Aufenthaltsort in Kürze erfahren werden, um noch ein wenig mehr Licht in manch dunkle Stelle zu bekommen. Vielleicht haben Sie ...?"

Ausgerechnet jetzt hatte Berlingui plötzlich das Gefühl, nicht nur einen Gesprächspartner zu haben. Im Hintergrund nahm er unverständliche Wortfetzen war, die aber durch die klare Stimme des Kardinals sofort übertönt wurden und somit an Bedeutung zu verlieren schienen.

„Wir können leider dazu ebenso wenig sagen. Signora Mistretti hatte nur kurze Zeit nach Auffinden ihres toten Bruders hier angerufen und klang wie vor den Kopf geschlagen. Dass sie abgereist ist, wussten wir bis zu diesem Augenblick noch gar nicht. Ganz einfach gesagt, kann ich es aber gut verstehen. Sie war, ich habe persönlich mit ihr gesprochen, hörbar durcheinander. Es ist bedeutungslos, wiederzugeben, was sie während des Telefonats erzählte. Sie hat – so denke ich – Abstand gesucht und sich dann für eine Abreise entschieden. Sicher wird sie sich in wenigen Tagen melden und zur weiteren Aufklärung beitragen können."

„Sie kennen also Signora Mistretti?"

Da Conte Silvestris erste Antwort, ein kurzer, erheiternd gedachter Lacher war unecht, wie aufgesetzt. Berlingui spürte es sofort und hätte es nicht sachlich erklären können. Genauso wie er davon überzeugt war, nun ein fortwährendes Getuschel im Hintergrund zu vernehmen. Wurde etwa heimlich abgesprochen, was man gedachte, noch mitzuteilen? Silvestris Reaktion erfolgte den Bruchteil einer Sekunde zu spät. Deshalb hatte der Commissario nun auch das Gefühl, dass das Gespräch begonnen hatte, seine ursprüngliche Richtung zu verlieren. Messedaglias Einschätzung bezüglich des Gespräches war auf jeden Fall danebengegangen, hier wurden keine göttlichen Ratschläge verteilt. Es wurde abgetastet, abgewägt und abgewartet. Kalt lächelnd. In keiner Weise und zu keiner Sekunde kooperativ. Berlingui hoffte, später eine treffendere Beurteilung durch Messedaglia zu erhalten. Daher war er froh, dass er, hoffentlich vom Kardinal am anderen Ende unbemerkt, den Lautsprecher des Telefonapparates eingeschaltet hatte und sein kleines Aufnahmegerät mitlaufen ließ.

„Selbst - ver - ständ - lich", die Silben klangen wie ein hüpfender Medizinball, „kennen wir seine Schwester. Sie ist, ich darf sagen, seine Freundin gewesen, seine Vertraute. Die einzige Verwandte, die er noch hatte. Sie wohnt hier in Rom ganz in der Nähe unserer Mauern. Schade, dass ihre Krankheit sie so drangsaliert. Auch sie ist eine eigentlich lebensfrohe Frau."

„Demnach haben Sie also aktuell keinen Kontakt zu ihr ...", dann geh doch mal rüber und frag sie für mich! „... oder wüssten Sie, wo sie Zuflucht suchen würde? Sie können sich sicher vorstellen, dass wir sie lieber heute als morgen zu den Umständen befragen möchten. Sie war ja leider zum Zeitpunkt seines Todes sogar ganz in seiner Nähe, nur durch eine Tür und Mauer von ihm getrennt ...", oder sitzt sie jetzt sogar bei dir auf dem Schoß?

„Was für ein Schicksal!"

„Hatte sie Ihnen im letzten Gespräch etwas mitgeteilt, das jetzt wichtig werden könnte. Etwas, das Ihnen bisher nicht aufgefallen war?"

„Nein, *wir* hatten bislang keinen solch engen oder gar informellen Kontakt zu ihr. Wir wussten um ihre Verbundenheit mit ihrem Bruder, der diese oft genug in verschiedenen Anekdoten schilderte und natürlich hatte sie ihren Bruder des Öfteren hier besucht oder mit ihm telefoniert, aber sie kennen die – Tradition unseres – Hauses, bezüglich Frauen. Ich weiß, wir könnten darüber stundenlang diskutieren ..."

Berlingui verlor wieder einmal die Geduld und er fiel Da Conte respektlos ins Wort.

„Sie sagten, sie wäre seine Vertraute gewesen. Das ist für mich bereits eine intimere Deutung einer Verbindung. Wenn Sie diese Terminologie benützen, kennen Sie die Signora wesentlich näher, als Ihnen vielleicht bewusst ist. Welche Dinge könnte sie also wissen oder in Erfahrung gebracht haben, die ihre Unauffindbarkeit erklärbar machen könnten."

Wieder war im Hintergrund ein fast unhörbarer Wortwechsel zu vernehmen und Berlingui hatte das unbestimmte Gefühl, einen gewissen Schritt schneller gewesen zu sein. Er fasste sofort nach.

„Sagen Ihnen in diesem Zusammenhang die Namen Olivero, Gashi und Chicciolata etwas?"

Der Commissario schloss mit einem triumphierenden und für seinen Gesprächspartner Gott sei Dank unsichtbaren Lächeln behutsam das Telefonbuch, in dem er den letzten Namen gefunden hatte.

„Wir haben in letzter Zeit über keine Details ..."

Demzufolge aber davor. Also. Was sollte das nun wieder? Beantworte meine Frage! Und weiche nicht aus! Kennst du sie nun gut oder nicht? Was sind das für Informationsbruchstücke und Fährten, die du gerade permanent legst? Hatte er nun gute Kontakte mit der Schwester gehabt oder nicht? Oder überschätzte Berlingui überempfindlich manche Aussage des Kardinals? Wart mal, da war doch was?

„Ihre Excellenz, darf ich Sie danach fragen, warum Sie vermuten, dass Signora Mistretti in wenigen *Tagen* Kontakt zu uns aufnehmen wird?"

„Hatte ich tatsächlich Tage gesagt?"

Jetzt hätte Berlingui gerne einen Partner für Wetten gehabt. Da Conte hatte tatsächlich begonnen, den Dummen zu mimen und dadurch ganz gezielt das Gespräch zu manipulieren. In den Übungseinheiten der Polizeischule wurden solche Befragungen immer und immer wieder geprobt, geübt und geschult. Sie hatten gelernt, Fragen zu stellen und Antworten zu interpretieren. Jedes Wort, das eine Antwort sein sollte, musste rasend schnell analysiert werden und eine weitere noch gezieltere Frage zur Folge haben. Auch damals hatte Berlingui in diesen Übungseinheiten viel zu häufig übereilt und gereizt reagiert. Er kannte diese, seine Schwachstelle, nur zu gut. Seine Lehrer hatten ihn dafür täglich und genug getadelt. Doch wenn er daneben saß und nur zuhören sollte, war er im Moment der Analysen allen um Längen voraus. Die Mischung fiel ihm selbst nach Jahren noch schwer.

„Können Sie mir noch etwas zu den Namen sagen?"

„Commissario, Sie insistieren auf eine für mich ungewohnte Art. – Ich versichere Ihnen, dass mir etwaige Details, die im Zusammenhang mit dem Tod des Monsignore stehen könnten, nicht bekannt sind. Wir haben nichts zu verschweigen, hätten auch nichts davon. Er war ein Weggenosse, ein Freund, ein Bruder, *ihn* kennen wir, über *seinen* Verlust gilt es Trauerarbeit zu leisten, *seinen* Tod wünschen wir aufgeklärt zu haben."

„Deshalb beanspruche ich Ihre Hilfe, um dann mit dieser verhindern zu können, dass noch mehr Opfer zu beklagen sind. Können Sie mir zusichern, dass er keine verdeckte Untersuchung führte."

„Soweit ich weiß befand er sich im Urlaub. Und es wird Ihnen nicht entgangen sein, dass er in den letzten Jahren regelmäßig in Abano Terme, in diesem Hotel, in sogar dem gleichen Zimmer und jedes Mal für zehn Tage gewesen war. Ich kann darin keinen Zusammenhang für eine Untersuchung sehen und soweit meine Informationen stimmen, handelt es sich bei Signora Mistretti auch um keine Undercoveragentin."

Silvestris Ton hatte bei den letzten Worten eine leicht schneidende Schärfe angenommen. Der Commissario antwortete deshalb nicht sofort. Der Kardinal nutze die Verzögerung und Berlingui hätte nach dessen nächsten wenigen Worten das Gefühl haben können, Da Conte Silvestri hätte nun einen Grund gefunden, sich zu entspannen, denn seine Stimme schien aus einem nun zufrieden lächelnden Mund zu kommen und die Antwort auf seine Frage zu kennen.

„Wie sagten Sie, waren noch einmal die Namen?"

Stattdessen brach Berlingui sofort der Schweiß aus. Was war er für ein Trottel, ein Blödmann. Das Telefonbuch lag geschlossen vor ihm. Hatte er den Namen unter 'G' gefunden oder doch unter 'C'? Der Kardinal hatte ihn schwindelig geredet, hatte bemerkt, dass Berlingui den absichtlichen Fährten in seinen Antworten zu sehr gefolgt war und wie vorhergesehen begonnen hatte, diese Angriffsflächen allzu konzentriert auszunutzen. Am liebsten hätte Berlingui geflucht und den

Hörer durch das Büro geworfen. Ghicciofata, Chilio-catta er war sich zu unsicher. Mit beiden Füßen war er über die selbstgelegten Fallstricke gestolpert. So nutzte er die einzige Möglichkeit für einen Ausweg, die ihm einfiel. Sofort war ihm klar, vielleicht damit die einzige Patrone verschossen und das einzige Ass ausgespielt zu haben.

„Vor allem würde mich der Name Gashi interessie-ren. Sein Name taucht im engsten Umfeld der Gescheh-nisse auf."

16. März, 11 Uhr 35

Collasso witterte eine Erfolgsmeldung und stürzte da-her ohne anzuklopfen in das Büro in dem Berlingui saß. Dessen Telefonat war in diesem Moment keine zwei Minuten vorbei und seine Körperhaltung verriet noch die Bewegung des Auflegens. Mit der anderen Hand hielt er grübelnd seinen Kopf auf den Armen abge-stützt. Noch in Gedanken schaute er missmutig den Ispettore an. Wieder hatte er in einem Fragespiel zu viel an Boden verloren, wieder hatte er sich unter Wert ge-schlagen, wieder hatte er dadurch ein noch komplizier-teres Geflecht zu entwirren. Bevor er sich beschweren konnte, legte Collasso los.

„Commissario, wir haben eine Niederschrift der Aufnahmen vom Diktiergerät und eine Erklärung für die Rechnung von Olivero, das ist ... das ist ... ziemlich komisch alles. Passen Sie auf ..."
Berlingui verzog sein Gesicht und bremste ihn mit aus-gestreckten Armen und wegwerfenden Handbewegun-gen aus.

„Da sagen Sie mir nichts Neues. Ich habe Ihnen etwas noch komischeres, Tossatello war einst ein Vatikanischer Bulle und wir dürfen auf Grund seiner Stellung annehmen, nicht mit Taschendiebstahl beschäftigt. Das habe ich gerade im Nebenbei über ihn erfahren."

Jetzt war es an Collasso, die gleiche Handbewegung zu machen wie sein Chef. Allerdings kennzeichnete sie kraftlos seine Enttäuschung. Mit hängendem Kopf ließ er sich auf einen Stuhl fallen und stierte auf ein Blatt Papier, das er falsch herum in seinen Händen hielt. Langsam drehte er es um und klatschte mit der Rückseite seiner Finger der rechten Hand auf den Rand des Blattes.

„Dann ist mir auch das hier viel klarer."

Er reichte dem Commissario das Blatt rüber.

„Dieser Zettel hat zwischen Prospekten gesteckt, die in einer Tasche von ihm waren. Er hat dann also doch rumgeschnüffelt und Detektiv gespielt. Ein Sammelsurium an durchgestrichenen und nicht durchgestrichenen Namen und Dingen, die er wohl noch erledigen wollte. Eine ziemlich große Menge an unleserlichen Abkürzungen ist auch drauf. In den ganzen Tagen hatte er es wohl auf diesen Gashi abgesehen. Er hat den Namen immer wieder mit verschiedenen Kugelschreibern umkringelt, aber ausgerechnet bei diesem Namen hat er nichts vermerkt. Er hat wirklich eine eigentümliche Art gehabt, Recherchen durchzuführen und festzuhalten."

Berlingui schaute flüchtig auf den Zettel, den Collasso ihm hinhielt und fischte unter den anderen Papieren auf dem Schreibtisch das Blatt vom gestrigen Abend heraus. Es waren zum Teil die gleichen Namen, mit den gleichen Fragezeichen und den gleichen Hervorhebungen. Der Ispettore hatte lediglich noch wie Abkürzungen wirkende Wörter auf seinem Stück Papier. Vielleicht waren sie doch weiter gekommen, als sie gedacht hatten. Ohne Collasso anzuschauen entgegnete er:

„Etwas Ähnliches kann ich Ihnen auch geben. Uns fehlte gestern Abend nur der nächste Schritt."

„Dann war er also hier doch nicht im Urlaub!"

„Urlaub? Niemals! Auch wenn der Kardinal meinte, dass Tossatello *regelmäßig* in den letzten Jahren, in Abano Terme, in diesem Hotel, in sogar dem gleichen Zimmer und jedes Mal für zehn Tage gewesen war. Und er gerade deswegen darin keinen Zusammenhang mit einer Untersuchung sehen kann."

„Abwarten. Vielleicht ist das ein, ja, ein – beabsichtigter Zufall."

Der Ispettore hielt ihm das nächste Blatt hin. Es war die Abschrift des Tonbandes. Er las die wenigen Sätze und blieb am dritten Satz hängen.

Noch mal dringend Da Conte anrufen!
War der Bischof tatsächlich ab 12. Oktober
im Urlaub?

Der Commissario hatte sich langsam aufgerichtet, neben den Bürostuhl gestellt und den Hörer des Telefons wieder in die Hand genommen. Es war schwierig, seinen Blick zu deuten. Von eisiger Wut, über eine wieder aufkommende allgemeine Enttäuschung über Vertrauenspersonen bis längst fälligem Triumph waren alle Schattierungen in ihm vertreten. Gleichzeitig die Taste für die Wahlwiederholung drückend, sagte er zu Collasso, dessen Gesicht dabei einen unverständlichen Blick erhielt:

„Jetzt fällt mir der Name wieder ein, Chicciolata. Mal sehen, was er nun dazu sagt."

16. März, 11 Uhr 50

„Was ist denn in Ihren Commissario gefahren? Sfarzi?"

„Es tut mir leid, wenn Unannehmlichkeiten entstanden sind ..."

„Unannehmlichkeiten? Da Conte Silvestri sprach von Insistierungen, ja nahezu Unterstellungen, die ihm während des Telefonats gemacht worden sind."

„Das halte ich nun für ein wenig übertrieben, Herr Staatsanwalt."

Fast hätte Sfarzi verraten, dass er vor wenigen Minuten die Aufzeichnung des Gesprächs gehört hatte. Bevor er sich verhaspeln konnte, täuschte er einen kleinen Hustenanfall vor und log anschließend:

„Ich war nämlich zufällig im Büro als er mit dem Kardinal sprach. Wir alle kennen Berlingui. Er mag nicht um den heißen Brei herumreden und Zeit verlieren. Er versucht immer, schnell in die Mitte der Probleme vorzudringen."

„Da Conte Silvestri ist nicht die Mitte des Problems! Sfarzi! Ich lasse nicht zu, dass dieser Berlingui meint, er könne anders darüber denken!"

Die Stimme des Staatsanwalts war kurz davor sich zu überschlagen. Diesen Ton konnte Sfarzi wiederum beim besten Willen nicht leiden. Im Gegensatz zu anderen Leitern eines Kommissariats pflegte er in allen Situationen einen mitunter klaren, aber stets höflichen Ton. Nur so war in seinen Augen eine vernünftige und erfolgreiche Untersuchung voranzutreiben.

„Bei allem Respekt, aber eine solche Unterstellung verbiete ich mir."

„Passen Sie mal auf, mein Bester. Wir sind hier nicht auf dem Fußballplatz. Hier gilt es, Souveränitäten zu beachten. Verstehen Sie das? Haben Sie eine Ahnung, wer Da Conte Silvestri ist? Welche Funktionen er hat? Was er, wenn er mit den Fingern schnippt, in Bewegung setzen kann? Wenn Sie in einem solchen Fall Kooperationen suchen, sollten Sie dem Vatikan nicht an die Eier packen. Das kann Ihnen – uns – nämlich dann selbst saumäßig weh tun! Pfeifen Sie diesen Berlingui zurück und bringen Sie ihm Benehmen bei. Sie haben ja sicher noch einen feinsinnigeren Mann, dem Sie so etwas übertragen können."

Sfarzi äffte den Ton des Staatsanwalts nach. Seine Mimik verbat jeglichen Einwand. Dann fiel ihm etwas ein und bevor dieser Staatsanwalt meinte, er könne seine putative Autorität zeigen, machte er den Vorschlag:

„Also gut. Wenn Sie meinen. Was halten Sie davon, wenn ich selbst, sobald nützliche Erkenntnisse vorliegen und nach diesen gehandelt werden müsste, nach Rom fliegen werde? Um einerseits informell und andererseits kriminologisch, quasi kollegial zu berichten. Dann ist Berlingui außen vor und es zeigt außerdem, wie wichtig wir diesen Fall nehmen."

Der Staatsanwalt brauchte die Kooperation Sfarzis, wenn er seine Ziele erfolgreich erreichen wollte. So atmete er deutlich hörbar durch und überging den Angriff seines Gegenübers.

„Das ist immer noch besser als alles andere. Hauptsache Sie halten diesen Commissario unter Kontrolle." Dabei stach er mit einem Zeigefinger in Richtung von Sfarzis Gesicht.

„Selbstverständlich unterrichten Sie mich vorher bis ins letzte Detail und dann werde ich Ihnen sagen, was zu tun ist. Wenn ich nicht so stark in anderen Dingen involviert wäre, würde ich Sie begleiten, damit auch wirklich nichts schiefgeht. Eines kann ich Ihnen versprechen, wenn Ihre Abteilung meint, Da Conte Silvestri in die Sache reinzureiten, war das die letzte Aktion von Ihnen und Ihren Leuten."

16. März, 12 Uhr 05

Genau in dem Moment als Berlingui durch die Glastüre der Questura hinaustreten wollte, sah er sie. Und im gleichen Moment wusste er, dass es für eine Flucht schon zu spät war. Auch wenn sie nicht zum Ausgang schaute, hatte sie sein längst erwartetes Spiegelbild in den reflektierenden Seitenscheiben parkender Autos gesehen. Sie hatte es nicht nötig, wie eine Mutter vor einem Kindergarten zu warten. In Eile, mit suchendem Blick, weil eine Waschmaschine wartete oder das Essen bereits auf dem Herd stand. Auch wenn sie die Leute, die herauskamen, dies häufig genug glauben ließ. *Ja, auf wen warten Sie denn so suchend? Meinen Sie, Sie sind hier richtig? Das ist die Questura.* Nach Jahren hatte sie es sich daher angewöhnt, mit dem Rücken zu den betreffenden Gebäuden zu stehen und es zu genießen, dass auch Berlingui sie erkennen würde. Genauso wie alle Männer vor ihm. Schlicht und – was sie speziell bei ihm bedauerte, weil er es nicht einmal versuchte – ergreifend an ihrem Hintern. Es war gerade in seinem Fall zu einem Ritual, zu einem Mantra für sie geworden. Eines, das sie für diese Zwecke würdig zu verpacken pflegte. In einen aufreizend dünnen Stoff einer glänzenden, diesmal feuerroten Satinhose, die sich wie eine gemalte zweite Haut um den Po schmiegte und dabei nicht eine Unebenheit, weitere Naht oder einen darunterliegenden Saum verriet. Keine Bluse, keine Weste, keine Jacke, kein leger geschlungener Schal oder Pullover hatte jemals, auch in den Jahren zuvor, den Blick auf ihn verwehrt. Egal welches Wetter herrschte und ein Feind hätte sein können. Und Berlingui war tatsächlich, wie alle anderen zuvor, auch diesmal fasziniert. Es war in der Tat einer der famosesten Hintern, den er bis dahin gesehen hatte, den er kannte, ohne ihn je angefasst zu haben. Ohne sich von seinem Gewippe je verführt haben zu lassen. Ihm reichte es zu wissen, dass dieser Hintern schon genügend andere Männer hypnotisiert und diese wie ein frisch gelandetes Flugzeug als *Follow me* Signal hinter sich hergezogen hatte.

Egal welchen Termin es wahrzunehmen galt, ihr gelang es immer wieder, dem Gegenüber genau dann die schönste Stelle des Rückens zu zeigen und damit die erste, später ergiebige Abhängigkeit zu schaffen. Mit einer unglaublichen Grandezza vermittelte sie dann den vermeintlich wichtigen Männern das Gefühl, durch ein Treffen mit ihr eine gute Publicity zu erhalten. Eine Beschleunigung der Karriere. Einige von ihnen hatten wohl die entsprechenden Qualitäten und fanden sich mit ihren Vorstellungen, Ideen, Plänen und Vorhaben innerhalb kurzer Zeit in einem ausführlichen Artikel und wenig später auf dem gewünschten Posten wieder. Doch selten konnten sie dann ihren Namen ein weiteres Mal in einer solch positiven Aufmachung lesen. Sie waren in die Höhenluft abgeschoben worden. Und spätestens nach wenigen weiteren Monaten hatte sie genügend Schandtaten aufgedeckt, und die Typen waren in der Provinz im politischen Nirvana verschwunden. Berlingui hatte lange versucht, herausfinden, warum er von ihr genauso behandelt wurde, wusste er doch, dass das Minderwertigkeitsgefühl dieser Kerle sich durchweg von seinem unterschied.

Auch wenn ihre Figur weiter aufwärts mindestens genauso vielversprechend war, wie allein schon diese perfekten Rundungen unterhalb des Gürtels, hatte sie nie den Eindruck, er würde sie wenigstens ein bisschen als das Weib wahrnehmen, wie sie es sich einst von ihm gewünscht hatte. Daher war sie im Laufe der Zeit im Kampf mit ihm zu immer schärferen Waffen übergegangen. So hatte sie heute nichts als ihre bloße Haut unter dem zarten Hauch des roten Stoffes. Das musste ihm doch auffallen. Wurde der Kerl denn nie weich und schwach?

Das Covermodel hatte sich inzwischen umgedreht und ging langsam auf ihn zu. Natürlich hatte er die Details wahrgenommen, die mit ihrer roten Mähne perfektioniert wurden. Doch entsprach sie auf Grund des Geschwätzes, das es über sie gab, nicht Berlinguis Vorstellung von einer Frau. Zu wild, zu direkt, zu unkultiviert. Mit der Art ihres Auftretens machte sie in seinen Augen all ihre im wahrsten Sinne des Wortes und für andere Männer umwerfenden Reize zunichte. Wenn all die Gerüchte nur zur Hälfte stimmten, war Violetta Baù lediglich die arroganteste, berechnendste, affektierteste und eingebildetste Journalistin, der er je begegnet war – und die attraktivste.

Sie hatte mit ihrer Arbeit beim *Corriere della Serra* fraglos Anerkennung errungen. In der *Via Solferino* hatte es bislang zumindest nie jemanden gegeben, der sich über das Zustandekommen der Artikel wunderte oder gar beschwerte. Aber Berlingui war davon überzeugt, dass diese Erfolge oft genug sowohl in tiefgehende, als auch auf mannigfaltige Art befriedigende Beziehungen mündete. Warum musste sie Erfolge mit solchen Anzüglichkeiten erreichen? Gerade als er sich mit einem gewissen Trotz wieder umgedreht hatte, um im Gebäude zu verschwinden, war sie durch die zufallende Türe eingetreten und hatte ohne eine Sekunde zu verlieren ihr unnachahmliches Tirilieren begonnen, das sie mit zwei nicht nur angedeuteten Küssen auf seine Wangen unterstützte.

„Ciao, Piero. Das ist aber nett. Was für ein schöner *Zufall*, dich hier zu treffen. Wie geht es dir? Immer noch im untersuchenden Dienst? Was macht Carla?"
Mein Gott, für wie blöd hielt ihn dieses rote Gift, diese tänzelnde Schnepfe. Ihn ausgerechnet hier zu treffen, konnte natürlich nur *Zufall* sein. Auf so einen Quatsch zu antworten, verbot sich von alleine, zumal die Baù, nur durch kurzes Luft holen aufgehalten, weiter sang.

„Du wirst es kaum glauben, aber gerade wollte ich euch einen Besuch abstatten, um mich über das Neueste aus Abano zu informieren. Ein wirklich widerlicher Mordfall. Aber da ich dich nun direkt vor mir habe, könnten wir doch um die Ecke zusammen etwas trinken gehen."
Eine Ausrede war zwecklos. Nichts auf der Welt war wichtig genug, sie davon zu überzeugen, in einigen Tagen nochmals nachzufragen.

„Also gut. Auf einen Espresso bei Filippo."
Sie schwebte an ihm mit ihrem wehenden Haarfeuer vorbei, zauberte eine Sonnenbrille aus ihm hervor, die sie über ihre perfekt geschminkten Augen schob, öffnete wieder die Glastüre und winkte ihn durch diese hindurch. Dabei klickten ihre Pobacken wie zwei gegeneinander laufende Schalter für ein paar Schritte rauf und runter, ohne dabei, wie von ihm eigentlich erwartet, ein passendes, sattes Geräusch zu hinterlassen. Berlingui hatte auch hier keine Chance und fixierte sie im Takt. Tatsächlich zeichnete sich nicht die kleinste Delle einer langsam entstehenden Cellulitis oder eine andere Falte unter dem Stoff ab. Selbst das Zettelchen der Waschanleitung, das sicher an irgendeiner Stelle angenäht gewesen war, musste sie entfernt haben. Trotzdem

hatte er keine Lust, dies zu untersuchen oder ihr auch nur das kleinste Detail zu verraten.

„Komm schon! Ich will was Anständiges und nicht im Dreck sitzen."

„Er hat den besten, falls du es noch nicht bemerkt hast."

„Ach, ich geb dir einen aus. Auf den paar Metern bis zum *Pedrocchi* werde ich dich auch nicht nerven. Soll ich noch ein wenig vorausgehen?"

Berlingui zog die Augenbrauen hoch.

„*Ragazza*. Du weißt genau, dass wir in so einem Moment nicht einmal das kleinste Fitzelchen weitergeben. Dafür wissen wir selber noch viel zu wenig."

Kaum hatte er es gesagt, ärgerte er sich schon über seinen letzten Satz. Sie ging tatsächlich vor ihm her und drehte sich nun mit einer aufreizenden Bewegung um. Sie registrierte sein verärgertes Zucken um die Mundwinkel sofort. Ihre Antwort dafür war eine *gioia*reife Präsentation ihrer Frontansicht. Anschließend ging sie die zwei Stufen in den Arkadengang der *Santa Maria dei Servi* mit betont vibrierenden Pobacken hinauf. Ein auf ständige Provokation trainiertes Weib, das sich bei hochgestrecktem Oberkörper mit den Fingern ihre haarige Glut in den Nacken kämmte. Ihre Tasche war halb geöffnet, schlenkerte vor seinen Augen und bot nicht nur das Arsenal bestimmter Waffen für ihren journalistischen Nahkampf feil. Erbarmungslos konterte sie:

„Das heißt, über die entführte Signora Mistretti könnt ihr also nichts sagen?"

Welcher Trottel hatte denn jetzt schon wieder nicht dichtgehalten? Gab es denn nie jemand, der in so einem Fall mal sein Maul halten konnte, anstatt so einen Blödsinn zu verbreiten? Woher wusste sie von der Mistretti? Und überhaupt, ständig dieses süffisante Lächeln und

172

wie kam sie darauf, dass es sich um eine *Entführung* drehen könnte?

„Wir wissen ja gar nicht, dass sie entführt worden ist? Woher hast du das denn?", lächelte er zurück.

Ohne darauf einzugehen, spuckte sie die nächste Frage heraus.

„Ach, und unter den Augen der Polizei ist sogar ihr Wagen auf dem Parkplatz des Hotels abhandengekommen. Oder hat man ihn von dort schon für die *Scientifica* wegbringen lassen?"

„Es ist ja ziemlich normal, dass die bei so etwas eingeschaltet ist."

Wieder war er ihr in die Falle gegangen. Ihre prompte Antwort trug den kleinen Triumph in der Stimme.

„Ihr spurloses Verschwinden bedeutet – vielmehr ihr geht davon aus, dass sie selber in den Fall verwickelt ist."

Bevor Berlingui etwas erwidern konnte, alarmierte ihr Mobiltelefon in dem knallgelben, ledernen Täschchen mit einer infernalischen Lautstärke, die einer Vereinigung der norditalienischen Kirchenglocken entsprach, vor dem Eingang des Cafés den ganzen Vorplatz. Sie drehte sich noch Mal um und ging drei, vier Schritte, mit den inzwischen automatisierten Bewegungen, von ihm weg. Ihr Lächeln, das sie ihm dabei schenkte, fabrizierte ihm dann doch etwas weiche Knie.

„*Pronto. – Perfetto. Bravissimo. Ciao. Ciao.*"

Sein Blick rutschte, während ihrer fünf Wörter, nicht mehr kontrollierbar mindestens einen halben Meter an ihrem Rücken herunter. Er schüttelte den Kopf. Denn kaum hatte sie sich wieder ihm zugewendet, offerierte sie ihm ein plötzlich noch freizügigeres Dekolleté. Doch Berlingui war für derlei Angriffe von ihr nach wie vor unempfindlich genug.

„*Piero, tesorocino*, ich weiß, dass du auf meinen Arsch genauso guckst, wie alle anderen ausgehungerten Kollegen in den Stockwerken dort oben über uns. Ich kann dir versprechen, zwischen dieser Hose und ihm ist nicht mehr allzu viel zu finden, nicht einmal mehr das kürzeste Härchen. Du wärest der Erste und Einzige, dem ich mich ohne Bedingungen hingeben würde. Aber wenn du das eines Tages haben willst, muss du dich jetzt ein wenig mehr bemühen und etwas von deinem Wissen ausspucken. Ihr hattet also auch nicht die Gelegenheit, mit ihr zu sprechen oder zu telefonieren?"

Telefonieren? Endlich mal eine Sache, auf die er etwas erwidern konnte. Es hätte von ihr nur noch ein schmatzender Mund mit einem Kaugummi gefehlt und er hätte an *Russa, rossi, no-soldi, super dotato #345... usw.* auf ehemals weißen Wänden irgendwelcher Klos gedacht.

„Du prostituierst dich also immer noch für deine wilden Spekulationsartikel."

Nicht als Frage. Sondern als Aussage. Als Bestätigung seiner Vorurteile. Ihre Augen blitzten. Was für eine Steilvorlage. Er glaubte also immer noch den Mist. Sie hatte ihn da, wo sie ihn haben wollte.

„Wenn es denn sein muss und darüber hinaus Spaß macht – immer. Aber ich sehe schon, ich muss mich doch wieder an deine Kollegen hier über uns halten. Ich weiß, dass ich bei dir nie eine Chance habe, aber warum du mich nicht für voll nimmst, verstehe ich trotzdem nicht. Inzwischen macht es mir nicht mehr viel aus, was du über mich denkst. Du glaubst ja doch nicht die Wahrheit. – Was macht eigentlich Elena?"

„Chiara."

„Schön, dass du endlich wenigstens *ihren* Namen ernst nimmst. Sie ist nämlich wie ich kein Flittchen."

174

„Und ich dachte, du wolltest Karriere machen?",
legte er nach.

„Deswegen stehe ich hier. *Sie* hat einen anständigen
Kerl, der geht höflich grüßend an mir vorbei, ohne dass
er guckt oder meint, er müsste rumfingern, der ist
hochanständig. Wenn ich es darauf anlegen würde,
wäre Sfarzi keine schlechte Wahl. Tja, wenn ich so eine
wäre, wie ihr es gerne hättet – aber, wer weiß, bei seinen Qualitäten ..."

„Der ist und bleibt stumm wie ein Sarg."
Berlinguis Lachen dröhnte durch den Eingang ins Café.

„Aber er steht im Moment ziemlich unter Druck.
Der beste und gleichzeitig beschissenste Staatsanwalt
des Landes war nämlich gerade bei ihm. – Mit ein paar
feinen Zeilen könnte ich Sfarzi und Euch von vielem
befreien. Da gibt es ein paar Idioten, die ich ohne Mühe
wegräumen könnte. – Wenn ihr mich nur lassen würdet. Also?"

16. März, 12 Uhr 10

„Ich muss mit Ihnen reden. Es gibt da einige Dinge
über die Sie Bescheid wissen sollten, um sie gleich anschließend wieder zu vergessen. Was ich damit sagen
will, ist, dass es im Interesse vieler Beteiligter liegt, am
Ende nicht unnötig viel an die Öffentlichkeit zu lassen."

„Darf ich bitte den Grund für ein solches Geschäft
erfahren?"

„Es sind Personen beteiligt, die von Natur aus auch
gegen Krebs, Malaria und die Pest immun sind, aber
wenn sie angeschlagen sind, sehr ungemütlich werden
können. Die verteilen ziemlich tödliche Seuchen."

„So etwas Ähnliches habe ich heute schon einmal gehört. Haben Sie sich etwa mit dem Kardinal abgesprochen?"

Sfarzi lächelte über seine Mutmaßung.

„Dann wissen Sie also, was dieser in Bewegung setzen könnte."

„Dann wissen Sie wohl nicht, was *wir* in Bewegung setzen könnten?"

Diesmal spürte er, dass man am anderen Ende der Leitung lächelte.

„Da werde ich ja richtig neugierig. Aber Spaß beiseite, noch kann ich Sie warnen. Ich halte hier eine Liste mit noch nicht durchgestrichenen Namen in meinen Händen. Diese verändert sich zurzeit täglich. Ich befürchte sogar täglich mehrfach. Und das gleich auf verschiedene Weise, nämlich auch ergänzend. Sie verstehen, was ich damit ausdrücken will?"

„Wenn ich ehrlich bin, nein."

„Passen Sie auf!"

„Hmm?"

„Mehr nicht."

„Ich dachte, Sie wollten mir einige Dinge mitteilen."

„Jetzt leider doch nicht mehr. Sie erscheinen mir wenig kooperativ und ich habe schon zu lange gesprochen. Sie kennen ja die ganze Sache mit der Technik."

16. März, 12 Uhr 15

Bell'affare! Schöner Mist! Das hat gerade noch gefehlt. Nur die Oberfläche war aus Gold, die Kruste sozusagen, dünn wie eine Schale und dieses komische runde Teil oben am Rand, mit 'nem Piepmatz und drei Buchstaben drauf. Das Symbol für eine Hostie, hat Tonio gesagt. Da kommt nicht viel zusammen. Hundertachtzig Gramm, nicht besonders reines Gold. Also vielleicht zweieinhalbtausend. Besser als nichts. Dabei wiegt das Ding insgesamt fast anderthalb Kilo. Kein Wunder, dass das Sackgesicht in Kaschmir ihm den Schrott überlassen hatte, *Schaffs weg! Weit weg! Von mir aus in die Presse! Hauptsache keiner findet's und erfährt was. Du machst das schon richtig. Ich verlass mich drauf.* Klar Chef, mach ich, hat er noch geantwortet und weg war der feine Herr. Und die Mädels jetzt? Wer sticht die? Wie soll ich mir eine aussuchen ohne Geld? Hat er ihm noch hinterhergerufen. Hat aber schon nix mehr gehört. Und jetzt muss irgend so ein Trottel spitzgekriegt haben, dass das Ding noch da ist. Schöne Scheiße! Plötzlich will's jeder wiederhaben. Am Wochenende würde er noch mal versuchen, mehr rauszuschlagen. Die in Padua wollen doch so eine schöne Vase sicher gerne zurückhaben. Also vorbeischneien, ein klein wenig Druck aufbauen, abgeben, Geld kassieren und nebenbei noch ein paar Sünden loswerden. Guter Plan! Und wirklich letzter Versuch! Ansonsten Montag zweitausend für ihn und den Rest für Tonio. Wenn der Glück hat, waren es vielleicht doch zweihundert Gramm. Oder sogar mehr. Und Dienstag endgültig in den Flieger und ab nach Thailand. Dann muss man halt vor dem Nageln der hübschen Feigen noch ein wenig arbeiten, vor Ort, logischerweise, und wenn er dann eine wirklich schöne *figa* gefunden hat, zieht er bei ihr ein. Dann hätte sa Zinzula wieder erfolgreich zugestochen. Kochen wird die ja wohl können. Und Betten machen doch auch?! In seiner Sprache braucht sie erst gar nicht zu labern, nicht mal Italienisch, Hauptsache sie versteht, was er will. Bloß nichts unnötig kompliziert machen. Alles besser, als hier bestimmten Idioten in die Hände zu fallen. Ist doch super.

Ja, Himmel, wo ist denn das verfluchte Heft. Jetzt muss ich aufs Sofa, 'n bisschen trainieren. Mein kleiner Freund darf nicht aus der Übung kommen. Sonst wird das nichts mit dem Neuanfang und den hübschen Mädels dort drüben. Ah, da, nur vom Tisch gerutscht. Also komm her, Kleiner. *Che sballo!* Funktioniert doch. Rattenscharf!

16. März, 12 Uhr 20

„Du weißt, wem die Mistretti damals einen Schlag versetzen wollte?"
Die Baù schaute ihn von der Seite an und ertappte ihn dabei, wie er sie gemustert hatte, während sie aus dem Fenster schaute. Er war nicht besser oder gar heiliger als die anderen und auch sein Blick verriet die Entdeckungen der vergangenen Sekunden. Verwirrt von diesen und ihrer plötzlichen Frage blickte er hoch.
„Entschuldigung! – Bitte? – Was hast du gesagt?"
Ihre Augen lächelten verschmitzt.
„Ach, Piero, warum ist aus uns eigentlich nichts geworden? Unser erstes Aufeinandertreffen fand ich eigentlich recht vielversprechend."
Aus einem für ihn harmlosen Abschiedskuss, nach einer ihrer ersten Befragungen als Journalistin, der durch sie provoziert, sogar kurz heftiger ausfiel, weil sie ihm schamlos die Zunge zwischen die Lippen schob, schien sie ein unvergessenes Souvenir gemacht zu haben. Eines, das für ihn nach über ein Dutzend Jahren allerdings reichlich verstaubt und aus dem Gedächtnis gestrichen war. Und weil er genau diesen nie bereut hatte, war er verlegen geworden. Seine Antwort klang daher diesmal weniger herausfordernd.

„Weil ich damals und heute mit Carla glücklich war und bin ..." Er sah ihr direkt in die Augen, „... und wir uns beide spätestens nach weiteren fünf Minuten zerfleischt hätten. Du bist zwar eine wirklich gutaussehende Frau und mitunter ...", er musste sich ein wenig überwinden, es zu sagen, „... nicht unsympathisch, aber leider bist du manchmal genauso unverschämt wie deine Figur." Sein Satz hatte keinen belustigten Unterton. Vielleicht gerade deswegen stellte er sich für einen Augenblick ihren fraulichen Körper während eines möglichen Liebesspiels vor. In seinen Vorstellungen glich dieser den Wogen, die die elektrischen Wasserwippen in kleinen Acrylkästchen auf den Schränken der achtziger Jahre erzeugten. Es war einfach nach wie vor kein animierendes Bild. Berlingui trank seinen zweiten Espresso aus und fuhr schmunzelnd fort:

„Ich bin trotzdem Bulle genug, um das mit der Mistretti vorhin mitbekommen zu haben. Also, wer war ihr Opfer?"

Violetta Baù verzog etwas beleidigt den Mund und winkte ab.

„Ach, es war nichts. Das hat keine Bedeutung. Das ist auch nur eine Anekdote aus vergangenen Zeiten."

„Komm, Vio, jetzt tu nicht so eingeschnappt. Du hast doch wahrhaftig genug Tröstungen danach erhalten."

Ihre Augen waren tatsächlich für einen Mord gut genug, wie zur Warnung flog das Geschoss ihres messerscharfen Blicks knapp an seinem Kopf vorbei. Unweigerlich drehte er sich um, als wenn er die Flugbahn verfolgen wollte. Das imaginäre Messer blieb dadurch im Rücken eines Mannes stecken, der mit zwei weiteren an einem Tisch in der Ecke saß. Sein sündhaft teurer Kaschmirmantel wäre also nun hinüber gewesen.

„Aber den meinst du nicht gerade? Oder?", foppte Berlingui die Baù.

„Doch, ausnahmsweise."

„Der sagt mir nichts", erwiderte der Commissario kopfschüttelnd und sich ihr wieder zuwendend.

„Was? Das ist Carlo Sullavenga. Den musst du doch kennen! Der Kerl hat mehr Millionen Euros auf seinen diversen Konten, als Steine in deinem Haus verbaut worden sind."

Sie beugte sich gefährlich nahe zu Berlingui herüber, so dass er zurückzuckte. Flüsternd setzte sie nach: „Wenn es darum geht, irgendetwas in dieser Gegend zu bauen, ist er sicher auf irgendeine Weise dabei. Egal ob es Wohnungen sind, Fabriken oder so öffentliches Zeugs. Besonders bei solchen Sachen übt er seinen ganzen Einfluss aus. Im Jahr nach der Sache mit der Mistretti wurde er passenderweise Senator. Seinen Arsch würde ich nicht einmal im Tausch für eine seiner Villen anfassen. Geschweige den Rest. Der Kerl ist nämlich mindestens genauso widerlich wie gutaussehend. – Komm lass uns gehen, ich erzähl dir draußen noch ein paar Sachen."

Damit stand sie auf und nutzte gleichzeitig die Situation, um Berlingui einen feuchten Kuss auf die Lippen zu drücken. Berlingui rollte mit den Augen und die Baù tätschelte eine Wange von ihm.

„Was hast du vorhin gesagt? *Komm, tu nicht so eingeschnappt.* Du hast ja wahrhaftig eine fantastische Tröstung daheimsitzen."

16. März, 16 Uhr 45

„Es gibt schon wieder eine Leiche."
Wenn Berlingui sich in den letzten Jahren etwas mehr
Zeit und auch Willen genommen hätte, um den Ispettore endlich besser kennenzulernen, statt nur mit ihm
zusammenzuarbeiten, wäre für ihn ein Anflug von
Schadenfreude in dessen Stimme zu hören gewesen. So
aber überhörte er unwissend den Ton, stieß lediglich einen eindeutigen Fluch als Antwort in den Hörer und
knöpfte sich sein inzwischen durchgeschwitztes Hemd
am Kragen wieder zu.

„Wo?", fragte er genervt und zog die gelockerte Krawatte wieder fest.

„In der Biegung eines Baches in Monteortone. Ein
fertig erschlossenes Neubaugebiet zwischen Abano und
dem Kloster südlich der Via Santuario. In Sichtweite des
Fußballplatzes. Ungefähr achtzig oder neunzig Meter
abseits von der Straße. Ein Mann, liegt mit dem Gesicht
nach unten im Wasser. Es ist noch alles unberührt. Pantatti weiß inzwischen Bescheid und ist unterwegs."

„Hatte er Papiere bei sich?"
Collassos Antwort ließ darauf schließen, dass er sich allein durch die Vorstellung schüttelte, er war kein Held,
wenn es um das Durchsuchen von Toten ging. Seine
Antwort kam daher mit einigem Zögern.

„Wir waren noch nicht soweit. Vielleicht ist es auch
besser, wenn Pantatti ihn erst so gesehen hat. Soll ich
den Comandante verständigen?"
Berlingui zögerte, dann: „Ja, informieren sie ihn, unter
Umständen kann er uns weiterhelfen, wenn keine Aus-
weise zu finden sind. Vielleicht kennt er ihn. Ich bin in
zwanzig Minuten da."
Berlingui nahm das Telefon in die Hand und wählte die
Nummer der Bibliothek. Eigentlich wollten er und

Carla heute Abend ihre Mutter am Bahnhof abholen, da sie über das Wochenende aus Mailand zu Besuch kommen wollte und anschließend mit ihr in der Trattoria *Al Bersagliere* zum Essen gehen. Es nahm niemand ab. Er schrieb einen Zettel für Carla, dass sie ihre Mutter eventuell alleine abholen müsse und sie vorgehen sollten. Dass er jetzt vielleicht nicht rechtzeitig im Bersagliere sein könnte, empfand er als viel schlimmer, als dass er seine Schwiegermutter nicht begrüßen konnte. Er zog sich die Jacke wieder über und stürmte aus dem Haus. Das Gartentor knallte hinter ihm zu. Auf der anderen Straßenseite schaute er mit einem prüfenden Blick zur Hauptstraße hinunter und fluchte ein weiteres Mal. Auf der Via dei Colli stand der Verkehr. Jeden Freitagnachmittag hatte man bei schönem Wetter, in den Ferien, vor Feiertagen und auch an den restlichen Wochenenden des Jahres das gleiche Theater am späteren Nachmittag.

Unzählige Menschen, vermutlich sogar alle motorisierten Einwohner Venetiens machten sich als Pendler, Touristen und Wochenendurlauber auf den Weg von Padua in die Colli. Eine Zehn-Kilometer-Fahrt wurde zu einem Stop-and-go-Martyrium von manchmal zwei Stunden. An manchen Tagen hatte er den Eindruck, dass sich Mancher mit gutaussehender Begleitung, im kurzen Rock natürlich, lauter Musik und Picknickausrüstung freiwillig in dieses Chaos begab. Was die Beteiligten dann sahen, war besser als manches Fernsehprogramm, das um diese Zeit auf neun von zehn Kanälen nur Teppiche, Sportgeräte und Diätmogelpackungen im allerletzten und einzigartigen Angebot hatte.

Er lief wieder zum Haus zurück, überlegte kurz, ob er die alte Laverda nehmen sollte, die ihm sein Vater 1978 geschenkt hatte, als der junge Piero den Studiengang wechselte, und die nun Alessandro nach langer

Restaurierung ab und zu für eine kurze Strecke fuhr. Doch nahm er die wenigen Stufen zum Haus fast in einem Satz und holte aus dem Flur unter dem Absatz der Treppe, die hinauf in den ersten Stock führte, sein Fahrrad hervor. Warum hatte er auch nach Hause fahren müssen? Jetzt wurde sein nicht vorhandener Sportsgeist gefragt und dieser hatte nicht einmal genug Zeit gehabt, den Anzug gegen einen Trainingsanzug zu wechseln.

Auf dem Asphalt der Ottavio Munerati wieder angelangt, schwang er sich auf das wackelnde Fahrrad und trat in die knackenden Pedale und Gänge. Er fuhr zur Via dei Colli vor und von dort wie mit seinem Alfa beim Einsatz, nur ohne Blaulicht und Signal, in der Mitte der Straße an den übrigen Fahrzeugen vorbei. Ein wanderndes Hubkonzert begleitete ihn, bis er hinter der Brücke über den Canale Brentella nach rechts abbog und in die nächste Straße, die Via Forno, nach links abbog. Parallel zur Hauptstraße hatte er nun fast freie Bahn und sauberere Luft.

Nach nur fünfundzwanzig Minuten erreichte er den westlichen Stadtteil Abanos. Aber auch nur deshalb, weil er auf alle möglichen Arten rote Ampeln umrundete. Während dieser Fahrt ruinierte er seine Hosenbeine, da sie immer wieder die verschmutzte Kette putzten, weil er zu Hause die Schuhe mit Ledersohlen nicht gegen griffigere Turnschuhe getauscht und somit auf den Pedalen keinen richtigen Halt gefunden hatte. Das Neubaugebiet war von einem Bauzaun umgeben. Noch stand dort kein Haus, sondern es waren nur Wege, die deshalb kein Ziel hatten, fix und fertig in einem leichten Zickzack angelegt. Sogar eine Hand voll Lampenmasten standen schon ohne Kopf und Birnen an den vorgesehenen Stellen. Eher an übergroße und ausgefranste Zahnstocher erinnernd. Er lehnte sein Rad an den Zaun, grüßte drei Polizisten, die Unbefugte fernhielten. Natürlich übersah er im gleichen Moment den halb fertigen Bordstein und konnte sich nur noch mit einer gekonnten Drehung, die ihn gegen den Bauzaun fallen ließ, vor einem Sturz retten. Es war immer dasselbe. Füße heben beim Laufen. Dann ging er durch eine Lücke des Zauns auf die Gruppe von sieben Leuten zu. Messedaglia und Collasso drehten sich um und begrüßten ihn mit nicht gespieltem ernsten Blick.

„Abedin Gashi."

„Verflucht! Auch das noch!"

„Wir haben keine vier Meter neben ihm dieses Fahrrad gefunden", Collasso zeigte auf die andere Seite des kaum fließenden, dampfenden und grauen Gewässers, das dadurch an ein mattes Isolierband erinnerte und die gleiche tote Farbe aufwies wie der an manchen Stellen des Rückens entblößte Körper der Leiche zu Berlinguis Füßen, „seine beiden Schlüsselbeine sind zertrümmert. Doch dann hat Dottor Pantatti ...", der Ispettore wandte sich an den Arzt.

„*Bon dí*, Piero, erst hätte man meinen können, er sei vielleicht im Suff vom Fahrrad und dabei in den Bach gestürzt. Doch dann habe ich seinen Oberkörper und Hinterkopf untersucht. Ich bin mir sicher, dass man ihm erst die Knochen gebrochen und ihn dann ins Wasser geworfen hat."

„Und in dem flachen Flüsschen ist er dann ertrunken?"

Berlingui sah etwas ungläubig die Böschung hinunter und Pantatti hingegen schüttelte den Kopf und meinte:

„*Varda!* Schau, Piero, siehst du diesen Fleck? Dann wird alles klar, wenn ich dir das hier zeige", Pantatti drehte sich um und hob eine lange Holzstange vom Boden, wie sie häufig in Feldern als Sitzhilfe für Greifvögel steht, „denn mit dem T-förmigen Ende in seinem

Genick haben die Täter ihn unter Wasser gehalten. Ich habe ihm einen passenden Holzsplitter aus den Haaren gezogen. Die Schmerzen im Schulterbereich sind bei solchen Verletzungen unvorstellbar. Er hat sich nicht mehr aufrichten können. Selbst auf dem Rücken liegend hätte er keine Möglichkeit gehabt, er hätte lediglich seine Mörder gesehen."

„Hast du sonst noch was gefunden?"

„Ich bin Arzt und nicht die Spurensicherung", entgegnete Pantatti entsprechend unwirsch. „Wenn du also auf die Schlagwaffe anspielst, nichts. Doch das muss ein sehr schwerer Knüppel gewesen sein. Vielleicht eine Eisenstange oder ein Baseballschläger. Der obere Teil des Thorax ist auf beiden Seiten zertrümmert. Die zwei obersten Rippen sind auf beiden Seiten gebrochen und, soweit ich es hier feststellen kann, sind die sogenannten Atemhilfsmuskel am Hals auf beiden Seiten zumindest nahezu durchtrennt. Sein übriger Körper unterhalb des Brustkorbs scheint sonst unversehrt zu sein. Aber das kann ich jetzt noch nicht mit Bestimmtheit sagen, weitere Brüche oder Verletzungen habe ich bisher jedenfalls äußerlich nicht festgestellt. Vielleicht hatten die Täter gehofft, dass er hier länger unentdeckt bleibt. Es war ja heftiger Regen angekündigt, da hätte das steigende Wasser ihn möglicherweise schnell weitergetrieben, auch wenn er nicht weit gekommen wäre. Mit Sicherheit wäre es aber schwer gewesen, den Tatort zu rekonstruieren, bei dem Matsch, der dann überall entstanden wäre. Sie hatten nur nicht mit spielenden Jungs gerechnet. Die Drei sind durch den Zaun geschlüpft und haben mit ihrem Ball rumgebolzt, bis der Ball im Wasser landete."

„Wo sind die Drei jetzt?"

„Zwei Beamtinnen haben sie aufs Comando gefahren und ihre Eltern angerufen. Die Jungs sind natürlich ganz schön mitgenommen", er blickte an Berlingui vorbei und fixierte einen Punkt zwischen den Hügeln am fernen Horizont, „wenn ich daran denke. Paolo. Mein Sohn. Der ist ungefähr gleich alt. Mit neun oder zehn Jahren. Das haut dich um. Leichen sind nicht gut für Kinder", er schaute den Commissario wieder an, „die machen selbst mir keinen Spaß, vor allem, wenn sie schon über einen Tag im Wasser lagen", er blickte auf den Toten und verzog sein Gesicht, „denn der lag sicher nicht erst seit heute da drin. Die Waschhaut an den Fingern ist bereits zu gut ausgebildet und die Körperfarbe an allen sichtbaren Stellen deutlich verändert. Am Montag kann ich dir mehr sagen. Jetzt habe ich ehrlich gesagt keine Lust mehr. Ich habe auch noch eine normale Praxis mit Papierkram."

Berlingui hob eine Hand und winkte ab, „*D'accordo!* Ich rufe gleich morgens an." Dann ging er zu Collasso und fragte ihn: „Weiß Garatta schon Bescheid?"

Collasso schüttelte den Kopf und machte dabei ein schuldbewusstes Gesicht.

„Ich verstehe", Berlingui lächelte verständnisvoll, „ich übernehme das später." Er machte eine kleine Pause, „... und Stefano und die Spurensicherung?"

„Kommt in ein paar Minuten", Collasso schaute fast dankbar wieder auf die Leiche und meinte, „die Vorgehensweise bei denen ist wirklich seltsam. Die hätten ihn doch ohne Mühe irgendwo überfahren oder erschießen können? Ich frage mich, was das Ganze soll?"

„Nicht nur Sie, Collasso. Aber wir wissen jetzt, was er *noch* für einen Arbeitsplatz gefunden hat." Berlingui hockte sich neben die Leiche und betrachtete sie forschend wie einen schlafenden Schwerkranken, sich wieder aufrichtend meinte er dann: „Ich sage Ihnen, der wusste vielleicht nicht einmal, was er mit dem Anruf bei seinen Freunden auslösen würde. Und doch war er jetzt für seine Auftraggeber ein Risiko." Er sah den Ispettore an und tippte mit einem Zeigefinger auf dessen Brust, „ich glaube, er kannte die sogar."

„*Ciao* Piero", Ravanelli von der Spurensicherung trat neben ihn, „soll das deine Versetzung werden? Oder hat die Stadt große Pause?"

Der Commissario schaute auf die Uhr: „Nein, wir üben nur so lange, bis du pünktlicher bist. Denn wenn ich mal dran bin, solltest du nicht zu spät kommen."

„Mach keine dummen Scherze. Dein Beruf ist mit dem Risiko des Todes behaftet. Öffne ihm nicht die Tür bevor er angeklopft hat! *Scùltito?* Hörst du?", gab er im kauenden Staccato seines venetischen Dialekts zurück. Dann bückte er sich neben das Fahrrad.

„Lag das die ganze Zeit über hier oder war das auch im Wasser?"

„Ein paar Jungen haben es da liegen sehen. Es war in dem Moment wohl nur mit der hinteren Hälfte, mit Sattel und Pedalen drin gelegen. Als sie es dann in der Hand hatten, haben sie ihn gesehen und es dann einfach hier fallen lassen", erwiderte Collasso in Stellvertretung seines Chefs und schaute auf die Uhr. Heute Nacht würde er nicht wie vorgestern geplant in Loreo übernachten können, morgen früh hieß es pünktlich aufzustehen. Außer Chiara wäre nur mit einem kurzen Schlaf zufrieden.

„Nun, dann brauchen wir natürlich auch deren Fingerabdrücke. Wenn welche am hinteren Teil des Gestells waren, kann es sein, dass die unbrauchbar geworden sind durch das fließende ...", er fasste in die graue Brühe neben sich, „... und vor allem warme Wasser."

„Nimm die Stange dann auch gleich mit, Pantatti meint, mit ihr hätte man ihn unter Wasser gedrückt, unter Umständen hilft der Splitter hier weiter, den hat er vom Hinterkopf des Toten." Berlingui reichte ihm ein kleines Plastiktütchen, das sich Ravanelli vor seinen Augen hin und her schwenkend anschaute.

„Ah, dottore Alfonso ist zur *polizia scientifica* gewechselt? Warum bin ich eigentlich noch gekommen?"

„Sein Auto ist nicht groß genug, um das Fahrrad reinzutun und er wollte dich nicht arbeitslos machen", war die von einem künstlichen Grinsen begleitete Antwort.

Ravanelli hielt sich beide Hände flach vor die Brust und verbeugte sich devot wie ein von den schlimmsten Taten Freigesprochener. Dann schaute er auf die Böschung am Bach und schimpfte, „Mensch Piero, wie viele von euch sind denn hier herumgesprungen, wie oft soll ich Euch denn noch sagen, dass ihr vor mir an solchen Stellen nichts verloren habt. Wenn ich hier Fußspuren und Schuhprofile aufnehmen soll, kann ich auch gleich euer gesamtes Schuhsortiment festhalten."

„Wann glaubst du, das du irgendetwas dazu sagen kannst?", erwiderte Berlingui, ohne auf Ravanellis Gemotze einzugehen.

„Ein paar Sachen könnten schnell gehen. Ich rufe dich an, ich habe ja deine Mobilnummer."

„Verdammt", Berlingui griff in seine Tasche, „das habe ich die ganze Zeit ausgehabt." Er klappte das alte Motorola auf und tippte seinen Code ein, „ich kann dir jetzt schon sagen, was ich zu hören kriege."

„Keine Sorge Chef, Sfarzi hat auch meine Nummer und er ist auf dem Laufenden. Der wartet sowieso ab, bis Sie ihm alles persönlich mitteilen."

„Ich unterschätze Sie immer wieder, Benito." Es war das erste Mal seit Tagen, dass Berlingui den Vornamen Collassos benutzte. „Hat er was gesagt?"

„Sie hätten sich da aber eine feine Suppe eingebrockt."

Dann spielte Berlinguis Mobiltelefon *Azzurro* sechsmal hintereinander.

16. März, 18 Uhr 35

Berlingui ging auf Messedaglia zu und knöpfte sich seine Jacke zu. Es hatte bereits zu dämmern angefangen und der Wind war frischer geworden.

„Entschuldigen Sie, ich hatte Sie nicht vergessen, aber ..."

„Kein Problem, ich habe mich ein wenig umgeschaut. Und das war sehr aufschlussreich", er schaute Berlingui in die Augen, „gestern habe ich Ihnen doch die Geschichte mit der Signora Boni erzählt, sie erinnern sich? Und heute habe ich mich gefragt, ob es tatsächlich nie Nachbarn gibt, die etwas mitbekommen." Berlingui blickte ihn forschend an. „Die drei Häuser da drüben sind zum Teil keine zwanzig Meter vom Tatort entfernt. Natürlich hat keiner etwas mitbekommen. Das einzige, was die dort wissen ...", Messedaglia zeigte auf das mittlere Haus, das einen unverbauten Ausblick auf das Gelände hatte, „.... ist, dass die dort drüben", der Comandante deutete auf das Haus ganz rechts, „für einige Tage nach Brindisi verreist sind und dort auch gutes Wetter haben. Und in diesem Haus links wohnen plötzlich gealterte Leute von Anfang vierzig, die, nachdem sie gemerkt haben, dass ich mitbekommen hatte, wie sie uns beobachteten und mit einander tuschelten, taub geworden sind."

Messedaglia streckte sich, seine Arme hingen dabei an seinem Körper herunter, doch der Commissario hatte den Eindruck, dass seine Hände nicht aus Zufall zu Fäusten geballt waren. Er atmete tief durch und legte seine Stirn in Falten.

„Wie weit ist es von hier zum Haus von Gashi?"

„Zu Fuß keine fünf Minuten mehr. Vor der Kirche zweigt eine Straße nach links ab und dann sind es nur noch ein oder zwei Häuser."

„Dann werde ich mich mal aufmachen und die Nachricht überbringen."

„Warten Sie, ich begleite Sie, ich hasse es auch, in solchen Momenten alleine unterwegs zu sein und den Todesengel zu spielen."

16. März, 19 Uhr 10

Durch die Fenster betrachtet, wirkte der Raum wie eine Bühne. Passend zu einer Inszenierung eines dramatischen und tragischen Theaterstückes. In einer dunklen Ecke standen große Gläser auf einem Regalbrett. Berlingui konnte allerlei Eingemachtes erkennen. Paprikas, getrocknete Tomaten, in Salz eingelegte Kapern und verschiedene Sugos. Links in der Spüle häufte sich der Abwasch von mindestens zwei Tagen. Daneben standen Flaschen und Türme verschieden großer Teller, die alle nicht zusammenpassen wollten. Er nahm das Gesicht von der Scheibe und ging zur Eingangstür.

Zwei Minuten später saßen vor dem Regal und den wenigen Schränken fünf Menschen um einen großen Tisch in einer beengten Küche und schafften es nicht, einander anzuschauen. Benehmen, Bewegungen und Handlungen entsprachen dem üblichen Ablauf einer Aufführung mit den dazugehörigen Regieanweisungen. Es war wie im Fernsehen. RAI drehte den 98. Teil einer altbekannten Krimiserie. Messedaglia und Berlingui standen ohne den kleinen Pfirsichbaum draußen zu beachten mit dem Rücken zum Fenster an der Spüle angelehnt und hatten ihren Blick zu Boden gesenkt. Der

Comandante hatte seine Kopfbedeckung abgenommen und sich unter die linke Achsel geklemmt. Garatta trank das dritte Glas Wasser in einem Zug aus, drehte anschließend das Glas zwischen seinen Handflächen hin und her und wünschte sich wahrscheinlich insgeheim, dass in jedem ein beruhigenderes Feuerwasser gewesen wäre. Sabrina schien zu einer unbeweglichen blassen Statue geworden zu sein, der aus ihren Tiefen ständig Tränen die Wangen hinunterliefen, ohne dass sie auch nur eine abwischte. Berlingui schaute sie an, wohl eher um sich abzulenken, wie am Tag zuvor die weißen Terracotta-Nymphen im Hotel Colli Euganei Terme und beobachtete, wie die Tränen den feuchten Fleck auf ihrer weißen Bluse oberhalb ihrer Brüste immer größer werden ließ. Erst nach einer ganzen Weile bemerkte er, dass sie nicht einmal zitterte. Ihr zierlicher Körper gab optisch das werdende Leben in ihr noch nicht preis. Tatsächlich lenkte dieses Bild Berlingui ab. Denn erst durch den tadelnden Blick ihres Bruders, der hinter ihr stand und beruhigend eine Hand auf ihre Schulter gelegt hatte, bemerkte er, dass er anerkennend die Augenbrauen gehoben und eine entsprechende Kopfbewegung gemacht hatte. Sie war tatsächlich eine hübsche junge Frau. Wie um diese Reaktion zu verstecken, räusperte er sich und fragte:

„Hatte er Ihnen gesagt, was er gestern vorhatte?"

Die Antwort war ein kaum sichtbares Kopfschütteln und die Erwiderung ihres Bruders:

„Wir gingen davon aus, dass er bereits seine neue Arbeit angefangen hatte. Da er die letzten Tage schon immer früh aus dem Haus ging."

Berlingui war verwundert und überlegte nur kurz.

„Signor Garatta, hatte Abedin schon in den Tagen oder Wochen zuvor Sie jemals morgens im Hotel angerufen?"

Garatta hatte sich ein neues Glas Wasser eingeschenkt und drehte es wieder die ganze Zeit in seinen Händen.

„Ich weiß inzwischen, welche Bedeutung der Anruf für Sie hat, Herr Commissario. Und Sie können mir glauben, er ist ein guter Mensch... nein, er hatte nicht angerufen. Er war wohl, so dachte ich... wir... einfach nur unterwegs. Ruffo hatte ihn am Dienstagmorgen auf dem Weg zur Arbeit getroffen und sich kurz mit ihm unterhalten. Er war ja einer von uns."

16. März, 23 Uhr 50

Berlingui ließ das Rad unter dem Dach des kleinen Portikus stehen und trat gähnend in den dunklen Flur. Er war gleichzeitig übermüdet und aufgedreht. Seine Einschätzung darüber, es mit einem vertrackten Fall zu tun zu haben, bestätigte sich mehr und mehr. Es wollte sich einfach kein Ansatz zeigen. Nichts, worauf man aufbauen könnte. Kein Anruf, keine Briefchen, keine Behauptung wies weiter. Zwei Morde innerhalb von Stunden. Ohne dass etwas geschehen wäre, um damit in Verbindung gebracht werden zu können. Garatta, Sabrina und ihr Bruder hatten nicht so gewirkt, als wenn sie etwas verbergen wollten. Ihm schossen abstruse Dinge durch den Kopf, die auf eine merkwürdige Weise einen Sinn ergäben, aber vollkommen abwegig waren.

Bevor er den Lichtschalter berührte, hörte er ein unbekanntes und deshalb verdächtiges Geräusch. Er zuckte zusammen, bückte sich und lehnte sich mit hochgestrecktem Arm an die Wand unmittelbar neben dem Schalter. Das hatte ihm gerade noch gefehlt, dass ein Wahnsinniger dieses ganzen Komplotts sich bei ihm zu Hause einschleichen würde. Seine Augen hatten sich noch nicht an die Dunkelheit gewöhnt und würden selbst dann in dem fensterlosen Raum kaum etwas entdecken können. Es hatte wie Schritte geklungen. Doch tönte das seltsam hell, fast wie ein Klatschen. Tapsig. Sie hatten keinen Hund, keine kleinen Kinder und selber liefen sie nie mit nackten Füßen herum. Zudem war das Haus dunkel und still gewesen. Es stellte die eigentlich perfekte Nachtruhe dar. So konnte es dann doch nur Carla sein. Auf dem Weg durch den Treppenflur. Er wunderte sich noch, worüber man in weniger als eineinhalb Sekunden nachdenken konnte. Genau in dem Moment als er das Licht einschaltete und von dem plötzlichen Widerschein für einen Augenblick geblendet wurde, sah er den Schatten vor sich. Es war nicht Carla. Sie konnte es nicht sein. Aber er reagierte gut geschult, wie nach vielen Übungen.

Er wirkte wohl sehr komisch in seiner Pose: Zielender John Wayne in halber Hocke, und das auch noch ohne eine Waffe, denn das helle Lachen, das ihm entgegenflog, ließ ihn sofort mit einem Schnaufer aufatmen. Insbesondere, weil der Anblick, der sich ihm bot, eher auf eine andere Art eines bevorstehenden Duells schließen ließ.

„*Oh, che bello*, wohn ich hier?", brachte er sich verschluckend und hüstelnd noch hervor, bevor er mit einem herzlichen und fast gesungenem „Ciao, Signor Berlingui", von einer jungen und so gut wie nackten Elfe begrüßt wurde. Die nackte Inflation an diesem Tag hatte ihren unübersehbaren Höhepunkt erreicht.

„Entschuldigen Sie ...", lachte die junge Frau weiter, breitete mit einer bedauernden Geste ihre Arme aus und ihre blauen Augen ließen keinen Zweifel, dass sie es war, die sich amüsierte, „... aber ich habe kein Handtuch dabei. Ich bin Alessia. Alessandro hat mich übers Wochenende eingeladen. Ich wollte mir gerade einen

Joghurt aus der Küche holen, bevor ich noch dusche, wenn Sie gestatten."

Mit diesen Worten gönnte sie Berlingui eine noch größere Nähe, die seine Atmung pausieren ließ, und einen weiteren Blick auf ihre makellose Figur. Denn sie machte einen Schritt auf ihn zu und reichte ihm, nun auch noch mit einem schelmischen Blick, ihre Hand. Ihr langes haselnussbraunes Haar, dass sie hinter ihrem Kopf lässig zusammengebunden hatte, fiel auseinander und floss über ihre Schulter. Auch sein Sohn war also in den letzten Jahren älter geworden. Alessia war der Beweis dafür. Sie war kein pickeliger Backfisch mehr. Sondern eine junge Frau, die am Tag ihrer Menschwerdung fein säuberlich darauf geachtet hatte, nur das Beste für sich und ihren Körper auszuwählen. Für eine Sekunde übermannte ihn eine sentimentale, beinahe banale Erinnerung, als er ihre Hand hielt. Denn diese war genauso warm und weich wie Carlas Hand damals in der Bibliothek.

Berlingui suchte nach Worten. Sprachlos geworden durch so viel natürliche Schönheit und Freizügigkeit. Begleitet von einer gehörigen Portion Gesichtsgymnastik schaffte er lediglich etwas Unverständliches zu glucksen, während er die ganze Zeit ziellos mit seinen Händen herumwedelte und sich dabei erwischte, wie er sie wie hypnotisiert von oben bis unten anschaute. Das einzige, was er dann noch mit einer merkwürdig belegten Stimme, einem inzwischen roten Kopf, stiller Bewunderung für seinen Sohn und einem Blick auf ihren knappen Slip herausbrachte, war: „*Va bene*, herzlich willkommen e buona notte." Auf dem fast durchscheinenden und kaum vorhandenen Stoff stand weit unterhalb des Bauchnabels: *One-way!* Und schon war die aufregende Verführerin seiner Gedanken mit schnellen Sprüngen und einem schwingenden, perfekt geformten

194

Po die Treppe hinaufgeeilt. Er war um Klassen besser als der von der Baù oder einer der tönernen Nymphen von gestern und damit jetzt auf Platz Zwei – hinter Carlas.

„Begrüßt man neuerdings so seine Frau?", ertönte es plötzlich aus dem Flur rechts vor ihm. Berlingui ertappte sich dabei, dass er erst jetzt seinen Blick von der Stelle auf Treppe abwendete, auf der vor wenigen Sekunden noch diese verführerische Schönheit gewesen war und schaute zu Carla hinüber, die im Dunkeln und im Schatten der Wand in einem leichten Jersey-Kleid mit verschränkten Armen im Rahmen der Tür zum Wohnzimmer stand. Sie schaute ihn mit dem gleichen schelmischen Blick an wie zuvor Alessia. Genau in diesem Moment wurde ihm der Spaß klar, den man haben würde, wenn die reizvollsten Stellen der Geliebten mit einem schmalen Geschenkband verpackt sein sollten.

„Sei froh, dass dich meine Mutter gerade nicht gesehen hat. Ein hübsches Ding, hmm?", fuhr sie schmunzelnd fort und deutete mit dem Kopf die Treppe hoch, „Alessandro hatte heute Nachmittag angerufen und sich und seine Beste auch fürs Wochenende angemeldet." Carla löste sich von der Wand, kam auf ihn zu und skandierte eine Terz höher, „Entschuldige, meine Haare sehen zum Fürchten aus. Ich muss auf dem Sofa eingenickt sein." Dann nahm sie Berlingui in den Arm und fragte ihn wie die Frauen in dummen Fernsehspots, „hattest du einen angenehmen Tag im Büro, *amore*?" Dabei strich sie mit ihren Händen seinen Nacken entlang, um seinen Kopf fast theatralisch an ihre Lippen zu drücken.

„Wenn du in warmen Wasser liegende Leichen und den betörenden Hintern der Baù als angenehm empfindest, dann war dieser Tag schon vor dieser Begrüßung so perfekt wie der gestrige", entgegnete er und nahm

195

sie in die Arme. Dann führte er sie mit einem Arm um ihre Schulter gelegt ins Wohnzimmer.

„Ein Grappa wäre jetzt nicht schlecht."

Er ließ sich in das weiße Ledersofa fallen und legte seine Füße mit samt den Schuhen auf dem einstmals teuren Granittisch ab.

„Schuhe und Jacke aus! Wie war das noch mal mit der Baù? Ihr trefft euch also heimlich?", schimpfte Carla hinter seinem Rücken und brachte anschließend zwei Gläser und die Flasche mit dem Grappa. Berlingui machte eine wegwerfende Handbewegung:

„Die?"

... und zog sich im Sitzen umständlich die Jacke aus. Dann warf er sie unordentlich hinter das Sofa, während er gleichzeitig mit einem Finger zwischen den Fersen und Schuhen herumpulte, um aus den Slippern zu schlüpfen.

„Am Sonntag sind wir alle zum Essen bei deinem Vater auf eurem Gut in Casoni eingeladen. Hast du wenigstens dafür ein bisschen Zeit? Oder hast du dich mit Violetta verabredet?"

Berlingui rutschte im weichen Leder runter und stellte seine Füße auf die Tischkante. Dann nahm er das Glas in die Hand und trank es zur Hälfte aus.

„Damit macht man keine Späße! Die hätte mich wahrscheinlich mit einem Happs schneller aufgefressen, als eine Kugel aus Notwehr fliegen kann. Und bei den Reizen, die ich hier im Hause vorfinde, muss ich nicht unnötigerweise uneinschätzbare Werte und Summen berappen."

Er trank den Rest des Grappas aus und fügte nach einem kleinen Augenblick nachdenklich hinzu: „Ein paar Stunden sollte es klappen. Dieser Fall ist wirklich verzwickt. Die haben sich ziemlich viele unpassende Dinge ausgedacht", er zeigte mit einer Hand hinter sich, „kommen die Zwei mit?"

Carla lachte. „Du solltest doch deine Eltern, vor allem deinen Vater kennen. Erst rief er einfach so an, wie jeden Freitag, um den Wochenrapport zu hören. Als er dann hörte, dass auch Alessandro mit Anhang zu uns kommt, hat er Mutter und uns gleich eingeladen – mit den Beiden. Er ist doch neugierig wie eine *portinaia*."

„Alessia ist ein wirklich extrem hübsches Ding. Ihr Po ist im Übrigen hundertmal besser als der von Violetta. Sie hat nicht nur deshalb Ähnlichkeit mit dir. Der Händedruck kam mir bekannt vor: Halt fest, was du gefangen hast ..."

„... und Alessandro ist wie du. Er hat noch nie ein Mädchen mit nach Hause gebracht. Deshalb darfst du dreimal raten, was ich wette. Als sie oben war, sagte er mir in der Küche, dass sie sich schon seit fast einem halben Jahr kennen. Und keiner von uns hat was gewusst und bemerkt. Oder hast du sie zum Beispiel schon mal am Telefon gehabt? – Wann hast du damals Giampaolo und Cristina von mir erzählt?"

Berlingui stutzte und schaute Carla verschmitzt an, „Ich glaube es war nach einem halben Jahr." Oben verstummte das Rauschen der Dusche und Tiziano Ferros *Ed ero contentissimo* klang leise mit seinem typisch schmelzenden Schmerz in der Stimme zu ihnen hinunter. Dann nahm Berlingui einen Schuh, der unter dem Tisch lag und warf ihn gut gezielt gegen einen Lichtschalter.

„Piero!"

17. März, 9 Uhr 20

Berlingui und Collasso beugten sich seit mehr als zwei Stunden über die Landkarte. Unter dieser lag ein Stadtplan von Abano und Montegrotto, lediglich der Teil mit Abano war dadurch zu sehen. Unterschiedlichste Schreibutensilien lagen wie hingestreut auf den verschiedensten Stellen der Pläne und Berlingui fixierte mit den beiden Zeigefingern zusätzlich zwei Punkte. Einer davon war die Stelle des Tatorts im Hotel, der andere nahe beim Fußballstadion in Monteortone. Der Fundort von Gashis Leiche. Beide verharrten in einer fast verkrampften Haltung. Ihre Blicke ähnelten dabei eher einer Hypnose als einer Suche.

Die Verhöre von gestern, das ganze Theater, die angeblich sicheren Quellen hatten nichts erbracht. Zudem waren angeforderte Unterlagen auch noch auf irgendwelchen Schreibtischen liegen geblieben, wie so häufig, wenn's wichtig wäre. Und die Staatsanwaltschaft hielt sich bisher, trotz der telefonischen Intervention, verdächtig zurück. Sie hatten unabhängig voneinander das Gefühl, inmitten eines Tornados zu sitzen. Im stillen Kern. Im Auge. Man schaute auf sie und sagte nichts, während um sie herum alles fortgerissen wurde und damit mögliche Spuren verloren gingen. Das hier war nichts anderes als Beschäftigungstherapie, um auf einen verwendbaren Punkt zu kommen, der sie weiterbringen würde. Zumindest Berlingui kämpfte gegen eine aufkommende Nervosität und versuchte sich abzulenken.

„Wie geht's Chiara?"
Collasso schaute verblüfft in Berlinguis Gesicht.

198

„Ganz gut, würde ich sagen." Dann räusperte er sich und fuhr fort: „Nächstes Jahr möchte sie *damit* aufhören. Falls Sie das fragen wollten."

Jetzt schaute der Commissario verblüfft.

„Ich ... Also ... Es wundert mich natürlich ... Find ich gut ... Sie ist eine feine Frau. Ist halt etwas ungewöhnlich, dass sie ..."

„... Männer an willige Frauen verteilt ..."

„... und Sie ihr die Treue gehalten haben."

Collasso ließ sich auf den Stuhl nach hinten sinken und sah dabei Berlingui fest in die Augen.

„Zunächst möchte ich Ihnen danken, dass sie mich deswegen nie komisch angemacht haben. Wenn ich das mal so sagen darf. Denn die Sache ist nicht so, wie viele hier behaupten."

„Aber ich dachte sie wäre Ihre Freundin?!"

„Das meine ich damit auch gar nicht. Es ist nur eine ziemlich lange Geschichte. Bevor meine Frau ausgezogen ist ... Nein, ich kann es kürzer machen: Chiara ist die Cousine von ihr und hatte uns eines Abends unverhofft besucht. Damals wusste ich schon von ihr und von dem, was sie *machte*. Meine Frau sprach nur von der *Nutte in unserer Familie* und davon, was *die uns damit antut*. Somit hatte ich eine Vorstellung von ihr und dachte an eine Person, die allen Vorurteilen entsprach: hässlich, dicklich, ungepflegt, ständig alkoholisiert und was weiß ich. Jeder hat ein Bild von *so einer* im Kopf. Als es klingelte hatte ich die Tür aufgemacht und sie stand da. Ich wusste nicht, dass sie es war. Ich konnte es nicht wissen. Nichts deutete auf sie als Besuch hin, denn nichts von dem, was ich glaubte über sie zu wissen, traf auf die Frau vor mir zu. Nur die schrille Stimme meiner Frau hinter mir, erklärte mit einem Satz alles. *Chiara? Was machst du denn hier?* Chiara druckste nur kurz herum, wusste, dass sie bei keinem in ihrer Familie gern gesehen war. Aber sie war in Not und brauchte Geld. Sofia zeigte ihr einen Vogel, drehte sich auf dem Absatz um und verschwand im Wohnzimmer. Noch am selben Abend, nachdem Chiara gegangen war, bekamen wir einen Streit, dass die Fetzen flogen, weil ich mit dieser Hure geredet hatte. Was sie aber nicht wusste war, dass ich Chiara nach einem kurzen Gespräch ohne Bedenken 1.500.000 Lire gegeben hatte." Collasso zögerte kurz, „Nun ja, ungefähr zwei Wochen später ging ich, nicht ganz freiwillig, in dieses Etablissement. Sofia hatte alles herausbekommen und machte eine weitere unglaubliche Szene. Blaffte und keifte. *Da haste ja gleich auf Jahre vorausbezahlt.* Und – ach egal. Es war der Grundstein für meinen späteren Entschluss. Entschuldigung, ich mach's kurz ..."

Berlingui hatte sich mittlerweile auch zurückgelehnt und winkte mit einer freundschaftlichen Geste ab. Das Begucken der Pläne würde ohnehin nichts bringen.

„Ist schon in Ordnung."

Collasso nickte dankbar.

„Also, ich hatte natürlich nicht für irgendwas *vorausbezahlt*, stattdessen bekam ich an diesem Abend das Geld zurück. *Ich möchte nicht, dass du wegen mir Ärger bekommst. Sofias Blick hat ja Bände gesprochen.* Dabei sah sie, wie Sie sich ja inzwischen denken können, gar nicht wie eine Nutte aus, sondern ... Na ja ... Als ich nach Hause kam, war Sofia weg. Ich weiß nicht, was mir damals durch den Kopf ging, Leere, Verbitterung, Schuld, Enttäuschung oder doch Erleichterung, weil ich über nichts diskutieren musste und ihr aus dem Weg gehen konnte. Sozusagen ganz offiziell. Aber, was red' ich, den Rest wissen Sie ja."

Collasso biss sich auf die Oberlippe und schaute nervös geworden auf die Zettel und Landkarten vor sich auf dem Tisch.

„Chiara ist keine Nutte. – Auch, wenn sich das vollkommen blöd anhört. Beine breitmachen, wie die meisten denken, gehört bei ihr nicht dazu. Sie beschäftigt die Männer mit sich selbst, damit sie in den paar Minuten mit den anderen Frauen, den sündigen Betrug an ihren eigenen Frauen vergessen. – Das geschieht ganz einfach. Mit wenig Stoff und passenden Getränken." Collasso schaute hoch, „mehr nicht. Offiziell ist es eine Sportsbar. In einigen Räumen gibt es entsprechende Trainingsgeräte. Andere sind für manuelle Therapien vorgesehen. Und in zwei weiteren Zimmern gibt es die Möglichkeit bei schöner Musik einfach zu ruhen." Einfach zu ruhen. Na ja, dachte Berlingui, das wollte ich dann doch nicht näher untersuchen. Immerhin war er ja in einem der Räume gewesen. Immerhin hatte er Chiara in diesem in ihrer *Uniform* gesehen. Und immerhin entsprach diese nicht den normalen Bekleidungs-Regeln, nicht einmal denen an den Stränden von Bibione bis Rimini.

„Sie ist die beste Frau, die ich kenne", unterbrach Collasso seine Gedankengänge.

„Benito, Sie können sicher sein, dass ich Sie deswegen jetzt sogar noch mehr schätze. Falls Sie je mal ein Problem haben sollten ...", Berlingui war auf dem Stuhl nach vorne gerutscht und reichte dem Ispettore über dem Tisch seine Hand, die dieser dankbar ergriff. Berlingui beendete mit einem Nicken diesen Teil des Gesprächs und deutete mit dem Kopf auf den Schreibtisch. Ihm war plötzlich Violetta eingefallen. Ausgerechnet als Collasso das Wort Betrug in den Mund genommen hatte. Die dusseligen Pläne halfen ihm zu flüchten.

„Ich habe keine Ahnung was wir suchen. Aber diese Morde haben sich nicht während eines Urlaubs Tossatellos ereignet. Irgendetwas hat er hier gesucht, gefunden, vertuscht. Wirklich, keine Ahnung."

Collasso, getragen von einer neuen Verbundenheit, nahm den Bleistift in die Hand, mit dem sie die Richtung vom Hotel zum Stadion markiert hatten.

„Den können wir wegnehmen. Gashi hätte auch in Battaglia wohnen können oder in Arqua Petrarca. Sein Wohnort hat ganz bestimmt nichts mit dem Ganzen zu tun."

Er legte den Bleistift neben die Karten und griff zu dem roten Bic-Kugelschreiber, der auf der A1 zwischen Ferrara und Orvieto lag.

„Und ich glaube den auch. Die Mistretti wollte nach Rom, behaupte ich. Die wusste etwas, was sie loswerden wollte. Das hat jemandem nicht gefallen. Also schnappte man sich die Frau."

Er nahm die Kappe von dem Kugelschreiber ab und zeichnete einen Kreis um den Namen der Stadt, die am unteren Rand der Karte nur noch mit dem nördlichsten Zipfel eingezeichnet war. Dann einen Kreis um Padua. Den kleinen Rest eines Radiergummis, der dort zuvor lag, deponierte auf den Stadtplan hinter den Schriftzug *Abano Terme*. „Nun behaupte ich noch, dass Abano nicht zufällig zum Schauplatz geworden ist, sondern *zufällig* in der Nähe Paduas liegt."

„Sie spielen auf die alte Sache in Padua an. Die geistert mir auch die ganze Zeit im Kopf herum. Aber ich kann einfach keine Verbindung erkennen. Auf was spielen Sie da an?"

Berlingui guckte nun mit einem wieder kritischen und zweifelnden Blick seinen Ispettore an.

„Es kann natürlich sein, dass man abgewartet hat, bis Tossatello weit genug weg war von Rom, um ihn

durch einen schwer aufzuklärenden Todesfall auszuschalten, weil er jemandem dort zu sehr auf den Zahn
gefühlt hatte. Aber vielleicht hatte er auch in unserer
Gegend so pikante Geschehnisse aufgedeckt, dass es
besser war, ihn zum Schweigen zu bringen. Ich will ja
nichts mit Gewalt konstruieren, aber erstens bietet
Padua genug kirchliche Einrichtungen und zweitens ist
er inzwischen zu alt, um als Fahnder durch eine Stadt
zu hetzen. Der hat also ohne Verfolgungsjagden etwas
herausgefunden, was er besser nicht hätte tun sollen.
Und nun bringt er ein paar Popen das Schwitzen und
Fürchten bei. Mir fehlen noch ein paar Sachen, aber auf
der Kassette vom Diktiergerät sind einige Sachen, die
mit Padua zusammenpassen könnten."
Berlingui musste an die Schlagzeilen denken, die er vor
zwei Tagen an den Zeitungsständen gelesen hatte, *Kein
Pardon für den Diebstahl der Reliquie*. Wenn der ursprüngliche Fall nicht fast sechzehn Jahre zurückläge,
hätte Collasso sicher irgendein Motiv darin finden können. Doch so fiel es dem Commissario schwer, in Padua
und Umgebung einen Ausgangspunkt oder Grund zu
finden.

„Ich wüsste nicht, wie wir diesen Fall damit in Verbindung bringen könnten, besonders, weil kein Name,
der bisher aufgetaucht ist, zu den Akten passt, die da
drüben im Schrank stehen und in Venedig beim Prozess
liegen. In denen steht nichts von diesem Monsignore o-
der Gashi. Da kann ich nicht die kleinste Verbindung
herauslesen. Da fehlen auch die Namen rund um die
zwei herum. Außer man hätte die passenden, fehlenden
Namen aus dem Weg geräumt. Aber dazu fehlen uns
wiederum Leichen."

„Ich gebe zu, dass mir auch nichts einfällt. Allerdings war das Erinnerungsvermögen von einigen Beteiligten, damals, vor Jahren ja schon sehr angegriffen.

Tossatello war – *scusi!* – ein Schnüffler im Dienst der Kirche. Geklaut worden ist in einer Kirche. Das Diebesgut stammte aus einer Kirche. Vielleicht sogar die Auftraggeber und vielleicht sollten wir uns deshalb hier ...", Collasso tippte mit einem Finger auf Padua, „... noch einmal auf die Suche machen."

Der Commissario rümpfte die Nase.

„Und dabei im Nebel rumstochern. Das fänd ich nun wieder sehr mutig."

17. März, 10 Uhr 00

„Das alles darf natürlich diesen Raum nicht verlassen. Wir wissen beide, welcher Tumult in der Presse damit ausgelöst würde. Die Frage ist: Wie schnell werden die Verbindungen aufgedeckt und wann können wir ohne Aufsehen und Schaden für die Kurie personell reagieren."

„Ich habe nicht das Gefühl, dass nun plötzlich Eile geboten ist. Der zuständige Staatsanwalt weiß über wenige, aber genügende Details Bescheid. Er kann also lenken und ist sozusagen politisch gezwungen, sich bezüglich der Untersuchung nicht zu insistierend zu verhalten. Er kann und muss verzögern. Darüber hinaus tappt die Polizei nach meinen Einschätzungen ausgiebig im Dunkeln. Es liegt an Ihnen, ihr einige Brocken gezielt hinzuwerfen, mein lieber Kardinal."

„Sie können davon ausgehen, dass dieser Sfarzi seinen Fang erhalten wird. Seine Leute bekommen bei Zeiten genug Indizien in die Hand. Das wird dann selbst der Journaille reichen. Aber allzu große Opfer wird es auf unserer Seite nicht geben. Das kann ich Ihnen versprechen. Ich gehe natürlich davon aus, dass auch Sie ihren Beitrag leisten?"

„Wenn es um Opfer geht, so wird es auch auf unserer Seite keine geben. Glauben Sie nicht, dass unser Beitrag jetzt schon groß genug gewesen ist, indem wir Ihnen die Fahrzeuge stellten? Und dazu Ihr Versteckspiel auch noch tolerieren? Nur damit Sie *noch* ein bisschen mehr Zeit gewinnen? Immerhin habe ich darüber hinaus einige Vorgehen selber kontrolliert, um regelrecht zu retten, was zu retten war."

Bevor Da Conte in seiner Erregung etwas erwidern konnte, schob der Senator nach: „Ich hoffe nur, dass Signora Mistretti hier nicht gegen ihren Willen über Gebühr und allzu lang festgehalten wird. Das Telefonat mit ihr kurz vor dem Zugriff vorgestern hat mich nämlich nicht unbedingt vom Gegenteil überzeugt."

Da Conte Silvestri wurde mit einem Mal fahl und schaute den Senator konsterniert an.

„Sie hat mit Ihnen telefoniert?"

Der Senator blickte eisig zurück.

„Wir stehen seit dem Regierungswechsel im letzten Jahr in Verbindung."

„Aber ..."

„Sie hatte schon immer das Gefühl, nicht genügend Gehör erhalten zu haben. Nach anfänglichen Zweifeln lernt man im Laufe der Jahre so etwas zu schätzen. Vor allem, wenn man mit ansehen muss, dass die Machenschaften, die ihr Bruder wohl aufgedeckt hatte, lediglich zu kleineren Korrekturen damals in Ihrer ...", er schnalzte mit der Zunge, „.... Organisation geführt hatten, aber nicht dazu, finale Schläge gegenüber den Strukturen durchzuführen, die *wir* gerne aufgelöst hätten. Prompt scheint die ganze Sache mit üblen Auswirkungen zu implodieren. Sie können sich denken, dass wir das wiederum nicht akzeptieren werden. Stellen Sie sich nur die ganzen möglichen politischen Konsequenzen vor"

„Sie haben doch von dieser Angelegenheit genauso profitiert", entgegnete Da Conte barsch. „Allein, wenn ich an Ihre Karriere denke. Sie haben doch sogar als Erster Senora Mistretti aufs Abstellgleis schieben wollen."

„Einen Augenblick! Die politische Lage war damals eine völlig andere, Sie sehen ja selber, wie erfolgreich und still etwaige frühere Kollaborationen inzwischen verlaufen sind."

„Aber in diesen Fragen kann Ihnen doch Signora Mistretti keine Hilfe sein. Was wollen Sie durch sie erreichen? Sie würden sich ja nur selbst ins Abseits bringen, zumal Sie einige Vorgehen ja selber kontrolliert haben." Da Conte hätte gern den Informationsstand des Senators herausgefunden. Dieser aber ließ sich aus dem Schutz diffuser Allgemeinplätze nicht hervorlocken.

„In unserer derzeitigen Situation, als Senat nicht mehr auf die Gesetzgebung in diesem Land einwirken zu können, ist es gut zu wissen, dass wir noch einige ...", er hörte unvermittelt auf zu sprechen. Dabei walkten seine Lippen über die Zähne. Nachdem er für einen Moment zur Seite geschaut hatte, stach er mit den folgenden Wörtern zu, „... begradigende Trümpfe in der Hand zu haben, die diesem Land noch zu Gute kommen könnten. Sie werden verstehen müssen, wenn ich Ihnen unseren Kenntnisstand jetzt nicht offenbare. Aber ich kann Sie nur warnen, fallen Sie nicht in das Loch, das Sie mir graben wollten."

„Sie sollten aus kriminellen Aktionen keine diplomatisch belastenden Affären basteln. Diese bringen keine der beiden Seiten weiter."

„Oh, war es nicht Ihre Seite, die in einem gefährlichen Alleingang versuchte die Welt zu verbessern?"

„Bringen Sie Geschehnisse um einzelne Personen nicht mit der Kurie in Verbindung."

Der Senator erwiderte Da Contes Worte mit einem süffisanten Blick, bevor er sagte:

„Es ist immer wieder interessant, wie Sie diese *Aktionen* versuchen klein zu reden. Ich darf Sie darauf hinweisen, dass gerade diese von Anfang an politische Ausmaße hatten. Und diese wiederum wurden von Ihnen sicher mehr als nur akzeptiert. Ihre Rede war ja schon so gut wie verfasst."

„Und trotzdem, genau diese politischen Spiele interessierten mich von Anfang an nicht. Da hätte Rom schon lange vorher ganz anders agieren können. Dass Beteiligte es dann so weit kommen ließen, war gegen jede Planung und Erwartung. Es wurde nur in kirchlichen Dimensionen gedacht. Ob Sie es glauben oder nicht – in friedensstiftende. Ihr Senat verfügte und verfügt immer noch über genügend vor allem regionale Macht in Italien, um bei der Zerschlagung des organisierten Verbrechens erfolgreich mitwirken zu können. Da brauchen Sie sich nicht noch mehr aufzuplustern."

„Mein lieber Kardinal", der Senator schüttelte tadelnd und seufzend den Kopf, „... hier geht es nicht um organisiertes Verbrechen, sondern ganz schlicht um Macht, obwohl gerade Ihr winziger Staat sich über eine ausreichende Fülle davon nicht beklagen kann. Nur wenn es wichtig werden könnte, bedienen Sie sich der Macht mit merkwürdigen Methoden. Mir geht es als Gegner dieser ganzen intriganten Machenschaften von damals um Gehör, Wahrnehmung und Beachtung. Während der ganzen politischen Querelen in den letzten Jahren war die italienische Stimme nicht mit dem genügenden Gewicht versehen. Ständig hörte man amerikanische Interventionen, europäische Bedenken und vatikanische Belehrungen. Da waren weitere Alleingänge der Kurie nicht sinnvoll und förderlich."

„Deshalb wurden diese Pläne ja schnell verworfen."

„Schade, dass bei ihrem ganzen Lavieren der Egoismus gerade eines Einzelnen übersehen und nicht nachdrücklich unterbunden wurde ..."

„Dieser Egoismus war reine Überschätzung eines mangelnden Selbstbewusstseins!"

„Mangelndes Selbstbewusstsein sollte allerdings nicht zu einem Mord führen, denn eigentlich ist es eine Grundeigenschaft für das *Über*leben sowohl in mancherlei privaten Dingen, als auch auf den nationalen und politischen Ebenen, das liegt doch in der Natur des Menschen."

„Natur?", bellte Da Conte zurück, der sich inzwischen vom Tisch erhoben hatte, „wissen Sie, mein lieber Senator, die Natur als solches ist perfekt. Sie kommt auch ganz gut ohne den Menschen aus. Gott hat ihm eine Chance gegeben und diese heißt Verstand. Das ist das, woran ihr Politiker in aller Welt und in all den Jahrhunderten erfolglos appelliert habt. Doch wie kann man den Verstand anwenden, wenn man nichts *verstanden* hat? Die Kriege werden in der Neuzeit durch Politiker geführt, die sich des Glaubens bemächtigt haben und mit ihm gegen die Menschheit zu Felde ziehen. Aber leider hat der *richtige* Glaube noch keinen Politiker genügend heimgesucht."

17. März, 11 Uhr 15

Drei erwachsene Männer betrachteten Kindern gleich zufrieden lächelnd ein eng beschriebenes Stück Papier. Die Sekunden, die dabei verstrichen, summierten sich schnell zu einigen Minuten, bevor der Erste aufschaute und die anderen beiden betrachtete und dann mit freudetrunkenem Ton meinte:

„Wahnsinn!"

Ein Nicken in Stereo war die Antwort.

„Ich hätte nie gedacht, dass man aus einer derartig verrauschten Aufnahme so viel herausholen kann." Berlingui beugte sich nach vorne und drückte zum soundsovielten Mal zuerst den Rückspulknopf, um gleich darauf die Starttaste zu drücken.

[Unbekannte Stimme] *Exzellenz, wir haben soeben einen Anruf aus Padua erhalten...*
Selbst-ver-ständ-lich kennen wir seine Schwester...
Im Moment haben Sie also keinen Kontakt mehr zu ihr?
[Ein Stück Papier wechselt die Hand, dann Stimme Da Contes] *Ich habe nichts anderes erwartet.*
...nur durch eine Tür und Mauer von ihm getrennt. Was für ein Schicksal!
Hatte sie Ihnen im letzten Gespräch etwas mitgeteilt...
[Stimme Da Contes] *Wir müssen unbedingt noch etwas mehr Zeit gewinnen.*
Nein, *wir* hatten nie einen solch informellen oder engen Kontakt zu ihr...
Sie sagten, sie wäre seine Vertraute gewesen....
[Stimme Da Contes] *Verhindern Sie mit allen Mitteln, dass die Mistretti versucht mit denen Kontakt aufzunehmen.*
Sagen Ihnen in diesem Zusammenhang die Namen Olivero, Gashi und Chicciolata etwas?
[Stimme Da Contes] *Nicht auszudenken, wenn die erfahren, dass die hier bei uns in Rom ist.*
Wir haben in letzter Zeit über keine Details...

Berlingui drückte wieder auf die Stopptaste.

„Das ist wirklich der Hammer. Die haben entweder die Mistretti entführt oder sie hat uns eine Entführung vorgespielt. Ich kann das gar nicht oft genug hören. Ihr Brigadiere ist ein Wunderknabe."

„Das ist eine wirklich überraschende Seite an ihm. Ein altes Hobby, das er uns bislang verschwiegen und bislang auch nur für Musikaufnahmen verwendet hatte. Ich werde ihm eine Belohnung zukommen lassen."

„Ich hatte gestern schon einen sehr guten Eindruck von ihm gehabt."

Collasso wollte die Lobeshymnen nicht ohne seine Stimme verhallen lassen. Berlingui nickte ihm zu und ließ sich langsam auf seinen Schreibtischstuhl sinken.

„Wir haben wieder nur die klitzekleine Schwierigkeit, damit etwas sofort anfangen zu können. Denn es gibt keine Vermisstenanzeige, keinen Hilferuf, also keinen Grund einzugreifen. Bilateral schon gar nicht. Dafür sollten wir etwas mehr in der Hand haben. Auch weil wir nicht wissen, was sie uns berichten könnte, wenn die nämlich mit denen unter einer Decke steckt, ist Ruhe im Karton. Die lachen uns aus, wenn wir als Befreiungskommando dort so auftauchen. Genauso wenig wissen wir über diesen Kelch. Von einer freundschaftlichen Schätzung haben wir nicht viel. Diese verdammten 150 Euro müssen sich also noch auf etwas anderes beziehen. Ich glaube auch nicht, dass Sfarzi den Idioten von Staatsanwalt irgendwie umstimmen kann, damit wir mehr Handlungsspielraum erhalten. Das mit der Mistretti müssen wir also noch eine Weile für uns behalten und hoffen, dass uns noch ein kleiner Stolperstein für die in die Hände fällt. Wir haben jetzt auf jeden Fall ein Ass im Ärmel."

17. März, 14 Uhr 10

Bis zu ihrem *Dienst am Abend,* wie sie es nannte, blieben immerhin fast vier Stunden. Danach würde er nach Loreo zu ihr nach Hause fahren und auf sie warten. Das ausnahmsweise freie Wochenende hätten sie dann ganz für sich. Ein seit bald sieben Jahren immer noch merkwürdiges Gefühl. Er würde bei ihr auf dem Sofa sitzen, Zeitung lesen, fernsehen, vielleicht ein Glas Bier oder Wein trinken, vielleicht sogar etwas kochen, während andere Kerle versuchten sich an der Theke bei ihr abzulenken, nur damit sie ihren Spaß hatten. *Du siehst das falsch, zumindest diese Typen fahren schon mal nicht in der Gegend rum, um an irgendeiner dunklen Ecke ein naives Mädchen ins Auto zu locken. Oder lauern diesem hinter einem Gebüsch auf. Die haben sich schon mal ausgetobt. Und haben gleich doppelt bezahlt. Denn ich kassier Geld und gleichzeitig hab ich die Genugtuung, zu wissen, was sie, im Gegensatz zu dir, für armselige Schweine sind. Das macht* **sie** *zur Ware, nicht mich.* **Die Mädels** *lassen es zu und nicht diese armseligen Kerle bestimmen darüber. Das habe ich endlich hinter mir. Das ist vorbei. Ich verkauf zwar als Elena Drinks und verteile die Typen auf die Zimmer, aber in Wirklichkeit, im Leben mit dir zum Beispiel, bin ich Chiara und genauso voller Scham wie ein pubertierendes Mädchen. Und du weißt, wo meine Grenzen sind. Es ist für mich daher ein genauso schöner und beschissener Job wie deiner. Genauso freiwillig und vorgeschrieben. Genauso korrekt und anstößig. Denk an die zehn Gebote. Du sollst nicht töten und betrügen. Mir tun nur die Frauen leid, die aus dieser Mühle nicht ausbrechen können, weil irgendwelche Schweine sie dazu zwingen. Aber um das zu regeln, seid ihr ja da. Zehn Gebote hin oder her.*

Er hatte viele Monate hin und wieder in einem der plüschigen Sessel vor der Bar gesessen und diese Männer angeschaut, beobachtet, und gemustert, bevor er es verstand. Am Ende hatte er für jeden eine passende Schublade und er war froh, in keiner einen Platz für sich selbst gefunden zu haben. Mit den Eigenschaften und Titeln: blasiert, ständig grinsend, Goldscheißer oder Kaschmirmantel konnte er sich nicht identifizieren. Trotzdem war er noch wochenlang der Meinung, dass diese Erklärung zu einfach war. Pauschal und zurechtgebastelt. Bis durch die Tür ein viel zu bekanntes Gesicht eintrat und er fast Mühe hatte, seine Position so zu verändern, dass er nicht erkannt wurde. Doch hatte er es in letzter Sekunde noch geschafft den Sessel schützend vor sein Profil zu drehen. Der Staatsanwalt ging ohne sich umzudrehen an ihm und Gott sei Dank auch an Elena, die sie ja in diesem Moment war, vorbei. Sie und dieser selbstgefällige Widerling, der die Weisheit mit Löffeln gefressen hatte, der einem Bulldozer gleich alles zur Seite räumte, was ihn behinderte, das wär's dann wohl gewesen, das wäre zu viel. So wusste er nun etwas, was er lange genug in Gedanken sortieren konnte, um es sich dann gut zurechtgelegt für einen geeigneten Moment aufzusparen. Irgendwann würde er es brauchen können, würde es nötig sein, dem Vater dreier wohlerzogener und hübscher Töchter und vor allem dem Mann einer sehr sympathischen Frau dieses Wissen aufzutischen.

Chiara hatte auch heute wieder im Pedrocchi auf ihn gewartet. Nach wie vor war dies für ihn immer noch seltsam. Er wunderte sich, dass sie keine Angst oder Befürchtung hatte, hier mitten in Padua von bestimmten Personen erkannt zu werden? Es war doch genau die Klientel, die bei ihr ein und ausging, die hier verkehrte und mit unschuldiger Mine einen Espresso, Weißwein oder Grappa trank. Sie streichelte seine Wangen und küsste sanft einen Winkel seines verzogenen Mundes. *Seh ich der blonden Elena so ähnlich? Und glaubst du wirklich, die würden sich das dann anmerken lassen? Wir sind doch Spielbälle für die, die man dann so weit wie möglich wegwirft, wenn man mit ihm genug herumgemacht hat. So eine wie ich gehört nicht in deren Alltag. Wir sind die Auszeit, eine Pause, ein Blitzableiter. Maximal ein Snack. Auf jeden Fall sind wie eine Sache und nichts Realistisches. Nichts von dieser Welt. Würden sie mich hier als Mensch erkennen, wäre ich die größte Schlampe, die herumläuft. Billiger und schmutziger als jede Putzfrau. Wenn ich also einmal zufällig in deren Richtung schauen sollte, gucke ich durch die hindurch. Niemand hat auch nur die geringste Chance, aus meinem Blick herauszulesen, ob ich denjenigen kenne oder nicht. Wenn's dem dann peinlich ist und der dann rot werden sollte, ist es seine Sache. Ich kenn ihn in diesem Moment nicht. Von mir aus könnte der sogar winken oder was weiß ich. Macht nur keiner. Da gibt es passende Spielregeln. An die halt ich mich. Für die bin ich nicht zu blöd. Von mir hat er also nichts zu befürchten. Seine vielleicht dusselige Reaktion muss er seiner Begleiterin dann schon selber erklären.*

Sie genossen ihren Weißwein und jeder, der sie beobachtete, hätte sie für ein vertrautes Ehepaar gehalten. Gerade dazu würde Collasso sie im nächsten Jahr befragen. Zusammen verfolgten sie die Passanten. Ihnen beiden fiel auf, je jünger diese waren, umso leichter bekleidet flanierten sie vor den großen Fenstern zwischen Café, Municipio und Universität hin und her. Vermutlich, weil Jugendliche es generell mit Wohlwollen quittieren, dass die Sonne sich bemühte den verfrüht warmen Frühling aufrecht zu erhalten.

„Was machen eure Leichen?"

213

Chiara fragte, während sie eine Zeitschrift durchblätterte. Modetrends, Reisetipps und Rezepte wurden wie immer durch protzige Werbung unterbrochen. Collasso wackelte mit dem Kopf, schielte auf die Bilderchen und antwortete:

„Der Commissario und ich hatten einen ziemlich verrückten Gedanken, an dem aber irgendetwas Wahres zu sein scheint. Aber wir kriegen das Puzzle noch nicht zusammen. Irgendwie fehlen da ein paar wichtige Teile. Wenn unser Verdacht stimmt, wird das wohl eine ganz heiße Kiste. Mit politischem Wirbel und so. Aber im Moment sind wir eingenebelt."

Kaum hatte er den Satz beendet, hielt er ihre Hand fest.

„Warte mal ... Das Bild da ... Lass mich mal sehen. Schau! Das ist ja Padua. Die Basilika ... Eine Aufnahme vom *tesoro*, der Schatzkammer sozusagen."

Chiara amüsierte sich.

„Was ist daran so besonders?"

Er beugte sich dicht über die Aufnahme und inspizierte sie regelrecht. Irgendwas war anders. Er drehte die Zeitschrift um. Nein, es war eine fast aktuelle Ausgabe. Mit einem Ruck hatte er dann die Seite aus der Zeitung gerissen, lachte und küsste Chiara. Mit einem Finger auf das Bild hämmernd sagte er:

„Da fehlt was und ich glaube, ich weiß, was es ist."

18., 19. und 20. März

Keine Absolution

18. März, 10 Uhr 45

Eigentlich war sie den kleinen Hügel nur deshalb nochmal heraufgekommen, weil sie bei besserem Wetter ein
paar schöne Bilder von der weißen Fassade der Kirche
und des herrlichen Panoramas für ihr Album machen
wollte. In der Woche zuvor war das Wetter dafür zu
trübe gewesen. Doch nun war das Kloster San Daniele
von einem fast wolkenlosen und wunderbar blauen
Himmel und den hohen Zypressen wie für ein Gemälde
eingerahmt. Lediglich ein junger Mann störte nun seit
Minuten die Harmonie des Motivs und brachte ihr Vorhaben durcheinander.

Er war ihr sofort aufgefallen. Schon allein dadurch,
dass er hier oben, an einem solchen Ort, in einem derart
saloppen und verschmutzten Trainingsanzug erschienen war. Aus ihrer süddeutschen Heimat war sie solche
Dinge nicht gewöhnt, dort besuchte man Wallfahrts-
orte nicht in einem solchen Aufzug. Schon gar nicht,
wenn das Ganze auch noch durch so schreiende Farben
fürchterlich billig wirkte. Unter der offenen, schrecklich blau glänzenden Jacke trug er nichts weiter als ein
ärmelloses, am Kragen ausgefranstes und unübersehbar verschwitztes, ja, schmutziges Unterhemd. Die
Reißverschlüsse der ebenso blauen Hose waren an den
Seiten über den Unterschenkeln geöffnet und hatten
diese entblößt. Die langen ungewaschenen Haare hatte
er mit einem wildgemusterten breiten Band über der
Stirn nach hinten gebunden. Mit einer Hand umklam-
mert hielt er eine gammelige Tüte, die gut gefüllt
schien. Wahrscheinlich voller geklauter Lebensmittel.
Sie schüttelte erbost den Kopf. Sein ganzes Auftreten
war in ihren Augen äußerst degoutant.

Jetzt lief er auch noch Unruhe stiftend und hektisch, manchmal rannte er sogar dabei, über die Stufen zwischen dem Eingang der Kirche und der Pforte des kleinen Klosters hin und her. Immer genau dort, wo Leute standen und sich die Gebäude und Aussicht anschauten. Endlich schien er sich besonnen zu haben und blieb vor der Tür des Wohngebäudes stehen. Das Klingeln war überraschend laut und über den ganzen Vorplatz zu hören. Übertönte sogar den Orgelklang, der gerade aus der Kirche durch die nicht ganz geschlossene Tür nach außen drang. Er schien über die Lautstärke selbst erschrocken zu sein, denn schon begann er wieder nervös und eilend über die großen Steinplatten herumzulaufen, fast über ihre Füße. Als sich die Tür öffnete, blieb er wie angenagelt stehen und schaute aus einigen Metern Entfernung ängstlich zu der Nonne, die herausgetreten war und sich suchend umschaute. Er faltete seine Hände und beugte sich wie ein Betender an der Klagemauer Jerusalems mehrfach vornüber und lief einige Schritte auf sie zu.

Die Deutsche beobachtete weiterhin die jetzt schon ausreichend seltsame Szene. Ja, sie studierte sie fast. Versuchte sich von Neugier getrieben unauffällig zu nähern, doch sein Getuschel war zu leise, um etwas zu verstehen. Plötzlich sah sie ihn, bei der Nonne angekommen, auf die Knie sinken und den Saum ihres Umhangs ergreifen, die Tüte schlug neben ihm scheppernd auf. Was sollte die devote und gleichzeitig unpassende Handlung? Sie hob ihre Kamera empor und tat, als ob sie nun endlich die in Sonne getauchte Kirche aufnahm. Darauf schwenkte sie mit kleinen Schritten um und fotografierte die hohe, schmale und schattige Allee, die mit flachen Stufen zu ihnen emporführte. Unschlüssig, ob sie diese für sie befremdliche Szene mit der Kamera festhalten sollte, hatte sie schon den Auslöser betätigt.

Jetzt stand sie keine zwei Meter von ihnen entfernt. Sein unverständliches Plappern schlug in ein Gewimmer um und die Nonne versuchte, ihn mit offensichtlich beschwichtigenden Worten an seinen Armen wieder nach oben zu zerren. Es war jedem, der dieses Schauspiel beobachtete, klar, dass ihr das Ganze unangenehm war. Mit einem entsprechenden Gesichtsausdruck schaute die Nonne dann auch kurz die Deutsche an und forschte in ihrem Gesicht nach einer Regung. Allmählich wurde der Tonfall lauter und die Deutsche verstand trotz ihrer eigentlich mageren Italienischkenntnisse genug vom Inhalt.

„... aber ich muss unbedingt den Abt sprechen."

„Verstehen Sie doch. Wir haben keinen Geistlichen. Hier in der Kirche hält ein Pfarrer aus Montegrotto die Messe."

„Dann gehe ich jetzt zu diesem."

„Das geht nicht. Sie müssen noch einige Minuten warten. – Sie können doch nicht einfach die Messe stürmen."

„Ich kann nicht warten", seine Stimme brach und er sackte in sich zusammen. Er schüttelte den Kopf und mit nun tränenreicher Stimme fuhr er fort: „Ich kann nicht warten. Ich kann nicht. Bitte verstehen Sie." Er schaute hockend zu ihr hoch. „Ich muss eine Beichte ablegen. Ich benötige die Absolution. Und ich muss das hier loswerden", er deutete auf den Beutel, „es geht um Leben und Tod."

„Nichts im Leben ist so bedrohlich wie der nahe Tod. Und in den kurzen Minuten vor seinem Eintritt in unser fast beendetes Leben treten wir alle in Besinnung auf unser Leben vor Gott und bitten um Vergebung unserer Sünden. Sie aber scheinen gesund genug, die wenigen Minuten bis zum Ende der Messe warten zu können."

Mit einem Mal stand er wieder vor ihr, steif, aufgerichtet, unerwartet stolz. Seine Tränen waren wie weggewischt und sein Tonfall ließ keine weiteren Beschwichtigungen zu.

„Ich muss den Pfarrer sprechen. Hier in Ihrem Kloster. Sofort. Ich kann sonst für nichts mehr garantieren. Ich glaube, man ahnt, wo ich sein könnte. Machen Sie sich nicht mitschuldig."

Die Nonne schaute ihn lange an. Die Deutsche konnte nicht ausmachen, ob geschockt, fasziniert oder in irgendeiner Form bewegt. Sie schaute nur. Schaute ihn an. Wie die leere Seite eines Buches. Dann schüttelte sie den Kopf und ihre Antwort, dieses einzelne Wort

„Nein!"

... löste einen Schwall vermutlich böser Worte in einer fremden Sprache aus. Der Mann kreuzte seine Arme vor ihrem Gesicht. Dann riss er die Tüte vom Boden hoch, wartete keine weitere Sekunde ab und rannte immer noch laute, fremd klingende Sätze ausspuckend die lange Treppe des kleinen Benediktinerinnenklosters hinunter. Kaum eine halbe Minute später war er verschwunden. Die ganze Zeit verharrte die Nonne am oberen Ende der Stufen und schaute ihm ausdruckslos hinterher. Nachdem er nicht mehr zu sehen war, drehte sie sich nach einer Handvoll Sekunden um und verschwand ohne einen Blick für die Touristen oder sich noch einmal in seine Richtung umgedreht zu haben im Gebäude.

18. März, 11 Uhr 10

Eine gute halbe Stunde Fahrt mussten sie einrechnen, wenn sie rechtzeitig auf dem Gut seiner Eltern eintreffen wollten. Doch es war wie immer, wenn ein besonderer Termin anstand. Jeder hatte noch irgendeine Kleinigkeit vergessen. Jeder musste sich noch weiß Gott wie oft wenigstens einmal im Spiegel begutachten. Jeder Schuh, die Hose, Jacke, Bluse war an irgendeiner Stelle verschmutzt. So verging wieder einmal eine Viertelstunde mehr, bevor sie losfahren konnten.

Commissario Piero Berlingui dagegen war in solchen Fällen prinzipientreu. Deshalb vergaß er sich nun ganz in der Einhaltung dieser kleinen nirgendwo festgehaltenen Vorschriften und missachtete die hinderlichen Gesetze. Jetzt konnte nur noch Schnelligkeit zu Pünktlichkeit führen. Und diese war für die Besuche seiner Eltern eine Jahrzehnte alte Regel, die es galt einzuhalten.

Hinter dem Steuer des C5 jagte er hinter Cadoneghe alles zur Seite, was nicht schneller als Tacho siebzig fuhr. Überholte sogar innerhalb der Ortschaften. Wollte ein Anderer nicht zügig genug abbiegen, wurde er mit heftigen Worten Berlinguis begleitet angehupt. Kam aus einer anderen Straße ein Fahrzeug allzu langsam in seine Richtung fahrend hinzu, wurden die Augen des Fahrers beim Blick in den Rückspiegel durch ein stroboskopartiges Blitzgewitter der Scheinwerfer geblendet. Fußgänger, die die Straße queren wollten, unterließen für die nächsten Minuten geschockt dieses Unterfangen, angesichts des sich nähernden aufheulenden Motors und der schon vorher sichtbaren Lichtorgel.

Alessandro neben ihm hüstelte: „Eigentlich wollte ich dich fragen, ob du Alessia und mich am nächsten Sonntag zu einem Konzert im Datch Forum nach Mailand fahren könntest. Aber ich glaube ...", er rutschte in seinem Sitz etwas hinunter, „das ist zurzeit zu viel Stress für dich."

„Ach, das ist kein Problem, das meiste ist ja Auto-
bahn."

„Aber wir würden gerne *lebend* dort ankommen."

„Warum nehmt ihr dann nicht den Zug?"

Berlingui schaute ihn grimmig aus den Augenwinkeln
an.

„Der letzte fährt um kurz nach halb Elf am Abend
und da ist noch alles im vollen Gange."

„... und dein Motorrad?"

„Fahruntüchtig restauriert."

„Kumpels?"

„Ich hab doch gesagt, wir würden gerne lebend dort
ankommen."

„Ich hab verstanden."

Berlingui brach schauspielernd resignierend im gleichen Moment ein Überholmanöver ab und ordnete sich
hinter einem Reisebus aus Österreich wieder ein. Die
drei Frauen im Fond begannen zu kichern.

„Ich sehe, das Studium tut dir gut, du wickelst mich
inzwischen genauso um den Finger wie deine Mutter.
Die war damals auch einundzwanzig."

Alessandro hob halb aus Dank, halb aus Anerkennung
seine rechte Hand und schaute mit dem Stolz eines
Punktsiegers wieder nach vorne durch die Windschutz-
scheibe.

Mit einem gewissen Trotz überholte Berlingui kurz
vor *Camposampiero* dann doch noch eine stinkende
Vespa. Doch an der nächsten roten Ampel war sie am
Wagen vorbeigefahren und blieb schräg vor ihm ste-
hen. Ihr Fahrer war ein nervöser, pubertierender Junge,
der erst mit großer Hingabe die Potenz in seinem
Schritt knetend zurechtrückte, bevor er den Gasgriff am
Lenker immer hektischer werdend drehte, bis er eine
Dreiviertelsekunde bevor die Ampel auf Grün sprang,

den Roller nur noch mit der Bremse auf der Stelle hielt, trotz seiner zuckenden Hand am Gas.

Der kleine Motor dröhnte ohrenbetäubend, da der Auspuff so gut wie fehlte und der Roller bäumte sich auf. Die Füße des Halbstarken glitten dabei über den Asphalt, bis der Roller wieder auf beiden Rädern vorwärtsdrang. Dann legte er seine Füße über die hinteren Fußrasten und seinen Körper über den Lenker. Es sollte wohl windschnittig aussehen. Berlingui lief zu alter Form auf, gab Gas und kramte gleichzeitig in seiner Jacke. Als er auf gleicher Höhe mit dem Kerl war, hupte er und streckte seinen rechten Arm an Alessandro vorbei zum Seitenfenster. An seiner Hand ließ er seine Polizeimarke direkt hinter der Scheibe baumeln.

„Papa", Alessandro schüttelte tadelnd seinen Kopf, „das ist unfair. Er hatte vorhin auch keine solche Hundemarke, als du ihn fast von der Straße geschubst hast und denk dran, mit deinem Blechwappen kannst du nicht einmal ruhenden Verkehr kontrollieren. Oder muss ich dir die juristischen Zusammenhänge erklären?"

„Wie halten Sie das die ganze Zeit nur aus mit so einem?"
Berlingui drehte sich bei Tempo Hundert nach hinten und schaute Alessia an. Sie lachte wieder wie vorgestern Abend und antwortete, „Ich habe mir gestern schon den ein oder anderen Tipp von Carla geben lassen und sagen Sie bitte *du* zu mir, sonst fühle ich mich so alt."

„Ich sehe schon, meine hart erarbeitete Autorität zerbröselt, wenn ihr euch zusammentut. Das kann ja heiter werden."
Mittlerweile hatten sie schon San Giorgio delle Pertiche erreicht. Ein Kleinlaster vor ihnen verlangsamte gefühlsmäßig schon seit einem halben Kilometer sein

Tempo und bog nun endlich nach rechts in die Via Pontecanale ab. Berlingui verfolgte ihn mit einem scheuchenden Blick, da er an ihm wegen des Gegenverkehrs nicht vorbeifahren konnte. So bremste er ab und sah die kleine, aber nun plötzlich auffallende steinerne Statue. Seit Jahren war er an ihr vorbeigefahren und hatte sie nie beachtet, ja nicht einmal gesehen. Doch jetzt, fast stehen geblieben, erkannte er die dargestellte Figur sofort, den Heiligen Antonio. Nichts kommt aus dem Ungefähren. Also war auch das ein Hinweis. Im Anfahren las er auf dem schützenden Dächlein über der Figur noch die Worte, *proteggi chi ti invoca*[3]. Vielleicht sollte er ihn tatsächlich anrufen, um Schutz zu erhalten. Und vielleicht würde sogar ein wenig Aufklärung dabei herausspringen. Kurz aufseufzend gab er Gas.

Kurz vor der Borgo Padova bog er von der Via Castellana Richtung Campigo und Casoni ab, und als er langsam in die Via Monte Grappa einbog sah er seine Mutter schon das große Eisentor öffnen. Als er neben ihr zum Stehen kam, ließ er das Fenster runter, „wünschen Signora ein Taxi?"

„Ach, Piero, ihr seid ja *schon* da. Ich bin gerade erst ans Tor vorgekommen. Das ist sehr nett, dass du den Rest des Weges laufen möchtest. Ich wollte immer schon euer Auto fahren."

Der erste Teil ihres Grußes war die kleine versteckte Ohrfeige für die Verspätung. Selbst seine Mutter, inzwischen Anfang siebzig, hatte sich im Verlauf der vielen Jahre die Haltung seines Vaters angewöhnt, doch verstand sie es in heiklen Situationen, in denen Giampaolo seinen Gegenübern Fehler klarzumachen versuchte, wie nun zum Beispiel diese kleine Unpünktlichkeit, die

---

[3] ...du schützt denjenigen, der dich anruft.

aufkommenden Wogen mit einem charmanten Kommentar zu glätten. Darüber hinaus sah sie immer noch vortrefflich aus. Lange Zeit hatte seine Schwester ihn amüsiert damit aufgezogen, dass er Mutter nun doch zweifach hätte, weil Carla ihr ähnlichsähe. Leider hätte sie es aber auch nicht geschafft, einen *guten Kerl* aus ihm zu machen. Er winkte dann immer ab. Bis vor wenigen Monaten, als Carla und er alte Bilder im Salon des Gutshauses anschauten. Er stutzte stumm. Carla war in der Tat eine schwarzhaarige Kopie seiner Mutter in jungen Jahren. In ihrem Blick war die gleiche, ständige Fröhlichkeit, Bestimmtheit und auch Hartnäckigkeit zu sehen gewesen.

Berlingui lächelte seine Mutter an und stieg aus dem Wagen. Er übte sich in einer galanten Bewegung, stellte sich neben die Fahrertür und hielt sie ihr offen. Tatsächlich stieg sie ohne Umschweife ein und schaute ihn dabei mit einem aufgesetzt süffisanten Lächeln an, das er mit hochgezogenen Augenbrauen und den Worten begleitete:

„Ich kann dich nur warnen, in diesem Fahrzeug sitzen lauter potenzielle Staatsfeinde, nicht nur, dass sie versuchten, mich daran zu hindern, hochwichtige Termine penibelst einzuhalten, nein, sie werden von umstürzlerischen und hochoppositionellen Ideen geleitet. Ich kann dich nur zur Vorsicht mahnen. Ich hoffe wir sehen uns gleich gesund und ohne Schaden genommen zu haben wieder."

Mit einem satten *Plopp* ließ er die Fahrertüre zufallen und drehte sich in Richtung Haus um. Er kannte seine Mutter gut genug, um zu wissen, dass sie nun nicht neben ihm herfahren, sondern den Wagen rückwärts aus der Einfahrt fahren würde, um während einer kleinen Spritztour weitere neue Familiendetails zu erfahren.

Auf diese Weise träfen sie sich frühestens in einer halben Stunde auf der Terrasse der herrschaftlichen Villa. Die Zeit würde seine Mutter sicher nutzen, die Verbindung zwischen Alessandro und Alessia mit größter Zufriedenheit abzunicken und gleichzeitig einen Pakt mit Alessia zu schließen.

Er hingegen würde diese halbe Stunde nutzen, um mit seinen vier Geschwistern, die er allzu selten sah, ausgiebig zu reden und seinen etwas älteren Bruder Stefano zur Seite zu nehmen, um ihn aufzumuntern. Seine Schwester Ana-Laura hatte ihm nämlich zuvor, in einem noch geschickten Augenblick, quasi en passant mitgeteilt, dass Stefanos Frau nun aus dem gemeinsamen Haus ausgezogen war. Was Berlingui, im Gegensatz zu Stefano, als nicht besonders tragisch empfand, da er sie schon immer für eine vollkommen perfide und überschminkte Giftschlange gehalten hatte, die es in ihrem Leben viel zu häufig geschafft hatte, anderen Menschen ihren Willen aufzudrängen.

So hatte sie es, nicht nur in Berlinguis Augen, zuwege gebracht, Stefano ein gutes Angebot eines landesweit bekannten Rechtsanwalts schlecht zu reden, damit er sich in die marode Kanzlei ihres Vaters einkaufte, was er wenige Jahre später mit einem schlechter werdenden Ruf büßen sollte, weil ihr Vater zum einen glaubte, ihn bei jedem Fall gängeln zu müssen und zum anderen sich immer häufiger in dubiosen Prozessen zweifelhaften Positionen anschloss. In letzter Sekunde schaffte er noch den teuren Absprung und konnte zur Staatsanwaltschaft nach Vicenza wechseln, denn er verzichtete zu Gunsten seines Schwiegervaters auf die Rückzahlung seiner Investition, damit der Familienfriede gewahrt war. Er hatte dann zwar nicht mehr einen hochdotierten Job, dafür aber einen sicheren Arbeitsplatz erhalten und seine Reputation retten können.

Danach hatte sie es im Verlauf der Zeit geschafft, ihn an jeder weiteren Karriere zu hindern, indem sie ihr eigenes Ziel, eine Kette von Boutiquen mit völlig überteuerter Mode zu gründen, den Vorrang einräumte. Sie nutzte dabei seine Schwäche, wenigstens im eigenen Heim harmonisch und in Frieden leben zu wollen, wenn er dies in Vicenza durch nun oft wieder zermürbende Indizienprozesse und alltägliche Verhandlungen nicht erreichen konnte.

War er mit Carla zu Besuch, wussten beide, dass sie ein immer wieder aufflammendes Feuerwerk an Spötteleien und Meckereien zu erwarten hatten. Vor allem während des Essens trieb die Frau seines Bruders die Gäste zu einer stillen Weißglut. Statt sich also mit Stefano ungestört unterhalten zu können, plapperte sie ständig dazwischen und hatte ein völlig unbekanntes Wehwehchen, über das sie klagen musste. Dann konnte sie dies oder das nicht essen oder das Essen war nicht so, wie auch immer es hätte sein müssen. Hypochondrisch hielt sie sich mit Kleinstportionen an einem solchen Abend über Wasser, um sich nach zwei oder drei Stunden endlich zu verabschieden, weil wieder einmal ihre Migräne zugeschlagen oder Krämpfe ihr Gedärm heimgesucht hatten. Meist waren weitere Gäste von ihrem Schauspiel so erschöpft, dass auch sie nur wenig später den Heimweg antraten.

Giampaolo hatte die Drei wohl die ganze Zeit beobachtet, denn als er neben sie trat, schaute er sie mit einem gewissen Stolz an. Seine Kinder hatte er nie ihm Streit miteinander erlebt. Im Gegenteil, seit jeher hatten sie vieles gemeinsam unternommen oder waren in Sorge, wenn es einem der Anderen schlecht ergangen war und tauschten sich bei regelmäßigen Kontakten aus.

„Na, habt ihr euch wieder gut unterhalten?"

Er stellte sich zwischen sie und legte seine Arme um ihre Schultern,

„Kommt! Da sind noch mehr, die auf euch warten und das Essen wird kalt und der Wein zu warm."
Beiden war in diesem Moment klar, dass er jedes Detail ihres Gesprächs bereits kannte, ohne neben ihnen gestanden zu haben. Sein Beruf brachte es mit sich, dass er immer über alle Informationen verfügte, die er für wichtig erachtete und brauchte. So ließen sie sich von ihm in Gang setzen, um auf die Terrasse zu gelangen. Dort passte ihn noch einmal seine Schwester ab.

„Weißt du, was Papa vor ein paar Tagen gemacht hat?", fragte sie Berlingui leise lachend, mit den Händen schützend um ihren Mund gelegt.

„Er ist in Rovigo an einen Stand der Liga Nord gegangen und hat einen derer Kandidaten, einen jungen Schnösel, Claudio Brizzanti, gefragt: Wann wollen Sie in den Krieg gegen den Süden ziehen, mein lieber Freund? Denn das wollen Sie doch? Den Süden loswerden? Also warum nicht mit einem Krieg? Freiwillig werden die ja die Republik ja nicht verlassen, oder? – Aber Signore, keiner ... versuchte dieser Brizzanti zu beschwichtigen, ... keiner denkt ... – Nun mein junger Freund ... fiel ihm Papa ins Wort ... ich habe das alles schon hinter mir, all die Toten, die Leichen, den Abfall, den ein solcher Krieg hinterlässt, lassen wir das ganze doch da unten, wie den ganzen anderen Dreck, den wir von hier nach dort hinunterkarren, machen Sie ein bisschen Krieg, und Sie haben noch mehr Platz dafür. – Dann drehte er sich um und ließ den armen Kerl verdattert stehen. Einfach so. Ohne Chance. Einfach klasse!"
Ihre beiden Hände schlossen sich über ihren prustenden Mund, dann hakte sie sich bei Berlingui ein und

ging mit ihrem ebenfalls schmunzelnden Bruder auf den Tisch zu.

Eine Choreografie, einstudiert seit Kindheitstagen. Als sie an den großen Tisch unter den zwei riesigen Sonnenschirmen traten, kam ihre Mutter mit dem Rest der Autobesatzung hinzu. Kaum hatten Alejandro und Alessia händchenhaltend den schattigen Platz erreicht, hatte Stefano seine Sorgen mit einem Mal vergessen.

„Ich habe es schon immer gewusst. Unser Familienleben ist gar nicht so langweilig, wie die Leute am Gericht meinen."

Ohne anzüglich dabei zu sein, musterte er die beiden jungen Leute und Alessia natürlich im Besonderen. Er knuffte Alejandro in den Arm.

„Du brauchst nichts zu erklären. Und ich hoffe, du wirst es nie tun müssen, so wie ich in den letzten Monaten."

Daraufhin reichte er Alessia die rechte Hand, während er mit der Linken ausholend auf die Anderen zeigte.

„Die hier hast du schon jetzt alle um den Finger gewickelt. Nutze das gnadenlos aus und sag in allen möglichen Situationen zu allen ohne zu fragen *du*, dann glauben sie später nämlich nicht an Erpressung."

Die Sardinen in Saór waren einfach nur lecker. Und die Kalbsleber mit Zwiebeln wieder köstlich. Die Bohnen alla Peverada, mit Hühnerleber und Herzchen, in einer großen warmen Schüssel, auf jeden Fall zu wenig. Und Berlingui musste sich hüten, noch ein weiteres Glas vom Bianco zu trinken, denn dieser einfache, aber süffige Tropfen aus den Colli hatte es in sich.

„Hast du gerade einen feinen Fall in deinen Schubladen, der nicht so langweilig ist?", fragte ihn sein zweiter Bruder Michele.

Berlingui schaute zu ihm hinüber und zuckte mit dem Kopf wackelnd die Schultern.

„Du solltest doch als Letzter von uns unter Langweile leiden. Aber wenn ich sehe, wie viele Tage schon wieder vergangen sind, habe ich viel zu wenig über meinen aktuellen Fall zu erzählen. Im Grunde genommen weiß ich nicht mehr als vor drei Tagen. Im Moment habe ich nur einen toten Monsignore, seine verschwundene Schwester, einen fehlenden Kelch und eine zweite Leiche. Einen toten Fanghino, der mir in dieser Kombination nicht in den Kram passt."

„Das klingt aber doch schon interessanter, als das, was darüber bislang in der Zeitung stand."

„Wenn ich jetzt noch eine Ahnung für das Motiv hätte, wäre ich deiner Meinung. Nein, es ist wirklich komisch. Jedes Mal, wenn ich denke, ich hätte nun eine Möglichkeit gefunden eine Faden aufzunehmen, um das Ganze aufzudröseln, stehe ich im Dunkeln und erlebe die nächste Überraschung. Außer einem kleinen Verdacht kann ich nichts vorweisen."

Berlingui schaute lächelnd auf die andere Seite in Alessias verschmitztes Gesicht, dann wurde er wieder ernst.

„Hast du gewusst, dass es im Vatikan nicht nur einen Ordnungsdienst gibt, sondern auch eine Art polizeiliche Gendarmerie?"

Michele schüttelte den Kopf. „Ich dachte, der Zweite Weltkrieg hätte dem Ganzen ein Ende bereitet."

Ihr Vater legte das Besteck auf den Teller und lehnte sich in seinem Stuhl zurück, mit einer Serviette wischte er sich über den Mund, um nach einem kräftigen Schluck Wein das Wort zu ergreifen. In dieser Art ein untrügliches Zeichen für einen gewichtigen Kommentar von seiner Seite.

„Wir sind auch viele Jahre davon ausgegangen, dass nur noch die Schweizergarde die sogenannte örtliche Polizei darstellt und das Staatssekretariat unsere Polizia di Stato routinemäßig um Amtshilfe bittet, wenn ein

Verdacht bezüglich einer kriminellen Handlung vorliegt, der intensivere Nachforschungen nötig machen würde. Bis vor wenigen Jahren kannte man ja dort nichts anderes als Taschendiebstähle, Versuche irgendein kleines Stück Stuck mitgehen zu lassen oder unflätige Reden, weil einer mal wieder zu tief ins Glas geschaut hatte. Doch seit der Reformierung des Strafrechts 1996 wissen wir, dass im Schatten dieser Amtshilfe eigene Untersuchungen angestellt werden, die häufig genug sogar losgelöst von unseren sind. Meistens betrifft das dann allerdings die eigenen Leute, kirchlichen Fehltritte und Sünden. Ganz langsam hatten sich die Sachverhalte geändert. Gleichzeitig mit der immer größer werdenden Mobilität, der Ausweitung der nicht nur internationalen Beziehungen und den Folgen durch den Tourismus, nahm auch im Vatikan die Zahl der Zivil- und Strafprozesse zu. Drogenmissbrauch, verschiedene Auswirkungen der internationalen Kriminalität und der Schutz der Kulturgüter stehen dabei an oberster Stelle. – Und in den letzten Jahren der Missbrauch von Minderjährigen. Eine in allen Richtungen schmierige Sache."

Giampaolo hob leicht die Hände und neigte seinen Kopf zur Seite.

„Leider wissen wir in den Fällen, in denen die eigenen Leute betroffen sind, über die genauen Ergebnisse dieser Untersuchungen erst einmal nichts. Doch da die Zahl der Einwohner dort beschränkt ist und diese einer besonderen Spezies angehören, konnten wir bislang später bei jedem Fall feststellen, dass sich dann in der Liste der wichtigen Namen im Vatikan kleine Veränderungen ergeben hatten. Doch das Warum und Wieso blieb uns immer unbekannt, da wir in die internen politischen Auswirkungen keinen allzu tiefen Einblick haben. Wer in den Vatikan eingelassen wird, dringt nicht tief genug in die Gebäude ein, die dafür wichtig wären. Und schon gar nicht in die Akten."

Er verschränkte die Arme vor seiner Brust und schaute genüsslich in die Runde, denn offensichtlich war sein Wissen an dieser Stelle wieder einmal umfassender als bei den anderen am Tisch. Dann fügte er hinzu:

„Offiziell, wohlgemerkt!"

Er rutschte auf dem Stuhl vor und nahm das Besteck mit einem Grinsen wieder in die Hand.

„Aber natürlich kennen wir dadurch einige sehr originelle Anekdoten."

Als wenn dies ein Stichwort gewesen wäre, rückte nun Berlingui den Stuhl nach hinten, warf die Serviette neben den Teller und sprang auf.

„Entschuldigt, aber ich muss dringend telefonieren. Danke Papa, der Schutz der Kulturgüter, das war ein Stichwort, vielleicht weiß Mandroni endlich etwas."

Die anderen schauten in erstaunt an, hatte er doch damit gerade ein weiteres, ehernes und ungeschriebenes Tischgesetz der Familie gebrochen. Doch der sonst übliche ermahnende Blick seines Vaters blieb aus.

„Dieser Kardinal hat mir einen Brocken hingeworfen, an dem ich wohl länger kauen sollte, als mir selber lieb gewesen wäre. Gebt mir fünf Minuten, dann bin ich wieder da und ich habe vielleicht eine weitere Anekdote parat. Vielleicht fehlt dort seit einiger Zeit *nicht* eine Person, sondern sie ist ganz *offiziell* zu Gast. Unter Umständen könnt ihr mir dann bei meinem Puzzle helfen."

Sein Vater blickte auf und blickte ihm tief in die Augen.

„Du weißt, dass ich diese Art von Aufklärungsbeihilfen durch Schreiberlinge geringschätze, bei allem Respekt für deinen Freund, doch hoffe ich auch nach wie vor, dass deine Arbeit sich so stark von unserer unterscheidet, dass sie dadurch ohne weitere Handicaps für dich zum Erfolg geführt wird. Aber wenn ich die Titulierung recht verstanden habe, liegst du mit einem Kardinal im Clinch. Also hoffe ich zweitens, dass es nicht Da Conte Silvestri ist. Ich kenne seine trickreiche Vorgehensweise zu gut."

„Du kennst den *Herrn*?"

„Das will ich meinen. Wäre er in Italien zugange, könnte er gleichzeitig als Gegen- und Mitspieler in unserem Klub der Gerechtigkeit aktiv sein. Er ist nämlich der Präsident des Rates für Bilaterale Justizielle Kooperation. Formal also einer Kongregation."

Berlingui stutzte nur kurz, dann lächelte er seinen Vater an. Nicht, dass er etwas gegen Richter gehabt hätte. Aber jetzt war ihm als einst aufsässiger Sohn auch noch eine andere Feststellung wichtig:

„Du kennst die Unterschiede: Wir sorgen in den meisten Fällen mit Tätern, Indizien, Beweisen und Zeugen für eure Arbeit und ihr relativiert die Intensität des Todes der Opfer durch die Härte eurer Urteile. Sollte dieser Kardinal mit drinstecken, hilft ihm kein Trick der Welt. Außer der Papst entscheidet sich dank seiner Position *contra legem*."

18. März, 11 Uhr 20

Bevor sie zusammen nach Loreo gefahren waren, hatte Collasso zu Hause das kleine Buch aus dem Regal genommen, dass er vor Jahren bei einer Besichtigung gekauft hatte. Das Foto darin war nicht besonders gut, aber er hoffte genug erkennen zu können. Mit einer Lupe verglich er es mit dem aus der Zeitschrift, um sicher zu sein. Er schmunzelte. Das Ganze ähnelte den Preisausschreiben, *Cosa falso*, das es immer wieder in den Wochenzeitschriften gab.

Bereits nach einer halben Minute hatte er das im Grunde winzige Detail ausgemacht. Neulich schon hatte er sich das Bild in diesem Reiseführer minutenlang angeschaut, aber noch nicht so recht gewusst, was er in ihm suchte. Durch die Lupe gab es nun keinen Zweifel mehr. Er hatte es gehofft. In dem Buch war die Aufnahme so alt, dass der Kelch noch nicht fehlte, während auf der neuen Abbildung die Stelle auf dem Brett oberhalb der Reliquie leer war. Es fiel kaum auf. Die Anzahl der vielen Gegenstände war einfach zu groß, als dass es groß ins Auge springen konnte. Gleich heute Abend noch würde er zurück in Padua dem *tesoro* einen Besuch abstatten. Er legte den Ausriss in das Buch und spurtete zufrieden nach unten. Jetzt hatte er sich das Wochenende verdient.

18. März, 14 Uhr 20

„Ich hätte dich schon längst angerufen, wenn ich etwas Entscheidendes gefunden hätte. Aber was ich bisher habe, sind alles nur Bruchstücke. Da passt nichts zusammen. Hast du gewusst, dass Tossatello früher bei der Gendarmeria Pontifica gewesen ist?"

„Das habe ich gerade auch erfahren. Und ich wette, dass er seitdem nicht im Ruhestand ist. Dazu aber später, ich habe leider nicht viel Zeit. Was weißt du denn sonst noch?"

„Sein letzter Fall, der in den Pressearchiven zu finden ist, liegt mehr als zehn Jahre zurück. Der passt auch zu dem, was wir inzwischen vermuten. Es handelte sich damals um einen Kunstraub in einer römischen Kapelle, in den ein Geistlicher verwickelt war. Der hat sich dafür gerächt, dass er sich ständig übergangen gefühlt hatte."

Mandroni lachte auf und ergänzte:

„Wahrscheinlich wäre der gerne auch ein Kardinal geworden. Du siehst, wenn es um Neid, Gier und Geld geht, stehen die Pfaffen unseren Politikern und Industriebossen in nichts nach."

„Was kann ein Geistlicher durch einen solchen Raub schon bewirken?"

„Er verschafft sich Geld, um andere zu schmieren."

„Ach, hör doch auf! Kardinal wird man nicht durch Bestechung."

„Dass du dich da nicht täuschst. Er wird zwar vom Papst ernannt, wenn du aber jemanden hast, der ständig deinen Namen in Zusammenhang mit bestimmten Verdiensten nennt und dich dadurch nach vorne spült ... Wer weiß ... Steter Tropfen höhlt vielleicht auch hier den Stein."

„*Va bene*, auch wenn das jetzt vielleicht nichts mit unserem Fall zu tun hat, welche Rolle hatte Tossatello dabei gespielt?"

„Er ist der ganzen Sache wohl auf die Spur gekommen. Das Interessante daran ist, unsere Kriminalpolizei hatte bis zum Schluss im Dunkeln getappt. Als Tossatello durch interne Nachforschungen einen Generalvikar, der später zu einem Priester mutierte, überführen konnte, hatte die Polizia schon keine Zugriffsmöglichkeit mehr. Geschehnisse dieser Art in einer römischen Kirche werden dann sozusagen intern geregelt. Der Generalvikar wurde zwar nicht Kardinal, ist aber inzwischen Bischof in einem Immediat in Umbrien und somit unter der direkten Kontrolle des Heiligen Stuhls. Das ist so gut wie Gefängnis."

„Das würde ja bedeuten, der Papst wüsste über diese Machenschaften, diesen Kuhhandel Bescheid?"

„Das kann ich dir nicht sagen, denn im Endeffekt hat er als Filter immer noch einige Kardinäle, das Staatssekretariat, dazwischen. Dies ist für gewöhnlich sehr mächtig und verantwortlich für all die Dinge, die eine Außenwirkung haben. Und dieser Kardinalsstaatssekretär, der so etwas wie sein Ministerpräsident ist, wird ihn sicher nicht mit unwichtigen Details, die in den unteren Schichten stattgefunden haben und *nicht* in die Presse gekommen sind, behelligen."

„Du hast doch gesagt, du hättest das im Pressearchiv gefunden!?"

„Es war eine kleine Meldung im *Messagero*, auf diese Weise wurde bestimmten Umständen einer Veröffentlichung Genüge geleistet."

„Ich versteh nicht, wie ich das in unserem Mordfall unterbringen könnte. Ich muss wieder zurück. Unsere Familie hat einige ebenso starke Regeln und mein Ministerpräsident hat mich noch nicht gerügt, obwohl ich mich vom Essen davongeschlichen habe. Können wir uns morgen Mittag treffen?"

„Aber ohne deine ständigen Begleiter. Wenn die mich angesehen haben, schaue ich danach immer auf meine Handgelenke, ob nicht plötzlich Handschellen drum sind. Und Augenblick noch! Bevor du auflegst! Eine Sache habe ich dir noch nicht gesagt: unser Bischof tingelt auch in Sachen Messen für unsere albanischen Freunde und Minderheiten durch das Land. Weil wir hier inzwischen so viele von denen haben. Klingelt es da bei dir?"

„Hmh, ein politischer Hintergrund also ... Ich bastel eine Lösung."

18. März, 14 Uhr 25

Berlingui beschlich ein eigenartiges Gefühl, das kaum mitteilungsfähig war. Er legte den Hörer in Zeitlupe auf und lehnte sich für einige Sekunden an die teilweise vergoldete Empire-Konsole aus Schweden. Das grazile fast zweihundert Jahre alte Möbel war eines der Lieblingsstücke seiner Mutter. Sie hätte ihn sicher mit allerlei Verwünschungen bedacht, wenn sie ihn erwischt hätte. So freundlich sie ansonsten war, hier endete für gewöhnlich der Spaß. Ihr Sohn Piero richtete sich auf und schüttelte wie ein nasser Hund seinen Kopf. Mit beiden Händen rieb er heftig über sein Gesicht, dann trat er wieder auf die Terrasse.

„Du hast dich hoffentlich nicht wieder auf die Konsole gesetzt", war der erste Satz seiner Mutter. Stimmt, das war früher die Variante, sie als Jugendliche fast in den Wahnsinn zu treiben.

„Nein, ich habe nur die Zigarette auf der Marmorplatte ausgedrückt."

Seine Geschwister beantworteten seine Bemerkung mit lautem Lachen und sorgten dadurch rettend für eine gelockerte Stimmung. Berlingui setzte sich wieder an seinen Platz und starrte kurz sinnierend in die Baumkronen vor ihm in der Sonne.

„Hat er nicht helfen können?", fragte sein Vater.

„Wie man's nimmt. Ehrlich gesagt hatte ich mehr erhofft. – Seltsam, sonst ist er wie ein scharfer Hund und der fast bessere Detektiv. Auf jeden Fall habe ich nun ein Puzzleteilchen mehr. Und genau dieses passt mir für den Moment in den Kram."

Er schaute seinen Vater zwei Sekunden durch schmale Augen an, bevor er fragte:

„Was ist eigentlich ein Monsignore?"

Giampaolo runzelte die Stirn und kratzte sich mit den Fingern an den Schläfen.

„Ich glaube das ist ein Titel für einen Geistlichen. So etwas wie ein Doktor."

„Das ist der Titel eines katholischen Geistlichen für ein mit Jurisdiktion verbundenen Amt. Der Papst verleiht diesen Titel auch an verdienstvolle Geistliche, diese können dann Prälaten sein oder die Funktion seines Hauskaplans innehaben. Sie sind in der Hierarchie der katholischen Kirche auf jeden Fall sehr weit oben und genießen hohes Ansehen."

Berlingui zwirbelte seine Nasenspitze und dachte dabei an Mandronis Geschichte, die Tonbandaufzeichnung und die wenigen bruchstückhaften Ergebnisse, die sie bisher vorliegen hatten. In einer kaum definierbaren Stelle seines Kopfes schien ein diffuses Bild zu entstehen.

„Und was würdest du sagen, wenn ich dir erzähle, dass ein solcher Monsignore früher ein Schnüffler war?"

„Dann wäre ich davon überzeugt, dass er heute immer noch einer wäre, aber dann allerdings für den Geheimdienst des Vatikans, denn den gibt es trotz aller Reformen immer noch und das geheimer als je zuvor. In diesem Fall ist der Titel eines Monsignore eine ideale Tarnkappe."

Berlingui zuckte unmerklich. In seinem Kopf hatte es *Plopp* gemacht. Das Puzzleteil passte. Das brauchten die Anderen aber nun nicht wissen. Trotzdem zeigte er seine Verblüffung. Er schaute zu Alessia hinüber und auch die anderen Köpfe drehten sich mit zweifelsfrei anerkennenden Gesichtern zu ihr.

„Da fällt mir ein, dass ich nicht einmal weiß, was die zweitschönste Frau an diesem Tisch studiert."

„Theologie, Kunstgeschichte, vergleichende Literaturwissenschaften und Philosophie. Für mich wäre also unter anderem Monsignore Brandmüller zuständig, Leiter des Päpstlichen Komitees für Geschichtswissenschaften."

Neun Münder standen nun voller Erstaunen offen.

18. März, 15 Uhr 00

Chiaras Begleitschutz, wie Collasso ihre Arbeit versuchte zu umschreiben, damit diese für ihn erträglicher wurde, führte alle drei Wochen zu einem gemeinsamen freien Sonntag. Meist war er es dann allerdings, der einen störenden Anruf erhielt und sich aufmachen musste. Daher sah er immer wieder auf sein Mobiltelefon und wollte dessen Stille angesichts des aktuellen Falls nicht glauben. Er selbst wollte den Commissario erst verständigen, wenn er in der Basilika gewesen war. Obwohl Berlingui selten Vorwürfe aussprach, wollte er etwas Wasserdichtes abliefern.

Am späten Nachmittag hatte er sich an das stille Telefon gewöhnt. Er griff hinüber und stellte es aus, ab diesem Moment wollte er nun auch nicht mehr gestört werden.

Das Ossobuco war gelungen. Er hatte tatsächlich gekocht und Chiara danach einen herrlichen Corretto bereitet. Und nun stand sie in nahezu gleicher aufreizenden Pose in der Tür, wie einst Sigourney Weaver alias Ellen Ripley in ihrem Raumschiff, deren Slip es in dieser Szene auch nur gerade so eben schaffte, die intimste Stelle zu verhüllen. Er konnte sich auf jeden Fall keine spannendere Verpackung vorstellen.

Als er damals im „Chez Silvia" vorbeikam, war er auf alles gefasst gewesen. Auf ein altes Gebäude, das dringend einer Renovierung bedurft hätte, auf dunkle, übelriechende Gänge, schmierige kaum beleuchtete und mit wildgemusterten Flokatiteppichen ausgelegte Räume und verbrauchten, dicklichen Frauen, die froh sein konnten, wenigstens *dafür* beachtet zu werden. Eigentlich wollte er wissen, warum eine so hübsche Frau sich für so was hergab. Sie als Auszeit zu sehen oder Pause zu benutzen hatte sich für ihn bereits beim ersten Treffen verboten.

Allein die Lage des Gebäudes war mit Bedacht gewählt. Die lustwandelnde, ausnahmslos höhergestellte und betuchte Herrschaft hatte keine Mühe, schnell und dadurch kaum erkennbar vom Corso Argentino abzubiegen, um gleich in der ersten breiten Straße nach wenigen Metern in einer Tiefgarage zu verschwinden. Das Haus selbst war vor höchstens einem halben Dutzend Jahren gebaut worden. Der Name „Chez Silvia" war nur ein Hinweis auf die Bar, dass die Tür *ingresso privato* rechts neben dieser in bestimmte Gemächer führte, wussten zwar alle, aber Dank eines behördlichen Schutzschildes würde in den nächsten Jahren niemand diese Türe öffnen, um das Geschehen dahinter zu kontrollieren; man zerstörte sich ja nicht die eigenen Freizeiteinrichtungen. So ging man mit den eigenen Gesetzen um. Das *Legge Merlin*, das Prostitutionsverbot, wurde in jeder Stadt mindestens einmal frei interpretiert.

Der Flur hell und dicht an dicht mit anspruchsvollen erotischen Fotografien geschmückt. Und das sogenannte Foyer de Cœur eine hinreißende Mischung aus Plüsch, Prunk und Pilastern. Pornografie war nicht dabei. Die war verboten. Sowieso fehlte hier jeglicher

Hinweis auf den Zweck der Räumlichkeiten und das erwartete und viel zu junge asiatische oder aus dem Osten verschleppte Mädchen, das die Tür öffnete. Stattdessen erwarteten die Männer, die sich wirklich als Gäste fühlen konnten, Frauen mit Niveau.

Nach zehn Minuten stand Chiara, die er im ersten Moment fast nicht erkannte, da sie ihre langen haselnussbraunen Haare mit einer blonden Perücke bedeckte, neben ihm. Als wenn es das Selbstverständlichste auf der Welt wäre, war sie nur von einer transparenten Hülle, gerade diesem Slip und dem dazugehörigen BH bekleidet. Legte ihre Hand auf seinen Arm und hauchte ihm einen Kuss auf die Wange, von dem er hoffte, dass er *so* nicht zum Geschäft gehörte. Alles wirkte vollkommen natürlich. Nur ihr Blick zeigte eine kaum wahrnehmbare Portion Verwunderung. *Ciao, Benito. Ich bin ein wenig sprachlos. Und wenn ich ehrlich bin, hoffe ich, dass dich nicht Sofia geschickt hat, um das Geld einzutreiben.* Betreten schüttelte er den Kopf und schaute auf die glänzend schwarze Oberfläche der Theke, an der er saß. Sie anzuschauen getraute er sich nicht. Es wäre mehr als ein Sündenfall gewesen. *Was führt dich also zu mir?* Nun war er es, der keine Worte fand, sah sie kurz und verschämt an und zuckte mit den Schultern, bevor ihm: *Ich konnte mir das bei dir nicht vorstellen*, herausrutschte. Sie hätte jetzt, wie in einem schlechten Film, unbeherrscht auflachen, mit Ärger, Wut oder Enttäuschung ihren von der Familie ständig verletzten Gefühlen ein Ventil schaffen können. *Ach, dann kommt der sorgende Herr vorbei und will das Mädchen aus unanständigen Händen befreien, natürlich erst, nachdem er sich selber von ihrer Reinheit überzeugt hat.* Doch suchte sie nur seinen Blick und zog ihn sanft von dem Hocker, um sich mit ihm in einem Zimmer zurückzuziehen. Da dachte er noch, so was kann doch nicht gut gehen. Aber es war das Gegenteil der Fall. Kaum waren sie durch die Tür gegangen, hatte sie das Frisbee ihrer blonden Haare auf einen Stuhl geworfen. Sich in Chiara zurückverwandelt. Für ihn hatte sie die Perücke abgelegt und die Verführung war perfekt. *Keine Sorge aus diesem Haus dringt nie etwas nach draußen. Keiner wird etwas erfahren. Auch Sofia nicht. Wir sind uns nichts schuldig. Silvia wird sicher das Richtige denken. Sie weiß ein wenig Bescheid. Das ist kein billiger Puff. Hier verkehren Herren, deren Namen ich nicht einmal dir sagen kann. Oder kommst du mit einem Durchsuchungsbefehl?* Wieder schüttelte er lediglich den Kopf und getraute sich kaum, sie zu betrachten. Nur eine einzige Vokabel raste durch seinen Kopf: Wahnsinn. Nicht dass Sofia eine unscheinbare Frau gewesen wäre. Nein! Ein ganz anderer Typ. Fraulicher, wenn eine Beschreibung, ein Urteil überhaupt anstand. Chiara hingegen mädchenhafter, schon allein dadurch verführerischer.

Vielleicht war es aber auch nur die Situation, die sich doch im Grunde verbat. Allein hierherzukommen war doch schon ein Verrat an dem einstmals abgegebenen ehelichen Versprechen. Aber dieser, wenn es denn einer sein sollte, ist wie so häufig, nur ein Effekt einer Abnützung, die sich schon eingestellt hatte, ehe man sicher war, ob man zusammen eine Zukunft hatte. Sie hatten geheiratet als die Euphorie, nachdem man Schule, Elternhaus und Wohnort hinter sich lassen konnte, befahl, die Welt auf den Kopf zu stellen. Sie waren beide keine zwanzig. Bereits nach wenigen Monaten war klar, dass man dazu mehr als nur dieses wilde Gefühl brauchte. Zuneigung wäre das Wenigste gewesen. Liebe hätte sich dann vielleicht noch eingestellt.

Ihm fiel nur eine dumme Frage ein. *Warum nennst du dich Elena?* Was für ein Lächeln von ihr. Das durfte nicht sein. Eine Nutte, Sofias Worte, konnte nicht so entzückend gucken. *Für mich ist das ein Versteck in dem keine Verletzungen möglich sind. So bleibt von der Welt noch viel übrig für mich. Ich möchte später noch lieben können. Wenn ich 33 bin, ist Schluss hier. Das sind noch sieben Jahre. Reichlich genug, selbst hier nur einmal einem Idioten statt einem Herrn zu begegnen. Und ehrlich gesagt, finde ich mich schön genug für diesen Namen – warum bist du gekommen?* Am liebsten hätte er geantwortet: weil Sofia mir seit vierzehn Tagen die Hölle heiß macht und ich versuche zu retten, was zu retten ist. Aber wenn ich dich hier so sehe, weiß ich nicht, ob ich dazu noch gewillt bin, denn ich hoffe jetzt den Grund für eine Flucht gefunden zu haben. Für einen ganz anderen Neuanfang und wenn die Welt ihn für noch so unanständig hält. Collasso beließ es bei einem Schulterzucken. Nachher würde er ihr sagen, dass er sie schön findet. Auch wenn es platt und blöd klingen sollte.

Es klang nicht blöd. Sie hatten sich zuvor noch einineinhalb Stunden unterhalten und, wie sie beide bemerkten, viel zu viel von ihrem Leben preisgegeben. Oder gerade ausreichend genug. Es war nichts, was man so, ohne weitere Erläuterungen stehen lassen konnte. Er sollte wiederkommen, wann immer er wollte. *Mach dir nichts draus, wenn du dann mal warten musst. Es wird keine Anzüglichkeiten geben. Ich mache nichts, was die anderen Mädels hier machen. Das hier ist nichts als eine Arbeit. Ich hätte auch in einer Fleischerei landen können. Irgendwann erkläre ich es dir. Kommst du wieder?* Er hatte keine Lust mehr sich zu verstellen und nickte mit dem Kopf, fügte noch ein *Selbstverständlich!* hinzu, das durch seinen Blick schon nicht mehr nötig war. Da nahm sie ihn in den Arm und er spürte durch das Nichts, das doch eine Verpackung sein sollte, die Wärme ihres Körpers. Eine, die er schon seit langem vermisst hatte und die schnell durch seinen dünnen Körper in sein Herz gelangte. *Versprich mir, dass du auf dich achtgibst.* Eine Bitte, die allzu ehrlich klang. Er musste sich überhaupt nicht anstrengen, sie mit einer deutlichen Portion Hingabe zu sagen.

Als er damals wieder draußen auf der Straße gestanden hatte, hatte die sommerliche Jahreszeit ihr leuchtendstes Kleid angehabt. Mit einem makellosen blauen Himmel ohne Wolken. Mit einer Luft, die mitten in diesem Industriegebiet frisch und rein, ja, fast nach Blütenduft roch. Er griff in die Tasche, um die Sonnenbrille herauszuholen und spürte dabei das Geld, das sie irgendwie geschafft hatte, ihm in die Jacke zu stecken. Das nächste Wiedersehen durfte also durch das plötzlich aufgekommene Gefühl bestimmt werden und nicht noch mal durch den ursprünglichen und nahezu polizeilichen Auftrag Sofias, das Geld einzutreiben. Er schaute lächelnd zurück, zu der Treppe, die zu Chiara hinaufführte. Zum ersten Mal wusste er, was zu tun war.

lavorare e amare

19. März, 9 Uhr 20

„Sie kannten Abedin Gashi gut?"

„Er war ein Aktivposten in unserer Kontaktgruppe. Er organisierte Veranstaltungen, Abende, Ausfahrten, Treffen mit anderen Gruppen, bot seine Hilfe an, um neuen Immigranten Wege und Behördengänge zu erklären und, da er schon seit seinem zehnten Lebensjahr hier war, auch die italienische Denkweise zu vermitteln. Seit drei Jahren spielte er wieder in einem Verein

243

Fußball. Bei Nova Sper Monterosso. Nova Sper bedeutet Nova Speranza, neue Hoffnung. Immerhin sind sie nun kurz davor aufzusteigen. Für einige in der Mannschaft ist dieser Verein in der Tat eine Art letzte Hoffnung, denn sie hatten bisher nicht so viel Erfolg. Aber nicht nur dort war Abedin aktiv. Er sorgte sogar dafür, dass Frauen, die ohne ihre Männer in der Region untergekommen waren, in der Frauengruppe aufgenommen wurden. Er war wirklich sehr engagiert. War darüber hinaus mit Sabrina, einer jungen, properen Italienerin, fast schon verheiratet und obwohl das Geld an allen Ecken fehlte, trotz ihres zusätzlichen Verdienstes als Wäscherin in einem Hotel, planten die Beiden ihren Nachwuchs."

„Wir hatten erfahren, dass er gerade eine neue Arbeitsstelle gefunden hatte."

„Leider hatte er immer Schwierigkeiten, eine zu finden, die er dann auch hätte behalten können. Er war eine ehrliche Haut und sah, wie Sie wissen, auch gut und gepflegt aus. Doch seit sieben Jahren hatte er wechselnde Arbeitgeber und über Winter war er, wie viele seiner Herkunft, regelmäßig arbeitslos. Doch er klagte nie und sprach nicht darüber."

„In Ihrer Funktion ..."

„... die rein ehrenamtlich ist ..."

„... hatten Sie keine Möglichkeit, sich für ihn einzusetzen, um ihm eine dauernde Stelle zu verschaffen?"

„Die Ausgangslage unserer Albaner ist denkbar schlecht. Die meisten von ihnen kamen in den Kriegsjahren als Flüchtlinge in ein Land, das sie nicht haben wollte. Diese Albaner, eigentlich alle aus dem Kosovo, versuchten, indem sie alle Arbeiten annahmen, sobald es ihnen erlaubt war, sich mit ihr in den Alltag einzugliedern. Für viele wurde der Satz *lavorare e amare* zu einem Leitsatz. Geld wurde und wird gleich an mehreren Stellen verdient, um die Familie über Wasser zu halten. Sie verdingen sich als Fanghinos, wenn sie Glück haben als Masseure und wenn sie davon noch mehr haben und etwas Geld, gehen sie mit Ledergürteln, Jacken und Unterwäsche, allerdings zweifelhafter Herkunft, auf die Märkte der Region. Der Leitsatz hilft ihnen, über viele einschneidende Kompromisse hinwegzukommen. Sie sorgen mit ihm für den Nachwuchs, der in Italien ansonsten fehlt."

„...und er bietet die Möglichkeit, Besuch von der Polizei zu bekommen? Hatten Sie hier in ihrer Gruppe Probleme mit Kriminalität? Kannten Sie Fälle?"
Die erste Antwort, die Berlingui erhielt, war ein unechtes Lächeln, das sich aber sogleich in einen missbilligenden Gesichtsausdruck verwandelte.

„Unsere Leute, das möchte ich feststellen, sind nicht krimineller als die übrigen Einwohner. Das sollten auch Ihre Statistiken zeigen. Es tut mir leid, wenn nicht alle Immigranten aus der Region zu uns hierherkommen, aber wir haben keinen Auftrag und keine Handhabe, ihnen daraus eine Auflage zu machen. Sie, Commissario, sind selber, behaupte ich einmal, auch nicht in einer polizeilichen Tanzgruppe oder einem Kirchenchor, ich nehme an, dazu wurden Sie sicher auch nicht aufgefordert, weder von Ihrem Arbeitgeber noch während Ihres Religionsunterrichtes. Ich halte nichts davon, Minoritäten in ein Korsett zu zwängen. Allzu leicht nennen wir etwas Integration, was andere, in gelindester Form, als Einschränkung empfinden. Da sollte ein ganzer Haufen an Fragen vorher geklärt sein. Ständig laden wir mit unserer scheinheiligen Offenheit Menschen aus anderen Ländern ein, aber unterlassen es mit einer an Impertinenz grenzender Kontinuität, sie darin zu unterrichten, warum wir es getan haben. Europa hatte genug Chancen, uns vorher anders und effektiv zu helfen."

Er machte eine kleine Pause und rückte zwei, drei Stapel Papiere im Grunde genommen sinnlos zurecht.

„Ich erwarte nicht, uns mit offenen Armen zu empfangen, aber dass zuvor mit angesehen wurde, wie Kämpfer der UÇK, die zudem noch durch den Westen, also auch mit Billigung Italiens, in Albanien ausgebildet worden waren, eigene unbequeme Landsleute in die Arme der Serben trieben und von denen dann entweder inhaftiert wurden oder auf dem gleichen Weg wieder zurückgejagt wurden, um dann als Kollaborateure erschossen zu werden, das treibt mir heute noch Zornesröte ins Gesicht."

Hasani redete sich langsam buchstäblich in Rage und sein Blick verlor jene Freundlichkeit vom Anfang des Gespräches. Berlingui nahm es reaktionslos nach außen, aber mit Selbstvorwürfen zur Kenntnis. Collasso hätte sich in seiner unnachahmlichen, bedächtigen Weise wieder einmal diplomatischer verhalten, auch wenn er sich dabei bis unter einen Teppichboden hätte verbeugen müssen. Bevor Berlingui einen beschwichtigenden Satz sagen konnte, fuhr Hasani, während er seine Nasenwurzel walkte, etwas ruhiger fort:

„Sie müssen sich vorstellen, diese Menschen kamen häufig nur mit ihren Kleidern auf dem Leib hier an. Geld, das sie dabeihatten und von dem sie glaubten, damit Wochen oder sogar Monate überleben zu können, stellte sich bestenfalls als Altmetall heraus, für das man hier nichts erhielt. Die Preise waren exorbitant höher, sie waren von vornherein auf die Fürsorge Italiens angewiesen, lebten in viel zu engen Lagern und wurden nach kurzer Zeit neu verteilt, getrennt und vielleicht sogar abgewiesen. Einige wenige brachen aus diesem Zyklus aus, um durch das Lernen der neuen Sprache bessere Möglichkeiten zu erhalten, sie belegten Lehrgänge und andere Integrationsmaßnahmen, die ihr bisheriges Leben, das sie in der Heimat geführt hatten, immer mehr auf den Kopf stellten. – Ich frage Sie: Was macht eigentlich einen Europäer aus? Dass er in Holland, Frankreich oder Italien geboren wurde? Durch ein mehr oder weniger nicht beeinflussbares Schicksal, vielleicht achtzig Kilometer weiter westlich?"

Wieder unterbrach er sich, füllte die beiden Tassen mit Kaffee und versuchte dadurch zu der selbst erlebten Vergangenheit Abstand zu gewinnen. Er spürte zu sehr seine eigene Aufregung

„Sie wissen, dass ich nun stundenlang fortfahren könnte, aber worauf ich hinauswill, ist, dass in diesem Fall die christliche Minderheit der Flüchtlinge oft die einzige war, die die geringeren Schwierigkeiten hatte, sich hier einzuordnen. Auch wenn Abedin einen Namen trug, der seine Konfession nicht verriet, so war er ein tief religiöser christlicher Mann. Sein Name war, wie für viele Katholiken, ein Schutzwall in einer moslemisch bestimmten Welt. Abedin nutzte von Anfang an alle Möglichkeiten, sich Dank seines Glaubens einordnen zu können, er glaubte an seine Zukunft."

„Er war also auch hier in der Kirche engagiert?"

„Natürlich, alle vierzehn Tage gibt es hier in der Region einen Gottesdienst in albanischer Sprache, in dem er aktiv als Lektor oder Helfer agiert hatte."

„Wie konnte er dann so auf Abwege geraten."

„Sie unterstellen, dass er diesen Anruf im Wissen der darauffolgenden Geschehnisse getätigt hat. Aber vielleicht hatte er von diesen auch keine Ahnung."

„Nun, er behauptete eine neue Arbeitsstelle zu haben, doch in diesem Hotel Adige Terme hätte sein Arbeitsvertrag erst ab dem ersten April gegolten. Für wen war er also in der Zwischenzeit tätig geworden? Selbst

Sabrina konnte mir keine ausreichende Auskunft geben. Sie war die ganze Zeit davon ausgegangen, dass er in den arbeitslosen Zeiten für die Kirche tätig war, denn er brachte immer wieder etwas zusätzliches Geld mit nach Hause und erst einen Tag vor seinem Tod sagte er auch ihr etwas von einem neuen Arbeitsplatz. All das bedeutet für mich nicht unbedingt, dass er unwissend an Falsche geraten wäre."

„Das bedeutet, ich könnte Ihnen nicht einmal eine Person aus seinem mir bekannten Umfeld benennen, die ihn plötzlich so negativ beeinflusst hätte, um bei einer solchen Tat mitzuwirken."

Hasani schüttelte den Kopf und stellte seine Tasse neben die von Berlingui auf einen Stapel Papiere neben sich und fuhr fort: „Er hatte sogar Kontakte zu dem von autochthonen Albanern stark geprägten Bistum Lungro in Kalabrien, das ihn immer wieder einlud, Wallfahrten für die süditalienischen Albaner nach Laç zu begleiten. Dort wird traditionell der heilige San Antonio aus Padua in einer Grotte verehrt. Auch wenn der Ort für Sie unbekannt sein sollte, so ist er für die katholische Kirche jenseits des Mittelmeers mit Lourdes zu vergleichen. Zu sehr versuchte er sich dort dienlich zu machen, als dass selbst ich bemerkt hätte, dass etwas mit ihm nicht stimmt."

Plötzlich begann es wieder in Berlingui leise zu rattern. Wie aus dem Nichts verbanden sich immer mehr Puzzleteile, passten für unmöglich gehaltene Teile in ein Räderwerk. Bilder aus den letzten Tagen tauchten vor seinem inneren Auge auf und nährten diesen gestern noch kleinen Verdacht, der zu einer Vermutung anwuchs und dann plötzlich zu einem fertigen Konstrukt einer erschreckenden Möglichkeit wurde. Er merkte, wie er Hasani nicht mehr folgte und griff, um diese äußerliche Unaufmerksamkeit zu überspielen, zur Tasse. Dabei versuchte er einen klaren Gedanken zu fassen, damit seine nächste Frage keine falsche Aufmerksamkeit provozierte.

„Das passt ja auch alles eigentlich nicht in das Bild. Ein praktizierender Christ auf Abwegen. Was waren denn das für Kontakte? Vereine, Pastoren oder wer steckte dahinter?"

„Es war sogar ein Bischof dabei, der in diesem Fall sozusagen als Botschafter für Padua agierte. Der den Namen Sant Antonio nutzte, um die Schäfchen – wenn ich das mal so sagen darf – auf beiden Seite der Adria zusammenzuführen. Seinen Namen könnte ich herausfinden. Irgendwo habe ich ein Schriftstück, einen Brief von ihm. Er hat sogar einen aus Albanien stammenden Sakristan, der die Verbindungen nach drüben hergestellt hat."

Hasani schaute auf die Stapel.

„Jetzt ärgert es mich, dass mir sein Name nicht einfällt."

19. März, 9 Uhr 35

Sein Blick verriet Verblüffung, Überraschung, fast Besorgnis. Dass dieser Fall außergewöhnlich war, war ihm spätestens seit dem Gespräch mit dem Kardinal bewusst. Aber was der Kriminaldirektor jetzt von ihm verlangte, überstieg sein Empfinden für die eigenen Handlungsmöglichkeiten und ähnelte einem Komplott oder Verschwörung.

„Ich kann Ihnen nicht alle Details in dem Fall nennen. Ich darf es nicht einmal. Staatsanwalt Porta ist selber unter Druck geraten. Von einem Senator derartige *Anweisungen* zu erhalten ist selbst für ihn ungewöhnlich."

„Sie wollen also im Ernst, dass ich meine Leute zurückpfeife, nach allem, was ich gehört habe? Und wie soll ich denen das beibringen? Was soll ich sagen? *Scusi,* wir entehren die Kirche? Beflecken das Kreuz? Wenn ihr weiter bohrt, werden wir alle exkommuniziert? – Haben Sie eine Lösung? Welche schlagen Sie vor? Was für eine Erklärung? Denken Sie mal an die Presse, wie die uns in der Luft zerfetzen wird. Ich höre jetzt schon deren Gelächter."

„Sie sollen sie nicht zurückziehen, sondern lediglich einen bestimmten Zugriff verhindern. Die Untersuchungen kanalisieren, lenken, dirigieren. Was weiß ich! Öffentlichkeit vermeiden! Gerade damit nicht allzu viele Informationen an die Presse durchrutschen. Es gibt Gründe, die verhindern, dass man im Vatikan sofort handelt. Sie erhalten dafür dann einen nicht unwesentlich Verantwortlichen auf einem silbernen Tablett serviert und die Kurie entledigt sich anschließend auf vornehme Weise dieser Excellenz. Ohne Kenntnis der Presse. Ohne Verriss. Ohne unnötige Kommentare. Das alles betrifft nämlich immerhin ein anderes, völkerrechtlich souveränes Land."

„Sie kennen die Gerüchte von damals? Sie wissen, was passiert, wenn der Name des Senators herauskommt? Sie wissen, wer für den Fall zuständig ist? Ich kann Ihnen verraten, was auch sein alter Herr dazu sagen wird. Glauben Sie, Berlingui lässt sich auf einen solchen Kuhhandel ein?"

„Das kommt leider ganz auf Sie an. Ich kann es mir auf jeden Fall *nicht* erlauben, mit Porta zu kollidieren oder ihn gar bloß zu stellen. Er ist selber lange genug Abgeordneter gewesen. Er kennt die Fallstricke, die im Hintergrund ausgelegt werden können. Verdammt noch mal, glauben Sie mir, diese ganze Blase würde ich selber lieber heute als morgen hopps gehen lassen, aber ..."

„... Ihnen sind die Hände gebunden. Ich habe schon verstanden. Ein Senator ... Gut ... gut, ich gebe zu, er ist engagiert in der Kirche, bekommt zusammen mit einem katholischen Geistlichen den Größenwahn, will die Welt verbessern und gerät zusammen mit ihm gänzlich unbestechlich und selbstverständlich ohne jegliche Absicht in die Fänge des organisierten Verbrechens. Und während in Venedig gerade der Prozess geführt wird, wird der letzte außerhalb Roms herumlaufende Zeuge und Kenner der Verwicklungen stillschweigend umgebracht, und weil es so schön war noch einer und vielleicht noch einer. Und Sie nennen einen der wahrscheinlichen Mörder einen nicht unwesentlich Verantwortlichen."

Sfarzi konnte seine Erregung nur schwer bändigen. Ein Senator, ehemaliger Kollege des alten Berlingui, ehemaliger kleiner Rechtsanwalt in Modena, jetzt einer der größten Gewinnler nach dem Postenschacher, hatte es geschafft, ausgerechnet Staatsanwalt Porta auszubremsen. Giampaolo Berlingui selbst hatte Porta zu seinem Nachfolger aufbauen wollen und es tatsächlich geschafft, ihn in der entscheidenden Phase zu positionieren. Ausgerechnet jetzt kommt ein Gespenst aus alten Zeiten hervorgeweht, ausgerechnet so eines hatte es geschafft, mit dem Vatikan auf gutem Fuß zu stehen und es fertiggebracht, den Berlinguis in die Quere zu kommen. Es brauchte nicht viel Phantasie, um sich die Verbindungen, die dahinter steckten vorzustellen. Der Draht in den Vatikan, der am Anfang nur warm gewesen war, stellte sich als brütend heißer Tauchsieder ohne Griff heraus, an dem sie sich alle die Finger verbrennen sollten.

De Rossi schaute ihn mit verhärteten Gesichtszügen an, auch seine Anspannung war deutlich zu spüren.

„Falls es Sie beruhigen sollte, ich hatte am Samstag ein wirklich sehr freundschaftliches Gespräch mit Giampaolo, dem alten Herrn, geführt. Er hat, denke ich, ihren Freund Piero gestern Mittag sicher mit einigen Denksportaufgaben nach Hause gehen lassen, denn die ganze Familie hat sich auf ihrem Gut in Casoni getroffen. Sie können mir glauben, dass alles war dort ein ganz selbstverständliches und normales Thema."

Wenn du dich da mal nicht täuschst, dachte Sfarzi und schaute de Rossi mit möglichst gleichgültiger Miene an. Der Senior ist nicht käuflich.

19. März, 9 Uhr 55

Also doch. Aber es fiel nicht besonders auf. Doch für Collasso war es Beweis genug. Auch wenn in den übrigen Vitrinen an fast jedem Brett genauso zwei dicht nebeneinanderliegende, winzige Löcher an den vorderen Kanten zu erkennen waren. Löcher von dünnen Nägeln mit denen vermutlich diese kleinen goldfarbenen Holzschilder mit römischen Zahlen befestigt gewesen waren, die nun an einer anderen Stelle befestigt Objekte für den Kirchenführer bezifferten. Kurz hatte der Ispettore Zweifel bekommen. Vielleicht hatten ständige Restaurierungen ein gelegentliches Umstellen der Kunstschätze nötig gemacht. Es konnten daher nicht alle Teile gezeigt werden. So dass auch der ominöse Kelch davon betroffen war und nur deshalb die betreffende Stelle auf dem Foto in dem alten Buch leer war. Er kontrollierte die Nummernfolge und fand keinen Fehler, keine Lücke, keine Zahl, die fehlte. Wenn er sich recht erinnerte, hatten schon die damaligen Nachforschungen nur dümmliche Aussagen ergeben, nämlich die, niemand könne genau benennen, wo auf Grund der Beschädigungen einzelne Teile nach dem Diebstahl der Reliquie damals abgeblieben waren. Hatten die eine so schlechte Kontrolle über den Bestand? Oder wusste derjenige mehr darüber, als es gut war zuzugeben? Collasso hatte ohnehin von Anfang an das Gefühl, dass es auch in San Antonio zumindest eine undichte Stelle gab. Diese kleinen Löcher passten daher in seine Theorien. Um sicher zu sein, hatte er noch mal die alten Akten studiert und die Fotografien miteinander verglichen. Danach war er sich sicher, der Kelch musste damals entwendet worden sein. Mehr wusste er zwar nicht. Die Tonbandaufnahme passte nun jedoch noch besser.

Sic transit gloria mundi

20. März, 10 Uhr 00

„Salva venia werden Sie sicher verstehen, dass Kardinal da Conte Silvestri heute nicht selbst mit Ihnen sprechen kann. Die Kurie mit ihren mannigfaltigen Aufgaben fordert seine Anwesenheit in einer nicht länger aufschiebbaren Sache. In puncto Monsignore Tossatello können Sie aber in nomine Cardinale da Conte Silvestri mit mir sprechen. Non modo, dass ich Secretarius seiner Exzellenz bin, sed etiam bin ich mit den Arbeiten des Verstorbenen vollkommen in extenso vertraut."

Berlingui hielt eine Hand vor die Muschel des Hörers und atmete durch seinen zu einem O geformten Mund kräftig aus. Dann klopfte er gegen die Scheibe seines Büros und winkte, nachdem Collasso sich zu ihm umgedreht hatte, diesen zu sich ins Büro. Gleichzeitig säuselte er mit passend verzogenem Gesicht ins Telefon:

„Nun, ich habe selbstverständlich nicht erwartet, dass Seine Exzellenz so kurzfristig, überraschend und fast unangemeldet in dieser Angelegenheit Zeit für mich haben könnte ...", in diesem Moment betrat Collasso das Büro und wollte für den Commissario erkennbar in normaler Lautstärke etwas loswerden und die Türe allzu laut schließen. Berlingui zog die Augenbrauen in die Stirn und legte einen Finger auf seinen Mund. Collasso nickte, schloss in seiner ständig übertrieben wirkenden Art die Tür und setzte sich leise auf einen Stuhl dem Commissario gegenüber. Dieser hielt nochmals die Muschel des Hörers zu und flüsterte mit seinem Zeigefinger auf den Hörer zeigend: „*Un scemo latino.* Ein lateinischer Trottel!", dann fuhr er, die Hand vom Mikrophon des Telefons entfernend, fort: „... ich möchte Sie, hoffentlich, auch nicht allzu lang aufhalten."

Collassos Gesicht veränderte sich während dieser Worte in großer Geschwindigkeit von einem Grinsen, über ein zustimmendes Kopfnicken in ein mimisches Fragezeichen.

„In nomine der Kurie danke ich Ihnen. Wir haben volles Vertrauen in Ihre Arbeit, was Sie daran erkennen können, dass wir uns in diese bisher nicht eingemischt haben und auch nicht einmischen werden. Wir wissen um den entstehenden Erfolg ihrer Arbeit. Des Monsignore Arbeit lässt sich am besten mit einem Satz von ihm beschreiben, den er vor beinahe drei Wochen hier kurz vor seiner Abreise sagte. Er zitierte Plautus und dieser Satz erhält nun durch die aktuelle Situation eine wahrlich mehrfache Interpretationsmöglichkeit. *Inter*

Sacrum saxum questo, nec quic faciam scio. Ich stehe zwischen Opfer und Stein und weiß nicht, was ich machen soll. Finden Sie nicht auch, dass dies eine seltsame Feststellung ist, trotz Ihrer bisherigen Untersuchungsergebnisse?"

Berlingui und Collasso schauten sich vielsagend an, *trotz Ihrer bisherigen Untersuchungsergebnisse,* und der Ispettore nahm sich ein Blatt Papier aus dem Papierkorb und schrieb auf die unbedruckte Rückseite: *Entweder er versteht zu provozieren oder er hat keine Ahnung von unseren Untersuchungen!* Berlingui schien nicht ganz überzeugt und wog seinen Kopf hin und her. Dann schrieb er schnell darunter, *Er spielt auf Zeit und testet unser Wissen.* Im gleichen Moment erhellte sich sein Gesicht und er entgegnete, nun dem Zuhörer am anderen Ende der Leitung:

„*Media in vita in morte sumus.* Mitten im Leben sind wir im Tod. Sicher war es nicht dies, was der Monsignore als Antwort auf seine Frage erwartete. Doch hatte er Ihnen sicher den Grund für seine Ratlosigkeit genannt?"

„*Fons et origo,* also Quelle und Ursprung seiner Aussage waren *cause in suspensi,* zweifelhafte Dinge. Da wir aber selber über keine weiteren Details verfügen, kann ich Ihnen unmöglich etwas dazu sagen."

„Das heißt aber, Sie haben einen Verdacht, wenn nicht sogar eine mögliche Erklärung parat."

Zum ersten Mal während des Gesprächs bemerkt Berlingui ein Zögern und glaubte, wieder einmal ein Murmeln aus einem anderen Teil des Raumes am anderen Ende zu vernehmen. Hinter diesen Wänden agierte man wohl nie allein. Der Eindruck einer kurzen Absprache wurde bestätigt, als der Padre wieder weitersprach, denn die ersten Worte kamen durch die noch nicht ganz vom Mikrofon fortgenommene Hand dumpf in seinem Hörer an.

„Wir können nur so viel sagen, dass Monsignore Tossatello während seines Urlaubes zufällig auf Zusammenhänge gestoßen ist, die für die betroffenen Seiten nicht ohne Molesten sein werden. Er deutete dabei Dinge und Sachverhalte an, über die wir schon einmal vor einigen Monaten gesprochen und die wir bis dato nicht miteinander in Verbindung gebracht hatten. Allerdings beachtete er dabei die *aequitas canonica*[4] sehr genau, so dass gleichzeitig der Grundsatz, der am Ende unseres *Codex Iuris Canonici* steht, erfüllt blieb. *Salus animarum suprema lex est*[5], wie Sie sicher wissen."

20. März, 12 Uhr 25

Die Vase lag wie ein Schlagstock in ihrer Hand und genauso wog sie diese in ihr auf und ab. Seit fünf Tagen war sie nichts anderes als eine Strafgefangene von Da Conte Silvestri. Was glaubte dieser eigentlich zu sein? Der Allmächtige wohnte jedenfalls woanders und schon gar nicht in einem solchen Gemäuer. In ein paar Minuten ist auf jeden Fall Schluss. Hier rauszukommen kann ja nicht so schwer sein. Das Gebäude kannte sie gut genug, mit seinen ganzen Gängen und Fluchten, den Labyrinthen der Stufen. Die Treppe am Ende des Ganges in diesem Trakt zu Beispiel führte genau zu den verdeckten Korridoren, die wiederum zu kaum sichtbaren Türen hinter weißen Paravents ins Vatikanische

---

[4] kanonische Billigkeit. Diese bedeutet im allgemeinen Milde gegenüber der Strenge des Rechts, mitunter aber auch Härte und damit kirchenuntypische (?) Gnadenlosigkeit.

[5] Das Heil der Seelen ist das oberste Gesetz.

Museum führten und damit wenige Meter später auf die Viale Vaticano. Diese würde sie nutzen. Und dann Wiedersehen mit anderen Vorzeichen! Schade nur, dass so etwas nicht ohne Blessuren für Unbeteiligte ausgehen kann. Sie schaute auf die Uhr, gleich würde wieder geklopft und die Tür aufgeschlossen werden. Seit drei Tagen war es ein höriger und gleichzeitig verschüchterter, zukünftiger Kurat. Zunächst mit Begleitschutz und seit vorgestern Abend war dieser allein. Später einmal würde er seine Autorität bei Pfadfindergruppen ausüben und untermauern dürfen. Also war sie doch ein fantastisches Lehrstück. Was man ihm wohl über sie erzählt hatte? Kopfschüttelnd stand sie an der Tür und ging ihren kleinen Plan noch einmal durch. Mit der linken Hand würde sie die Tür hinter ihm zufallen lassen. Schön leise. Gleichzeitig hätte sie schon längst mit der Vase ausgeholt und diese auf seinen Kopf gedonnert. In vielen Büchern und Filmen klappte dies auch vortrefflich, ohne dass bleibende Schäden zu befürchten wären. Zwölf Uhr dreißig. Wirklich pünktlich. Auf die Sekunde genau klopfte er an die schwere Tür. Sie stand bereit, als die Tür aufging. Der junge Geistliche war mit dem Tablett eingetreten und hatte sich sogleich zu ihr umgedreht. Hatte er etwa einen siebten Sinn? Himmelherrgott! So konnte sie, verdammt noch mal, nicht zuschlagen. Er trug das Tablett mit dem Essen auf seiner rechten Hand und im gleichen Moment in dem sie sich vollkommen ungeplant auf ihn stürzen wollte, klappte er mit seiner linken Hand die Serviette auf. Darunter lag ein eingeschaltetes Mobiltelefon.

„Zehn Minuten."

Und schon hatte er das Servierbrett auf dem Tisch abgestellt. Ungläubig blickte sie darauf und dann in sein Gesicht. Sogleich winkte er ab und war durch die Tür im Gang verschwunden. Mehr als zwei oder drei Minuten der wertvollen Zeit verstrichen, bevor Senora Mistretti das Gerät in die Hand nahm und die einzig mögliche Nummer tippte.

20. März, 17 Uhr 35

Berlingui saß immer noch im Mantel in einem der Holzstühle auf der Terrasse in seinem Garten. In seiner Hand drohte die leere kleine Espressotasse vom Teller zu rutschen, während er, fast ohne irgendwelche Dinge wahrzunehmen, in die Büsche seiner geliebten aber zu selten gepflegten Rosen schaute. Dabei versuchte er dieses Sammelsurium an Daten, Personen und Gesagtem, den Knoten dieser vielen Fäden und Ansätze, die Andeutungen und bösen Ahnungen zu entwirren, wieder zusammenzufügen und in eine stimmige Logik zu bekommen.

Die Larve eines Marienkäfers krabbelte währenddessen am Rand eines Blattes an dem langsam grüner werdenden Busch entlang und machte sich anschließend daran, einen frisch gewachsenen Stängel hinaufzuklettern. Die Seiten seines kleinen Körpers sahen aus wie Warnbaken, die die Polizei manchmal bei Straßenkontrollen aufstellte.

Viel war es nicht. Aber am Morgen hatte er durch Mandroni erfahren, dass Tossatello nicht in Venedig gewesen war. An keinem Tag. Also auch nicht beim Prozess. Es passte und es passte nicht. Woher stammte dann die Aufnahme oder war sie ihm zugespielt worden. Keiner konnte es sehen, aber Berlingui zuckte mit den Schultern und ertappte sich dabei, sich selbst reden zu hören.

Wenn er die vage Vermutung darüber, die wenigen Fakten ihrer Ermittlungen, diverse Kommentare und all die anderen Puzzleteilchen zusammenfügte, ergab sich für ihn ein Bild, in dessen Mitte zwei noch nahezu gesichtslose Männer standen, noch ohne Namen, die aber für ihn eindeutig die Hauptverdächtigen waren. Doch stellten sie etwas dar, was nicht sein konnte und für viele andere nicht sein durfte. Sie waren der Inbegriff für eine unantastbare Autorität und Organisation, die geschützt von ihrem riesigen Schatten, ihrer geschichtlichen Herkunft und der daraus entstandenen Macht ein fast nicht zu entwirrendes Gespinst gewoben hatten. Mit diesem hielten sie sowohl ihren Einfluss auf die unterschiedlichsten Machenschaften aufrecht als auch auf ihre Feinde, die glaubten sie könnten an deren Ergebnissen in irgendeiner Weise partizipieren, wenn sie genügend Druck erzeugen würden. Sie schreckten demzufolge auch nicht vor allerletzten Konsequenzen zurück.

Was hatte ihm der Kardinal in dem Telefont durch seinen Sekretär wissen lassen, als er sich getraute nach der Bedeutung der *aequitas canoninca* zu fragen? Je gewalttätiger die Ergebnisse einer verfehlten Politik werden, umso stärker, vielleicht sogar brutaler können sich die Mittel entwickeln, die eingesetzt werden, um die Herrschenden jedweder Couleur einzuschränken. Manchmal ist es dann leider die falsche Seite, die getroffen wird. Dies erinnerte den Commissario eher an die Zeiten der Roten Brigaden als an friedenstiftende Ziele der Kirche.

Mittlerweile war das kleine Insekt fast an der Spitze des jungen Triebes angelangt und fand dort an der Seite unterhalb einer winzigen Knospe fünf kleine grüne Knöpfe, die sich, nachdem er sich dichter herangebeugt hatte, als Läuse herausstellten. Plötzlich schien Berlingui ein Knacken wahrzunehmen, das geradewegs aus dieser Richtung zu kommen schien. Er beugte sich noch weiter vor, um diese winzige Szene besser beobachten zu können und die Tasse rutschte von dem kleinen Teller herunter. Geistesgegenwärtig konnte Berlingui sie mit dem rechten Schuh abfangen und ihren Sturz in das weiche daneben wachsende Gras lenken, so dass sie nicht zerbrach.

Fasziniert schaute er der Larve zu, wie sie die kleine Laus, diese eine Vertreterin einer Plage, in das Hinterteil zwickte und sie dabei begann auszusaugen. Zwischen den gelben Feldern, auf dem Rücken des ansonsten schwarzen Insekts, wuchs ihm langsam ein Kreuz entgegen, das durch die Flecken wie von einer Sonne hinterleuchtet schien. In seinem Kopf machte es in einer immer noch nicht ortbaren Ecke *Klick* und er bemerkte, als er sich in seinem Gehirn auf die Suche machte, wie sich langsam in ihm wieder das Räderwerk in Gang setzte. Plötzlich deckten sich die Konturen dieser Erscheinung mit einem realen Bild, das nun in seinen Erinnerungen zum Vorschein kam.

Dann sah er das Blatt Papier vor sich, das in seiner rechten oberen Ecke fast ebendieses Kreuz in einem Wappen trug. Doch fiel ihm nicht ein, wo er diesen Briefbogen hatte liegen sehen. Er kramte in seinen Taschen und grub aus ihren Tiefen sein Schreibwerkzeug und den Block heraus. Durch die früheren Interessen und wenigen Semester geschult, zeichnete er schnell, bevor ihm sein Gedächtnis ein Schnippchen schlagen konnte, das Emblem auf. Eine weitere Marotte mit der er es immer wieder geschafft hatte, sich besser auf bestimmte Details konzentrieren zu können. Dann sprang er aus dem Gartenstuhl heraus und die kleine Untertasse flog im hohen Bogen aus seinem Schoß, in dem sie vergessen gelegen hatte, über den Boden der Terrasse und landete an einer steinernen Säule zerschellend, auf der ein von Carla frisch bepflanzter Topf mit Blumen stand.

Er stürmte an seiner verwundert schauenden Frau vorbei durch das Wohnzimmer ins Haus und lief die Treppe in den ersten Stock hinauf, wo er neben dem Schlafzimmer vor Jahren ein kleines Arbeitszimmer mit einer Bibliothek eingerichtet hatte. Auch jetzt noch im Mantel stand er mitten im Raum und schaute sich um, als wenn er zum ersten Mal in ihm stehen würde. Mit dem Zettel in der einen Hand und mit der anderen Hand sein Kinn massierend versuchte er einen Zipfel seiner Gedanken zu erwischen, an dem er sich festhalten konnte, um endlich Ordnung in sie hinein zu bekommen. Wo konnte er finden, was er nachschlagen wollte? Er fuhr mit dem Blick die Bände seiner Enciclopedia Italiana entlang. Wo sollte er anfangen zu suchen? Symbole waren nach keinem Alphabet abgelegt. Er lehnte sich gegen die Kante des kleinen Schreibtisches, schaute die vielen Bücher an und fand in seiner Ungeduld keine Lösung, die ihm schnell genug gewesen wäre.

Noch einmal betrachtete er den Zettel, das schwarze Kreuz teilte in der ersten Zeichnung einen Kreis, an dessen Rand er mit einem Pfeil *Gelb* geschrieben hatte, in vier gleiche Teile. Die zweite Skizze zeigte einen Kreis, der oben und unten mit der gleichen Farbbezeichnung zwei sich gegenüberstehende Viertel darstellte und in dessen restlichen beiden Kreisvierteln je ein Kreuz zu sehen war. Er legte den Zettel hinter sich auf ein dort zufällig liegendes Blatt Papier.

Viel zu langsam gingen winzig kleine Schubladen in seinem Kopf auf, doch allmählich wurde der Raum um die beiden Zeichnungen mit weiteren Elementen komplettiert. Der Zettel schien sich mit dem Blatt Papier zu vereinigen und der eine Teil der Zeichnungen rutschte wie von Geisterhand an die richtige Stelle. Berlingui beugte sich noch mehr über das Blatt und starrte es an. Dann tippte er sich mit seinen Fingern an die Stirn. Und mit einem Mal wusste er, wo er diesen Briefbogen finden würde, in Hasanis Büro auf einem Stapel am linken Ende von dessen Schreibtisch, unter der im Verlauf des Gesprächs abgestellten Tasse. Dieses Papier hatte er während ihres Gespräches die meiste Zeit vor Augen gehabt und wunderte sich noch, warum unter dem italienisch klingenden Kopfzeilen ein Text in anderer Sprache stand.

Nun war alles klar. Sogar der Ortsname, der oben rechts gestanden hatte fiel ihm wieder ein, *Civita*. Doch, was ihm viel wichtiger erschien, war das wie ein Siegel wirkende Kreuz neben der schwungvollen Unterschrift am Ende des Briefbogens. Diese Unterschrift kannte er und die Person dazu auch.

„Du könntest wenigstens deinen Mantel ausziehen." Berlingui hatte sie nicht bemerkt. Sie war hinter ihn getreten und mit beiden Händen unter den Kragen geschlüpft und versuchte den Trenchcoat über seine Arme zu streifen. Etwas widerwillig zog er diese aus den Ärmeln, um gleich darauf Carla wie aus tiefsten Gedanken kommend zu fragen:

„Angenommen du hättest zwei längere Textfragmente vor dir, die scheinbar nichts miteinander zu tun haben. Oder zwei vollkommen verschiedene Bilder. Aber du bist vom Gegenteil überzeugt und kommst nicht dahinter, wo sie übereinstimmen könnten. Wie würdest du dich an die Lösung machen?"

Carla lehnte sich an die Schreibtischplatte und es ärgerte ihn, diesen verfluchten Fall nicht für wenigstens eine halbe Stunde ausblenden zu können. Denn das lässige Hauskleid von ihr war so transparent, dass die Konturen ihrer Figur und der darunter erkennbare Slip eigentlich zu einem sofortigen Entkleidungsauftrag wurden. Sie bemerkte seinen Blick und antwortete neckend:

„Wenn ich es dir verrate, springt für mich auch etwas heraus?"
Die für diesen Anblick ehrlichere Antwort würde er sich für später aufsparen.

„Ich befürchte, dass du dich gedulden musst", und damit nicht nur sie den Satz ernst nahm, glitt er mit einer Hand auf einem Oberschenkel von ihr unter das dünne Kleid und streichelte ihr warme Haut. Carla hielt seine Hand fünf Zentimeter, bevor es ihr schwerfallen würde, fest und seufzte.

„Also gut, aber ich werde dich daran erinnern."
Sie schob seine Hand in ungefährlicheres Gebiet und setzte sich auf den Tisch. Sein Blickwinkel auf ihren knapp verhüllten Schoß wurde dadurch nicht unbedingt verschlechtert.

„Wenn die Texte oder Bilder tatsächlich nichts miteinander zu tun haben, wirst du auch keine Ähnlichkeiten finden. Andere Schriften, Inhalte, Personen oder auch anderes Papier. Da gibt es viele Sachen. Ganz einfach. Sollten aber nach deinem Gefühl zum Beispiel dieselben Personen oder verwandte Geschehnisse zu finden sein, ähneln sich zum Beispiel die Komposition. Bei einem Text Satzbau, Grammatik oder Umschreibungen. Du musst ihn modular lesen, dann löst er sich in Elemente auf, die du in dem anderen vielleicht auch erkennst. Bei einem Bild kannst du vergleichbar vorgehen, da hilft unter Umständen ein Raster."
Berlingui blies die Wangen auf.

„Geht das auch ein bisschen einfacher?"

Carla zuckte mit den Schultern und rutschte langsam wieder zur Tischkante vor. Der dünne Stoff rollte sich dabei unter ihren Schenkeln auf ihren Po zu und entpackte so das noch dünnere Gewebe ihres Höschens.

„Ich werde mich retten müssen", Berlingui beugte sich vor, schob das Kleid weiter hinauf, küsste über dem Bund des Slips Carlas Bauch und stand dann mit einer entschuldigenden Geste auf.

20. März, 18 Uhr 15

„Es tut mir leid wenn ich Sie noch einmal störe. Aber ich brauche von Ihnen eine winzig kleine Information. In Ihrem Büro hatten Sie auf Ihrem Schreibtisch rechts von sich mehrere Stapel Papier. Auf einem hatte ich meine Tasse abgestellt. Das oberste Blatt war ein Briefbogen aus dem Bistum Civita. Welches Datum trägt dieser Brief und an wen war er gerichtet?"

„*Buona sera*, Commissario. Da brauche ich nicht lange überlegen. Der ganze Stapel sind Briefe und Unterlagen, die Abedin gehörten. Eigentlich wollte ich sie Ihnen geben, aber unser Gespräch lief so rund, dass ich es ehrlich gesagt vergessen hatte. Der Brief war ein Dankesbrief des Bistums und ist mit Sonntag dem 23. August 1992 datiert. Abedin hat diesen Brief wie eine Auszeichnung, einen Orden angesehen. Immer wenn er diesen in Händen hielt, sah man den Stolz in seinen Augen."

„Hatte er diese Briefe nicht bei sich zu Hause?"

„Für wen? Er hat ihn Sabrina immer wieder hier vorgelesen, bis sie ihn sicher auswendig konnte. Nein, wenn er hier die Neuankömmlinge auf ihre neue Heimat einschwor, war das für ihn ein probates Mittel, den

Lohn für eine gelungene Integration nach so viel Jahren darzustellen."

„Sie sagten der ganze Stapel gehörte ihm? Was sind das denn alles für Schriftstücke?"

„Ich muss zugeben, dass ich die wenigsten davon kenne, aber warten Sie ...", Hasani hatte wohl den Hörer auf den Tisch gelegt, denn Berlingui vernahm wie ein Stuhl verschoben wurde und Hasani irgendetwas vor sich hinmurmelte. Dann hörte er ihn wieder in den Stuhl zurückfallen und den Hörer aufnehmen, „so, einige Sachen kenne ich ja doch. Zumindest aus seinen Erzählungen. Aber lassen Sie mich schnell die übrigen Papiere durchschauen."

Begleitet vom Geraschel der Papiere, hörte Berlingui immer wieder einen nicht ganz verständlichen Kommentar in dessen Sprache.

„Na, ich weiß nicht, ob Ihnen das sehr weiterhilft. Bis jetzt sehe ich viele Briefe, die er wohl seitdem an dieses Bistum geschrieben hatte. Es sind Reisepläne mit Uhrzeiten für Ankunft und Abfahrt, Adressen von Unterkünften und Familien und Zeitpläne. Ja, das sind ganz einfach seine Reiseorganisationen für die hiesigen albanischen Freunde und Familien. Ich sehe einige Namen, die ich kenne. Die waren tatsächlich alle schon mal in Laç. Ach, das ist ja interessant. Hier habe ich sogar noch einen Brief von Senator Sullavenga, hatten Sie nicht nach diesem Namen gefragt, als sie hier waren?"

Berlingui wurde hellhörig und stand auf, als sei der Polizeichef eingetreten. Seltsam. Nein! Er hatte *nicht* nach diesem Namen gefragt. Aber genau dieser Name passt. Auch wenn die Person, die ihn trug, im Moment unantastbar bliebe. Aber er würde sich jede Information für später aufheben.

„Was steht in dem Brief?" Plötzlich schienen seine Stimmbänder belegt, doch Hasani hatte wohl nichts bemerkt.

„Mein verehrter Abedin Gashi, nach allem, was ich über Sie gehört habe, freue ich mich, in Ihnen die Person gefunden zu haben, die ich brauche, um unseren Gast, eine Excellenz aus dem nur durch das adriatische Meer getrennte, freundschaftliche und in diesem Fall christliche Albanien, die hervorragend gelungene Integrationsarbeit unserer Region darzustellen. Sicher werden Sie in einem solchen Fall die Zeit finden, unseren Gast für zwei oder drei Tage zu begleiten. Denn das Ziel soll eine noch tiefere, intensivere und erfolgreiche Zusammenarbeit unserer beiden im Herzen katholischen Kirchen sein. Angesichts der widrigen, ja zerstörerischen Geschehnisse vor über sechzehn Jahren, soll nun durch seinen Besuch eine auch für die diplomatischen Beziehungen unserer Länder bessere Zeit beginnen. Ich weiß, dass ich auf Sie zählen kann und möchte Ihnen hiermit auch zusichern, dass Sie nicht nur ideell belohnt werden sollen. Dies soll kein Ehrenamt sein, sondern ein Amt, dass Ihnen zur Ehre gereicht."
Berlingui wartete eine Sekunde. Dann war er sicher, den Schluss des Briefes gehört zu haben. Er blies seine ganze Anspannung, die sich während der Zeilen in ihm wie ein Gebirge aufgebaut hatte mit seinem Atem scharf zwischen den Lippen heraus. Die restliche Luft aus seiner Lunge ließ seine Frage nur noch zischend heraus.

„Bitte nennen Sie mir das Datum!"
Die Antwort kam nach einem erstaunten Zögern.

„Mein Gott, der Brief ist ja gerade mal vierzehn Tage alt. Er ist mit dem sechsten März dieses Jahres datiert."

21., 22., 23. und 24. März

Mala del Brenta?

21. März, 10 Uhr 5

Jetzt wieder Ruhe und einen klaren Kopf zu bewahren, statt den Überbleibseln verführender Gedanken nachzugeben, war nicht ganz leicht. Dabei hätte er alles andere viel lieber getan. Aber das Telefon schien selbst dann noch zu bimmeln, als er schon längst abgenommen und zu sprechen begonnen hatte. Nur damit die Empfindungen durch dieses widerliche Geräusch nicht ganz zerstört wurden. Empfindungen, die ohnehin im Alltag kaum Platz hatten und die ihm in der letzten Nacht deshalb natürlich nicht den Schlaf bescheren konnten, den er vielleicht nötig gehabt hätte. Aber am Ende des Tages, auf dem Weg nach Hause, hatte er, nach dem längst entstandenen Frust der bisherigen Ermittlungen, die unbändige Lust gehabt, sein gegenüber Carla gegebenes Versprechen einzulösen. Beruhigt stellte er fest, dass sie sich genau darauf freute, als er in das Schlafzimmer kam und ihr nackter Körper nur noch an den unwichtigen Stellen vom dünnen Leintuch bedeckt war. Drei Schritte später war auch er nur noch an einer für diese Nacht bedeutungslosen und winzigen Stelle am Ringfinger verhüllt und neben sie unter einen Zipfel der Decke geschlüpft. Anschließend waren sie wild wie in ihrer ersten Espressonacht. Ohne vorherigen Joghurt oder Tiziano Ferros animierender Stimme. Diese Befriedigung, dieses Wohlbehagen hätte er heute gern über den Tag gerettet, von dem er wusste, dass er nur das Gegenteil zulassen würde. Gerade als er sich trotzdem daran wieder erinnern wollte, setzte der Apparat vor ihm den Klingelterror fort.

„*Pronto!! Che c'è?*"

„Ui, tesorino, du hast aber gute Laune! Komm zu mir, ich bau dich auf."

„Ach Vio, reg mich nicht auf. Entweder du präsentierst mir jetzt die Lösung oder legst auf."
Berlingui stützte seinen Kopf mit der anderen Hand ab. Lächelnd sinnierend flüsterte er halblaut, eher zu sich selber:
„Dein Hintern wäre allerdings um einiges besser als der ganze Mist auf dem Tisch hier."
„ – "
„Vio?"
„Ich hätte noch mehr zu bieten."
„Vi - o!!"
„Du machst hier die Sprüche. Aber ist schon gut. Ich hoffe, irgendwann kassier ich die Megabelohnung von dir. Also, mein Lieber – nur zwei Sätze, ich bin da auf eine komische Geschichte im Oktober 1991 in Laç gestoßen. Und ein Hauptdarsteller in dieser Geschichte war einmal mehr mein geliebter Sullavenga. Alles klar?"
„Nein. Ja. Doch."
„Er hat eine, na sagen wir – Delegation, begleitet. Diese sollte erkunden, wie gefährlich die ganze damalige Situation für Albanien werden könnte."
„Und? Was hat Albanien damit zu tun? Das ist, soweit ich weiß, nicht Jugoslawien gewesen."
„Ah, ich höre aus deinen Worten, du bist in dem Fall auch schon in dieser Region angekommen. Du hast Recht, Albanien ist nicht Jugoslawien, aber der Kosovo. Und als der Zerfall dort begann, fingen die Kosovaren sofort damit an, liberal und in Unabhängigkeit zu denken. Gegenüber den Serben gab es noch eine ganze Menge offener Rechnungen."
„Ich versteh nicht ganz ..."
„Nun, Sullavenga kam als selbst ernannter Heils-, witzig nicht wahr?, nein, Friedensbringer dorthin und wollte etwas für seine Karriere tun. Er erklärte, dass er

269

dafür sorgen wolle, in Abstimmung mit den verantwortlichen Stellen, eine langfristige friedliche Phase einzuleiten. Das waren tatsächlich seine Worte bei einem offiziellen Empfang. Mitgefahren waren auch verschiedene Kirchenvertreter, Priester und so, und du wirst es nicht glauben, ein paar waren aus Padua beziehungsweise aus der Region. – Ich habe das aus einem Artikel, der damals dort erschienen ist. Eigentlich habe ich etwas ganz anderes gesucht, aber der Name Sullavenga stach aus den Zeilen regelrecht heraus und dann habe ich mich mit einem Wörterbuch bewaffnet über den Text hergemacht. Du suchst doch nen Kelch? Den habe ich nämlich zwischen den Zeilen auch gefunden. Und dazu lege ich Dir was aufs Fax."

„Du hast den falschen Job, Vio."

„Um Gottes Willen, wenn ich den ganzen Tag in deiner Nähe wär, könnte ich für nichts garantieren. – Und das schon nach weniger als fünf Minuten."

21. März, 10 Uhr 20

Vielleicht sollte er das Kabel aus der Wand reißen, um den Apparat endlich zum Schweigen zu bringen, um endlich Ruhe zu haben, um endlich... Nach solchen Nächten sollte es ein Verbot für werdende Tage geben. Und dann auch noch Vios Anruf. Ihre Stimme, der Duft von Carlas Haut und der Inhalt des Blatt Papiers in seiner Hand verbanden sich zu einem kaum zu ertragenden Emotionsgemenge. Er hatte in seinem Kopf jetzt wirklich nur Platz für einen Teil davon. Wieder dieses nervige, klingelnde Telefon. Er missachtete es mit einer entsprechenden Geste. So war keine Konzentration möglich. Nachdem die Buchstaben auch beim fünften Mal Lesen keinen Sinn für ihn ergaben, nahm er seine

Jacke von der Lehne des Stuhls und hastete mit dem zu-
sammengerollten Blatt aus dem Büro. Filippos dunkler
Fleck an der Wand würde ihm den Rücken freihalten
und ein Espresso genügend das Hirn durchspülen.

Kaum fünf Minuten später hatte er schon die zweite
Tasse vor sich stehen. Immer wenn er aufgeregt war,
konnte er der ersten Tasse nicht genug Aufmerksamkeit schenken. Aber jetzt kam die Phase des Genusses.
Der kleine Schwarze verwandelte das Konglomerat in
seinem Kopf mit einem Mal in eine verlockende Atmosphäre. Am Espresso schnuppernd begab er sich auf
eine kurze Reise und dachte abermals an Carlas Haut,
an genau die eine Stelle in ihrer Beinbeuge, diesen Duft,
der genau solchen Nächten entströmt, die sie seit der
Ersten in Brentelle di Sotto gemeinsam verbrachten.
Ein Film, der hunderttausend Mal besser beruhigte, als
jede sogenannte Chill-out-Musik mit bescheuert weich
gespülten Geigen, deren Seiten immer viel zu elastisch,
viel zu streichfähig gespannt zu sein schienen. Dann
lehnte er sich zurück, trank die zweite Tasse halb leer
und begann nochmal zu lesen.

*Dieser Kelch aus Italien stammt aus einer Ihnen
sehr verbundenen Kirche. Es ist die Kirche, die
quasi den Anfang bildet, den Anfang eines, Ihres
tiefen Glaubens. Er soll nun nach dieser Reise und
nach dieser Messe die Verbundenheit unserer beiden
Kirchen besiegeln. Denn er wird hier das Symbol
für dauerhaften Frieden, für die Unzerstörbarkeit
eines christlichen, ja katholischen Europas und die
Kraft der darin lebenden Menschen sein. Wir freuen
uns, dass wir mit ihm, dem Kelch aus Padua, dem
Kelch mit der goldenen Hostie, diese beiden katholi-*

schen Kirchen in unfriedlichen Zeiten einen kön-
nen. Wir freuen uns damit ein Zeichen setzen zu
können...

Den Rest überflog Berlingui. War eh krudes Zeug. Aber jetzt war alles klar. Woher hatte Vio bloß nur dieses Blatt? Selbst ausgedacht? Nein, die Worte waren nicht ihr Stil. Hatte sie also doch bessere Quellen als Mandroni? Mit einer Handbewegung verscheuchte er einen Verdacht, bevor er Form annehmen konnte. Dieser Kelch musste zurückgekehrt sein. Warum auch immer. Oder er war eine Kopie, die nur 150,-- Euro wert war. Eine, die man durch die gleichen Hintermänner an den angestammten Platz stellen wollte. Eine passende Quittung hatten sie dafür. Die ganzen durcheinandergewirbelten Puzzleteilchen fügten sich in dem Drunter und Drüber seiner Gedanken noch etwas wild zusammen. Die zweite Tasse war leer und Filippo musste kein Psychologe sein, um dem Commissario die Dritte genau im richtigen Moment hinzustellen.

21.März, 11 Uhr 25

„Ist Alessia in deiner Nähe? – Ja? – Das ist prima. Gib sie mir bitte. – Nur einen Moment. – Hallo Alessia."
„Hallo – Piero."
Ihn mit Vornamen anzusprechen war noch ungewohnt.
„Wie souverän ist der Vatikan?"
Keine weiteren Floskeln. Keine der üblichen Nettigkeiten. Die Ungeduld des Commissarios war nicht zu überhören.

„Es ist ein eigener Staat, mit allen dazugehörigen Ämtern. Und seine Verfassung ist vollkommen eigenständig. Verträge regeln gegebenenfalls einige bilaterale Kooperationen."

„Hmm?! Das heißt er ist souverän."

„Ja."

„Kann er Staaten anerkennen?"

„Könnte er. Doch er hält sich heraus. Warum fragst du?"

„Was könnte der Vatikan tun, um einen neuen, einen entstehenden Staat in seine Abhängigkeit zu bringen."

„Ich verstehe nicht ganz."

„Als Jugoslawien auseinanderfiel, hätte der Vatikan da eine Chance gehabt irgendetwas zu beeinflussen?"

„Als moderierende, vermittelnde Kraft vielleicht. Als diplomatische im besten Sinne. Oder wie im Falle Kroatiens als unterstützende, Mut machende."

„Nicht als formende?"

„Formende?"

„Ja, um zum Beispiel in einer neuen Verfassung die Staatsreligion festzuschreiben."

„Natürlich ist die Kirche ein ebenso politisches Gebilde. Aber sie versuchte das über Jahrhunderte anders. Sie erklärte viele Kriege zu Glaubenskriegen und machte Autorität von ihrer Entscheidung abhängig. Als Fürsten, Könige und andere Sieger der Schlachten versuchten durch den Kaisertitel absolute Macht zu erlangen, hat die Kirche darauf geachtet, dass diese die Macht des Papstes anerkennen. Sonst ging das Gebilde des Kaiserreichs zu Grunde. Insofern hatte sie die Möglichkeit gehabt, solche Inhalte zu beeinflussen. Aber es war nicht nötig. Europa war christlich. Oder zumindest christlich missionierbar. – Vielmehr hat die Kirche aus Gründen der Macht zu allen Zeiten den Hang gehabt,

273

die Verfassung des Staates, in dem sie tätig war, nachzubilden. Diese Rechnung ist in den christlichen Mehrheitsgebieten bisher auch aufgegangen. Soweit ich weiß. Nur hat es zu verschiedenen Führungen der Kirchen geführt. So haben wir Protestanten, Katholiken, Orthodoxe und so weiter."

„Und wenn ich nun versuchen wollte, eine christliche Minderheit in einem Land an die Macht zu bekommen?"

„Müsste ich zuvor einen Kreuzzug anzetteln. – So oder so wäre ein Abschlachten die Folge. Nein, das wäre reiner Größenwahnsinn. Sogar Selbstmord. Heute beherrschen die Religionen Landmassen und damit auch Massen an Menschen."

„Könnte ich es wenigstens schaffen, die Orthodoxen zu Getreuen des Vatikans zu machen?"

„Dazu bräuchte ich Geld, Geld, Geld und nochmals Geld. Und Gold und Versprechungen und … Nein, tut mir leid, das Mittelalter ist vorbei. Es gibt schon lange keine christlichen Religionskriege mehr. Auch wenn Nordirland uns eine andere Seite versucht zu lehren. Der Vatikan hält zwar Aktien der Rüstungsindustrie, hat aber kein Heer mehr. Und er ist schon lange das, was selbst der christlichste Staat niemals sein könnte. Er ist keine Nation. Das heißt kein Volk."

„Dann ist er in meinem Fall unschuldig."

21. März, 19 Uhr 30

„Es tut mir leid Piero, mehr kann ich zu diesem Zeitpunkt nicht sagen. Ich werde morgen früh nach Rom fliegen. Man hat mir das auferlegt. Ich weiß, es gibt hier keine versteckten Mikros, niemand, der mich verpfeifen könnte. Trotzdem kann ich Ihnen den wahren

Grund heute nicht nennen. Nur so viel, Sie sind verdammt dicht dran. Aber bevor wir reagieren dürfen,
muss ich bei diesem Da Conte etwas für die Politik tun.
Die katholische Kirche reagiert äußert empfindlich,
wenn von unserer Seite Aufrichtigkeit eingeklagt wird.
Denn noch entscheiden die, wann der Staatsanwalt eingeschaltet wird. Offizialdelikt hin oder her. Ihren Para-
grafen 347 können Sie vorerst parken. Er hat mir am
Telefon vorhin versichert, unser Untersuchungsergeb-
nis zu respektieren, wenn wir uns an seinen Fahrplan
halten. Sie wissen, dass mir dieser diplomatische Mist
auf den Geist geht. Ich verspreche Ihnen, übermorgen
reden wir dann darüber."

Fast eine dreiviertel Stunde hatten Sfarzi und Berlingui
schon miteinander telefoniert. Der Commissario hatte
versucht sich aus den Andeutungen ein schlüssiges Bild
zu machen. Aber an manchen Stellen klangen die Dinge
nur konfus. Gewagt konstruiert oder gewollt durcheinander. Geheimniskrämerei war bislang noch nie Bestandteil ihrer Zusammenarbeit gewesen, aber es war
bald klar, dass Sfarzi auf irgendeine Art unter enormen
Druck geraten war. Ein Druck, der das sonst übliche
Teamwork verbot. Das kriminologische Lehrbuch war
seit ein paar Tagen nicht mehr gültig und umgeschrie-
ben worden.

Reinigungsdienst

22. März, 7 Uhr 25

Alitalia AZ 1460. Die Maschine war mit nur sieben Minuten Verspätung um zwei nach sieben gestartet. Trotzdem schaute er wie von seinem Terminkalender gehetzt

nervös auf die Armbanduhr. Kurz vorher hatte ein junges Mädchen neben ihm genauso aufgeregt und schnaufend Platz genommen. Vielleicht war sie eine Studentin, die ihr erlerntes Kunstwissen in Rom vertiefen wollte, vielleicht war sie auch nur eine Enkelin, die brav ihre Oma besuchen wollte. Vor allem war sie ein drolliges pummeliges Ding mit einer für ihn etwas zu verrückt aufgesteckten Frisur und einer mutigen Kleidung, was die Farbzusammenstellung betraf. Sfarzi hatte sie nur kurz aus den Augenwinkeln wahrgenommen, um sich sofort wieder in die Papiere zu vertiefen, die er zum zigsten Mal aus der Ledermappe gezogen hatte, aber inzwischen erheblich unkonzentrierter durchlas. Was konnte der Kardinal ihm noch erzählen, was der Staatsanwalt ihm nicht schon mitgeteilt hatte? Überhaupt ein gänzlich bescheuerter Termin. Alles war abgesprochen und längst zu einer abgekarrten Schweinerei geworden. Er hatte den Schwachsinn, den er nachher persönlich vernehmen sollte, vernehmen musste, brav und ohne Widersprüche abzunicken. Vollkommener Blödsinn.

Seit Tagen hatte er genug damit zu tun, seine, in diesem Fall zunehmend seltsame Position Berlingui darzustellen und ihn mit Details zu versorgen, die im Grunde genommen vollkommen belanglos waren, nur, weil diese Herren es so wünschten. Aber seit gestern Nacht wusste er, dass Berlingui von der Lösung nur noch wenige Millimeter entfernt war und nicht mehr aufzuhalten war, nachdem dieser ihm von seinem Verdacht erzählt hatte. Er musste also Zeit gewinnen, damit der erwünschte Zeitplan des Oberstaatsanwaltes in Erfüllung gehen konnte. Widerlich. Mit einem Mal verabscheute er diese in seinen Augen debilen Machenschaften, die im Hintergrund sichtbar wurden. Vier fürchterlich ruhmsüchtige Herrschaften hatten sich vor nun bald siebzehn Jahren größenwahnsinnig mit einem höchst zweifelhaften Erfolg schmücken, mit einem unmöglichen Orden ausstaffieren und in die Startblöcke einer unerfüllbaren, politischen und kirchlichen Karriere begeben wollen. Prompt versuchten sie nach sechzehn Jahren ihre Weste weißzuwaschen, indem sie altes Beutegut ein weiteres Mal für ihre Zwecke einsetzen wollten. Er schüttelte in Gedanken über die Skrupellosigkeit angewidert den Kopf. Sobald er zurückgekehrt war, würde er Berlingui ins Vertrauen ziehen. Ihm sozusagen beichten, was hinter ihren Rücken gespielt worden war und noch wurde. Er war es ihm schuldig. Vor allem würde er sich im folgenden Gespräch auf keinen Handel einlassen. Sollte die Presse die Verantwortlichen den Löwen doch zum Fraß vorwerfen. Wer weiß, was noch alles aufgedeckt werden kann, wenn sie anfangen würden, weiter zu graben?

Plötzlich spürte er einen leichten Stupser an seiner rechten Schulter und er drehte seinen Kopf. Fast wäre seine Nase in dem dunkelblonden Schopf des Mädchens stecken geblieben, der nun auf seiner Schulter lag. Er versuchte sich ein paar Zentimeter vorzubeugen. Sah aber gleich, dass sie neben ihm eingeschlafen war. Amüsiert setzte er sich wieder vorsichtig und langsam in die alte Position. Sollte sie doch ihren in der letzten Nacht rüde unterbrochenen Schlaf an seiner Schulter nachholen. In weniger als einer halben Stunde würden sie ohnehin, kurz nach acht, in Rom landen und sie hätte dann erst einmal keine Möglichkeit mehr für ein Nickerchen. Er lehnte seinen Kopf nach hinten an die Kopfstütze und versuchte sich auf das Gespräch mit dem Kardinal vorzubereiten. Neben sich hörte er noch einen kleinen Seufzer und er spürte wie eine Hand leicht seinen auf der Lehne ruhenden Unterarm umfasste.

Er lächelte in sich hinein. Früher hatte Laureen, seine inzwischen geschiedene Frau, es auch so gemacht. Hatte sie ihn auf diese Weise wenigstens für die Dauer ihrer Träume während der Flüge an sich gebunden. Doch selbst in den wenigen und immer zu kurzen Urlauben konnte er nicht genügend abschalten. So kam es vor, dass er mitten in der Alhambra, auf dem Fernsehturm am Alexanderplatz oder vor einem Bild im Louvre sie bezüglich eines aktuellen Falls nach ihrer Meinung fragte. Anfangs war sie geschmeichelt, dass er sie in so komplizierte Dinge mit einbezog. Aber auf all ihren Reisen geschah dies häufig täglich. So kam es dazu, dass sie den Montmartre mit dem Todesfall eines Junkies, die Saint Bartholomew-the-Great in London mit einem schweren Raubmord und Neuschwanstein mit den Schmiergeldern für die Messeneubauten in Padua in Verbindung brachte.

Er hatte Laureen während eines Urlaubs in Cornwall in der Nähe von Weston-super-Mare kennen gelernt, als er gerade das erste Jahr an seinem neuen Arbeitsplatz in einem Kommissariat in Mailand hinter sich gebracht hatte. Mit einem alten FIAT war er nach und anschließend kreuz und quer durch England gefahren, weil er sich nicht vorstellen konnte, dass es Menschen gab, die Gerüchte essen. Plum-Pudding, Fish'n'chips, Haggis und in Wasser gegartes Schlappgemüse waren für seinen durch seine aus Sardinien stammende Mutter verwöhnten Gaumen unvorstellbare Bestandteile eines Speisezettels, eben nicht mehr als Gerüchte. Doch der erste Porridge im Norden Englands stellte sich als genießbar heraus und der köstlich gedämpfte Fisch in Taunton im Südwesten war für ihn eine mehr als leckere Überraschung. Am nächsten Tag stand sie dann am Straßenrand und hielt einen Daumen über den Asphalt. Als er von ihr wissen wollte, wohin die Reise

ginge, fragte sie ihn mit einem provozierenden Augen-
aufschlag:

„Wohin fährst du denn?"

Er griff über sie hinweg und schloss die Beifahrertür.
Das hatte keine fünf Sekunden gedauert und schon
hatte er die Bewegung genutzt, um sie auf die Wange
zu küssen. Die folgenden Tage ging es über Barnstaple,
Penzance, Falmouth, Truro, Plymouth, Torquay, über
Exeter wieder nach Taunton. Als er ihr dann mitteilte,
dass sein Urlaub nun so gut wie zu Ende sei, hatte sie
ihm geantwortet, dass ihrer noch einige Zeit dauern
würde. Also blieb sie im Wagen sitzen und wurde nach
Italien importiert. Ohne dass er in Bristol das Theatre
Royal, in Exeter die Kathedrale Saint Peter mit ihrer
atemberaubenden Decke und den Doppeltürmen und in
Bath das einmalige Stadtbild bewundert hätte.

Viele Jahre später, die Kinder waren inzwischen aus
dem Haus, hatte sie die Nase voll gehabt und die Schei-
dung eingereicht, weil sie seine durch seinen Beruf entstandenen ehelichen Fehlzeiten nicht länger ertragen
konnte.

Seine Empfänglichkeit für Gefühlsregungen er-
staunte ihn, denn er fühlte eine scheue Sentimentalität
in sich hochsteigen. Mit dem linken Handrücken
wischte er daraufhin eine kleine Träne unter einem
Auge weg. In diesem Moment wackelte das Flugzeug
hart und unsanft und das Mädchen saß zwei Sekunden
nachdem sie aufgewacht war mit hochrotem Kopf neben ihm. Langsamer werdend rollte die Maschine auf
der Landebahn aus.

„Entschuldigen Sie bitte. Mein Gott, tut mir das leid.
Wirklich, bitte entschuldigen Sie! Was müssen Sie jetzt
von mir denken?"

Er lächelte sie durch seine ein wenig aufgewühlten Gefühle warm an und meinte:

„Es ist nichts passiert. Sie haben mich fast vergessene Bilder anschauen lassen, ich danke Ihnen."

Sie schaute ihn verwundert an, stand auf und beugte sich plötzlich zu ihm hinunter und küsste ihn flüchtig auf die rechte Wange. Und war innerhalb von wenigen Augenblicken verschwunden. Noch berührt von den Bildern schaute er hinter ihr her und flüsterte:

„Ich danke *Ihnen*."

22. März, 7 Uhr 45

Die Leute vom Reinigungsdienst hatten ganze Arbeit geleistet. Zwar waren die Papierkörbe geleert und die Böden glänzten wie geleckt, doch dafür hatten sie einfach alle Fenster gekippt und die über Nacht kalt gewordene Luft ungehindert hineinströmen lassen. Das Einblatt auf der Fensterbank war daraufhin wahrscheinlich gleich in den frühen Morgenstunden eingegangen. Es war nicht nur kalt, sondern eisig geworden. Nachts hatte es sogar geschneit. Allerdings war dabei den Flocken die Schwerelosigkeit abhandengekommen. Nass und ohne jegliche winterlichen, taumelnden Bewegungen waren sie weißlich und dick auf den Boden geplatscht, auf dem sie traurig wie alte Fettaugen zerflossen. Jetzt trieb auch noch ein böiger Wind Unrat bockig durch die Straßen. Ganze Papierkörbe waren durch ihn geleert worden und nun wirbelten und torkelten Schnipsel, Kippen, unzählige Quittungen, leere Plastiktüten, an denen grelle Reste Fastfood klebten, Zigarettenschachteln mit seltsam verschrumpeltem Latexinhalt und andere Überreste menschlichen Verbrauchs über den Asphalt der Straßen der nun wieder bibbernden Stadt. Unten an der kleinen Brücke waren sogar zwei halbvolle Müllcontainer aus grauem Kunststoff umgeblasen worden. Aus dem Inhalt der aufgeplatzten Tüten versuchten streunende, dürre Katzen etwas Fressbares zu fischen. Der Monat hatte seine eigentliche Aufgabe vergessen und über Nacht für die zumindest nächsten fünf Tage den Winter hereingelassen.

Berlingui hockte mit hochgeschlagenem Kragen seiner gefütterten Lederjacke unter dem Fenster und nestelte, dabei mannigfaltige Verwünschungen aussprechend, mit einer Zange an dem Heizungsventil herum, um den vermutlich verkanteten Dichtungsstift wieder herauszuziehen. Zuvor hatte er den Thermostaten in der Hoffnung abgeschraubt, ein wenig später wieder einströmende Wärme in den Heizkörpern zu spüren.

Erst nach dem zehnten oder elften Mal fasste die Zange den Stift mit genügendem Halt und er konnte mit einem kräftigen Ruck und einem folgenden Klack die Dichtung öffnen. Allerdings hatte er dabei so viel Schwung, dass die Zange vom Stift abrutschte und sein Oberkörper nach hinten schwang. Der Kopf knallte dabei an die Kante seines Schreibtischs. Collasso trat genau in dem Moment ins Büro, als der Commissario *Che palle!* schreiend die Zange mit im ganzen Gebäude zu hörendem Getöse gegen den metallenen Heizkörper schmiss.

„Sie haben es aber ganz schön kalt hier drin. Warum machen Sie nicht die Fenster zu? Dann würde es sicher schneller warm werden!"
Berlingui hatte sich inzwischen aufgerichtet und hielt sich mit der rechten Hand den schmerzenden Hinterkopf. Dann drehte er sich um und schaute seinen Ispettore wütend an.

„Besten Dank für Ihre unnachahmlichen und unaufgeforderten guten Ratschläge, Collasso. Ich hoffe die übrigen Beiträge für diesen Tag sind brauchbarer!"

Dann ließ er sich in seinen Drehstuhl fallen, untersuchte seine Beule und schob mit einer heftig stoßenden Bewegung zwei aufgeschlagene Zeitungen über die Tischplatte zu seinem Stellvertreter hinüber. Sein Tonfall war schon versöhnlicher geworden: „Haben Sie heute Morgen schon in die Zeitung geschaut?"

Collasso schüttelte den Kopf und beugte sich über die Artikel.

„Maniero? Das Engelsgesicht? Meinen Sie den? Was hat das mit uns zu tun?"

„Als ich das da gelesen habe, war ich mir bezüglich einiger Dinge sicher. Danach haben sich dann ganz viele Schnipsel wie von selbst miteinander verbunden. Wissen Sie noch 1991? Da war seine Bande schon in viele diverse Diebstähle verwickelt gewesen. Und in jenem Jahr toppten sie ihre Husarenstücke dann auch noch mit dem Raub der Reliquie des heiligen Antonius in Padua am helllichten Tag. Die war dann für siebzig Tage wie vom Erdboden verschwunden. Dann tauchte sie plötzlich wieder auf, ohne dass etwas verlangt worden war, ohne Lösegeld, ohne vorherige Bedingungen."

Collasso überflog den oberen Artikel und schob ihn anschließend unter die andere Zeitung. Das Bild in der alten *il Padova* zeigte den in einem Mailänder Straßencafé sitzenden Maniero, der sichtlich seine Freiheit genoss. Auch nach dem zweiten Durchlesen erschien ihm der Artikel nicht besonders ergiebig und er versuchte in dessen Worten den Grund für die Unruhe Berlinguis zu finden. Er blickte auf.

„Entschuldigung. Aber ich glaube ich verstehe nicht ganz."

Der Commissario griff hinter sich und fühlte, dass die Heizung endlich warm geworden war. Noch einmal tastete er nach seiner darauf wieder leicht schmerzenden

Beule und zog sich gleichzeitig umständlich mit übertrieben schmerzverzerrtem Gesicht die schwere Lederjacke aus, die er achtlos auf den leeren Papierkorb neben sich warf. Er ließ seinen Kopf gegen die aufkommende Verspannung auf seiner Schulter kreisen, irgendwo knackste gut hörbar ein Wirbel. Collasso zuckte zusammen, blieb aber stumm.

„Vielleicht ist das alles eine fixe Idee von mir. Vielleicht bastele ich auch nur an einem Grund herum, weil mir im Moment nichts Besseres einfällt. Nachdem ich gestern mit der Baù und abends noch mit Sfarzi telefoniert habe und er mir einige konstruiert wirkende und unlogische Momente mitteilen wollte, in denen dann aber versteckt doch etwas Wahres steckte, bin ich zu Filippo gegangen, habe einen Espresso getrunken und dieses Papier gelesen. Vio hatte es mir zugefaxt."
Er reichte Collasso das Blatt und fuhr ohne Unterbrechung fort.

„Nachmittags habe ich mit Carla ein paar Bücher gewälzt und mit Alessia telefoniert, die hat von Kirchengeschichte eine Menge Ahnung. Danach passte alles zusammen und ich versuchte unsere Fakten an Hand der Chronologie neu zu sortieren."
Nachdem der Ispettore die Zeilen kopfschüttelnd durchgelesen hatte, nahm er das Einblatt von der Fensterbank und begann die abgestorbenen Blätter und die braun gewordenen und vertrockneten Blüten sorgfältig abzuschneiden. Berlingui sah ihm dabei missmutig zu, was Collasso bewog sich in den freien Stuhl auf der anderen Seite des Schreibtisches zu setzen.

„Also, wir haben genug Papier mit Namen bekritzelt. Ausgerechnet einer von ihnen, hinter dem ein Geistlicher steckt, weilt genau in der Zeit in Abano, als der Prozess in Venedig beginnt. Ausgerechnet dieser wird

umgebracht. Genauso wie der Albaner Gashi. Der Prozess dreht sich um einen Diebstahl, der sich am zehnten Oktober 1991 ereignet hat. Es ist ein Teil des Datums, der mir bei den ganzen Lektüren und Antworten entgegensprang. Erinnern Sie sich zum Beispiel an den Brief bei Hasani. Der stammte auch von Anfang der Neunziger. Obwohl das gleichzeitig nur am Rande mit unserem Fall zu tun hat. Denn der Prozess in Venedig dreht sich um andere Dinge. Unser Milchgesicht da ist in unserem Fall vollkommen unschuldig. Er hat im Laufe der Jahre all seine Leute verraten. Unter ihnen ist keiner, der Kontakt mit denen auf unserer Liste hatte. Aber ..."
Berlingui legte einige kleine beschriftete Zettel vor sich hin. Einige von ihnen erkannte Collasso sofort. Es waren die Papierservietten, die er selber vollgeschrieben hatte.

„... er war, ohne es zu wissen, beteiligt. Diesen Zettel haben wir mit seiner ganzen Bedeutung die ganze Zeit übersehen."
Der Commissario deutete auf eine der Servietten. Welche Objekte wurden als gestohlen gemeldet? hatte er dick unterstrichen. Collasso schaute ihn an und kommentierte kaum hörbar:

„Der Kelch. Klar! Taucht nirgendwo auf. In keiner Liste, bei keinem Verhör. Nicht besonders alt, nicht besonders wertvoll, aber Teil des Kirchenschatzes. Fünftausend wären ja schon ein feiner Batzen. Wenn man ihn denn zu Geld hätte machen können."

„Nein, Benito, hier geht es nicht um Geld. Es ist schon fast zu simpel, um es glauben zu können."
Berlingui stand auf und griff hinter die leicht geöffnete Türe eines Wandschrankes. Der Ispettore hörte ein Klirren und erwartete nun gleich diesen Kelch zu sehen. Doch der Commissario hielt eine Flasche Grappa und zwei Gläser in den Händen.

„Gucken Sie nicht so, den hab ich heute Morgen speziell für diesen Moment mitgebracht. Sie werden staunen. So oder so."

Er setzte sich wieder hin und tippte noch einmal auf den Zettel.

„Maniero wusste, wie gesagt, auf jeden Fall nicht, was an diesem Tag, quasi hinter seinem Rücken geschah. Der hat sich seinen Spaß nur mit der Reliquie machen wollen. Erpressen, Druck ausüben, tyrannisieren. Kein Wunder, er hatte es ja immer so gemacht, war ja auch nicht das letzte Mal ...", Berlingui öffnete die Flasche. Es war ein guter Grappa. Sein Aroma verteilte sich sogleich, „... aber ein junger ausländischer Referent, ambitioniert und gleichzeitig fanatisch, war unerkannter Zeuge des Vorfalls und hatte in diesem chaotischen Moment eine wahnwitzige Idee. Er nahm den Kelch an sich und verschwand. Drei Tage später unterrichtete er einen Kirchenmann von dem er wusste, dass man ihm gegenüber nicht nett gewesen war. Der wiederum verständigte seinen Freund Sullavenga und das Ganze nahm seinen Gang. Jetzt muss ich Ihnen aber zuvor noch ein paar andere Daten erklären, damit Sie nachher die Idee des Typen kapieren. Denn der kehrte später für einige Jahre in seine Heimat zurück. Alles hat einen politischen Hintergrund. Passen Sie auf! Wir begeben uns auf den Balkan. Dort hatte zwischen 1987 und 1989 dieser Milosevic serbischen Nationalismus im Kosovo geschürt. Wir haben die Dinge schon damals total verdrängt, war ja nicht unser Land. Es folgte der Ausnahmezustand und ein mit höchstem Risiko durchgeführtes Referendum, um die Unabhängigkeit zu erlangen. Im September 91 wurde es erfolgreich durchgeführt. Doch die anschließende Ausrufung der *Republik Kosovo* wurde nur von Albanien anerkannt. Kann jeder im Internet nachlesen."

Collassos Gesicht glich immer mehr einem Faltenge-
birge. Der mögliche Inhalt des Kelchs wuchs zur Größe
eines Ozeans, in dem sein Verdacht auf einen Diebstahl,
der Geld einbringen sollte, wie ein Ozeandampfer versank. Als Antwort füllte Berlingui die zwei Gläser und
reichte eines hinüber.

„Weiter geht's. Sechs Teilrepubliken witterten da
drüben nun ihre Chance. Fast gleichzeitig, nur kurze
Zeit zuvor, verkündeten Slowenien und Kroatien ihre
Unabhängigkeit. Auch wenn diese auf Grund internati-
onaler Bemühungen ausgesetzt wurde, so verwandelte
im Sommer des gleichen Jahres die kämpferische Auseinandersetzung in Slowenien den Krisenherd in ein
Kriegsgebiet. Es war der Anfang vom Ende Jugoslawi-
ens. Und als unser Mann beim Bischof war, drohte dieses Gebiet sich auch auf Bosnien und Herzegowina aus-
zudehnen, denn die erklärten justament ihre Souverä-
nität an jenem Tag. Es würde also nicht lange dauern,
bis Serbien seine großserbischen Bestrebungen flä-
chendeckend verteidigen würde, und das mit aller Gewalt. Zumal der Vatikan die Unabhängigkeit Kroatiens
unterstützte, weil er ohnehin gegen das orthodoxe Serbien war. Und hier beginnt die Idee nun ein Bild zu bekommen. Es war tatsächlich eine zunächst löbliche Zu-
kunftsvision. Was würde die Welt von der Christenheit
denken, wenn sie es schaffen würde, eine so brutale
Auseinandersetzung in einem Vielvölkerstaat verhindern zu können. Doch der bedeutendsten Führungs-
kraft, dem Papst, schien dies nach außen ziemlich egal.
Für viele blieb er, außer einiger für diesen Fall gewöhn-
lichen Kommentare, zu stumm. Unser Mann wollte daher ein wenig Druck machen, natürlich nicht alleine,
und hatte Schriftstücke und Fotografien vorbereitet, die
einerseits beweisen sollten, dass wichtige Kirchen-
schatzbestandteile in der Hand von Kriminellen waren,

aber bei der Erbeutung ein paar einflussreiche Leute auch der Kirche dahintergesteckt hatten. Was für ein Fressen für die Zeitungen. Die hätten für Wochen ein Thema für Seite Eins. Man würde allerdings diese Beweise zurückhalten, wenn der Vatikan die nötigen Maßnahmen ergreife, um auf dem Balkan für Ruhe zu sorgen."

„*Un delirio!* Und Tossatello hat die ganzen Zusammenhänge herausbekommen."

„Die wären ja noch gar nicht so schlimm gewesen. Alles Kinderkram oder Altherrenfantasien. Wie man's nimmt. Schlimmer war, dass er herausgefunden hat, wie ein Geistlicher dadurch versuchte sich einen Namen zu machen. Als Tossatello den entscheidenden Stellen die Zusammenhänge erklärte, schob man daraufhin diesen Heiligen, plötzlich zum Bischof geworden, ganz schnell einfach ab. Intern natürlich, und dieser Bischof hatte etwas, was ihm nicht gehörte. Er hatte sozusagen ein Druckmittel behalten. Jahre später kehrte zu ihm ein Mann zurück, der in der Zwischenzeit in seine Heimat, den Balkan geflüchtet, ein schreckliches Handwerk gelernt hatte. Sein Name ist kurz und soll wohl an einen Freiheitskämpfer erinnern. Die vier Buchstaben auf Ihrem Zettel sind daher keine Abkürzung, sondern sein Name. Er war nur wiedergekommen, um einen zweiten Versuch zu starten, mit unserem Kelch, mit einer Geschichte aus der Vergangenheit. Eine, die einem Kardinal und einem Senator Karriere und Kragen hätten kosten können. Eine, die bei den beginnenden EU-Beitrittsgesprächen Kroatiens für Zündstoff gesorgt hätte. Aber versuchen Sie so etwas einmal zu beweisen. Unser Mann wollte daher Mitwisser, Schnüffler und alte Gegner rechtzeitig ausschalten. Einer von diesen war der Monsignore. Die Nachrichtenstation hatte er also liquidiert und nun war er auf dem Weg nach Rom. Auf dem Weg zu den Erzfeinden, zu denen, die gegen ihn waren, Da Conte Silvestri und Senora Mistretti."

Mit diesen Worten faltete Berlingui einen Briefbogen auseinander und zeigte auf eine Stelle im Text. Oben links prangte das Wappen von Civita in der Ecke.

22. März, 9 Uhr 15

Das dünne, zweischneidige Messer, das an eine über-lange Lanzette erinnerte, ragte senkrecht unterhalb des Kehlkopfs aus dem Hals heraus. Freilich reichte es so positioniert nicht, um den Tod herbeizuführen, sondern dafür war eher die tiefe Schnittwunde verantwortlich, die den Hals darunter wie einen Gürtel umschloss. Un-zweifelhaft hatte diese dazu geführt, dass der Mann in dem schreiend blauen Trainingsanzug verblutet war. Seine langen Haare, von einem breiten wildgemuster-ten Band über der Stirn umkränzt, lagen unpassend en-gelsgleich in dem feuchten, schmutzigen, herabgefalle-nen Laub der Büsche, unweit der Ruine des ehemaligen Marstalls unterhalb des Klosters. Schaute man den Hü-gel hinauf, konnte man in dem niedergetrampelten Gras und an Hand der abgeknickten Ästchen die Spur der zuvor erfolgten Flucht erkennen, die hier jäh zu Ende gegangen war.

„Das hat uns gerade noch gefehlt. Echt. *Che merda!* Ich dachte, wir wären fertig. So eine verfluchte Scheiße. Und Sfarzi ist in Rom. Das ist doch der Typ, von dem die Frau erzählt hatte?"

Messedaglia nickte und fügte bissig hinzu:

„Mich würde nicht wundern, wenn das der Fahrer war. Ein letzter Zeuge. Fehlt jetzt also nur noch der dreifache Mörder. Wenn ich es recht verstanden habe, genießt der aber den Schutz der ..."

Der Commissario wedelte betend mit den Händen.

„... sagen Sie jetzt bitte nicht *Kurie*! Da gibt es nämlich einen Kardinal und einen Senator, der jeder auf seine Art, kräftig mitgemacht hat und uns in die Suppe spucken könnte. Die sind leider im Augenblick unangreifbarer als der Papst. Dafür sind also, auf Befehl sozusagen, schwachsinnige und größenwahnsinnige Popen verantwortlich. Außer wir finden richtig handfeste Beweise, die sich nur auf diese Zwei beziehen und nicht mit Hilfe eines bestimmten Geistlichen zustande kommen. Denn der wird bald nicht mehr zur Verfügung stehen."

„Ich kann beruhigt feststellen, dass Sie immer noch impulsiv regieren können. Aber die einzige Tröstung, die ich für Sie habe, ist: irgendwann trifft's die auch noch."

Berlingui zog die Augenbrauen hoch und schüttelte missbilligend den Kopf.

„Wenigstens müssen wir nicht allzu lange nach der Stelle in unserem Puzzle suchen, in der er als Teilchen fehlt."

„Stimmt, ehrlich gesagt, habe ich eigentlich auf den hier nur gewartet."

Hinter sich hörten sie neben einem ungelenken Stolpern ein leises Fluchen und Schnaufen. Sie drehten sich gleichzeitig um. Ispettore Collasso hatte sichtlich Schwierigkeiten, sich durch die kniehohen Pflanzen zu wühlen und sich ihnen schnell zu nähern. Keuchend stand er dann Sekunden später neben dem Comandante und Berlingui.

„Tut mir leid, aber ich bin aufgehalten worden."

„Schon gut, dem ist sowieso nicht mehr zu helfen."

289

Die beiden Männer deuteten unisono auf den Körper hinter sich. Collasso trat neben sie und betrachtete die Leiche aus sicherem Abstand. Er würde sich nicht daran gewöhnen. Dieser Ekel blieb. In Massen geronnenes Blut und dazu passende Wunden verursachten bei ihm seit jeher eine Kreislauf schwächende Übelkeit. Dabei spielte es keine Rolle, dass so einer, wie der vor seinen Füßen, auf der Seite der Bösen gestanden hatte. Er zupfte ein Taschentuch aus seiner Hosentasche, presste es vor seine Nase und beugte sich über das Gesicht der Leiche. Im nächsten Moment zuckte er zurück und trat wieder näher heran. Dieses Gesicht. Eine weitere Kontrolle. Nein, das konnte nicht sein. Er schüttelte den Kopf. Nichtsdestotrotz kam es ihm bekannt vor. Dabei war es nur eine fast verschwommene Fotografie, die sie noch von ihm hatte. Von dem Schwein, das er hätte liebend gern abknallen wollen.

„Das gibt's doch gar nicht. Den kenne ich."

22. März, 10 Uhr 25

„Bereits damals hatte doch schon längst das Umdenken in der internationalen Politik der Großmächte begonnen. Die alte Welt war in Auflösung begriffen. Und die drei alten Mächte versuchten ihre Pfründe und Einflussgebiete zu sichern, das bestreiten doch nur diejenigen, die ihren wirtschaftlichen Einfluss schwinden sahen und diese Vasallenstaaten brauchten. Das führte zwangsweise zu Konflikten zwischen der alten und der neuen Welt, und die neue Welt war nicht die, die uns heute aus der Sicht der einzig verbliebenen Großmacht dargestellt wird. Auf jeden Fall wurde damals dadurch die Geschwindigkeit erhöht, die ärmeren und abhängigen Staaten noch stärker zu Spielbällen der Mächtigen zu machen."

„Was hätten Sie davon, alles so in der Öffentlichkeit breitzutreten? Die Medien würden sich doch über diesen alten Kram höchstens zwei oder drei Tage das Maul zerreißen und jedes Detail bis zum kleinsten Fitzelchen auseinandernehmen. Ein paar Tage später folgt dann schon wieder der nächste Angriff mit zahllosen Toten im Irak oder in Afghanistan, eine weitere unheilvolle Naturkatastrophe irgendwo in der Welt oder ein neuer Bestechungsskandal in ihrem Italien. Das Interesse verlagert sich für die Presse doch unaufklärend für alles, worüber berichtet wird, stündlich."

Da Conte holte tief Luft und machte mit einer Handbewegung deutlich, dass er nicht unterbrochen werden wollte.

„Und Ihre Leute verhaften ihn womöglich am Samstag vor dem Festgottesdienst. Ich – bit – te –Sie", er spuckte die drei Worte in einem Stakkato in Richtung Sfarzi, „glauben Sie wirklich, das macht Sinn und wäre ohne Schaden für das Bistum und seine Gläubigen? Ohne Schaden für die Kurie, die Kirche oder gar den Heiligen Vater? Was glauben Sie, würde bei einer Nachricht über die Beteiligung des Vatikans in der damaligen Situation passieren? Jetzt, in einem Moment, in dem die Kongregation begonnen hat, über die Seligsprechung von Johannes Paul II zu beraten. Was für ein Widerspruch wäre dies zu dessen Worten: *Habt keine Angst! Öffnet, ja, reißt die Tore weit auf für Christus. Öffnet die Grenzen der Staaten, die wirtschaftlichen und politischen Systeme.* Ich wiederhole, er sagte: *Öffnet die wirtschaftlichen und politischen Systeme.* Und so ein Mann soll davon gewusst haben oder wie Sie meinen, es organisiert haben? Ihre Unterstellung nimmt Ihnen doch niemand ab. Wissen Sie, wir haben über die ganzen Jahre jegliches Tun der wirklich beteiligten Personen verfolgt und ich kann Ihnen versichern, dass dies damals aus sehr – sehr ehrenwerten Beweggründen heraus entstanden ist ..."

„... die nun zum Tod von zwei Menschen geführt haben, die sich ebenso ehrenwert und mit viel Glauben und persönlichem Engagement in die von ihm so honorig dargestellte Sache gestürzt haben. Vor einigen hundert Jahren hat man so seine Seele verkauft. Ablass hat man das in Ihren Kreisen mit einem beschönigenden und verklärenden Wort benannt, was Sie jetzt in aller Stille gehandhabt wissen wollen. Ich frage *Sie*, sind zwei brutal ermordete Menschen in Einklang zu bringen mit der ach so hochgelobten katholischen Ethik? Mit dem kirchenrechtlichen Grundsatz am Ende Ihres Codex? Mit dem Selbstverständnis Ihrer Worte und den Predigten von der Kanzel, die Sie dem Volk entgegenschmettern? Ich sage Ihnen was, *ich* komme *Ihnen* entgegen. Gleich *nach* dem Gottesdienst werden wir die Verhaftung vornehmen."

„Und genau an dieser Stelle möchte ich, ohne, dass ich Ihre sonstige Vorgehensweise kenne, Sie darum bitten, dass Sie dies ohne Lärm und Gehupe mit höchster Diskretion vonstattengehen lassen. Ich habe mich hinsichtlich dieser Dinge im Übrigen mit der Staatsanwaltschaft und den obersten Behörden verständigt. Und wie schon mehrfach zur Sprache gebracht, erhalten Sie ihre Verhaftung. Sie sollen Sie haben. Diese können Sie sogar nach ihrem Gutdünken präsentieren. Allerdings ist auch aus staatsrechtlichen Gründen, ich denke, ich muss nicht darauf hinweisen, dass die Ausgangssituation aus Anfang der neunziger Jahre stammt, von Ihrer

Seite darauf zu achten, dass *unsere* Leute unter Immunität stehen! *Wir* sorgen für die gerechten Konsequenzen ..."

„... und schiebt den Kerl zur Läuterung durch ein Besonderes Dekret, oder wenn er ganz viel Pech hat mit einem *praeceptum*[6] wieder eine Station weiter ins nächst schlechte Bistum und nicht in die Hölle", dachte Sfarzi und spürte seine Unruhe in Aggressivität umschlagen. Seine Antipathie gegenüber dem Katholizismus begann ganze Arbeit zu leisten. Wie zur Beruhigung schaute er aus dem ungewöhnlich kleinen Fenster im Borgiaturm über die verschachtelten Dächer, die über dem Brunnen der Sakramente und der ehemaligen Münze gefaltet waren, auf den kleinen sichtbaren Teil des Parks hinunter. Derweil die Touristenmassen sich im Stockwerk unter ihm durchs Museum zum *Brand des Borgo* schoben. Er sah niemanden auf den Wegen wandeln. Er sah keinen Mönch, der die Hände gefaltet und in innerer Kontemplation betete und wunderte sich eigentlich darüber. Seine Vorstellungen über das Leben hinter diesen Mauern waren für ihn amüsanterweise wohl doch zu antiquiert. Als er vom Kardinal begleitet durch Teile der Gebäude kam, waren ihm sogar zwei Ordensbrüder mit Mobiltelefonen am Ohr begegnet. Und die moderne Motorisierung war hier trotz fehlender Straßen mindestens so hoch wie in Padua. Wo es nur passte, parkte ein Auto. Dafür leuchteten die Sträucher zwischen den noch nicht vollends grünen Bäumen genauso gelb wie an der Böschung unter der Brücke über dem Canale Roncajette vor der Questura. Die Natur behandelte also doch jeden gleich. Er versuchte sich mit dem Bild zu trösten, merkte, dass sein Gesicht nicht

---

[6] im Katholischen Kirchenrecht ein Verwaltungsbefehl

die Anspannung verriet und zwang seinen Mund zu lächeln. Dieser Kardinal war ja im Grunde kein schlechter Mann. Sein Schicksal glich in Manchem seinem eigenen, er war dazu verdammt, einen Zustand, eine Stimmung oder Situation in vieldeutige und trotzdem verständliche Worte zu fassen. Für jeden musste etwas dabei sein. Durch seine Worte konnte ein Opfer zum Unglückswurm, Pechvogel, Märtyrer oder Verfolgten werden. Doch am Ende war dieses Opfer, egal wie man es drehte und wendete, doch nur tot. Tot wie Tossatello.

Sfarzi stand ohne ein Wort auf, sah kurz Da Conte Silvestri an, zog seinen Mantel über, steckte langsam beide Hände in dessen Taschen, schaute wieder nach draußen und wendete sich zur Tür, ohne den Kardinal noch einmal anzublicken. Er wusste, dass dieser ihn ohne einen Kommentar nicht gehen lassen würde. Dass dieser dieses Verhalten für allzu degoutant halten würde. Dass dieser glaubte, Positionen, wie er sie innehatte, wären gleichbedeutend mit jeglicher Macht. Er war deshalb auf alles gefasst, er hatte mit Da Conte Silvestri inzwischen zu oft zu tun gehabt und drückte in einer seiner Taschen mit den Fingern den virtuellen Abzug seiner Beretta. Währenddessen trat er noch dichter an das Fenster und zeigte dem Kardinal durch sein ostentatives Hinausschauen das Desinteresse an möglichen Antworten. Da Conte war genügend provoziert und stürzte förmlich um einen Tisch herum auf ihn zu. Baute sich vor Sfarzi auf wie ein einssechzig Meter hoher Karéeoxer und hinderte ihn daran, weiterzugehen. Der Blick war wie eine Salve aus einem Gewehr und sein Ton erwartet scharf.

„Ich darf also davon ausgehen, dass Sie mich verstanden haben?"

Sfarzi reckte den Daumen in der anderen Tasche nach oben und dachte: *Bingo*. Er wartete kurze Sekunden ab.

Doch es erfolgte keine weitere Erwartung oder Warnung. Sein Lächeln mutierte somit zu einem breiten und etwas unkontrollierten Grinsen. Der Tonfall seiner Antwort war seidenweich.

„Ihre Eminenz, sie dürfen grundsätzlich alles! *Ma varda! Ła masa de Marte ła xe manco de queła de ła Tera*[7].“

22. März, 11 Uhr 35

Wie er jetzt die Leiche sah, war er froh, gestern Nacht doch noch nach Loreo gefahren zu sein. Diese Woche würde keine weitere Möglichkeit mehr bieten. Der Tote da und das ganze Gedöns gaben keine Freiräume mehr her. Immerhin hatten sie diese Nacht für sich nützen können. Intensiv und noch einmal entspannt. Am frühen Morgen war er noch schnell in die Via Veneto gelaufen und hatte eine große Tüte Biscotti bei den Bellatos gekauft, die er neben das Kopfkissen der noch schlafenden Chiara stellte. Für die nächsten Tage der einzig mögliche Ausgleich.

Auch wenn sie kaum geschlafen hatten, fühlte er sich ausgeruht. Mit ihr zusammen zu sein, war Lohn für die vielen Ungereimtheiten in seinem Leben. Ihr Schicksal empfand er zwar als schwerer, doch wiegelte sie diese Feststellung immer als unzutreffend ab. *Lass doch gut sein. Es gehört zu unserem Leben. Vielleicht passen wir gerade deswegen so gut zusammen. Ich weiß, dass du es nicht so verstehen kannst wie ich, aber Silvia hat mir mein Leben damals gerettet. Mein blöder Freund hätte mich sonst wahrscheinlich umgebracht. In meiner*

---

[7] Aber aufgepasst! Die Masse des Mars ist kleiner als die der Erdbewohner.

Naivität bin ich an den Falschen geraten. Was ich jetzt mache, ist wundervoll, im Gegensatz zu dem Strich auf den ich vorher zwei Jahre gehen musste. Wenn ihr den kriegt, knallt ihn ab. Einfach weg mit ihm. Der hat kein Recht auf irgendwas. Er soll nie wieder andere Mädchen quälen können.

Und jetzt lag dieser blaue Typ da, Chiaras alter Freund. Ohne dass er hatte abdrücken müssen. Schon wenige Monate nachdem er Chiara damals kennengelernt hatte, waren dank der Hilfe des Commissarios einige Dinge über diesen Kerl herausgekommen. Aber leider war er wenig später zweimal der Polizei entwischt. Bis vor wenigen Stunden blieb er unauffindbar. Erst hatten sich die Hinweise verdichtet, dass er sich ins Ausland abgesetzt hatte und Collasso beruhigte sich damit, dass er irgendwann wiederkommen würde, um seine Packung doch noch zu erhalten. Eigentlich wollte er ihm einen dann nicht mehr brauchbaren und auch nicht mehr nötigen, blauen Trainingsanzug mit passenden Knopflöchern verpassen.

Auch in seinem Leben war vieles nicht glücklich verlaufen, aber nach wie vor fehlte ihm die Vorstellungskraft, was einen Menschen dazu bringen könnte, eine Frau mit roher Gewalt zu zwingen, mit ihrem Körper Geld für einen Kerl zu verdienen. Bei aller Brutalität, die der Alltag seinem Beruf bereithielt, war er dafür nicht hart genug.

Doch jetzt spürte er eine Enttäuschung in sich wachsen, eine die ihm zeigte, dass er bei diesem Idioten gerne eine Ausnahme gemacht hätte, wenn es um die Anwendung von Gewalt gegangen wäre. Den hier hätte er zu gerne selber fertiggemacht. Die Löcher im Trainingsanzug hätten gereicht, um ihn in einen x-beliebigen Ordner abzuheften. Er selbst hätte handschriftlich

druntergeschrieben: Muss Gott sei Dank nicht aufgeklärt werden.

22. März, 13 Uhr 35

Porta blieb gar nichts anderes übrig, als alle juristischen
und diplomatischen Möglichkeiten zu nutzen, um von
vornherein dafür zu sorgen, dass die Presse keine Hetz-
jagd anzetteln konnte. Die Mistretti würde sofort dafür
sorgen, bestimmte Namen an die richtigen Schreiberlinge weiterzugeben. Dann wäre für Wochen in allen
Medien der Teufel los. Und am Ende müssten mehr
Köpfe rollen, als Beteiligte überhaupt vorhanden waren. Auch wenn es ihm nicht besonders gefiel, konnte
er seine Deckung nicht aufrechterhalten. Der Senator
konnte ohne Mühe ihn als Quelle ausmachen. Dieser
Auseinandersetzung hätte er sich doch gerne entzogen.
   Senora Mistretti hatte am Telefon von ihrem ursprünglichen Plan erzählt und keinen Zweifel daran gelassen, wenn er nicht für ihre umgehende Freilassung
sorgen würde, nochmals aktiv zu werden. Mit einer
Vase, einem Stuhl oder auch den bloßen Händen. Nachdem er dann von den ganzen Umständen objektiver in-
formiert war, schaltete er alle betreffenden Stellen ein
und ließ sich dann mit dem Kardinal verbinden.
   „Ich will gar nicht lange um den heißen Brei herumreden. Sie werden gleich ahnen, dass ich bis ins Kleinste
über alles unterrichtet bin. In einer Stunde wird an der
Piazza del Sant'Uffizio ein Wagen der Polizia di Stato
stehen. In diesem wird dann innerhalb von fünf Minuten Senora Mistretti einsteigen. Der Fahrer hat Anweisung, mich direkt zu unterrichten, wenn dies nicht geschehen sollte. In diesem Fall würden wir unter gleich-

zeitiger Benachrichtigung der Presse einige Verhaftungen vornehmen und passende, mit den nötigen Namen versehene Erklärungen abgeben. Sie wissen, welche Personen davon betroffen wären. Sollten Sie sich aber an diese Abmachung halten, werde ich über die weiteren Schritte noch einmal nachdenken."

Er legte auf, ohne eine Antwort abzuwarten. Im gleichen Augenblick stellte er seine letzte Aussage selbst in Frage.

22. März, 23 Uhr 15

Er hatte den Schlüssel nicht umgedreht. Sie hatte genau hingehört, hielt sich eine Hand vor den Mund und ließ so ihr Kichern verstummen. Dann griff sie sich unter den flatternden Rock und zog sich etwas an die Wand gelehnt und auf einem Bein hüpfend den knappen Schlüpfer aus. Das letzte Glas Prosecco war eindeutig zu viel gewesen. Aber das Gefühl war besser als jedes Vorspiel und ihre Hemmung wie weggeblasen. Nach ihrem Ehedesaster in den letzten Monaten wollte sie endlich wieder als Frau gesehen und nicht nur wahrgenommen, sondern vielleicht sogar genommen werden. Wollte sie endlich wieder eine beiderseitige einfache, ach, egal, von ihr aus, animalische Gier spüren und sich nicht als feindlicher Gegner fühlen, den es auszuschalten galt. Sie stopfte die kleine Hose in ihre Handtasche und presste die Lippen zusammen. Ein stiller, nicht für Gespräche in der Kirche geeigneter Gedanke war ihr eingefallen. Sie würde ohne anzuklopfen eintreten und wenn er nicht wie erwartet reagierte, sagen, ihre Dusche sei defekt. Fast wäre ihr wieder ein leises Prusten entschlüpft, das alle Gäste durch diesen kahlen und hallenden Gang im Hotel hätten hören können, weil sie dieses Gefühl immer stärker fühlte, scharf auf ihn zu sein. Hoffentlich hatte sie seine Blicke an diesem Abend nicht falsch verstanden. Sie wollte keine *Liebe*, nicht seine Liebe. Keine Art von tieferer Zuneigung. Nur eine schnelle Nummer. Ohne Vorspiel und Theater. Ohne Gequatsche und Fummeln. Hart. Explosiv. Befreiend. Und ein wenig schmutzig. Sex, der ihre unanständigen Gedanken befriedigen, ihren hungernden Körper satt machen würde. Genau dafür schien er der richtige, nette Kerl zu sein. Keiner, für den man sich dann schämen musste, wenn es denn gelaufen war. Genügend ernst und unsicher, aber anständig. In diesem Moment ging das Licht im Flur aus. In ihren Gedanken gestört, drehte sie sich um und schaute in ein diffus reflektierendes Glas eines billig gerahmten Bildes. Die abgebildete Landschaft war einfallslos und wirkte wie hingeschludert. Das Motiv war international. Ein paar grüne Linien, die wahrscheinlich Felder und Wiesen darstellen sollten. Über ein Dutzend unbestimmbare Bäume an den äußeren Rändern verteilt und darüber Wolken, wie es sie in der Natur nie geben würde. Als sie darin ihr Spiegelbild wahrnahm, zupfte sie an ihren Haaren und bauschte sie hinter ihrem Kopf zu einem groben Zopf zusammen. An der Bluse öffnete sie einen weiteren Knopf und die dünne Jacke ihres Twin-Sets zog sie am Rücken zusammen, damit sie nicht zu viel von ihren Brüsten bedeckte. Unterhalb des Fensters knatterte eine Vespa laut auf und ein Mann brüllte dreckige Flüche dem nun davonfahrenden Fahrzeug hinterher. Dann richtete sie sich auf und atmete tief durch. Als sie das harte, kalte Metall der Klinke in ihrer Hand spürte, strich sie mit dem Daumen über deren Spitze und drückte sie hinunter.

So ein Blödsinn, die Tür nicht abzuschließen. Sie würde niemals kommen. Aber er ließ den Schlüssel unberührt. Er zog sich die Jacke aus und warf sie achtlos auf einen Sessel. Dann öffnete er den Gürtel und zog ihn durch die Schlaufen seiner Hose heraus. Am Reißverschluss herumnestelnd ging er in das kleine Bad, klappte die Toilettenbrille nach oben und pinkelte in den Siphon. Das laute Geräusch erschrak ihn und er richtete den Strahl auf die steil abfallende Keramik dahinter. Was wäre, wenn sie doch vor der Tür stünde und dieses Klatschen hören würde. Sfarzi drückte den Knopf der Wasserspülung und ließ einige Liter hinterher rauschen. Vom Gang vernahm er keinen Laut. Er schüttelte den Kopf und bemerkte dadurch den Schwindel, den der Alkohol in ihm hinterlassen hatte. Es würde ihm sicher bessergehen, wenn er nun gleich ins Bett ginge. Er brauchte morgen wieder einen klaren Kopf. Dieser Da Conte Silvestri war ihm mächtig auf die Zeiger gegangen. So ein selbstherrlicher Vollidiot. Warum können solche Menschen nicht kooperieren. Unter Umständen hätte man manches vermeiden können. Einen Denkzettel würde der auf jeden Fall kassieren.

Als er nach diesem einstudierten Gespräch wieder auf der *Via di Porta Angelica* stand, ging er ohne zu überlegen nach links, in Richtung des alten Borgo Pio, dem über 800 Jahre alten Viertel. Sakrales und Profanes waren dort schon immer Wand an Wand und Mauer neben Mauer vertreten. Man lebte davon. Im 19. Jahrhundert kämpften die Bürger erfolgreich dagegen, vom Kirchenstaat einverleibt zu werden. Doch jetzt hatte sie der Kapitalismus erobert, in dem man in den letzten Jahren begonnen hatte, das Altertümliche in diesem Viertel durch diverse Bars und Schnellrestaurants zu ersetzen. Und genau in ein solches Fast-Food-Restaurant an der Ecke zum *Piazza del Risorgimento* setzte er sich, um zwei schnelle Grappa zu trinken. Anders war das vorherige Geschwafel nicht zu verdauen. Das nannte man also Diplomatie, dachte er, fast halblaut mit sich selber redend und darüber: Warum von der Politik immer noch hingenommen wurde, dass ein innerkirchliches Rechtsverständnis den staatlichen Aufklärungsbehörden vorgeschaltet war? Er rückte seinen Stuhl zurecht und ließ den Gedanken freien Lauf: Gut, ja, der Vatikan ist ein anderer Staat. Aber die Leichen lagen in Berlinguis und damit auch in meinem Revier. Hätte uns Porta nur etwas mehr Freiheit gegeben, würde wir jetzt nicht nur einen halben Gewinn vorweisen. Der erste Grappa beruhigte wenigstens schon ein wenig. Vor ihm saß einer dieser katholischen Heiligen und studierte mit mitlaufendem Finger einen Artikel im *L'Osservatore Romano* über die Möglichkeit der Anerkennung von Tugendgraden. Hoffte er etwa einmal ein Kandidat dafür zu werden? Sfarzi spürte wieder die wachsende ungute, aber auch ungerechte Aggressivität in sich. Deshalb stürzte er den zweiten Grappa hinunter, bezahlte so schnell wie möglich und ging weiter. Er wollte in seinem Frust nicht noch etwas falsch machen.

Nachdem er sein Hemd zur Jacke geworfen hatte, glaubte er von draußen etwas gehört zu haben. War sie es doch? Vielleicht sollte er sich einfach unter die Dusche stellen und die Tür anlehnen. Doch als er ein Ohr an die Tür hielt, tippte er sich an die Stirn und nannte sich halblaut einen Spinner. Dann beugte er sich über das Waschbecken und ließ über das auf die Seite gelegte Gesicht kaltes Wasser laufen, um nach wenigen Sekunden den Kopf ganz in den kühlen Strahl zu halten.

Den ganzen Abend hatte er sie nicht aus den Augen gelassen. Diese blonde Pracht. Diese Frau, deren Art, Bewegungen und Körper ihn an Laureen erinnerten. Diese Frau, die an gewissen Stellen genauso wenig ein kleines Kind war. Sondern provozierend reif. Und doch hatte sie Augen eines jungen Mädchens, deren Fältchen ihr Gesicht ständig lächeln ließ. Auch wenn sie vielleicht nur drei oder vier Jahre jünger war als er. Die es dadurch schaffte, dem kühlen Ambiente des Raumes etwas Romantisches zu geben. Irgendwann, kurz bevor er aufstehen wollte, um auf sein Zimmer zu gehen, hatte er ihr eine vielleicht leichtsinnige Kusshand zugeworfen und sie war zwei Schritte näher an die Theke herangekommen. Der Typ dahinter zeigte mit einem Nicken, dass er seine gleichzeitige Handbewegung verstanden hatte und stellte zwei Gläser Prosecco vor ihm ab. Er reichte ihr ein Glas hinüber und ihr Blick schien nur kurz verwundert. Dann warf sie leicht ihren Kopf in den Nacken und er glaubte ein kaum hörbares Schnalzen ihrer Zunge mitbekommen zu haben.

„Womit habe ich das verdient?", fragte sie mit einem absichtlich zweideutigen Lächeln. Er hielt sich eine Hand vor den Mund und räusperte sich.

„Das kann ich jetzt noch nicht sagen."
Im selben Moment wurde ihm die Anzüglichkeit seiner Antwort bewusst. Doch schon hatte sie ihre freie Hand auf seinen Unterarm gelegt und ganz natürlich zu lachen angefangen.

„Nun, dann hoffe ich, Sie heute Abend nicht zu enttäuschen."
Seine Antwort war lediglich ein verschämtes Lächeln. Danach sprachen sie nur noch über belanglose Dinge. Sie brauchte nicht zu wissen, was er von Beruf war, auch wenn sie es gerne gewusst hätte. Auch nicht warum er sich in Rom aufhielt und dass er morgen früh schon wieder im Flieger nach Venedig saß. Er hob noch einmal zwei Finger in die Höhe und nickte dem Barkeeper zu. Mit dem nächsten Schluck war sein zweites Glas halb leer und der letzte Rest Anstand in ihm gab ihm

noch höchstens eine Viertelstunde, bis er sich von ihr verabschieden wollte. Vorher erfuhr er aber, fast einladend, dass sie nun endlich frei sei und seit drei Monaten geschieden war. Den Namen der Firma, für die sie als Vertreterin tätig war, hatte er nicht verstanden. Er merkte, dass er schläfrig wurde und seinen Kopf deshalb nicht mehr gerade hielt. Immer, wenn er leicht nach vorne sank, erhaschte er den verlockenden Einblick in den Ausschnitt ihrer Bluse. Mit einem Mal hatte er kein Gefühl mehr für das, was sie einander erzählten und was er ihr gesagt hatte. Was er mit seinen Händen anstellte, wenn er sie bei einer seiner Antworten am Arm oder gar ihrer Seite berühret. Er befürchtete, dass sich seine inzwischen durch den Alkohol freizügig gewordenen Fantasien mit seinen gesprochenen Sätzen vermischt hatten und stand auf. Plötzlich fand sich eine Hand von ihm, streichelnd und tastend an ihrer Taille wieder, als er ihr einen Kuss auf die Wange hauchte. Die daher folgerichtige Einladung schluckte er jedoch hinunter und meinte, seine Hand immer noch auf der verführerisch weichen Hüfte liegend.

„Jetzt wird es gefährlich. Ich muss gehen."
Sie lächelte ihn mild an.
„Dabei bin ich ganz ungefährlich."

Nur mit der Unterhose bekleidet lag er nun auf dem Bett, das sich trotz aller Befürchtungen nicht in ein Karussell verwandelt hatte. Die Idee mit der Dusche hatte sich in seinem Kopf schon in Luft aufgelöst. Von der *Via Federico Cesi* klang dumpf der Verkehr empor. Er starrte an die Decke, die genauso nichtssagend war, wie der Betonbau des Hotels. Hinter der Fassade hätte sich genauso gut ein Rathaus, Gymnasium, Bürogebäude oder die Questura befinden können. Um hier im Inneren solch moderne, eigentlich nüchternen Räume ertragen

303

zu können, bedurfte es hochnäsig klingende Spülma-
schinenmusik, die leise auf den Gängen und im Erdge-
schoss schwallte. Sie nudelte noch in seinem Ohr.
Trotzdem versuchte er das Durcheinander in seinem
Kopf zu sortieren. Die Aussagen Da Contes in eine Ordnung zu bringen, die es ihm erlaubte, Porta doch noch
zur Rede zu stellen, um ein paar zusätzliche Schritte
einzuleiten. Den Senator und den Bischof wollte er wenigstens vor geeigneten Zeugen bloßstellen können,
wenn sie ansonsten schon unantastbar waren. Doch
hatte er ein Argument halbwegs zusammengebastelt,
schweifte er immer wieder nach kurzen Sekunden ab
und dachte an diese Frau und ihre verführerische Aus-
strahlung. An die knappen Einblicke auf die manchmal
unverhüllte Haut. An das womöglich damit verbundene
Signal. An das Gefühl, als er sie kurz umarmt hatte. An
ihren letzten Satz. Er spürte, wie ein zweiter Frust in
ihm emporstieg, weil der Bulle in ihm zum Rückzug
aufgefordert hatte. Genau in dem Moment, als sich die
Türe öffnete, fühlte er, dass aber der andere Teil seiner
Gedanken eine typische, unübersehbar männliche Wirkung hatte, die ihm aber wenige Minuten später nicht
länger peinlich war, als sie ihr linkes Bein auf den Rand
seines Bettes gestellt hatte, damit er leichter, während
er sie stürmisch mit seinen Armen umfing, unter ihrem
hochgeschobenen Rock in sie eindringen konnte.

*Wie wird dies geschehen, da ich einen Mann nicht er-
kenne?
(LK 1,34)*

23. März, 16 Uhr 00

Als er den Commissario empfing, stand der Bischof bereits mit einer gewissen Ungeduld an der Tür zu seinem
Büro. Den ganzen Tag über hatte er mit einem Anruf in
Rom versucht herauszufinden, wie der Stand der Dinge
war. Doch der ständig Latein sprechende Schatten Da
Contes hatte wohl den Auftrag erhalten, alle Störer ab-
zuwimmeln. Trotzdem wollte er sich nun nicht die
Blöße geben und wegen einer diffusen Befürchtung dieses Gespräch absagen.

Er war ein großer, eher schlanker Mann mit einem
scharf geschnittenen Gesicht, dessen tiefe Mundfalten
Berlingui auf ein chronisches Magenleiden schließen
ließen. Der Commissario begrüßte den Geistlichen mit
einem musternden Blick, was dieser sofort bemerkte.

„Sie haben sich einen Bischof wohl anders vorgestellt, aber unsere Mitra tragen wir nur während wichtiger Kirchenfeste. Während des leider viel zu häufig
bürokratischen Alltags reicht mir meine mönchische
Kutte. Das Kreuz ist dann der einzige Schmuck. Setzen
Sie sich doch."

Der Bischof zeigte mit seiner linken Hand auf zwei tiefe
Sessel an einem kleinen Teetisch in der Nähe eines
Fensters, auf dem bereits drei verschiedene Kannen
standen. Berlingui ging auf den Tisch zu und blieb vor
ihm kurz unschlüssig stehen.

„Ich habe keinen bevorzugten Platz", half ihm der
Geistliche, „setzen Sie sich hin, wohin Sie wollen."
Berlingui sah ihn an, zog seine Mundwinkel zu einem
höflichen Lächeln hoch und nahm den Sessel vor dem

Fenster, um mit dem einfallenden Licht das Gesicht des Bischofs besser zu erkennen, wenn dieser ihm gegenüber im anderen Sessel säße. Dann schaute er auf den Tisch. Sein Blick verweilte wohl etwas zu lang darauf, denn der Bischof erklärte sofort:

„Kaffee, Tee und heißes Wasser, oder hätten Sie lieber einen Wein oder etwas anderes?"

Der Commissario verzog sein Gesicht wie ein kleiner Junge, der einen vielleicht gerade noch erfüllbaren Wunsch mitteilen wollte.

„Hätten Sie auch einen Espresso?"

Die Antwort war ein lautes Lachen und ein Kopfnicken, das in den Raum hinter ihn wies. Erst jetzt bemerkte Berlingui einen ebenso großen, aber hageren Mann mit streng nach hinten gekämmten Haar, der in einer Ecke, ebenfalls nur in einer einfachen, aber wie maßgeschneidert wirkenden Kutte gekleidet, hinter dem Schreibtisch stand. Die Beschreibungen, die er von ihm kannte, passten vollkommen.

„Ich hoffe, wir können Sie zufrieden stellen. Diese Art von Getränk ist nicht unbedingt typisch in unserem Hause."

Berlingui konnte das Gesicht des Hageren allerdings nicht richtig erkennen. Der Mönch, dieser Bruder, oder was auch immer, verkleidet als Padre des Ordens, verließ das Zimmer und der Bischof setzte sich in den zweiten Sessel.

„Ich möchte nicht lange um den heißen Brei herumreden, Ihre Excellenz. Sie wissen, warum ich gekommen bin. Aber zuvor möchte ich betonen, dass es sich hierbei um kein Verhör handelt oder ich Ihnen in irgendeiner Weise belastende Fragen stellen werde. Ich möchte nur besser verstehen, was sich bis vor dem Donnerstag letzter Woche zugetragen hat. Und Ihr Name war häufig zu hören, wenn man über Monsignore Tossatello sprach."

„Es wird Sie vielleicht wundern, aber ich kann Sie verstehen und teile sogar Ihr bisheriges Unverständnis. Ich muss Ihnen aber leider jetzt schon sagen, dass auch ich keine schlussendliche Erklärung für Alles habe. Monsignore Tossatello weilte nicht sehr häufig hier. Auch wenn er in den letzten fast vierzehn Jahren in der Verwaltung für Immediate zuständig war oder sich für Belange zum Beispiel meines Bistums kümmerte. Solche Immediate sind, wie Sie sicherlich wissen, direkt der Kurie unterstellt, in diesen übernahm er die höheren Aufgaben eines Kardinals oder Weihbischofs. Somit wurde zum Beispiel ein Petitum durch ihn direkt vor den Stuhl des Heiligen Vaters getragen. Natürlich hatten wir vielmals Kontakte, doch die privaten Hintergründe, die uns beide umgeben, blieben in diesen Gesprächen meist außen vor. Wir hatten offen gestanden ein distanziertes, etwas unterkühltes Verhältnis, das lediglich auf der Seite der sachlichen Inhalte übereinstimmte."

Berlingui wusste, dass er sich an den einzigen Sachverhalt, dem er sich im Verlauf des Gespräches nähern wollte, vorsichtig herantasten musste. Währenddessen wollte er herausbekommen, was der Bischof mittlerweile von den ganzen Untersuchungen erfahren hatte. So versuchte er es mehr aus Neugier als aus taktischen Gründen mit einer der ersten Vermutungen, die sie am Anfang der Ermittlungen hatten.

„Es blieb Ihnen dadurch also verborgen, was er immer wieder in Antiquitätengeschäften oder bei entsprechenden Händlern suchte? Sie hatten nie darüber gesprochen? Glauben Sie, dass er ein Sammler war?"

„Ich hatte keine Veranlassung, mit ihm über so etwas Privates zu reden, da er sich mir in dieser Richtung nicht erklärte, so haben wir nie darüber gesprochen oder er mir ein Stück einer solchen, vielleicht vorhandenen Sammlung gezeigt. Falls andere Kollegen darüber sprachen, hörte ich nicht zu, ich stelle mich bei solchen Unterhaltungen nicht daneben, denn es interessiert mich nicht."

Berlingui war über die ehrlich wirkende Antwort etwas überrascht. Durch deren Art erklärte sich für ihn, warum er freundlich und ohne Argwohn begrüßt worden war. Sollte der Kardinal tatsächlich noch nichts weitergegeben haben, um den Bischof nicht zu einer für den Vatikan falschen Reaktion zu provozieren? Kurz hatte er den Verdacht, dadurch ein Spielball in einem noch nicht erkennbaren Spiel zu werden. Aber selbst der ständige Begleiter des Bischofs war ja anwesend. *Ihr Commissario wird seinen Fang machen dürfen. Wir werden den Rest erledigen.* Diese Geschichte hatte Sfarzi ihm im Vorgespräch noch mitgegeben. Berlingui war demnach kurz vor dem Ziel, deshalb schob er seine Bedenken zur Seite. Er spürte, dass er für seine Antwort zu lange brauchte, deshalb nahm er die Tasse in die Hand und leerte sie mit einem Schluck. Der Geschmack des inzwischen kalt gewordenen Espressos ließ ihn sein Gesicht verziehen. Das erste Lob über das Getränk war ohnehin gelogen. Aber kalt war der Geschmack kaum auszuhalten. Ein bitter, saures Gesöff. Dankbar nahm er den fragenden Blick des Bischofs, der von dem kurzen Gedankengang Berlinguis nichts bemerkt zu haben schien, mit einem bejahenden Nicken auf. Lächelnd fuhr dieser dann fort.

„Sie müssten doch tagtäglich mit Fällen konfrontiert sein, die gekennzeichnet sind von Neid, Missgunst und Lüsternheit auf der einen Seite und von Enttäuschungen, Frust und Rache auf der anderen Seite. Was ist an diesem Fall hier so besonders verwunderlich für Sie?"

Der Bischof hatte wohl tatsächlich keine Ahnung. So hatte er nun eine Antwort parat, die nicht viel von seiner alltäglichen Vorgehensweise preisgab.

„Das ist nicht leicht in Worte zu fassen. Vielleicht die Kaltblütigkeit, als Geistlicher sogar die letzten Schritte eines Gewaltaktes zu akzeptieren, um sich noch die letzten möglichen Wünsche zu erfüllen."

„Gott hat seinen Sohn zu verführen versucht. Obwohl er wusste, dass er widerstehen wird. Auch wir sind Kinder Gottes, aber leider auch uneinsichtiger und aufsässiger gegenüber ihn. So ist leider nicht nur die als Bild dafür gedachte Verführung im Paradies zu verstehen. Das Leben ist ein Hort voller Verführungen, aber auch voller Angebote und Gelegenheiten, die für uns bereitgestellt sind und die gilt es zu nutzen, um uns Gott zu nähern. Wir müssen diese wahrnehmen und nicht die eigenen Wünsche, Fantasien und Ideen verfolgen, uns zu verwirklichen zu versuchen. Denn die meisten dieser ...", er zögerte einen winzigen Moment, „... Visionen und Begierden richten uns und die Erde zu Grunde. Sehen Sie sich doch unsere Welt an. Seit der ersten Legierung, die der Mensch vor Tausenden von Jahren mit den neu entdeckten und erfundenen Metallen schaffen konnte, begann er seine Umwelt zu verschmutzen, nach noch besseren Rohstoffen zu suchen, Waffen zu perfektionieren, andere Völker damit zu bedrohen, seinen Reichtum zu vermehren und persönliche Sehnsüchte zu schaffen."

Der Commissario wusste jetzt, dass der Bischof ahnungslos war. Eine solche Predigt wäre für den Ostergottesdienst in wenigen Wochen geeignet gewesen. Daher ließ er sich auf diese unverfängliche Diskussion ein.

„Aber der Fortschritt, der durch unseren Drang und dem Streben nach mehr Erkenntnis möglich war und ist, sichert heute unsere Einkommen, ermöglicht uns unser Wissen an Schulen und Universitäten zu mehren. Durch dieses Wissen und seiner Anwendung wird überhaupt erst eine Kultur geprägt. So wissen wir, was Ethik, Religion, Kunst, Literatur und Musik bedeuten können, welcher Reichtum in diesen nicht materiellen Dingen steckt."

Der Bischof lächelte den Commissario an und nahm den zweiten Espresso, der ihm unauffällig von hinten gereicht wurde, um ihn an den Commissario weiterzugeben. Dabei führte er den Satz Berlinguis fort:

„Und fürchterliche, ja, häufig schmerzliche Begehrlichkeiten schaffen kann. Wenn sie eine Sammlung begonnen haben, dauert es nicht allzu lange, dass sie ihren Einsatz für das nächste Objekt erhöhen, um es zu erwerben. Danach sind es nur noch wenige Schritte, bis Sie, mit einer entsprechenden Veranlagung, auch nach anderen Möglichkeiten suchen, um ein weiteres fehlendes Teil in ihre Sammlung zu bringen. Tossatello war ein Mensch. Er war daher genauso leicht zu verführen wie Adam. – Trinken Sie den Kaffee, so lange er noch warm ist, mich dauert es, wenn der Geschmack des kalten Espressos Ihr Gesicht entstellt."

Berlingui spürte sein Gesicht rot werden und hob die Tasse schnell zum Mund, er versuchte anerkennend über den Rand der Tasse zu seinem Gegenüber zu schauen, der fortfuhr:

„Je weiter Sie in einer Hierarchie nach oben kommen, um so diffuser wird das, was Sie unter sich sehen. Sie verlieren den Kontakt zur Basis und versuchen durch Mittelsmänner, Ihre Wünsche in Anordnungen und Befehle umzuwandeln. Doch dort unten werden diese Dinge nur selten als von Ihnen kommend wahrgenommen. Es kommt also auf die Fähigkeiten und Güte der Personen dazwischen an. Diese haben aber wieder ihre eigenen Wünsche und Vorstellungen. Tossatello ist demnach leider auf einige gestoßen, die ihre eigenen Gelüste mit der Verführung und Erfüllung seiner Gier befriedigen konnten. Man sollte in solchen Situationen seine Grenzen noch erkennen können, leider waren aber da die Verwicklungen für ihn nicht mehr durchschaubar."

Wenn du wüsstest, wie recht du hast und wie schön dies alles vor allem auf dich zutrifft, dachte Berlingui, deshalb wagte er eine Provokation:

„Sie nennen einen Punkt, den ich in diesem Zusammenhang noch viel interessanter finde als Neid und Gier. Denn diese Verwicklungen, von denen Sie sprechen, betrafen auch internationale Beziehungen, zumindest die kirchlichen. Ich hätte gerne verstanden, warum albanische Christen daran interessiert gewesen sein könnten, eine Reliquie, dazu noch Diebesgut, aus Padua anzunehmen."

„Sie wollen tatsächlich behaupten, dass Monsignore Tossatello diese Dinge nach Albanien ..."

Ich könnte jetzt natürlich auch so tun, als wüsstest du Bescheid und wolltest jetzt nur noch ablenken. Aber er fuhr mit einer konstruierten Wahrheit fort.

„... nach Tirana oder Laç als Geschenk des Bistums Lungro, das, wie Sie wissen, eine große historische Arbëresh-Gemeinde beheimatet, gegeben hätte. Die Medien dementsprechend zu informieren, wäre für ihn nicht schwierig gewesen. In Rom war es sein Metier, geschickt verbal aufzutreten", Berlingui schaute sein Gegenüber an und überlegte kurz. Die wahren Zusammenhänge spielten heute keine Rolle, jetzt durfte sich seine Fantasie austoben, „Dadurch erhielt er die Möglichkeit, eine besondere Erwähnung zu erfahren. Was ihm mit vielen offenen Türen zu weiteren Schätzen wiederum gedankt worden wäre. Niemand in Padua hätte daran offiziell Anstoß genommen, denn ...", Berlingui unterbrach sich, seine Ausführungen sollten abenteuerlich genug klingen. Nach einer kurzen Sekunde setzte er das Gespräch fort, „... und hier beginnt mein Unverständnis, jeder Satz zu diesem Sachverhalt hat in sich eine Logik. Aber aneinandergereiht fehlt mir mehr und mehr ein zusammenhängender Sinn. Warum wollte ausgerechnet er, ein Monsignore, eine gestohlene Reliquie, quasi als Gastgeschenk an eine katholische Gemeinde in Albanien geben?"

Der Bischof schien zu zucken und kaschierte seine Bewegung geistesgegenwärtig als eine Haltungsveränderung. Nach diesem Gespräch würde er noch einmal mit da Conte sprechen müssen. Es konnte nicht angehen, dass dieser Polizist seine Nase so tief in diese Dinge steckte und er dabei in Gefahr geriet. Berlingui notierte diese Reaktion mit Genugtuung, da ihm nun klar war, den Fall abgeschlossen zu haben, die Heiligen würden in den nächsten Wochen einiges zu tun haben. Jetzt galt es nur noch eine letzte, durch Ravanelli gestellte Aufgabe zu lösen. Er wählte die für ihn naheliegendste Möglichkeit. Der Espresso war nämlich nicht einmal zehn Prozent seines Lobes wert.

„Aber diese Dinge werden aller Voraussicht nach unaufklärbar sein. Seit gestern kennen wir vermutlich den Mörder. Dessen Auftraggeber hat aber dafür gesorgt, dass alle Verbindungen zwischen den Dingen auf dem Balkan und hier nicht mehr zu erkennen sind."

Berlingui richtete sich auf und zog einen Kugelschreiber aus seiner Jacke, ebenso wie einen kleinen Block. Beides reichte er, nachdem er aufgestanden und die drei Schritte, die nötig waren, gegangen war, dem Padre. Der Bischof drehte sich um und schaute ihn verwundert an. Doch da er nur den Rücken des Commissarios sah, sagte er etwas unkonzentriert geworden:

„Das ist schade ... ich dachte ... und ich verstehe nicht ganz ... Was sollen das für Auftraggeber gewesen sein?"

Berlingui schaute den Getreuen des Bischofs an und sagte zu diesem:

„Bitte seien Sie so freundlich und schreiben Sie mir den Namen Ihres Espressos auf. Er ist wirklich sehr gut."

Kurz nahm der Padre Kugelschreiber und Block in die Hand, um Beides gleich wieder dem Commissario zurückzugeben. Sein Blick schwankte zwischen Irritation und Überraschung.

„Ich kann es Ihnen nicht einmal sagen. Ich muss in der Küche nachschauen. Ich werde Ihnen dann eine Notiz machen und sie Ihnen geben."

Berlingui ließ den Stift und den Block in eine Außentasche seiner Jacke gleiten und nickte dankbar, dann kam er wieder zu seinem Sessel, blieb aber vor dem Fenster stehen und schaute auf den Weg vor dem Haus.

„Ungewöhnlich, Kirschbäume als Allee entlang eines solchen Weges zu pflanzen ...", dann blickte er den Bischof lächelnd an, „... wir haben mittlerweile zwei weitere tote junge Männer, die nicht allein für diese Tat verantwortlich sein können, aber die Morde vor dem Hintergrund unserer Ermittlungen erklären. Diese beiden hatten nicht das Talent, eine solche Tat zu planen und alleine auszuführen. Doch die Erinnerungen sind bei einigen Befragten verblasst und so lässt sich manches nicht mehr rekonstruieren. Sie sehen, nicht nur Tossatellos Tod lässt leider noch einige Fragen offen, doch vielleicht wird die Zeit in Kooperation mit Unachtsamkeit, doch noch einige Lücken schließen, die mit dem Mord an Monsignore Tossatello versucht wurden noch unüberbrückbarer zu machen."

Der Commissario löste sich vom Fenster und es war durch sein folgendes Verhalten klar, dass er wohl genug Antworten erhalten hatte. Auch der Bischof stand nun auf, immer noch wirkte er erstaunt darüber, dass nicht er die letzten Minuten des Gespräches diktiert hatte. Noch einmal versuchte er einen Gedanken in Worte zu fassen:

„Sie klingen, als ob Sie daran zweifeln würden, dass nun alle Namen derer bekannt sind, die dafür verantwortlich sind."

Berlingui nickte und war bereits fast an der Tür, als der Getreue, der wieder in das Zimmer zurückgekehrt war, zu ihm kam und die Tür öffnete. Der Bischof trat hinzu und sagte mit der rechten Hand sein Brustkreuz zurechtrückend:

„Ich muss mich entschuldigen, ich vergaß die ganze Zeit über, Ihnen meinen Segretario Padre Liridon Hoti vorzustellen, *mi braccio destro*, meine rechte Hand." Dabei schaute er Hoti aufmunternd an.

Der Commissario reichte ihm mit einem höflichen Lächeln die Hand und Padre Hoti sagte zu ihm, während er dem Commissario einen Zettel reichte, in einem unerwartet elegantem Italienisch:

„Es freute mich, bemerken zu dürfen, dass unser Espresso Ihren Vorstellungen entsprach."

24. März, 10 Uhr 20

Er hätte es niemandem erklären können, andere würden es schon längst am Telefon mitgeteilt haben. Aber er hatte es sich aufgespart. Hatte sogar ein Foto von diesem blauen, endlich toten Idioten gemacht, mit dem Messer im Hals, um vielleicht eine Genugtuung in ihrem Gesicht zu sehen, die ihr helfen würde, Pläne ohne

Angst umzusetzen. Erst heute Morgen war er also nach Loreo gefahren. Eigentlich mitten in der Nacht. Es war nämlich auch eine schlichte Sehnsucht dabei. Wie macht man diese aber jemanden klar, der die ganze Geschichte nicht kannte. Sie hatte ja selbst einige Jahre gebraucht, bevor sie Details erzählte. Eines Abends hatte sie begonnen. Gerade hatten sie noch miteinander geschlafen, als sie ihm mit einem Mal ihr Schicksal mitteilen und es damit loswerden wollte.

„Weißt du, das alles war wie in vielen solcher Fälle. Auf irgendeine Weise ähneln sie sich alle. Du magst den Kerl, auch wenn er manchmal jähzornig und unbeherrscht erscheint, aber dir gegenüber war er bislang anständig und dann liegst du mit ihm zusammen, willst ihn nicht enttäuschen und warst sogar ein wenig glücklicher, weil man sich hat gehen lassen können und plötzlich sagt dieser Kerl ein paar Sekunden danach, *Morgen habe ich ein paar Freunde zu Gast, da geht es um viel Geld. Wenn du ein bisschen lieb zu ihnen bist, sollst du auch was davon abbekommen.* Ich hab damals gelacht und die dümmste Frage meines Lebens gestellt, weil ich seinen Spruch nicht ernst genommen hatte, Du meinst, ich soll mit denen rummachen und mich vögeln lassen – und wenn ich das nicht will? Sein Lachen, diesen Spott und diese Häme werde ich nie vergessen, deswegen habe ich neulich gesagt, Knall ihn ab! Er hockte neben mir im Bett und amüsierte sich einfach lauthals über meine Frage. Währenddessen griff er hinter sich, erwischte einen meiner Pumps und schlug ihn mir mit voller Wucht ins Gesicht. *Glaub mir, das wird nicht geschehen.* Ich schrie auf. Der Schmerz war gigantisch, er hatte mich mit der harten Spitze getroffen und grölte nur, als er das Blut laufen sah: *Ich glaube, du wirst dich vorher noch etwas schminken müssen.*"

Nicht einmal eine halbe Stunde vorher, bevor sie angefangen hatte, all das Benito zu erzählen, hatte dieser neben ihr gekniet und ihren nackten, makellosen Körper betrachtet. Da hatte er, immer noch auf den Knien, ihre Tränen gesehen und sich geschämt, weil er nicht wusste, wie er sie trösten könnte.

„Scheiße, du hast gerade mit dem Kerl gepennt, warst glücklich, weil er in dir ne alles versprechende Überschwemmung hinterlassen hat. Für Sekunden wirst du unvernünftig. Du denkst an die Zukunft, an Hochzeit und so ... und dann so ein Spruch. Du kannst mich und auch die anderen Mädchen und Frauen, denen so etwas passiert, für dumm, blöd, naiv oder sonst was halten. Aber ich versprech dir, so etwas kommt viel häufiger vor, als du dir sogar als Polizist ausmalen und vorstellen kannst. Da steckt viel seltener Armut dahinter, als rohe Gewalt."

Er hatte ihr dann über die Wangen gestrichen und sich nicht weiter getraut sie anzufassen oder zu umarmen. Auch wenn er es an diesen einem und so schönen Abend nicht gewollt hätte, hörte er seinerzeit zu. Mehr konnte er nicht leisten.

„Silvia, sie heißt natürlich auch ganz anders, war eine alte Freundin meiner Mutter. Ich hatte keine Ahnung, das sie damals schon lange in diesem Geschäft war. Ich denke auch Mama nicht. Aber vielleicht auch doch. Wir haben nie darüber gesprochen. Egal. Auf jeden Fall war sie zwei Jahre später morgens auf Besuch bei uns und sah mal wieder einen blutigen, aufgeplatzten, blauen Fleck in meinem Gesicht. Sie glaubte mir nicht, was ich Mama erzählt hatte. Von wegen hingefallen, Mädchen glaub mir, solche Wunden kenn ich, du packst sofort einen Koffer und kommst mit zu mir. Hier kannst du unmöglich bleiben. Widerspruch zwecklos. Der Scheißkerl kommt sicher vorbei. Den Rest lass mich nur machen. Dann redete sie so lange auf mich ein, bis ich ihr den Namen verriet. Sie hatte damals schon Verbindung zu den wichtigen Männern, denen sie dann genügend viel weitergab und nach einer Woche war die Sache für mich fürs Erste erledigt. Ich kann dir nicht sagen warum, ich bin bei Silvia geblieben und fand es nicht mehr schlimm. Vielleicht, weil ich zwei Jahre lang für Arschlöcher meine Beine breitgemacht habe, vielleicht weil ich mich bei ihr sicher fühlte, weil sie mir versprach, dass die Herren in ihrem Haus es nie wagen würden, mir weh zu tun, weil ich nichts anderes zu tun hätte, als ihnen ein Bier oder Glas Wein zu bringen. Und das war mehr, als ich mir nach allem vorstellen konnte."

Jetzt also war es vorbei. Sie machte die Tür auf, lächelte und Benito nahm sie in den Arm und sagte:

„Es ist vorbei."

Chiara schaute ihn fragend an, schloss die Tür hinter ihm und eine unbestimmte Angst ergriff sie, während er noch in dem schmalen Flur das Bild aus der Tasche seines Hemdes kramte.

„Jetzt ist es wirklich vorbei."

Sie nahm das Bild und stieß einen Schrei aus. Hielt sich die Hand vor den Mund und schrie wieder. Dabei hüpfte sie auf der Fußmatte wie ein Gummiball rauf und runter. Stieß ihren rechten Arm juchzend in die Luft. An dessen Ende die Hand mit Victory-Zeichen. Dann boxte sie Benito in die Rippen. Gleichzeitig lachend und doch tränenüberströmt ließ sie sich auf den Boden sinken und lehnte gegen die Wand.

24. März, 11 Uhr 30

Diese Inszenierung würde unvergessen bleiben. Soeben hatte er auch Guiseppe Mandroni über die Details morgen aufgeklärt. Jetzt rieb er sich vergnügt die Hände. Es war angerichtet. Die Tageszeitungen würden Einiges zu berichten haben, selbstverständlich mit allen nötigen Details. Und diese hatte Sfarzi sehr üppig ausgestattet. *Ich lasse doch nicht unseren Untersuchungserfolg zunichtemachen.* Dann stießen sie beide mit dem Rest aus der Grappaflasche an. Violetta wusste deshalb schon seit gestern Bescheid. Letztendlich war er zu beschwingt, um sich wehren zu können. Am frühen Abend hatte die Baù ihn im Foyer der Questura regelrecht aufgelauert und die Beleidigte gespielt, weil sie nicht das Geringste exklusiv mitgeteilt bekommen hatte. Sie, seine alte Liebe, wie sie es benennen würde.

„Seit Tagen lässt du dich nicht mehr blicken und deine Büroschnepfen verleugnen dich. Wissen tut bei euch auch keiner was. Alles musste ich mir selbst zusammenbasteln. Mein Gott, was ist los, ich dachte immer, wir wären wenigstens ein bisschen Freunde, aber nicht mal die, nicht mal deinen *intimo*, deinen Busenfreund hast du verständigt. Von dünnen Artikeln kann keiner leben. Ich schon gar nicht."
Sie holte Luft und fuhr schneller fort als Berlingui reagieren konnte.

„Ihr habt eure Mörder zusammen, hab ich erfahren? Und das Ganze soll nur aus Neid und Missgunst geschehen sein? Du hoffst ja wohl nicht, dass ich so einen Quatsch glaube? Es ging hierbei wohl eher um Größenwahn. Inzwischen weiß ich nämlich, dass der Senator mitgemischt hat. Das wäre dann auch männlich genug, um logisch zu sein."

Wie immer war sie kaum zu bremsen. Aber Berlingui war so gut gelaunt, dass er gänzlich die Kontrolle verlor, seine Prinzipien über Bord warf und einen Arm um sie legte.

„*Cara*, vor ein paar Tagen hatte man mir auf eine unverschämte Art mitgeteilt, dass ich meinen *Fang machen* würde. Man glaubte, man könnte den Fall verbiegen und mir die richtige Lösung vorenthalten, nachdem sie eine andere zusammengeschustert hätten. Ich habe einige Zeit damit verbracht, eine Version zu finden, die mich nicht zum Kollaborateur macht. Ich verspreche dir, du erhältst eine feine Story."

Damit glitt der Arm von ihrer Schulter und seine Hand auf ihren Po, den er, immer noch vergnügt auf seiner ganzen Fläche streichelte, tätschelte und übermütig kniff. Für eine kurze Sekunde schloss er die Augen, Vio hatte nicht gelogen, ihr grandioser Po war tatsächlich nur von einer Schicht Stoff verhüllt. Auf die Quittung für diese nicht erwartbare und für Violetta vollkommen überraschende Zärtlichkeit war er aber nicht vorbereitet, als sie sein Gesicht zwischen ihre Hände nahm und zu ihrem Mund herunterzog.

„Grazie mille! Danke! Endlich weiß ich, was Carla an dir findet."

Dann drehte sie sich um und schwebte auf den Vorplatz in den Regen hinaus.

„... und darauf bin ich verdammt neidisch. Das werd ich ihr auch gleich am Telefon sagen. Ciao, bis morgen!"

24. März, 14 Uhr 45

Ähnlich der Ausdauer des Marathonläufers Stefano Baldini umrundete Berlingui seit fast zwei Stunden den

Schreibtisch Pantattis mit gleichmäßigen Schritten. Allerdings war er dabei wesentlich nervöser als der Olympiasieger. Immer wieder schaute er kurz vor Vollendung einer weiteren Runde dabei zu Collasso hinüber, der ganz im Gegensatz zu ihm die Gelassenheit in Person war und in einem Sessel in einer der Ecken des Büros saß. Neben ihm lag einer riesiger Stapel Zeitschriften, die er, um eine stilles Gefühl zu genießen, alle ohne auf den Text zu achten durchgeblättert hatte, weil er vor wenigen Stunden noch das weinende, aber glückliche Gesicht Chiaras betrachten, liebkosen und küssen durfte.

„Commissario, Sie werden recht behalten. Ihre Vermutung war richtig. Wir dürfen uns an die Abmachungen halten. Wir den einen, die den anderen. Sie können sicher sein. Setzen Sie sich und atmen Sie durch...

Der Ispettore schüttelte mit hochgezogenen Augenbrauen sorgenvoll den Kopf und legte eine weitere Illustrierte auf den Stapel neben sich. Gerade als er ansetzen wollte, weitere Beruhigungen los zu werden, klingelte das Telefon. Berlinguis sportliche Fähigkeiten hatten bereits beim ersten Ton ihr Können und damit das Metier gewechselt. Der Läufer Piero Stefano Berlingui mutierte zum Fußballer und hechtete als Dino Zoff zum Telefon.

„Ja?"

„Punktsieg!" Es war Ravanelli.

„Hmm?"

„Mit an Sicherheit grenzender Wahrscheinlichkeit, so wie wir das zu sagen pflegen, also zu weit über 99 Prozent, sind es seine Fingerabdrücke. Sie sind wirklich einwandfrei zu identifizieren."

„Gut."

Berlingui atmete auf.

„Gut."

Setzte sich auf einen umgedrehten Papierkorb und wiederholte:

„Gut."

Diesmal mit unüberhörbarem Stolz.

„Sowohl auf deinem Kugelschreiber, wie auch auf dem Plastikeimer und der Holzstange, dem Fahrrad, dem Gürtel, dem Plastikbeutel und dem ganzen anderen Zeug, was sichergestellt wurde."

„Noch besser."

„Entweder war er sich seiner Sache sehr sicher, grenzenlos naiv oder glaubte tatsächlich an eine gewisse Immunität. Auf jeden Fall er hat (hat er) uns für dümmer eingeschätzt als es in diesem Fall sinnvoll gewesen wäre. Anscheinend hat er während der ganzen Lesungen, Fürbitten und heiligen Eucharistien noch nie etwas von Cyanacrylat gehört, das man inzwischen seit geraumer Zeit auf Kunststoffe aufdampfen kann. Eine ganz besonders feine Sache." Er begann zu lachen bevor er fortsetzte, „*ghe lo digo*, ich sage es ihm – beim nächsten Mal."

Dann legte er auf.

24. März, 14 Uhr 50

Er hatte die Stimme im Hörer auf Anhieb erkannt. Weich und doch selbstbewusst. Sofort waren die Bilder jener Nacht und von ihr im Kopf. Laura. Ihr Name fiel ihm wie selbstverständlich ein. Diese italienische Variation einer mit einem Mal nicht mehr schmerzenden Vergangenheit. Ihm war klar, dass er in den letzten drei Tagen öfter, als er je zugeben würde, an sie, an die Gespräche und natürlich die Nacht zurückgedacht hatte. Und bis zu diesem Klingeln ärgerte es ihn, nicht nach ihrer Adresse gefragt zu haben. In seinen Gedanken schüttelte Laura vorwurfsvoll ihre blonde Mähne. Die Vorstellung amüsierte ihn und er ließ sich in seinem Bürostuhl entspannt nach hinten sinken und das trostlose Büro erhielt unversehens eine gemütliche Atmosphäre.

„Wie haben Sie ... hast du ...? Woher weißt du, wo ich ...?"

Das betörende Lachen am anderen Ende der Leitung ließ seine Frage unvollendet.

„Das solltest du als Polizist eigentlich wissen. Recherchen sollten eher deine Sache sein. Aber weil du ein ehrlicher Mensch bist, war es sogar für mich sehr einfach. Ich habe an der Rezeption gefragt, ob sie deine Visitenkarte gefunden hätten, die ich am Abend zuvor verloren hatte."

„Aber ich hatte dir doch gar keine ..."

Wieder ihr herzerfrischendes Lachen.

„Nun, dafür hatten sie mir deine Adresse verraten, die du, wie ich jetzt sehe, ganz ehrlich angegeben hast."

Laura machte eine kurze Pause. Sfarzi hörte wie sie tief einatmete und Anlauf zu nehmen schien. Sie räusperte sich und ihre folgende Frage klang plötzlich brüchig und ängstlich geworden.

„Herr Oberkommissar, ich bin ab morgen für drei Tage in Padua. Falls dieser Abend für dich im Nachhinein genauso verwirrend und ungeplant verlaufen ist, wie für mich, hast du vielleicht Lust, mich zu sehen. – Hast du?"

Für einen kurzen Moment war die Welt stehen geblieben, drang von draußen kein Geräusch durch die nicht ganz verschlossenen Fenster in das jetzt wieder nüchterne Büro. Ihre Frage hallte in seinem Kopf und Millionen Wörter machten sich zusammen auf den Weg, eine Antwort zu bilden. Irgendwo dort in der Mitte kollidierten sie alle miteinander und hinterließen ein scheinbar unauflösliches Knäuel aus Argumenten des Verstandes, der Vernunft, vermeintlicher Gefühle, Wünsche und Träume.

Der Abend war am Ende doch kein schnelles Stelldichein geblieben. Kein flottes Stillen einer leiblichen Gier. Nachdem sie sich umständlich, hektisch und viel zu eilig im Stehen geliebt hatten, war Laura nicht gegangen, obwohl die Ausgangsidee für dieses Liebesspiel es von ihr verlangte. Sondern sie hatte sich gleich nach dieser zwar gewonnenen, aber nicht glücklich machenden Befriedigung, begonnen auszuziehen und Sfarzi zu sich heruntergezogen. So lagen sie eng umarmt bis zum frühen Morgen in seinem schmalen Bett. Beide hatten sie dann unmissverständlich ihre Körperlichkeit genossen, ohne groß Worte darüber zu verlieren. Ihr Vertrauen war ohnehin schon nach der ersten Berührung größer als jegliche Skepsis.

Er glaubte, bereits seit Minuten sprachlos geworden zu sein und unbeweglich auf dem Stuhl zu sitzen. Dann meldete sich sein Bauch, dem offensichtlich alles viel zu lang dauerte und er hörte sich, zufrieden und glücklich darüber, die beste und kürzest mögliche Antwort sagen.

„Ja.“

25. März

Judika

und:

Jesu Menschwerdung und sein Erlösertod am Kreuz
fallen auf den gleichen Tag
(Hl. Antonius)

25. März, 9 Uhr

Dieses Mal hatte Sfarzi es sich nicht nehmen lassen, Berlingui zu begleiten. Vorher hatte er mit schneller und etwas ungelenker Hand auf einem großen Blatt Papier, wie einst Federico Fellini für eine wichtige Szene des Films, seine Vorstellungen vom Ablauf der jetzt folgenden und zu zelebrierenden Vorgehensweise festgehalten. Er wollte ein symbolträchtiges Spektakel, das ein pompöser Albtraum für die Gegenseite werden sollte. Und trotzdem wollte er sich gleichzeitig an Abmachungen halten. Dafür trommelte er zur Unterstützung alle höheren Dienstgrade zusammen, die an diesem Tag zur Verfügung standen. In jedem, selbstverständlich frischgeputztem Polizeiauto sollten zwei Beamte sitzen, deren Epauletten ein gewisses Material aufwiesen. So brauchten sie bedeutungsvoll dreizehn Fahrzeuge. Sfarzi hatte fast Tränen in den Augen als er bei Berlingui einstieg und auf dem Beifahrersitz Platz nahm. Als er sich angeschnallt hatte, nahm er das Funkgerät und gab eine letzte Anweisung für die beginnende Aufführung:

„Alle in Kolonne und nur mit Lichtsignal. Vor der Kathedrale auf Schrittgeschwindigkeit reduzieren. Collasso, Sie fahren voraus und halten direkt vor dem Haupteingang."

Dann setzte sich die Fahrzeugschlange in Bewegung.

„Ich gratuliere, Piero. Sie hätten das Ganze nicht besser planen können. Sie wissen, was für ein Tag heute ist?" Sfarzi musterte den Commissario von der Seite, „Judika, das ist der fünfte Fastensonntag und lateinisch. Es bedeutet *richte*", er guckte wieder durch die Frontscheibe und begann zu zitieren, *Schaffe mir Recht, führe meine Sache gegen ein unheiliges Volk, befreie mich von dem Mann der Gemeinheit und Lüge.*"

Dann machte er eine unbestimmte Bewegung mit der Hand und Berlingui trat aufs Gas. Keine zwei Stunden später erreichten sie kurz vor Elf die Kathedrale. Sfarzi hieß den Commissario, längs vor die wenigen Stufen zu fahren, so dass der Wagen genau und quer vor dem Eingang stand. Sfarzi stieg aus und wies die restlichen Fahrzeuge auf ihre Plätze sternförmig angeordnet auf dem sonnendurchfluteten Vorplatz, dann streckte er den rechten Arm in die Luft und ließ in kreisen, während er mit der linken Hand ein Blaulicht auf dem Autodach berührte, von seinem Mund konnte man *Anlassen* ablesen. Anschließend ging er an das Heck und öffnete beide hinteren Türen und stellte sich mit zugeknöpfter Jacke und zurechtgerückter Krawatte an die Seite des Kofferraums, an den er sich mit einem genüsslichen Gesichtsausdruck anlehnte. Noch einmal schaute er auf seine Armbanduhr und deutete nach oben. In genau diesem Moment begannen die Glocken zu läuten. Sfarzi schüttelte den Kopf und breitete die Arme aus.

Nach fast drei Minuten öffneten sich die zwei Portaltüren, die zuvor zusätzlich immer wieder von blauen Blitzen erleuchtet worden waren. Die ersten Ministranten traten auf den Platz. Kaum, dass sie das Aufgebot und die vielen zuckenden Lichter sahen, kam ihr Vorwärtsdrang ins Stocken. Die anfänglich ordentliche Zweierreihe fächerte sich hinter ihnen auseinander und quoll nun ungeordnet aus der Pforte. Hände wurden zum Schutz vor der Sonne vor die Gesichter gehoben. Der Pulk begann zu vibrieren, reckte und streckte sich von Neugier getrieben in die Höhe. Plötzlich wurde der Kopf des Bischofs sichtbar, der von der Sonne seltsam bleich angeschienen wurde. Von sichtbarer Ungeduld getrieben trat Hoti an seine Seite und erstarrte. Das war das Zeichen für Berlingui. Sfarzi unterstützte es mit einem gönnerhaften Blick und einer Hand, die er auffordernd und einladend in die Richtung der weit offenstehenden Tür hielt. Berlingui löste sich vom Wagen und kam langsam einige Schritte nach vorne, seine Stimme war auf dem ganzen Vorplatz zu hören, obwohl er zunächst dabei auf den Boden schaute und sich mit beiden Händen über sein Gesicht wischte:

„Es gibt da noch eine zweite Version. – Die Möglichkeiten, Anfang der Neunziger Jahre den Einfluss im entstehenden Kriegsgebiet zu vergrößern, waren beschränkt. Frühzeitig und ehrenwert für Frieden zu sorgen war auf Grund der internationalen Lage für Dritte so gut wie unmöglich. Die eine große Kriegspartei war moslemisch, die andere orthodox. Zudem waren sie in verschiedenste Gruppen und Nationalitäten aufgesplittert. Die einzige fast homogene Gruppe in einem von Auseinandersetzungen noch nicht betroffenen Gebiet war die der katholischen Minderheit im damals noch friedlichen Albanien und Kosovo. Die Zeit schien zu drängen, denn der nun bald überall entstehende Krieg war fühlbar nahe. Wenn man es schaffen wollte, den Einfluss der westlichen katholischen Kirche, vielleicht sogar Roms, in diesem Gebiet international beachtet und wirksam zu vergrößern, brauchte man Geld, um dieses zu ermöglichen, damit sie in einem Friedensprozess gehört würde. Doch leider spielte die Kurie, nachdem sie von den Plänen einer Gruppe bekannter Geistlicher erfahren hatte, eine andere Karte aus, als manch anderer hoffte. Wie verrückt musste dann ein Plan sein, um möglichst auffällig und dadurch schnell an viel Geld oder Einfluss zu kommen? Ein Banküberfall wäre zu riskant gewesen und wirklich reiche Menschen haben ihr Geld nie zu Hause, ein solcher Raub scheidet also aus. So gebiert sich die Idee, etwas Wertvolles zu rauben, in kurzer Zeit von alleine. Warum also nicht einen weiteren Kirchenschatz an sich reißen, während eine der wichtigsten Reliquien von einer verrückten Bande entwendet wird. So hätte man nicht nur die Chance gehabt, über Mittelsmänner viel Geld zu erpressen, Geld das man hätte brauchen können, um eine eigentlich hehre Handlung zu unterstützen, nämlich Frieden zu schaffen. Sondern man hätte noch obendrein Politik machen können und die auffällig zurückhaltende und spät reagierende Kurie, quasi im Nebenbei, erpressen und damit düpieren können. Nach dem Motto: Wenn ihr euren Einfluss nicht geltend macht, haben wir Beweise, dass ihr selbst den Diebstahl in Auftrag gegeben habt."

Nun blickte Berlingui erst in die fassungslos schauenden Augen des Bischofs, dann in die nervös zuckenden Hotis.

„Aber auch wenn alle Menschen auf der Welt, all die Milliarden leichtgläubig, kritiklos und dumm sein sollten, so gibt es selbst unter diesen Dummen einen, der eine entscheidende Rechenaufgabe mehr lösen kann als die anderen. Sie hätten alle Möglichkeiten gehabt, schadlos aus der Sache herauszukommen. Aber stattdessen versuchten Sie es ein weiteres Mal. Schade, dass Monsignore Tossatello diese Aufgaben zwar noch lösen konnte, aber die Ergebnisse nicht vortragen durfte. Sie schlüpften fürs Erste also durch. Trotzdem ging ab diesem Zeitpunkt in diesem ganzen Schauspiel einiges schief ...", Berlingui griff in eine Tasche und holte einen Kugelschreiber hervor, den er fast wie einen Zeigestock lehrerhaft lächelnd von sich weghielt, „.... so waren es leider ganz gewöhnliche Fingerabdrücke, die eine fast undurchschaubare und kaum in eine Ordnung zu bringende Indizienkette mit einem läppischen Beweis vervollständigten."

Er ließ den Kugelschreiber langsam sinken und fixierte mit ernster Miene den Mann, der sich Hoti genannt hatte.

„Wir kennen nicht Ihre Auftraggeber, wir kennen nicht Ihre schlussendlichen Intensionen, aber wir kennen nun Ihre Hände und deren Wirken. Und den Rest, glauben Sie mir, bekommen wir auch noch heraus."

Kurz schaute Commissario Berlingui mit diesen Worten den Bischof an. Aber dann pflügte er mit Absicht etwas ruppig durch die starre Menge, dabei genoss er jeden seiner langsamen Schritte und fixierte ohne Unterbrechung Hoti, der regungslos stehen blieb, bis Berlingui ihn erreicht hatte.

Einige Sekunden standen sie sich von Angesicht zu Angesicht gegenüber. Hoti war blass wie Kreide, seine Augen starr wie die eines Toten und sein blutleeres Gesicht schien eine nahende Herzattacke anzukündigen. Währenddessen schaute der Commissario ihn mit der Arroganz und dem Triumph des sicheren Siegers an. Dann ergriff er den Arm des Segretarios und wendete sich wieder den wartenden Kollegen und dem milde lächelnden Sfarzi zu. Dabei streiften seine Augen nochmal den inzwischen ahnenden Blick des Bischofs, dessen Wirken morgen beendet wäre. Mit Schritten, die an einen Betrunkenen erinnerten, ging Hoti so am Arm festgehalten und von Berlingui geführt schwankend zum Wagen. Dort angelangt trat Sfarzi neben Hoti und legte unsanft einen Arm um dessen Schulter, dabei näherte er seinen Mund dicht an dessen Ohr, halblaut zischte er:

„Wussten Sie eigentlich, dass ich Protestant bin?"

(Andreas Heßelmann, Tuschezeichnung von Rainer Simon)

1958, Duisburg, Niederrhein. Kaum drei Jahre alt, die ersten Märchenplatten, dann Jim Knopf, die ersten (Kinder)-Krimis von Enid Blyton und später die von Jean-Bernard Pouy. Eine von Anfang an spannende und überaus fesselnde Welt, in der ich versank und die ich als Kind mit eigenen Figuren ergänzte. Meine Phantasie war angeregt. Das gilt auch heute noch. Ich wurde Buchhändler, schreibe seit 30 Jahren, erwecke Personen und Handlungen zum Leben und mache daraus Bücher, die ich gerne selber lese. Das ist in meinen Augen entscheidend: Man sollte die eigenen Bücher mögen.

Rainer Simon

Einer der bekanntesten Zeichner, Cartoonisten und Illustratoren Deutschlands. Er arbeitete für das Handelsblatt, die Stuttgarter Zeitung und den Playboy. Illustrierte Bücher von Michael Ende für den Weitbrecht Verlag und gestaltete Bücher unter anderem von Gerhard Konzelmann, Arturo Pérez-Reverte und Salim Alafenisch. Rainer Simon gewann unzählige Preise und Auszeichnungen. - Er lebt in Böblingen.

Danke!

Danke an Alberto, Gianni, Antonio und Tina für die vielen Geschichten aus Abano Terme, den Colli und der Umgebung von Padua, die in dieses Buch eingeflossen sind.
Danke an meine Frau, der ich nach wie vor beim Schreiben, Ausschnitte aus den werdenden Büchern vorlese, die sie sich geduldig und kritisch anhört.
Danke in ganz besonderem Maße an Werner Deininger, der den Text wieder behutsam lektorierte und, was noch wichtiger war, korrigierte.
Danke an Rainer Simon für das stimmungsvolle Autorenbild, das nicht nur mich, sondern auch die Atmosphäre einer meiner Lesungen so phantastisch festhält.

Andreas Heßelmann
Keine Rückkehr
Ein Mallorca-Krimi

ISBN: 978-3-7407-1523-6

Oktober 2016

Verlag Twentysix/Random House
13,-- €

Ausgerechnet als er sich auf Mallorca von einem Mordanschlag erholen soll, findet der aus Padua stammende Commissario Berlingui schon nach wenigen Tagen in unmittelbarer Nähe zu einem kleinen Kloster die Leiche einer jungen Frau.
Am liebsten würde er sich aus den Untersuchungen heraushalten, doch Inspector Sanchez Olivero bindet ihn in einen immer komplexer werdenden Fall mehr und mehr ein.
Ein rasanter, harter, mitunter dunkler und leider immer aktuell bleibender Krimi.

"Andreas Heßelmann entspinnt geschickt eine Geschichte auf Mallorca, in der es nicht allein um das Katz-und-Maus-Spiel einer Mördersuche geht."

(Peter Bausch, Feuilleton, Sindelfinger Zeitung)